ADAM SILVERA

AF217122

WAS MIR VON DIR BLEIBT

Aus dem amerikanischen Englisch
von Hanna Christine Fliedner und Christel Kröning

ARCTIS

Die Originalausgabe erschien 2017 unter dem Titel
History is all you left me bei Soho Teen, New York

Ungekürzte Taschenbuchausgabe
2. Auflage 2022

Übersetzung: Christel Kröning und Hanna Fliedner
Lektorat: Petra Deistler-Kaufmann
Umschlagillustration: © Alexis Franklin
Vorwort: © Becky Albertalli
Satz: Greiner & Reichel, Köln
Druck und Bindung: GGP Media GmbH, Pößneck
Printed in Germany 2022
ISBN 978-3-03880-211-2

www.arctis-verlag.de

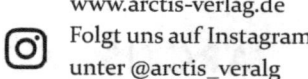

Folgt uns auf Instagram
unter @arctis_veralg

Für alle, denen Geschichte in Kopf und Herz festsitzt.

Grüße an Daniel Ehrenhaft, der mich entdeckt hat, und an Meredith Barnes, durch die mich jetzt alle finden können. Bestes Tag-Team ever.

VORWORT

Adam Silvera weiß, dass ich eigentlich nie beim Lesen weine, weshalb ich ihn nach der letzten Seite von *Was mir von dir bleibt* direkt angerufen habe.

Ich war in Tränen aufgelöst, ich konnte nicht mehr.

In unseren Paralleluniversen bist du noch am Leben, Theo ...

Ich war ja darauf vorbereitet, dass es in dieser Geschichte um Trauer geht, aber wie bitte schön soll man sich gegen die brutale Nähe von Griffins Du-Erzählung wappnen? Da ist dieser Junge, am Boden zerstört, und er erzählt uns seine Geschichte, indem er das Wort an seine soeben verstorbene erste große Liebe richtet.

Aber genau das macht *Was mir von dir bleibt*, macht jedes von Adams Büchern ja gerade aus. Man kann sich nicht gegen sie wappnen. An solchen Schutzschilden mogelt ihr Autor sich einfach vorbei – und doch ist er in seinem Schreiben selbst immer derart präsent, dass man sich niemals alleingelassen fühlt. Es ist, als wenn man von dem Menschen eine Klippe hinuntergestoßen würde, der deine Hand gleichzeitig niemals loslässt.

So ein abgefahrenes Buch.

Zwei Zeitstränge, ein Universum. In der GEGENWART ist unser Held, Griffin Jennings, untröstlich nach dem Tod seines Exfreunds und weiß weder ein noch aus. Doch auch in den mit Sonnenlicht gesprenkelten GESCHICHTE-Kapiteln über die erste große Liebe ist Griffin schon Griffin. Aufmerksam und nachdenklich. Ängstlich und unsicher. Ihn treiben

Leidenschaften und Zwänge um, die für die Menschen, die er liebt, nicht immer Sinn ergeben. So lebendig wird er gezeichnet, man will gar nicht glauben, dass er eine fiktive Figur ist. So rau und unmittelbar klingt seine Erzählung, man übersieht fast das meisterliche Handwerk dahinter.

Doch genau das ist Adam Silvera in Reinform: kühne Strukturentscheidungen und penible Detailverliebtheit werden praktisch unsichtbar durch die schiere emotionale Kraft seiner Stimme. Wer außer Adam könnte zwei Zeitstränge derart meisterhaft miteinander verknüpfen? Wer außer ihm könnte uns ein Geschehen erst so überzeugend darlegen, nur um ihm zehn Kapitel später einen völlig anderen Sinn zu verleihen? Und wer außer Adam könnte einen Roman derart subtil choreografieren, dass er sich so anfühlt, als würde Griffin uns einfach nur seine Geschichte erzählen? Die technische Perfektion der GESCHICHTE-Kapitel haut mich einfach jedes Mal aufs Neue um.

Dankbar bin ich aber vor allem für ihre Ehrlichkeit: für diesen chaotischen Jungen und seine Ängste, die sich original so anfühlen, als kämen sie direkt aus meinem Kopf. Ich bin dankbar für die absurd nachvollziehbaren Nerd-Monologe und die wunderschöne Verwirrung der ersten Liebe. Für den unerschrocken rückhaltlosen Kopfsprung in ein Meer aus brachialer Trauer. Und für Adam Silveras unsinkbare Stimme, die meine Hand ganz fest umschlossen hält bis zur allerletzten Seite.

In Liebe,
Becky Albertalli,
Autorin von *Nur drei Worte – Love, Simon* und *Was ist mit uns*

GEGENWART
SONNTAG, 20. NOVEMBER 2016

In unseren Paralleluniversen bist du noch am Leben, Theo, während ich hier in der wirklichen Welt feststecke, wo heute Vormittag deine Trauerfeier stattfindet und ich an deinem offenen Sarg stehen werde. Ich weiß, dass du noch irgendwo bist und mir zuhörst. Und daher sollst du auch hören, dass ich echt angepisst bin. Du hast mir versprochen, niemals zu sterben. Dass du es dennoch getan hast, tut umso mehr weh, weil es nicht das erste Versprechen ist, das du gebrochen hast.

Lass mich zurück in unsere Vergangenheit gehen, zurück zu deinem Versprechen. Zurück in den letzten August. Und es soll echt kein Vorwurf sein, wenn ich jetzt so vieles haarklein nacherzähle. Wahrscheinlich wundert's dich eh nicht, wir haben uns ja beide immer drüber lustig gemacht, wie verquer dein Hirn funktioniert. Wie du mit unnützem Wissen hättest Bücher füllen können, aber mit Wichtigem ständig ins Schleudern kamst – zum Beispiel dieses Jahr mit meinem Geburtstag (der 17., nicht der 18. Mai!) oder mit all deinen Abendkursen. Dabei hatte ich dir doch extra diesen coolen Terminplaner mit den Zombies gekauft (oder musstest du den etwa wegwerfen wegen Du-weißt-schon-wem?).

Ich will jedenfalls nur, dass du dich so erinnerst, wie ich mich erinnere. Tut mir leid, falls es dich nervt, von der Vergangenheit zu reden, so wie damals, als du aus New York weggezogen bist. Nimm's mir bitte nicht übel, dass ich unsere Vergangenheit noch einmal durchleben will. Geschichte ist alles, was mir von dir bleibt.

An dem Tag, als ich mit dir Schluss gemacht habe, um dich während deiner Zeit in Santa Monica nicht irgendwie aufzuhalten, haben wir einander Versprechen gegeben. Und, ja, einigen von diesen Versprechen ist es schlecht ergangen, aber gehalten wurden sie: Ich habe dich nie gehasst, obwohl du mir allen Grund dazu gabst, und du hast nie unsere Freundschaft an den Nagel gehängt, obwohl *er* das von dir verlangte.

Aber an dem Tag, als Wade, du und ich deine Kartons für deinen Umzug nach Kalifornien aufgeben wollten und du beinahe überfahren wurdest, an diesem Tag habe ich ernsthaft befürchtet, dass unser Endspiel nicht stattfinden würde. Dass wir nicht nur nicht sofort, sondern auch nicht in einer anderen Zeit wieder zueinanderfinden würden. Und da habe ich dich gebeten, mir zu versprechen, immer auf dich aufzupassen und niemals zu sterben.

»Meinetwegen, dann sterb ich halt nie«, hast du gesagt und mich in den Arm genommen.

Von allen Versprechen hättest du dieses am wenigsten brechen dürfen. Und nun muss ich in einer Stunde an deinen Sarg treten und mich von dir verabschieden.

Ohne dass es tatsächlich ein Abschied sein wird.

Denn du bleibst immer bei mir und hörst mir zu. Doch dir zum ersten Mal seit Juli und zum letzten Mal für immer leibhaftig ins Gesicht zu sehen, ist bestimmt mehr, als ich ertragen kann – erst recht in Gegenwart deines Neuen.

Lass uns seinen Namen heute so lange wie möglich vermeiden, okay? Um überhaupt eine Chance zu haben, heute und morgen und alle folgenden Tage irgendwie zu überstehen, muss ich ganz an den Anfang zurück, zurück zu den zwei Jungs, die sich über Puzzles gebeugt ineinander verliebten.

Schief geht's schließlich erst ab da, als du dich entliebt hast. Nervös macht mich erst das, was nach unserer Trennung kam. Jetzt, da du jeden meiner Schritte verfolgen kannst – und ich weiß genau, dass du dir mein Leben ansiehst, um selbst alles zusammenzupuzzeln –, machen mich nicht länger nur die schlimmen Dinge verrückt, die ich schon getan habe, Theo. Vor allem macht es mich verrückt, dass ich längst noch nicht fertig bin.

GESCHICHTE
SONNTAG, 8. JUNI 2014

Heute schreibe ich Geschichte.

Die Zeit rast schneller als die Züge der L-Linie, in der ich gerade sitze, trotzdem ist alles gut, denn mir gegenüber sitzt Theo McIntyre. Den ich seit der Unterstufe kenne, seit er in der Pause meinen Blick einfing, mich zu sich winkte und sagte: »Hilf mir mal, Griffin. Ich bau Pompeji wieder auf.« Die Puzzleversion aus hundert Teilen natürlich. Ich hatte keine Ahnung von Pompeji und hielt den Vesuv für die Machtzentrale irgendeines Comicbösewichts. Theos Hände aber, die die Teile nach Farben sortierten und so die gepflasterten Straßen von den aschebedeckten Trümmern trennten, zogen mich in ihren Bann. Ich half beim Himmel und vermurkste die Wolken. Mit dem Puzzle kamen wir an dem Tag nicht weit, aber seitdem sind wir unzertrennlich.

Heute wollen wir herausfinden, ob die verborgenen Schätze auf einem legendären Flohmarkt in Brooklyn tatsächlich so überteuert sind, wie alle sagen. Also lassen wir Manhatten hinter uns und machen uns auf den Weg ans andere Ufer. Doch ob Brooklyn oder Manhattan, ob unser Schulhof oder Pompeji: Heute, an diesem geradzahligen achten Juni, werde ich unsere Spielregeln ändern. Bleibt nur zu hoffen, dass Theo danach noch weiterspielen will.

»So ganz allein zu sitzen, ist doch auch mal angenehm«, sage ich.

Tatsächlich gähnt in unserm Waggon eine fast schon verdächtige Leere. Ich hinterfrage sie nicht. Träume stattdessen davon, für immer diesen und jeden anderen Raum mit Theo zu teilen, mit diesem Alleswisser, diesem Hobby-Kartografen, Puzzle-Champion, Animationskünstler und passionierten Leutegucker. In einer vollen Bahn quetschen wir uns meist eng zusammen, drücken Hüften und Arme aneinander wie bei einer Umarmung, nur dass ich nicht so schnell wieder loslassen muss. Blöd, dass er mir heute nur gegenübersitzt, aber immerhin hab ich eine herrliche Aussicht: blaue Augen, die in allem etwas Staunenswertes finden (selbst in U-Bahn-Werbung für Zahnbleaching), blonde Haare, die bei Regen einen Hauch dunkler werden, und heute dazu das *Game of Thrones*-Shirt, das ich ihm im Februar zum Geburtstag geschenkt habe.

»Leute gucken ohne Leute ist gar nicht so leicht«, sagt Theo und blickt mich scharf an. »Dann muss ich wohl mit dir vorliebnehmen.«

»Auf dem Flohmarkt kriegst du bestimmt noch genug interessante Leute zu sehen. Hipster zum Beispiel.«

»Das sind doch keine Leute, das sind Poser.«

»Ach, komm schon, ein paar von denen haben echte Gefühle unter ihren Vintage-Beanies und Karohemden.«

Theo steht auf und macht einen kläglichen Klimmzug an einer der Haltestangen. Zu Höhenflügen verhilft ihm eindeutig sein Hirn und nicht sein Bizeps. Deswegen gibt er auch schnell wieder auf und schwingt dafür zwischen den Sitzen vor und zurück, als wäre er ein U-Bahn-Trapezkünstler. Wenn es nach mir ginge, würde er mit einem Salto auf den Platz an meiner Seite fliegen und basta. Aber er schwingt weiter und streckt ein Bein zum Sitz neben mir aus. Dabei rutscht ihm sein Shirt hoch, und obwohl meine Augen eigentlich seinem Grinsen treu bleiben wollen, müssen sie insgeheim seine entblößte Haut betrachten. Wer weiß, vielleicht bekommen sie nach heute nie wieder Gelegenheit dazu.

Mit einem Ruck hält die Bahn an und wir steigen aus. Endlich.

Klar, Manhattan ist unser Zuhause und deswegen zieht Theo auch nie drüber her, trotzdem weiß ich, dass er die besprayten Häuserwände hier in Brooklyn lieber mag. Auf dem Weg zum Flohmarkt zeigt er mir seine Lieblingswände, die uns heute in der Sommersonne umso farbenfroher entgegenstrahlen: ein kleiner Junge in Schwarz-Weiß, der über die bunten Blockbuchstaben des Wortes TRAUM spaziert; ein leerer Spiegel, der in einer so abgefahren perfekten Schreibschrift, dass sie der von Theo Konkurrenz macht, die Schönste im ganzen Land finden will; ein Passagierflieger, der Neptun umkreist und daher gerade irreal genug ist, um meine Flugangst nicht zu wecken; eine Handvoll Ritter, die wie die Tafelrunde um den Planeten Erde herumsitzen. Was das alles bedeuten soll, kapieren weder Theo noch ich, aber egal, wir finden's verdammt cool.

Der Weg zu dem Flohmarkt am East River zieht sich ganz schön in dieser Hitze. Irgendwann entdeckt Theo einen Eiswagen, und wir investieren zehn Dollar in zwei Slushys, deren Geschmack aber gegen null geht, sodass wir genau genommen nur Eismatsch zu kauen bekommen.

Als wir endlich da sind, bleibt Theo vor einem Tisch voller *Star Wars*-Artikel stehen und dreht sich mit gerümpfter

Nase zu mir um. »Siebzig Dollar für das Spielzeug-Lichtschwert da?«

Flüstern ist ein Fremdwort für Theo. Was ein echtes Problem ist.

Die Mittvierzigerin, die das Teil verkaufen möchte, blickt auf. »Ist ein Rückrufartikel«, informiert sie uns schnippisch. »Voll selten, eigentlich sollte ich viel mehr verlangen.« Auf ihrem T-Shirt sagt Prinzessin Leia: SUCH DIR WOANDERS NE JUNGFER IN NÖTEN!

Theo lächelt entspannt in ihre angenervte Miene. »Hat damit einer 'nen Obi-Wan abgezogen und wem den Arm abgehaun?«

Mein Wissen über *Star Wars* hält sich sehr in Grenzen, das Gleiche gilt bei Theo für *Harry Potter*. Theo ist der einzige mir bekannte Sechzehnjährige, der nicht über unser aller Lieblingszauberer Bescheid weiß. Einmal haben wir nachts eine geschlagene Stunde darüber gestritten, wie ein Duell zwischen Lord Voldemort und Darth Vader ausgehen würde. Ein Wunder, dass wir überhaupt noch Freunde sind.

»Die Klappe vom Batteriefach bricht leicht ab und Kinder stecken sich die Dinger offenbar ständig in den Mund«, sagt die Frau gerade und spricht aber nicht mehr mit Theo, sondern mit einem ähnlich glücklosen Altersgenossen von ihr, der planlos einen R2-D2-Wecker in den Händen dreht.

»Also dann.« Theo tippt zum Abschied die Hand an die Schläfe und geht weiter.

Wir schlendern ein paar Minuten umher (sechs Minuten, um genau zu sein). »Sind wir hier fertig?«, frage ich. Es ist heiß, ich zerfließe und wir konnten uns definitiv davon überzeugen, dass viele der Schätze hier weit mehr kosten, als erlaubt sein sollte.

»Scheiße, nein, wir sind hier nicht fertig«, entgegnet Theo. »Wir können doch nicht mit leeren Händen zurückfahren.«

»Dann kauf dir halt was.«

»Warum kaufst *du* mir nicht was?«

»Mit dem Lichtschwert kannst du doch eh nichts anfangen.«

»Nein, Blödmann, was anderes.«

»Dann gehe ich aber recht in der Annahme, dass du mir auch was kaufst, oder?«

»Klingt fair«, stimmt Theo zu. Er guckt auf seine Sonnen-Armbanduhr des Todes, die *echt* gefährlich ist, das heißt im Klartext: »zum Tragen absolut ungeeignet«. Ich habe keine Ahnung, wie oder aus welchem Grund sie überhaupt hergestellt wurde, denn ihr spitzer Zeiger hat schon so viele Nichtsahnende – mich eingeschlossen – verletzt, dass Theo sie längst ins Feuer werfen und den Hersteller bis aufs letzte Hemd hätte verklagen sollen. Stattdessen trägt er sie trotzdem, weil sie eben so *anders* ist. »Okay, wir treffen uns in zwanzig Minuten am Eingang. Auf die Plätze, fertig ...«

»Los.«

Theo stürmt davon und rennt dabei fast einen Mann mit Bart um, der ein kleines Mädchen auf den Schultern trägt. Innerhalb von Sekunden ist er außer Sichtweite. Ich überprüfe die Zeit auf meinem Handy – es ist 16:18 Uhr, gerade Minute – und flitze in die andere Richtung, tief hinein in dieses riesige Labyrinth aus käuflichen Relikten des menschlichen Alltags. Vorbei an Kisten voller ausgelatschter Turnschuhe, an einem schmuddeligen Kabinett aus verschmierten Spiegeln, an Blümchentüchern, die im Wind eines versteckten Ventilators wehen, und an Eimerchen voll Muscheln, aus denen Bastelpinsel ragen.

Die Muscheln sind ganz cool, schreien aber nicht zwangsläufig »Theo!«.

Wenig später lande ich endlich in einer Ecke, die definitiv nach Theos Geschmack ist. Hier ein Traumfänger in seinem Lieblingsgrün, dort ein ganzer Tisch voller Flaschenschiffe. Seit Kurzem verfolgt Theo die Idee, selbst so ein Flaschenschiff zu basteln, und er hat sich schon einiges dazu angelesen. Vermutlich kommt am Ende mindestens ein Flaschen*raum*schiff dabei raus, denn für Theo muss immer alles besonders sein. Selbst ein Flaschenschiff.

Mir bleibt noch alle Zeit der Welt, na ja, wenn der Welt nur noch zwölf Minuten bleiben. Zu blöd, dass Theo kein großer Fantasy-Fan ist, denn die Brieföffner hier sind echt cool, aber vielleicht hat er sie ja auch schon entdeckt und mir einen gekauft, am liebsten den, der aussieht wie eine Schwertscheide, oder den mit dem Knochengriff. Alles gut, mir bleibt noch alle Zeit der Welt ... wobei, nein, doch nicht, denn laut Handy sind jetzt nur noch neun Minuten übrig. Krumme neun Minuten, die mich ziemlich nervös machen. Ich kratze hektisch meine schwitzigen Handflächen und renne weiter. Irgendwie gerate ich so allerdings nur wieder in eine Gegend, die mir überhaupt nicht weiterhilft. Schließlich braucht Theo, der morgens nur Cornflakes mit Orangensaft mampft, keine Töpfe oder Pfannen, um sich ein reichhaltiges Frühstück zuzubereiten, und auch Gartenwerkzeug würde er nur dann anfassen, wenn er damit Videospiele und Computerprogramme heranzüchten könnte.

Dann aber stoße ich auf den Jackpot.

Puzzles.

Blick aufs Handy: sechs Minuten noch. Meine Nervosität ist wie weggeblasen, stattdessen bin ich Feuer und Flamme. Ich hänge oft genug bei Theo rum, um zu wissen, dass er von denen hier noch kein einziges hat: eine Steampunk-Scheune mit Satellitenteilflügeln; ein von Delfinen unter Wasser gezogener Weihnachtsmannschlitten (keine Ahnung, was der gute Weihnachtsmann da alles an Geschenken geladen hat, aber Theo fällt sicher was ein); ein 3-D-Fußballpuzzle – okay, 3-D ist cool, Thema Sport allerdings weniger. Ich weiß nicht genau, wie Theo zu 3-D-Puzzles steht, egal, das hier bringt es jedenfalls nicht.

Bäm, jetzt hab ich's. Das vierte auf dem Tisch ist es: ein dem Untergang geweihtes Piratenschiff. Von sturmhohen Wellen wird die Mannschaft teils gerade über Bord geworfen, teils will sie gerade wieder hinaufklettern, und ein einzelner Seemann klammert sich an der Planke fest. Ich weiß sofort, dass Theo sich eine absolut abgefahrene Story dazu ausdenken wird. Die Verkäuferin packt das Puzzle in eine braune Plastiktüte, ich drücke ihr statt der geforderten neun Dollar einen Zehner in die Hand und hetze Richtung Treffpunkt.

Theo wartet bereits und drückt sich auf der Suche nach Schatten gegen die Wand wie ein Vampir, der zu spät draußen ist – oder zu früh? Kann ich gut verstehen. Wir sind beide total durchgeschwitzt. Er guckt auf seine Sonnen-Armbanduhr. »Zwei Minuten vor der Zeit! Jetzt lass uns verdammt noch mal abhaun, bevor wir hier in Flammen aufgehen oder – schlimmer noch – du dir 'nen Sonnenbrand holst.«

Auf dem Weg zurück zur U-Bahn erkenne ich als einzigen Hinweis auf sein Geschenk für mich eine kleine Schachtel zwischen seinen Fingern. Ein perfekter Würfel. Was da drin ist? – Null Ahnung. Im U-Bahnhof sind wir zwar vor der Sonne geschützt, doch die Schwüle auf dem überfüllten Gleis hier unten ist in ganz eigener Weise unerträglich – als hätten wir auf einem Vulkan unser Zelt aufgeschlagen und den Reißverschluss hinter uns zugezogen. Nachdem wir irgendwie die sechs Minuten Wartezeit überlebt haben und die Bahntüren aufgegangen sind, schnappen wir den zwei College-Typen vor uns die Bank in der Ecke weg. Da die Klimaanlage auf vollen Touren läuft, fühle ich mich langsam wieder wie ich selbst.

»Geschenke?«, fragt Theo und zielt mit zwei Fingerpistolen auf meine Tüte.

»Du warst als Erster beim Treffpunkt, also musst du anfangen«, sage ich und rücke mein Bein ganz unauffällig näher an seins, sodass unsere Knie sich versehentlich berühren können.

»Mir ist nicht ganz klar, welche Logik du hier einsetzt, aber okay«, sagt Theo.

Er überreicht mir die Schachtel, und was immer drin ist, wiegt nicht viel und rutscht beim Schütteln hin und her. Ich mache sie auf und hole Ron Weasley, Harry Potters besten Freund, als Anhänger heraus.

»Was sagst du?«, fragt Theo. »Er ist ja deine Lieblingsfigur, deswegen hast du wahrscheinlich schon so einen, aber den hier fand ich trotzdem cool, vor allem, weil er so charmant abgewetzt daherkommt.«

Ich nicke. Der kleine Ron Weasley sieht tatsächlich ziemlich mitgenommen aus. Seine Haare sind nur noch teilweise rot und sein Mantel ist nur noch teilweise schwarz. Aber meine Lieblingsfigur ist Ron eh nicht. Eine Fehleinschätzung, die einem allerdings leicht unterlaufen kann, denn von den drei Hauptcharakteren mag ich Ron am liebsten – sorry, Harry, sorry, Hermine – und von denen, die nur in einem der Bücher am Leben *und* wichtig sind, gibt's eh kaum Figuren zu kaufen. Nichtsdestotrotz ist Cedric Diggory mein absoluter Favorit aus der Reihe, aus allen Büchern überhaupt, um genau zu sein. Bei seinem Tod am Ende des Trimagischen Turniers habe ich viel länger geheult, als ich je vor irgendwem zugegeben hätte. Das war zweifellos mein schmerzlichster Verlust bisher. Aber schon okay, schließlich bin ich mir auch nicht sicher, welches Theos liebste *Star Wars*-Figur ist. Ich würde auf Yoda tippen, obwohl das selbst in meinen Ohren blöd klingt. Egal: Der Gedanke zählt.

»Der ist mega«, lobe ich. »Und doppelt hab ich ihn auch nicht, also vielen Dank.« Ich überlege, ob Rons Vorbesitzer die Bücher wohl so satthatte, dass er den kleinen Kerl hier für fünfzig Cent oder so verscherbelt hat. Tja, des einen Leid ... »In Ordnung«, sage ich, »du bist dran.« Inzwischen wünsche ich mir die Leere des Waggons auf der Hinfahrt zurück, denn ich fühle mich umgeben von anonymen Zuschauern, die uns wegen der Schenkerei für ein Pärchen halten. Echt mies, dass sie falschliegen. Und umso mieser, dass Theo nach heute zudem zu verschreckt sein könnte, um überhaupt noch weiter mein Freund zu sein.

Er zieht das Puzzle aus der Tüte und reißt die Augen auf. »Geil. Achthundert Teile. Da müssen wir auf jeden Fall zu zweit ran.«

»Wie geht die Story dazu?«

Einen Moment lang ist Theo in die Betrachtung des Bildes auf der Schachtel vertieft. »Da geht's ganz offensichtlich um die bevorstehende Zombiepiraten-Apokalypse.«

»Ganz offensichtlich. Und warum wurden die Piraten vor allen anderen infiziert?«

»Na ja, der Zombie-Virus existierte natürlich schon immer, aber die Wissenschaftler hatten ihn so weit weg vom Festland wie möglich gebunkert. Sie wussten, dass der von Natur aus dumme und gelangweilte Mensch die Hölle auf

Erden lostreten würde, nur um seinem Hamsterrad von Büro zu entkommen. Deswegen lag der Virus hermetisch verschlossen auf einer abgelegenen Insel – ihren Namen verrate ich nicht, der wäre bei dir nicht sicher, Griff –, doch die Wissenschaftler hatten nicht mit dem tosenden Sturm gerechnet, der die Insel zerstörte und den Virus freisetzte, sodass er sich durch die Luft auf vorbeisegelnde Piraten übertrug. Genauer gesagt zuerst auf Kapitän Hoyt-Sumners Papageien-Weibchen und dann auf die gesamte Besatzung der *Plündernden Mary*.«

An diesem Punkt kann ich beim besten Willen nicht mehr ernst bleiben. »Scheiße, Theo«, frage ich grinsend, »wie kommst du bloß immer auf diese Namen?«

»Aber die stehen doch in den Lehrbüchern! Hast offenbar ganz schön was aufzuholen in Zukunftsgeschichte.«

»Wie heißt die Papageien-Lady?«

»Fulton, aber nachdem sie alle Piraten in Untote verwandelt hatte, hieß sie nur noch Moderschnabel. Auch das Schiff haben sie später umbenannt in die *Blutige Brigg*, was ziemlich gut getroffen ist, wenn du mich fragst.«

Wie gern würde ich mal eine Stunde in Theos Kopf verbringen, mal in Ruhe zwischen diesen vor sich hin ratternden Zahnrädchen umherklettern.

»Die Zombiepiraten haben noch genug Grips, um ihr Schiff umzubenennen?«, frage ich ihn. »Dann sind wir am Arsch.«

»Am besten verbündest du dich mit mir«, sagt Theo. »Ich weiß, wie ich uns retten kann.«

Und schon skizziert er mit Feuereifer Überlebensstrategien für die Zombiepiraten-Apokalypse. Demnach bestücken wir zu unserer Verteidigung eine hoch gelegene Festung mit Kanonen und mit Armbrüsten, die brennende

Pfeile abschießen können. Kein Problem. Dank all der Fantasy-Bücher, die ich gelesen habe, fühle ich mich, als könnte ich diese Waffen wie ein Profi bedienen. Weil Theo sich aber zudem ziemlich sicher ist, bis zur Ankunft der Untoten den Schlüssel zu ewigem Schlafverzicht und damit zur Rund-um-die-Uhr-Wache gefunden zu haben, soll ich offenbar zusätzlich kochen lernen, denn das muss ja auch irgendwer machen, während Theo dafür sorgt, dass wir nicht selbst als Abendessen enden.

»Einverstanden, Griff?«

»Ich kann nicht versprechen, dass meine Kochergebnisse essbar sein werden, aber verzweifelte Situationen erfordern verzweifelte Maßnahmen.«

Theo streckt die Hand aus, ich schüttle sie und damit ist unsere Aufgabenteilung für die Zombiepiraten-Apokalypse besiegelt. Während ich ihn berühre, fängt mein Herz schnell und heftig zu pochen an.

Schnell lasse ich los. »Ich muss dir was sagen.« Die U-Bahn rattert mittlerweile lautstark über die Schienen und alle neugierigen Blicke sind abgewandert. Alle sind wieder in ihre eigenen Welten vertieft.

»Ich muss dir auch was sagen«, sagt Theo.

»Wer fängt an?«

»Schere, Stein, Papier?«

Beide spielen wir Stein.

»Sagen wir's gleichzeitig?«, schlägt Theo vor.

»Dafür eignet sich meins nicht so gut. Fang du an.«

»Vertrau mir. Ich wette, wir haben dasselbe. Gleichzeitig ist leichter.«

Ich widerspreche nicht länger. Vielleicht ist das, was er mir sagen will, ja noch übler als mein Geständnis und vielleicht fühl ich mich dann nicht ganz so schlecht.

»Runterzählen von drei?«, fragt er.

»Von vier.«

Theo nickt schmunzelnd. »Vier, drei, zwei, eins.«

»Ich glaub, ich bin verrückt«, haspele ich, während er sagt: »Ich mag dich.«

Theo wird rot und sein Schmunzeln verschwindet. »Warte, was?« Er dreht sich von mir weg zum Fenster, aus dem er hier unten allerdings nichts sehen kann außer Schwärze und seinem eigenen Gesicht. »Ich dachte, du würdest sagen, dass du mich auch magst. Du bist doch schwul, oder nicht, Griff?«

»Ja«, gebe ich zum ersten Mal in meinem Leben zu und aus irgendeinem Grund rast mir dabei weder das Herz, noch bekomme ich heiße Wangen. Ich weiß nur, dass ich jedem anderen gegenüber gelogen hätte.

»Gut. Ich meine, cool«, sagt Theo. Kurz scheint er mit dem Gedanken zu spielen, wieder Blickkontakt herzustellen, starrt dann aber doch weiter aufs Fenster. »Warum hattest du Angst, mir das zu sagen? Also, dass du verrückt zu sein glaubst?«

»Ja, das wär die andere Sache. Womöglich hab ich Zwangsstörungen.«

»Dafür ist dein Zimmer zu chaotisch.«

»Ordnungszwang meine ich nicht. Aber ist dir aufgefallen, dass ich seit einer Weile immer links von allen gehen muss? Früher hatte ich das nicht. Und dann mein Zahlenproblem: Außer bei wenigen Ausnahmen, wie bei eins oder sieben, will ich alles in gerader Zahl haben. Lautstärke, Wecker, Mikrowelle, wie viele Kapitel ich vorm Schlafen noch lese, und sogar, wie viele Beispiele ich in einem Satz verwende. Es lässt mir keine Ruhe, ich bin ständig unter Strom deswegen.«

Theo nickt. »Ich hab mich auch schon mal so gefühlt, nur vielleicht nicht in dem Ausmaß. Ich glaube, das ist einfach ein Zeichen dafür, dass du genial bist. Wenn ich mich nicht irre, war zum Beispiel Nikola Tesla von der Zahl Drei besessen und musste oft erst dreimal um den Block laufen, bevor er ein Gebäude betreten konnte. Jedenfalls könnten diese Zwänge ganz einfach nur kleine Ticks sein, Griff.« Als Theos blaue Augen mich jetzt wieder ansehen, leuchten sie. »Lass uns das nachher mal genauer recherchieren!«

Vielleicht hat er recht. Vielleicht bin ich doch mehr als ein durchgeknallter Teenager, der sich ständig an den Ohrläppchen zupft und immer seine Handflächen kratzen muss, wenn er nervös ist. Der alle auf seiner rechten Seite haben will und nur mit geraden Zahlen arbeiten kann. Vielleicht starre ich im Moment nur durch einen Autofokus, der mir ein Detail ranzoomt und alles andere ausblendet.

»Ganz im Ernst, das macht mich seit einer Weile ziemlich fertig, weil ich nicht weiß, wer ich in ein paar Jahren sein werde. Womöglich wächst es sich zu mehr aus und verwandelt mich in einen Griffin, der zu kompliziert ist, als dass du noch mit ihm befreundet sein möchtest.« Kaum zu glauben, was ich mir hier alles von der Seele rede. Es fühlt sich surreal an, unfassbar, aber ich kann nicht aufhören. Vielleicht sind meine Krankheiten ja wie weggezaubert, wenn ich sie erst mal alle ausgesprochen habe.

Theo rutscht näher. »Ich hab genug echte Probleme, Kumpel. Ob die Zombiepiraten zum Beispiel mit Enterhaken und Musketen umzugehen wissen oder ob sie uns einfach mit Zähnen und Klauen zu Boden ringen. Du dagegen jagst mir keine Angst ein und du wirst ganz sicher nie zu kompliziert für mich sein.« Er klopft mir aufs Knie. Und lässt seine Hand eine gute Minute dort liegen. »Tut mir übrigens leid, falls ich dich gerade zum Coming-out gezwungen habe. Warte mal, bin ich der Erste, dem du's gesagt hast?«

Ich nicke mit klopfendem Herzen. »Du hast mich nicht gezwungen. Okay, vielleicht ein bisschen, aber ich wollte es dir eh anvertrauen. Hatte bloß weder die Eier noch irgendeine Ahnung, was ich groß hätte sagen sollen. Außerdem hatte ich Schiss, dass mein Instinkt mich täuscht, was dich betrifft. Wahnvorstellungen liegen bei mir in der Familie, mütterlicherseits.«

»Du hast keine Wahnvorstellungen«, sagt Theo. »Und bist auch nicht verrückt.« Er streckt die Hand nach meiner aus und hält sie einfach fest. Ich weiß, die Welt ist noch dieselbe, und was aufsteigt, fällt irgendwann wieder auf die Erde zurück, aber mein Blick hat sich verändert, hat sich ein Stück zur rechten Seite verschoben, und nun liegt sie so vor mir, wie ich mir das schon immer gewünscht habe. Hoffentlich sage oder tue ich nichts, wodurch sie sich wieder zurückverschiebt.

Ich drücke Theos Hand, probiere aus, was auch immer wir hier tun, und beantworte damit gefühlt eine Frage, die zu stellen ich nie mutig genug war.

»Bleib bei mir, okay?«, bittet Theo.

»Ich werde wohl kaum aus einer fahrenden U-Bahn steigen.«

Theo lässt meine Hand los und ich sacke ein wenig in mich zusammen. Als hätte ich ihn gerade im Stich gelassen. »Das hab ich noch nie wem erzählt«, sagt er, »aber seit ein paar Jahren male ich mir Paralleluniversen aus. Kennst mich ja, ich frage mich eh ständig: Was wäre wenn?« Er schaut kurz weg. »Vor Kurzem nun habe ich damit angefangen, mich das öfter und öfter zu fragen. Viele dieser Was-wäre-wenns sind nur Spaß, aber viele gehen mir auch richtig nahe. Jede Nacht vorm Schlafen trage ich meine Schmierzettel und Handyvermerke dazu zusammen und sammle sie in einem Notizbuch. Hunderte von Paralleluniversen.«

Mit einem Ruck bleibt die Bahn stehen. Einige steigen aus, andere steigen ein und verschaffen uns so eine kleine Atempause. Doch gleich nachdem die Türen sich geschlossen haben, hat Theo wieder meine volle Aufmerksamkeit.

»Eine dieser Notizen hab ich mir vorhin bei der Geschenkejagd auf den Arm geschrieben«, fährt er fort. »Du musst dich allerdings noch 'nen Augenblick gedulden. Keine Spoiler, du verstehst. Also. Beim Schreiben hab ich was kapiert: In allen meinen letzten Universen taucht unweigerlich dein Gesicht auf. Und selbst wenn dir das nicht gefallen sollte, würde ich dich deshalb nicht hassen, sondern wahrscheinlich nur etwas Zeit für mich und genug Distanz zwischen uns brauchen, um mir wieder Universen ohne dich vorstellen zu können.« Theo schiebt seinen linken Ärmel hoch. Über dem Ellbogen steht was geschrieben – leicht krakelig, denn auf sich selbst schreibt nicht mal er perfekt – und das hält er mir jetzt hin: *Paralleluniversum: Ich date Griffin Jennings. Punkt.*

»Keine Ahnung, ob das überhaupt einen Sinn für dich ergibt, aber ich wünsche mir jedenfalls, dass es Wirklichkeit wird«, sagt Theo, während er mir noch immer den Arm hinhält, als wollte er die Buchstaben in mein Hirn einbrennen. »Wenn es unmöglich ist, akzeptiere ich das und hoffe, dass wir trotzdem noch irgendwie beste Freunde bleiben. Ich kann mir nur einfach nicht vorstellen, es nicht wenigstens mal zu versuchen.« Endlich lässt er den Arm sinken. »Jetzt musst *du* was sagen.«

Ich fühle mich in das allergroßartigste sämtlicher Pa

ralleluniversen überhaupt katapultiert. Wie ist es möglich, dass dieses Gespräch ernsthaft stattfindet? Wie ist es möglich, dass Theo und ich wahrhaftig flirten? Das Universum und ich sind gerade absolut auf einer Wellenlänge. Aber das kann ich ihm natürlich nicht alles sagen, *noch* nicht jedenfalls.

»Wollte ich ja gerade«, gebe ich stattdessen zurück.

»Okay, aber wenn, dann sag nur was Gutes. Wenn's was Blödes ist, dann halt die Klappe.«

»Mann, ich mach mir doch auch schon seit 'ner Ewigkeit tausend Gedanken. Keine Ahnung, wann ich mal mutig genug gewesen wäre, den Mund aufzumachen, aber deine Paralleluniversen hätte ich eh nicht toppen können. Ich hätte einfach nur gesagt, dass ich dich mag.«

»Hättest du nicht zumindest auch erwähnt, wie attraktiv ich bin?«

»›Attraktiv‹ scheint mir ein recht starkes Wort, aber dass man dich ganz gut angucken kann, hätte ich wohl erwähnt, klar.«

»Gut zu wissen.«

Ich sollte ihm sagen, wie gern ich ihm beim Schreiben zuhöre – dem leisen Kratzen des Bleistifts, wenn Theo sich über seine Hefte beugt – und wie neugierig ich auf die Worte bin, die er da zu Papier bringt. Ich sollte ihm sagen, wie oft ich mir ausmale, dass wir beim nächsten Übernachten keine zwei Einzeldecken mit in sein Bett nehmen, sondern uns irgendwann sogar ganz selbstverständlich eine teilen. Ich sollte ihm sagen, wie viel Spaß es mir macht, wenn er ein Riesenpuzzle gegen die tickende Stoppuhr zu schaffen versucht. Wie ich dabei immer für ihn mitfiebere, weil ich weiß, dass er es liebt zu gewinnen. Ich sollte ihm sagen, wie sehr ich es genieße, dass er sich in letzter Zeit immer öfter rechts von mir hält. Aber vielleicht kann ich all das ja genau in dem Moment sagen, wenn es gerade auch passiert.

»Warum heute, Theo?«, frage ich stattdessen.

»Wegen des Fotos, das Wade gestern von uns geschossen hat.«

Erst jetzt fällt mir auf, dass ich in der ganzen Aufregung noch nicht ein Mal an Wade gedacht habe.

Er, Theo und ich sind ein Dreierteam und somit eine Kriegserklärung an mein Konzept der geraden Zahlen, aber das macht mir in diesem Fall nichts aus, vielleicht weil es zwischen uns – als die eine große Ausnahme des Universums – irgendwie immer gut funktioniert. Wie gestern Nachmittag, als wir bei Theo ein *Super Smash Bros*-Turnier hinlegten, in dem Theo und ich gegen Wade und den Computer spielten, weil die aus Wades Basecap gezogenen Zettel das so entschieden hatten. Es wurde knapp, denn der Computer stand auf höchstem Level und Wade kann echt gut mit Bowser, aber dann gewannen doch noch Theo und ich mit Captain Falcon und Zelda. Wir sprangen auf und umarmten uns im Siegestaumel, als hätten wir gerade einen Krieg gegen Aliens gewonnen oder, noch passender, gegen Zombiepiraten.

Da zückte Wade die Handykamera. Theo und ich versuchten, möglichst feierlich zu posieren, vergeigten das aber völlig und brachen in Gelächter aus.

»Als ich das Foto angesehen habe«, sagt Theo, »da hab ich mir gedacht: Genug ist genug. Ich will mit dir zusammen sein und das nicht erst seit gestern. Wades Schnappschuss hat mir das nur noch mal besonders heftig klargemacht.«

»Mir geht's irgendwie genauso«, sage ich. »Und jetzt? Wie besiegeln wir das? Vielleicht mit einem Kuss oder so, aber eigentlich ist mir nicht danach.« Über den letzten

Halbsatz muss ich stolpern, denn er ist rundheraus gelogen. Schnell verspreche ich mir selbst, dem Lügen abzuschwören, weil die Wahrheit so ein Glück wie dieses hier verschaffen kann, ein Glück, das unendliche Paralleluniversen eröffnet. Hätte ich mal Kaugummi dabei, aber unser Kaugummibeauftragter ist Wade. »Vielleicht schütteln wir uns einfach die Hand?«

Das tun wir, und keiner lässt los.

»Cool. Aber seltsam«, sage ich.

»Sehr cool. Sehr seltsam«, erwidert Theo. »Aber wir passen doch zusammen, oder?«

»Na klar, Theo.«

Ich kann kaum abwarten, was als Nächstes passiert.

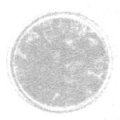

GEGENWART
SONNTAG, 20. NOVEMBER 2016

Nach zehn Minuten geht der Wecker endlich aus, doch Moms und Dads Drohungen, meine Tür aufzubrechen, halten an. Letztes Mal, als sie so weit gegangen sind, verlor ich meine Privatsphäre für volle zwei Monate, bis mein Dad endlich das Schloss ersetzte.

Das habe ich dir, glaube ich, nie erzählt. Ist passiert, nachdem wir Schluss gemacht hatten.

»Griffin!«

»Zehn Minuten noch!«, rufe ich.

»Hast du vor einer Stunde schon gesagt«, drängt Mom.

»Und zwar sechs Mal schon«, ergänzt Dad. »Zieh dich jetzt an.«

»In zehn Minuten komme ich raus«, sage ich. »Versprochen.«

Einen schwarzen Anzug trug ich zuletzt ein paar Monate nach unserm Zusammenkommen bei der Hochzeit deines Cousins Allen auf Long Island. Bei unserer ersten offiziellen Feier also, wenn wir die Taufe deiner Schwester nicht mitzählen. Zu meiner Erleichterung hatte Wade – damals, als wir noch richtig eng befreundet waren – zu Unrecht behauptet, dass alle schwulen Hochzeiten wie Katy-Perry-Konzerte ablaufen. (Ich glaube nämlich nicht, dass meine flatternden Nerven während des ersten Tanzes mit dir den Lichtblitzen eines Stroboskops standgehalten hätten.) Als ich aber die weißen Rosen im Wintergarten dieser sonnendurchfluteten Villa erblickte, begann ich mich heimlich auf den Tag zu freuen, an dem ich dir gestylt in einem schwarzen Anzug die Hände reichen und sagen würde: »Verdammt, ja, ich will.« Damals ahnte ich es noch nicht, aber es wird das letzte Mal in meinem Leben gewesen sein, dass ich einen schwarzen Anzug trug. Heute ziehe ich ganz bestimmt keinen an.

Ich behalte an, was ich am Körper trage – okay, nicht ganz, denn ich will nicht deine Großmutter beleidigen, indem ich bei deiner Trauerfeier in Skiunterhosen aufkreuze. Den grünen Kapuzenpulli aber, den du mir an dem Nachmittag geschenkt hast, an dem wir unsere Unschuld verloren, den ziehe ich nicht aus. Zwei Tage trage ich ihn schon – länger eigentlich, fünfzig Stunden im Grunde, die allerdings hier und da mal ineinander verschwammen. Jetzt, da du fort bist, wünschte ich, ich hätte den verdammten Pulli nie gewaschen. Denn er riecht nicht mehr nach dem alten Blumenladen deiner Großmutter, trägt nicht mehr die Erdflecken, die an unsere Ausflüge in den Park erinnern. Als wärst du ausradiert.

Ich nehme zwei der vier kleinen Magnetclip-Greife, die du mir vorletztes Weihnachten geschenkt hast, und stecke sie mir an den Pulli: den einen auf Schlüsselbein-, den anderen auf Herzhöhe. Jetzt sieht es so aus, als würde der blaue hinter dem grünen her durch den Himmel jagen.

Ich schaue angestrengt auf die Uhr, warte auf die nächste gerade Minute – 09:26 – und steige aus dem Bett. Mitten ins gestrige Abendessen, das ich auf dem Boden vergessen habe, während ich an die Decke starrte und an all die Fragen dachte, die dir zu stellen ich zu viel Angst habe. Aber hey, wenn dein Tod ein Gutes hat, dann, dass du mir nichts mehr sagen kannst, was ich nicht hören will.

Tut mir leid. Ich bin ein absoluter Schwanz, so was zu sagen. Ich brauche ein Mundkondom.

Wie gern würde ich jetzt in die Wanne fallen und das Duschwasser auf mich runterregnen lassen, doch ich muss los. Als die Anzeige auf meinem Laptop von 09:31 auf 09:32 springt, raffe ich mich auf.

Die Wände in unserem Flur sind voller Fotos in billigen Rahmen, die meine Tante uns letztes Jahr zu Weihnachten geschenkt hat. So was tut meine Mom zwar als unpersönlich ab, ist aber zu nett, um sie nicht trotzdem aufzuhängen. Deswegen trinkt sie auch immer noch aus der Yoda-Tasse, die du ihr vor zwei Jahren mal ohne bestimmten Anlass gekauft hast. Meine Eltern werden dich immer in Erinnerung behalten, auch wenn deine Geschichte gerade nicht mehr an ihren Wänden hängt.

Denn alle Fotos von dir horte ich jetzt mitsamt ihren billigen Rahmen in meinem Zimmer. Im Vorbeigehen registriere ich die leeren Stellen im Flur. Hier hing das Bild von uns beiden, auf dem wir in deinem Kinderzimmer in der Columbus Avenue hocken und ein Empire State Building zusammenpuzzeln. Hier das von uns mit fünfzehn, sechzehn, auf dem du deine Arme um meine Taille schlingst, nachdem Wade darüber gewitzelt hat, dass Jungs keine Jungs umarmen können. Hier das von dir, auf dem du mir letztes Jahr von der Parkbank aus zulächelst, während ich einen Toast auf den Hochzeitstag meiner Eltern ausbringe. Und hier hingen meine zwei Lieblingsbilder, nebeneinander im selben Rahmen. Das erste geschossen von Wade, auf dem wir mit großen Augen nicht zu lachen versuchen. Und das zweite, auf dem wir uns nach unserm Coming-out auf Denise' Geburtstagsparty strahlend umarmen.

Den Heiligenschein aus Sonnenlicht über deinem Kopf fandest du auf diesem Foto immer besonders cool. »Wie so ein hammerharter Engel der Verwüstung«, sagtest du. »Ich bin der mit dem flammenden Schwert, du kriegst die Harfe.«

Im Wohnzimmer haben meine Eltern schon die Jacken an und sitzen vor den auf stumm geschalteten Nachrichten. Dad hält einen Kuchen auf dem Schoß. Mom sieht mich als Erste und springt so abrupt vom Sofa, dass es ihr bestimmt in den Rücken fährt, besonders an so einem regnerischen Tag wie heute. Doch sie lässt sich nichts anmerken und kommt zögernd auf mich zu, unsicher, welcher Griffin sie erwartet.

»Bin startklar«, lüge ich. Hungrig bin ich. Kaputt. Ein nervliches Wrack und von »startklar« weit entfernt. Aber jetzt gilt es, einen Zeitplan einzuhalten. Die Trauerfeier ist heute. Die Beerdigung morgen. Was danach kommen soll, weiß ich nicht.

Mom streckt die Hände nach mir aus, als wäre ich ein Baby, das seine ersten Schritte auf sie zutapsen soll. Lächerlich. Hier trauert ein Siebzehnjähriger um seinen Lieblingsmenschen. Schnell nehme auch ich meine Jacke und gehe Richtung Haustür. »Warte draußen.«

Als wir alle im Auto sitzen, macht Dad das Radio an, um die Stille zu füllen. Ich starre aus dem Fenster und als wir an einer roten Ampel halten, fange ich an, Paare zu zählen. Ich darf den Verstand jetzt nicht verlieren. Zwei warm eingepackte Frauen unter einem blauen Schirm, zwei alte Typen mit Einkaufswagen vorm Supermarkt, zwei umgestürzte Bäume in einem Gemeinschaftsgarten, zwei überquellende Mülleimer.

Das Zählen hilft ein bisschen, aber nicht viel, nicht genug. Ich lasse meine rechte Hand auf den leeren Sitz neben mir fallen und stelle mir vor, dass du sie in deine nimmst. Zwei Hände.

Besser.

GESCHICHTE
MONTAG, 9. JUNI 2014

Nach der Schule gehen Theo, Wade und ich oft zu Barnes & Noble auf der Upper West Side, um dort unsere Hausaufgaben zu machen. So kurz vor den Sommerferien gibt es aber nicht mehr viel zu tun und wir haben Zeit, durch die Regale zu stöbern. Vorhin, während der letzten Schulstunde, sind Theo und Wade zusammen Bahnen auf dem Sportplatz gelaufen. Das wäre der ideale Zeitpunkt gewesen, Wade von diesem Pärchen-Ding zu erzählen, das Theo und ich gerade ausprobieren. Aber Theo hat gekniffen. Ich mag keine Geheimnisse. Geheimnisse machen Menschen zu Lügnern und meine Lügenphase ist vorbei.

Von den Graphic Novels ziehen wir weiter zu den Biografien. Hierhin verschlägt es mich normalerweise als Letztes, aber da sind wir nun, dank Theo und Wade.

»Meine Memoiren sollen auch mal hier stehen«, verkündet Theo.

»Tja, Theo, dann fang mal an zu schreiben«, gebe ich zurück.

»Aber ich hab noch keinen Titel!«

»*Das Grauen*«, schlägt Wade vor und reibt sich die Augen, weil ihm seine neuen Kontaktlinsen zu schaffen machen. Er ist immer noch der alte Wade – kurze Haare, dunkelbraune Haut, zerknittertes T-Shirt –, aber meiner Meinung nach sah er mit Brille deutlich cooler aus.

»Und meine nenne ich *Heavy Wade – Das Leben als Kraftprobe*«, fährt er fort.

Theo tut, als müsste er gähnen. »Boah, Wade, das klingt nach verdammt schwerer Kost.«

Wade zeigt Theo den Finger. »Ich hol mir einen Eistee aus dem Café. Wollt ihr auch einen?«

»Gute Idee. Aber das geht auf mich.« Ich reiche Wade eine Gutscheinkarte, die ich noch von meinem Geburtstag übrig habe.

»Sicher?«, fragt Wade.

Ich nicke.

Sobald Wade außer Sicht ist, werfe ich Theo den Warum-hast-du-Wade-nichts-von-uns-gesagt?-Blick zu, aber er dreht sich nur wieder zu den Regalen um.

»Was hältst du von *Theo McIntyre: Schrecken der Zombiepiraten*?«, schlage ich vor, um die Stille zu überbrücken.

Er lächelt, ohne mich anzusehen. »Falls es aber gar nicht zur Zombiepiraten-Apokalypse kommt, halten die Leute das für einen Fantasyroman. Und das verbitte ich mir. Mein Dasein ist schließlich keine Fiktion, verdammt noch mal! Vielleicht sollte ich es ganz klassisch halten. Wie wär's mit *Theo: Mein Leben*?«

Ich schüttele den Kopf. »Also, du bist natürlich mein Lieblings-Theo, aber der einzige Theo bist du nun auch nicht.«

Er sieht mich an. »Kennst du etwa noch mehr Theos? Sag mir sofort, wo die wohnen, damit ich diesem Wahnsinn ein Ende setzen kann!« Dabei nimmt er eine Karatehaltung ein, bereit, jeden vorbeikommenden Theo zu Kleinholz zu verarbeiten. Die Pose erinnert mich an sein Hipster-C-3PO-Kostüm letztes Jahr an Halloween. Zum T-Shirt mit Droidenkörper-Aufdruck hatte er sich die Arme und Beine mit Goldfarbe angemalt.

»Wie wär's mit *C3The-O*?«

»Nee, das klingt nicht wichtig genug. Aber vielleicht nenn ich eins der Kapitel so.« Theo zieht eine Augenbraue hoch und zeigt auf mich. »Aber ich habe einen für dich: *Griffin zur Linken*.«

Wie gern würde ich ihn jetzt küssen. »Das ist perfekt!« Rasch gucke ich mich um – nicht dass Wade gerade um die Ecke kommt –, nehme Theo an die Hand und ziehe ihn in den nächsten Gang. Küssen werd ich ihn aber lieber doch nicht, denn ich will nichts überstürzen oder mir so vorkommen, als täten wir das hinter Wades Rücken.

»Wir müssen es Wade sagen«, flüstere ich. »Wenn du das lieber allein durchziehen willst, okay, aber wir können es gerne auch zusammen machen. Jedenfalls verlassen wir diesen Buchladen nicht, ohne das erledigt zu haben.«

»Abgemacht!«, sagt Theo und nimmt meine Hand. »Wann macht der Laden noch mal zu? Ich –«

»Whoa.« Mit einem Tablett voll Eistee steht Wade am anderen Ende des Gangs. Ich lasse Theos Hand los, als hätte ich mich verbrannt. »Whoa«, wiederholt er und kommt auf uns zu. Obwohl er eigentlich genauso groß wie Theo ist, wirkt er mit seinen hängenden Schultern jetzt wesentlich kleiner. Er schüttelt den Kopf, kriegt aber ein schwaches Lächeln hin.

»Dieses Team-Ding war schön, Jungs. Ich werd euch echt vermissen.«

Nicht die Reaktion, die ich erwartet hatte. »Wovon redest du?«

»Wie lange läuft das zwischen euch schon? War klar, dass das irgendwann passiert. Da könnt ihr noch so lange meine hellseherischen Fähigkeiten anzweifeln, das habe ich letztes Jahr schon kommen sehen. Nur hab ich's niemandem erzählt.«

Ich weiß nicht, *was* ich erwartet hatte, aber das auf keinen Fall.

»Du hattest eine Vision, in der Griffin und ich zusammenkommen und kurz darauf die Welt untergeht?«, fragt Theo mit merkwürdig hoher Stimme.

Wade grinst und gibt mir einen der drei Becher. »Ja, so ungefähr.«

»Deine Visionen sind irgendwie schwul, Mann. Du solltest dich mal durchchecken lassen«, witzelt Theo, während er versucht, sich wieder zu fangen.

Auch ich muss mich erst mal beruhigen und nehme einen Schluck Tee. »Warte mal, Wade, woran hast du gemerkt, dass Theo und ich aufeinander stehen? Sag jetzt nicht, weil du hellsehen kannst.«

»Dafür braucht man echt kein Hellseher zu sein, Jungs. Die Chemie zwischen euch spritzt einem ja geradezu ins Gesicht!« Stille. »Oh, verdammt, das kam jetzt irgendwie falsch rüber. *Springt*, meine ich! Egal. Jedenfalls habe ich nicht vor, der unsichtbare Dritte zu sein.«

Mit der Zahl Drei habe ich ja, wie gesagt, meinen Frieden geschlossen, zumindest was unser Team angeht, und ab sofort bilden Theo und ich ja sowieso eine Einheit. Aber meine neue Gleichung sollte ich Wade gegenüber vielleicht besser nicht erwähnen. »Komm schon, Wade, das bedeutet doch nicht Game Over für unser Team. Im Gegenteil, stell's dir als neues Spiel vor, mit neuen Levels und neuen Welten.«

»Mit neuen Hindernissen für mich, wenn ich euch treffen will, und mit exklusiven Spielemodi nur für euch zwei«, entgegnet Wade.

»Du bist herzlich eingeladen, an unseren exklusiven Aktivitäten teilzuhaben«, sagt Theo und zwinkert ihm zu.

Aber Wade zählt unbeirrt sämtliche Beispiele für gescheiterte Liebesbeziehungen auf, die ihm einfallen, hauptsächlich aus Comics. Die tote Freundin in Green Lanterns Kühlschrank, das durch die Widrigkeiten des Lebens entzweite Highschool-Pärchen Cyclops und Jean Grey, Ant-Man, der The Wasp mit Insektenspray einnebelt – wow, mir war gar nicht klar, dass Ant-Man so zu seelischer und körperlicher Grausamkeit neigt! Bevor Wade ein viertes Beispiel einfallen kann, dreht Theo sich zu mir um. »Griff, ich schwöre dir hiermit feierlich, dich niemals mit Insektenspray zu vergiften. Schwörst du das auch?«

»Ich schwöre.«

»... nicht«, flüstere ich Wade auffällig unauffällig zu, um die Situation aufzulockern. Oder es wenigstens zu versuchen.

Theo nimmt sich seinen Eistee vom Tablett. »Ist dann jetzt alles klar zwischen uns?«

»Jungs, versprecht mir, dass unser Team nicht den Bach runtergeht, wenn ihr euch trennt«, sagt Wade. An seinem Tonfall erkenne ich, dass er es ernst meint. Er klingt wie damals in der Siebten, als Theo und ich ihn damit aufzogen, dass er sich seinen Namen in den Fade-Undercut hatte rasieren lassen. Eine Weile hat er mitgelacht, uns dann aber ziemlich ernst aufgefordert, es gut sein zu lassen.

»Alter, du könntest ruhig ein bisschen an uns glauben«, beschwert sich Theo. »Aber klar, ich verspreche, wir werden uns im Fall einer Trennung ganz erwachsen verhalten.«

»Du bist nicht erwachsen, du bist sechzehn«, gibt Wade zu bedenken.

»Aber ich gehe davon aus, dass die Beziehung eine Weile hält«, entgegnet Theo.

Ich atme tief durch und nehme mir fest vor, mir die gute Theo-Laune nicht von Wade verderben zu lassen. »Auch ich verspreche hoch und heilig, dass das Team nicht darunter leidet, falls wir uns trennen. Können wir uns jetzt bitte wieder auf die Bücher konzentrieren?«

Theo winkt Wade und mich zu sich und nimmt uns in den Arm. Deutlich vernehmbar flüstert er in Wades Richtung: »Wir brauchen eine Runde Gruppenkuscheln, sonst fühlt Griffin sich ausgeschlossen.«

»Ich hasse euch«, zischt Wade zurück.

Nachdem wir alle erleichtert losgelacht haben, womit die Sache zum Glück gegessen ist und die Geheimnistuerei ein Ende hat, muss ich noch lange nach den beiden weiterlächeln, vor lauter Glück über Theos Vertrauen in unsere Beziehung. Wunderbar. Ich habe also genug Zeit, um nach dem perfekten Titel für seine Memoiren zu suchen.

GEGENWART
SONNTAG, 20. NOVEMBER 2016

Nein, ich will nicht, ich will da nicht rein, Theo. Ich will mich da drin nicht von dir verabschieden.

Die Trauerkapelle an der Ecke Eighty-First und Madison wirkt wie aus Spielklötzen zusammengebaut und wegen ihrer beigebraunen Fassade irgendwie unfertig – als hätte man vergessen oder es unpassend gefunden, ihr einen gescheiten Anstrich zu verpassen. Die Entscheidung deiner Eltern, dass deine Freunde und Verwandten sich hier von dir verabschieden sollen, ist mir unbegreiflich. Zwar fällt mir gerade auf Anhieb auch kein besserer Ort ein, doch würde ich auf jeden Fall einen mit mehr Farbe aussuchen.

Na egal. Mir jedenfalls. Ich geh da eh nicht rein.

»Steigst du schon mal aus, Griffin?«

»Nein«, antworte ich. »Ich kann nicht.«

Mom zieht den Schlüssel ab und wirft ihn in ihre Handtasche. »Wir bleiben hier sitzen, bis du bereit bist.« Stur blickt sie geradeaus, wo Trauernde – von denen ich keinen erkenne – mit Kaffeebechern in den Händen Richtung Kapelle gehen. Die Glocke schlägt zehn Mal. Es macht mir nichts aus, diese Andacht zu verpassen. Ich habe sowieso nicht vor, meine Trauer so bald kleinzusingen oder wegzubeten. Mom hält Dad ihre Hand hin und er umfasst sie mit seiner, wie immer. Die Liebe meiner Eltern ist in Stein gemeißelt. Gerade bin ich zu taub, um es zu fühlen, doch all mein Vertrauen in deine und meine Zukunft verdankte ich ihrer ewig andauernden Highschool-Liebe.

Ihre beiden Hände zu sehen, während ich mir deine nur vorstellen kann, macht mich stinkwütend.

Ich steige aus und knalle die Tür zu. Kalte Herbstluft beißt durch meine Jacke und meinen Pulli. Das Atmen tut bis in die Lunge weh. Es regnet gar nicht so heftig, aber ich bin gleich klitschnass.

Auch meine Eltern verlassen die Wärme ihres zerbeulten Toyotas und gehen rechts neben mir her, respektieren diesen Zwang, der dich immer wieder fasziniert hat. Sie schweigen und ersparen mir irgendein Glückskeksgefasel. Meine Eltern wissen genau, wann sie mit mir in den Krieg zu ziehen haben und wann ich meine Schlachten allein schlagen muss.

Du erwartest mich da drin. Du, und auch wieder nicht du.

Ich schulde dir eine Verabschiedung.

Wenn du hier wärst, säße ich schon längst in meiner Bank ... oh Mann, jetzt lasse ich mich tatsächlich von dir zu deiner eigenen Trauerfeier überreden. Wie verrückt ist das denn! Du warst schon immer ein Experte darin, mir Mut einzuflößen, mich die Mauern einreißen zu lassen, die ich einzureißen vermochte. Für meine unüberwindbaren Zwänge konntest du ja nichts.

Vor der Kapellentür merke ich, wie meine Eltern ein bisschen unruhig werden. Als ich mich umdrehe, sehe ich ein paar weitere unbekannte Gesichter auf uns zukommen. Vielleicht Nachbarn oder Freunde deiner Eltern, von denen du mir nur mal erzählt hast. Wenn ich sie nicht kenne, kennen sie mich auch nicht und ebenso wenig deine und meine Geschichte, daher können sie nicht wissen, wie schwer es für mich ist, diesen Scheißknauf zu drehen.

Die Anspannung steigt, aber niemand sagt etwas.

Ich prügele mich selbst zu Boden, gehe unter, will nie wieder nach oben kommen.

Doch dann öffne ich die Tür. Und betrete einen Raum voll abgestandener Luft und Trauer.

Direkt am Eingang prangt ein großes Bild von deinem Gesicht. Deine Eltern haben das peinliche Schulfoto von dir aus der Elften genommen und nicht unser Lieblingsporträt, das als Autorenfoto für deine Memoiren dienen sollte. Auf dem du so schön zurückhaltend lächelst, den Betrachter aber trotzdem verschmitzt aus deinen blauen Augen anguckst – vielleicht nicht gerade der Eindruck, den deine Eltern anderen von dir vermitteln wollen. Warum sie allerdings dieses Foto hier genommen haben, ist mir schleierhaft. Aber natürlich werde ich nichts sagen. Wer hätte schließlich an Russells und Ellens Stelle gerade den Kopf für so was.

Mit meinen Eltern im Rücken, die gerade Gott weiß wem ihr Beileid aussprechen, nähere ich mich deinem Gesicht. Mein Blick taucht in den deinen, so flach er auch sein mag. Fast rede ich es mir aus, aber dann berühre ich das Bild doch. Meine Fingerspitzen hinterlassen eine matte Spur auf deiner glänzenden Wange und wandern weiter nach unten zu dem bronzefarbenen Schildchen in der Rahmenmitte. Sorgfältig ziehe ich jeden einzelnen Buchstaben nach:

THEODORE DANIEL MCINTYRE
10. FEBRUAR 1998 – 13. NOVEMBER 2016

»Griffin.«

Wade würde ich jetzt wirklich lieber aus dem Weg gehen. In den letzten paar Monaten, seit all dem, was zwischen euch beiden vorgefallen ist, habe ich kaum mit ihm gesprochen. Und als er in der vergangenen Woche ein paarmal versucht hat, mich zu erreichen, bin ich weder ans Telefon noch zur Tür gegangen. Trotzdem drehe ich mich jetzt um. Wade trägt eine der Krawatten, die du ihm vorletztes Weihnachten geschenkt hast, und kratzt sich an einer verschorften Stelle am Ellbogen. Entweder meidet er meinen Blick oder seine Kontaktlinsen lenken ihn von mir ab. Bestimmt macht er sich Vorwürfe, nicht mit dir geredet zu haben, als er noch die Chance dazu hatte.

»Mein Beileid zu deinem Verlust, Griffin.«

Dein ehemals bester Freund versteht, dass du *mein* Verlust bist. Hier passiert Geschichte direkt vor unseren Augen.
»Beileid zurück«, kriege ich heraus.

Ich lasse meinen Blick durch die Menge wandern. Dass trotz des Regens so viele gekommen sind, wundert mich nicht. Ich frage mich, wie viele von den Trauernden hier seit deinem Tod gelacht haben. Zumindest gelächelt haben die meisten bestimmt schon – über was Blödes halt: alte Quatschfotos im Handy oder irgendeine Comedy-Serie, mit der sie sich vielleicht von deinem Tod abzulenken versuchten. Wissen will ich vielmehr, ob sie seitdem schon so heftig losgelacht haben, dass ihnen der Brustkorb wehtat. Ich nicht. Würde es aber niemandem krummnehmen. Ist halt scheiße, dass ich eine ganze Zeit lang mit meiner Trauer allein sein werde. Wäre schön, wenn mir jemand sagen könnte, wann Lachen wieder möglich ist. Und wann in Ordnung.

Schließlich fixieren Wades Augen mich doch. »Wirst du mit Jackson sprechen?«

Selbst nach dieser langen Zeit trifft sein Name noch immer einen Nerv in mir. »Steht nicht ganz oben auf meiner Liste«, sage ich. Besser halte ich jetzt die Klappe. Noch besser: Ich mache mich aus dem Staub.

»Er kann vermutlich als Einziger hier verstehen, was du durchmachst, auch wenn das zwischen den beiden was anderes war.«

»Was völlig anderes«, sage ich ohne es zu wollen und kämpfe gegen die Tränen und Wutschreie, die in mir aufsteigen. Schnell gucke ich wieder weg, damit Wade mich nicht zu trösten versucht. Ich sehe deinen Großvater sich auf seinen Stock stützen, deine Tante Clara Taschentuchpäckchen verteilen, die sie sicher in Palettenmenge gekauft hat, und deinen Cousin etwas stricken, das von hier hinten wie ein Schal aussieht, doch keine Spur von deinen Eltern. Also reiße ich mich zusammen und frage Wade nach ihnen.

»Russell ist draußen, eine rauchen«, sagt er. »Seit einer Weile schon. Ist mittlerweile wohl eher bei der vierten. Und Ellen sitzt mit Denise vorne. Bei Theo.«

Bei deiner Leiche, nicht bei dir.

»Ich werd mal nach Russell sehen.«

»Bevor du gehst –«

Ich flüchte zur Tür. Und meine Eltern jagen hinterher, befürchten offenbar, dass ich abhauen will. Als meine Mom mich fragt, wohin ich unterwegs bin und ob ich nicht mit ihr zusammen zu Ellen gehen und unser Beileid aussprechen will, bleibe ich stehen. Das kann ich nicht. Nicht jetzt. Ich stelle mich taub und gucke mir die Leute um mich herum an. Mein Blick fällt auf deinen Onkel Ned, der in seine Bibel vertieft ist, und erneut auf Tante Clara, die ihre Taschentücher jetzt an sich selbst verteilt, während sie gemeinsam mit einer Nachbarin in Tränen ausbricht.

Doch gleich als Nächstes richtet sich mein Blick wieder zur Tür.

In der dein Freund steht. Und mir direkt in die Augen sieht.

GESCHICHTE
DONNERSTAG, 12. JUNI 2014

Als wir bei unserem ersten richtigen Date aus der Bahn steigen, gießt es wie aus Eimern.

»Willst du die gute oder die schlechte Nachricht?«, fragt Theo.

»Alter, wo lebst du denn? Das hier ist New York! Immer die schlechte Nachricht zuerst.«

»Ich hab keinen Schirm dabei«, sagt Theo.

»Und die gute?«

»Ich sag's dir wenigstens direkt.«

»Deine gute Nachricht ist scheiße.«

Wenn wir genug Zeit hätten, könnten wir hier in der U-Bahn-Station warten, bis der Regen aufhört. Aber das Popkultur-Quiz im *Bonus Diner*, diesem neuen Kneipensport-Restaurant in der Nähe des Union Square, fängt um sechs an. Also rennen wir los. Jede ungeschützte Ecke, an der wir den Verkehr abwarten müssen, ist unser Feind, und ich bin wirklich froh, dass das Schuljahr fast um ist, weil wir die Bücher in unseren Rucksäcken nach heute vermutlich wegschmeißen können.

Krass. Ein ohrenbetäubendes Stimmengewirr schlägt uns entgegen, aber freie Plätze gibt es zum Glück noch. Ich fühle mich trotzdem verarscht, weil es hier drinnen so kalt ist. Wenn man irgendwo reinkommt, will man schließlich immer das Gegenteil zu draußen haben, oder? An brütend heißen Sommertagen beschwert sich ja auch keiner über die Klimaanlage.

Aber nichts und niemand verdirbt mir mein erstes Date mit Theo. Ich kämpfe tapfer gegen den Schüttelfrost und lasse unser Zwei-Mann-Team registrieren. Wir sitzen an Tisch sechzehn – gute Zahl. Schnell flitze ich zu den Toiletten und versuche, mich dort so gut es geht mit Papierhandtüchern abzutrocknen. Als ich zurückkomme, löse ich Theo ab, damit er dasselbe tun kann. Erst als ich mich jetzt umschaue, wird mir ein kleines bisschen wärmer. Wir sind vermutlich die Jüngsten hier, aber ich würde behaupten, dass unsere Kontrahenten wahrscheinlich die coolsten Leute des Universums sind.

Theo kommt zurück und reibt sich die Hände.

»Die machen wir fertig«, sagt er, bevor er sich der Speisekarte widmet. Schon wieder einer dieser Momente, in denen ich mich am liebsten rüberbeugen und ihn endlich küssen würde. Nicht dass ich es hinter mich bringen möchte, aber dass wir uns in all den Tagen nach unserem »großen Bekenntnis« noch kein einziges Mal geküsst haben, macht mir ganz schön Druck. Vielleicht braucht es aber gar nicht den perfekten Moment für einen ersten Kuss. Vielleicht reicht ein Kuss, der sagt: »Hey, ich mag dich, auch wenn du gerade gar nichts Besonderes tust.«

Aber bevor ich mich dazu durchringen kann, pustet die Moderatorin in eine Trillerpfeife und bringt schlagartig alle Restaurantgäste und sogar die Leute an den Billardtischen und Flipperautomaten zum Schweigen. Sie erklärt die Regeln. Es gibt zwanzig Fragen und für jede Antwort eine Minute Zeit. Freiwillige laufen zwischen den Tischen umher und kontrollieren, dass niemand schummelt. Der dritte Preis ist ein Gutscheinbuch für einen Online-Geschenke-shop, der zweite eine Nachbildung von Schwert und Schild aus *The Legend of Zelda: Twilight Princess* und der Hauptgewinn eine DVD-Box mit den ersten sechs *Star Wars*-Filmen in der Director's Cut Edition.

Mit einem Mal will ich unbedingt gewinnen. Wer weiß, vielleicht werde ich ja ein genauso großer Fan wie Theo und dann können wir in Zukunft immer zusammen *Star Wars*-Halloweenpartys schmeißen und ... Okay, Griffin, schalt mal einen Gang runter und geh in aller Ruhe eine Woche nach der anderen an.

Die Kellnerinnen und Kellner teilen Papier und Stifte aus, während sie die Bestellungen aufnehmen. Sobald sie das Feld geräumt haben, kündigt die Moderatorin an, dass es losgeht. Als Theo mich ansieht, will mein Herz mit dem Kopf durch die Wand.

»Frage Nummer eins ...«

Wir merken schnell, dass es für die meisten hier eigentlich ums Betrinken geht. Schon nach den ersten Fragen rocken wir das Ding. Wo wurden die Aufnahmen des Planeten Hoth in *Das Imperium schlägt zurück* gedreht? Norwegen. (Danke, Theo.) Der Drehbuchautor von *Toy Story* und *Firefly*? Joss Whedon. Die einzige *Simpsons*-Figur mit zehn Fingern? Gott. Wann wurde der letzte Harry-Potter-Band veröffentlicht? 2007, aber die Reihe endet eigentlich im Jahr 1998. (Gern geschehen, Theo.) Teamwork.

»Letzte Frage!«

Ich bin mir relativ sicher, dass wir von bisher neunzehn Antworten neunzehn richtig haben, von daher können wir das hier eigentlich gar nicht mehr versauen.

»Welcher Schauspieler schaffte es im *Star Trek*-Film von 2009 nicht, den Vulkaniergruß auszuführen?« Theo schreibt Zachary Quintos Namen auf und reicht das Blatt an den nächstbesten Freiwilligen. »Wir haben das Ding in der Tasche. Mach dich bereit für einen *Star Wars*-Marathon.«

Die Jury braucht ungefähr zwanzig Minuten, um alle abgegebenen Antworten zu überprüfen. Danach ertönt ein Gong. Die Moderatorin kommt wieder nach vorne und räuspert sich. »Die Auszählung hat ergeben: Wir haben eine Pattsituation zwischen zwei Teams! Da es aber nur eine DVD-Box gibt, brauchen wir eine alles entscheidende Masterfrage. Ich bitte jeweils ein Mitglied des Teams *Stark-Kirk* und des Teams *Menschenpiraten* nach vorne!«

»Yes!« Theo steht auf und ich hoffe, dass er für uns gewinnt. »Hey, du, hoch mit dir.«

»Was? Nein. Mach du das.«

»Du bist mein Auserwählter!«

Na gut. Ich schwenke meine Serviette. »Ich gebe auf.«

»Genau genommen *er*gibst du dich, wenn du die weiße Fahne schwenkst. Ein kleiner, aber feiner Unterschied.«

»Siehst du? Du bist viel schlauer. Mach du das.«

»Du kannst das, Griff. Ich glaub an dich. Los!«

Theo schiebt mich nach vorne und zieht sich dann zurück. Ich vertrete uns also in einem Quiz. Ein echt seltsames Universum ist das hier. Meine Gegnerin ist ein rothaariges Mädchen mit dicken Brillengläsern. Wir geben uns kurz die Hand. Im Kampf um die *Star Wars*-Sammelbox heißt es jetzt: sie oder ich. Alle Augen sind auf uns gerichtet, jeder hält den Atem an. Ich aber sehe nur Theo, der unwiderstehlich lächelt und den Daumen hochstreckt.

»Wer als Erstes die richtige Antwort gibt, gewinnt«, verkündet die Moderatorin. »Hier kommt die Entscheidungsfrage ...« Sie greift in ein ausgedientes Bonbonglas und zieht einen der Papierstreifen heraus. »Wie lautet der vollständige Name von Dumbledore?«

Eine Harry-Potter-Frage! Bingo. »Albus Percival Brian Wulfric Dumbledore!«

Noch bevor die Moderatorin den Kopf schütteln kann, fällt es mir wie Schuppen von den Augen: Wulfric kommt vor Brian! Entsetzt schlage ich die Hand vor den Mund. Theo wage ich nicht mal anzusehen. Meine bebrillte Gegnerin beantwortet die Frage natürlich korrekt und erhält genau den tosenden Applaus, den eigentlich *ich* vor Theos Augen erhalten wollte. Ich versuche mich daran zu erinnern, dass das alles nur ein blödes Spiel ist, lächele und gratuliere ihr. Dass sie so nett ist, mir auch zu gratulieren, macht es ein bisschen besser.

Mit Schild und Schwert in Händen trotte ich zu unserem Tisch zurück. »Boah, ich bin voll der Loser.«

»Ach, Quatsch, Mann, du warst super! Ich wette, du hättest die Namen nicht verwechselt, wenn du sie hättest aufschreiben können. Das ist ja wie Gleichungen lösen ohne Taschenrechner!«

»Was du ständig machst.«

Theo schüttelt den Kopf. »Das ist was anderes. Du gehst voll auf in dem Kram. Außerdem hätte ich hundertpro nicht mal den ersten Namen gewusst.«

»Das sagst du nur, weil ich verloren habe und du nett zu mir sein musst.«

Theo nimmt mir das Schwert aus der Hand. »Knie nieder vor dem König, Griff.« Ich schaue mich nach einem König um. »Vor mir, du Blödmann. Ich bin der König, wer sonst? Wade?«

Gegen meinen Willen muss ich lachen, lasse mich auf

ein Knie nieder und senke den Kopf, während er mich zum Ritter schlägt.

»An diesem regnerischen Donnerstag ehre ich, König Theo von New York City, Euch, Sir Griffin von New York City, für Euer herausragendes Wissen über Fantasyromane, die zu lesen ich mir selbst nie die Zeit nehme. Und für Euer Lachen, welches ich so gerne höre, dass ich mir immer wieder in den Bauch boxen würde, sollte Euch dies amüsieren.«

Die Aktion ist so albern, dass ich beim Aufstehen noch immer grinsen muss. Als Theo jetzt das Schwert herumwirbelt und nach mir schlägt, wehre ich seine Angriffe mit dem Schild ab. Wir ignorieren die Einwände der Kellner und landen durch unser Gekämpfe irgendwann bei den Flipperautomaten, wo ich den Schild schließlich fallen lasse.

»Ich ergebe mich!«, rufe ich. »*Er*geben, nicht *auf*geben, richtig?«

»Mein Werk hier ist getan. Ich habe Euch nichts mehr beizubringen, Sir Griffin von New York City«, verkündet Theo mit stolzgeschwellter Brust. Ich entwaffne uns beide, indem ich ihn küsse, und unter dem Gepolter eines zu Boden fallenden Plastikschwerts zieht er mich an sich.

Es fühlt sich richtig an, selbst dann noch, als wir mit den Zähnen aneinanderstoßen. Nachdem wir uns voneinander gelöst haben, muss ich lachen.

»Wow, das haben wir gerade echt getan«, sage ich.

»Lass uns das öfter tun«, sagt Theo.

GEGENWART
SONNTAG, 20. NOVEMBER 2016

Jackson Wright ist hier. Nicht über ihn zu reden, ist keine Option mehr.

Dass er und ich uns ähnlich sehen, lässt sich nicht leugnen, selbst Wade hat sich schon darüber lustig gemacht. Jacksons Haare sind zwar etwas dunkler und länger, aber auf den ersten Blick hellbraun wie meine. Beide haben wir eine schlaksige Statur und eine schlechte Haltung und beide sahen wir mit grünbraunen Augen in deine blauen. Als du mal von deiner Faszination für sein hufeisenförmiges Muttermal auf dem Schlüsselbein erzähltest, erinnerte mich das sofort daran, wie du immer die »eingefallene Pyramide« auf der Innenseite meines Oberschenkels nachgezogen hast. Der momentan größte Unterschied zwischen uns besteht darin, dass ich in Jeans und deinem alten Pulli stecke, er aber in einem zu groß geratenen Anzug zu deiner Trauerfeier erschienen ist. Der Anzug passt zum Anlass, wobei ich mich frage, was ein Achtzehnjähriger in Kalifornien damit anfängt.

Deine Geschichte mit Jackson, wie du sie mir erzählt hast: Du trafst ihn letztes Jahr, am 29. Oktober, als du zu Fuß auf dem Highway unterwegs warst. Du wolltest zur

Nachhilfestunde mit deinem Oberstufler, während Jackson fürs Wochenende zu seinem Vater fuhr. Du wurdest vom Regen überrascht, was mich wiederum nicht überrascht, weil du dich ja immer schon geweigert hast, mal eine Wetter-App zu checken und stattdessen der felsenfesten Meinung warst, dich jeglichen Witterungsverhältnissen anpassen zu können.

Zu deinem Glück eilte Jackson zur Rettung.

Er hatte dich auf derselben Strecke schon ein paarmal gesehen und sich gedacht, dass du ganz nett aussiehst. Er war neugierig, wie du überhaupt in Kalifornien überleben konntest ohne ein Auto, ein Fahrrad oder »einen fliegenden Teppich«. Das mit dem fliegenden Teppich fandest du witzig. Ich fand's lahm. Möglich auch, dass ich darauf programmiert bin, zu jedem deiner Verehrer ein Arsch zu sein. Doch wir sollten nicht ausschließen, dass sein Witz vielleicht trotzdem hirnlos war, denn ...

Schon gut. Ich mach mal weiter.

Jackson fuhr rechts ran und bot an, dich mitzunehmen. Er war ein völlig Fremder für dich, doch laut deinen Ausführungen über das sonst so unwirklich perfekte kalifornische Wetter muss ein Regenschauer so was wie den Auftakt der Zombiepiraten-Apokalypse bedeutet haben, von daher darf man dir wohl keinen Vorwurf machen. Mich kotzt bloß an, dass du mich in diesem Paralleluniversum, das eigentlich unseres hätte sein sollen, durch einen neuen Verbündeten ersetzt hast.

Auf der Fahrt habt ihr euch dann über Filme und Computer-Rollenspiele unterhalten und euch auf Anhieb prächtig verstanden. Der Rest ist leider Geschichte.

Angefangen bei dem Telefonat am 7. November, in dem du mir ausführlichst von diesem neuen Typen in deinem Leben erzählt hast. Erst hatte ich ja gehofft, die Sache wäre schnell wieder vorbei, doch irgendwann ging sie dann doch zu lange, um noch weiter zu leugnen, dass unser Endspiel in Gefahr war. Ich wollte bis ins kleinste Detail wissen, wie Jackson aussah, wo er herkam, wie eure Dates abliefen und was dich denn überhaupt an ihm so faszinierte.

Jackson steht noch immer im Türrahmen und dein Dad muss sich beim Reingehen regelrecht an ihm vorbeiquetschen. Er hat definitiv Kette geraucht und der Geruch verursacht mir augenblicklich Übelkeit, erinnert mich daran, wie wir es immer wieder in diesem nach kaltem Zigarettenrauch und Lufterfrischer stinkenden Auto hatten aushalten müssen, bevor dein Dad endlich bekennender Nichtraucher wurde – ein Status, den er nun offensichtlich wieder aufgehoben hat. Jacksons Anwesenheit quittiert er mit nicht mehr als einem Schulterklopfen und auch wenn sich's krank anhört: Das freut mich richtiggehend. Jackson ist her*geflogen*, doch er erhält keine nennenswerte Aufmerksamkeit von dem Mann, der dir Schuhebinden und Radfahren beigebracht hat.

Mein Dad geht auf deinen zu. Meine Mom bleibt bei mir. Wade taucht wieder an meiner Seite auf. Keine Ahnung, ob er sich wegen der Konfrontation mit Jackson nur Sorgen macht oder mich irgendwie unterstützen will, so oder so kann ich ihn hier nicht gebrauchen. Ich muss das allein machen. Doch gerade als ich auf Jackson zusteuere, kreuzen dein und mein Dad meinen Weg.

»Hi, Russell«, sage ich und knete meinen Ringfinger. Diesen Antistress-Trick hast du mir beigebracht. Eigentlich ist er gegen Flugangst – wobei ich natürlich niemals in ein Flugzeug steigen würde.

Telefoniert habe ich mit deinem Dad am Tag deines Todes und dann noch mal am Tag danach, doch heute stehe
ich ihm zum ersten Mal seitdem gegenüber. Er hat vergessen, seine Lesebrille gegen das Horngestell einzutauschen,
das er sonst immer trägt, und als er zum Reden ansetzt, bemerke ich den neuen Gelbstich an seinen Zähnen. Noch vor
dem ersten Wort unterbricht er sich selbst. Jetzt zu fragen,
wie es ihm geht, ist überflüssig. Ich kämpfe mich durch die
unsichtbare Zigarettenrauchwolke zu ihm durch und umarme ihn.

»Meinst du wirklich, du kannst gleich ein paar Worte sagen?«, murmelt er.

Ich trete zurück und nicke. Nicht zu glauben, dass ich in
einem Universum lebe, in dem ich eine Trauerrede auf dich
halte.

Er klopft mir auf die Schulter, genau wie gerade eben
Jackson, und geht weiter, um nach Ellen zu sehen.

Als Jackson nun mit gesenktem Blick und beiden Händen in den Hosentaschen auf mich zukommt, starren meine Eltern und Wade mich erwartungsvoll an. Diskret bitte
ich sie, uns kurz allein zu lassen. Ich bin mir nicht sicher, ob
Jackson überhaupt mit mir reden will, aber was immer auch
passiert, gleich passiert's. Mom sagt noch, dass sie einen
Platz für mich frei hält, dann gehen sie. Wade guckt mit
einem Blick über die Schulter, als erwarte er eine Explosion
oder so. Doch auf deiner Trauerfeier wird es keine Prügelei
geben, versprochen.

Im nächsten Moment stehe ich deinem Neuen Auge in
Auge gegenüber. Sein linkes ist rot unterlaufen und auch er
riecht nach Zigarette.

»Hi, Griffin«, sagt er.

Und spricht meinen Namen aus, als wären wir Freunde.

Eigenartig, denn als du ihn im Februar zu deinem Geburtstag nach New York mitgebracht hast, habe ich mich geweigert, ihn zu treffen. Nicht in scheißtausend Jahren wollte ich mit *ihm* zu einem *unserer* Orte gehen. Und auch nach deinem Tod haben wir einander nicht gerade beigestanden – hätte auch niemand erwartet. Sein Name ist mir im Kopf rumgespukt, klar, aber nicht etwa, weil ich mir Gedanken gemacht hätte, wie es ihm wohl ergeht. Nein, in meinem Kopf drehte sich alles nur um eine Frage: Wie verdammt noch mal sind deine letzten Augenblicke abgelaufen?

Denn Jackson war dabei.

Ist es seltsam, ihn um etwas zu beneiden, das ich nie im Leben selbst würde sehen wollen? Ich habe meine große Geschichte mit dir, Theo, aber er hat dennoch Teile deines Puzzles, und ich will jedes einzelne davon besitzen, auch wenn ich sie alle niemals werde zusammensetzen können, ohne selbst dabei draufzugehen.

»Hi, Jackson«, gebe ich zurück. Wir sprechen einander kein Beileid aus. Womöglich wartet er, dass ich das zuerst tue – aber da kann er lange warten. »Was ist mit deinem Auge passiert?«

»Geplatztes Äderchen«, antwortet er. »Beim Arzt sind sie uneinig, ob vom Geheule oder vom Geschrei. Jedenfalls geht's von allein wieder weg.«

Dass vom Heulen ein Äderchen platzen kann, ist mir neu. Du hättest es bestimmt gewusst.

Jackson geht an mir vorbei zu deinem Bild. Weder berührt er dein Gesicht, noch fährt er dein Namensschild nach. Stattdessen lehnt er seine Stirn an deine – was natürlich nicht passt – und schließt die Augen.

»Ich vermisse dich, Theodore«, sagt er.

Diese Anrede kommt unerwartet intim daher und überrascht mich, weil du nie so genannt werden wolltest. Du fandest Theodore doch zu streng, zu präsidentisch. Aber ich werde Jackson das natürlich nicht vorhalten. Wie könnte ich auch? Nachher hast du in der Zwischenzeit deine Meinung geändert. Nachher würde ich mich nur bloßstellen, würde lediglich verraten, dass ich keine Ahnung habe, wer du vor deinem Tod eigentlich warst.

»Wie lange bleibst du in New York?«, erkundige ich mich. Erscheint mir netter, als zu fragen, wann Jackson endlich wieder abhaut.

Er dreht sich um und zuckt die Schultern. »Bin gestern Abend angekommen. Bleibe vielleicht noch ein, zwei Wochen.«

Von dir weiß ich, dass seine Mutter seit ein paar Jahren im Rollstuhl sitzt, daher wird sie wohl kaum mitgeflogen sein.

»Übernachtest du bei Freunden?«

Bei Jacksons Besuch im Februar hattest du seine »Theaterfreunde« an der New York University erwähnt, wobei ich bezweifle, dass ihr sie zu Gesicht bekommen habt – nicht bei all den Stunden mit deiner Familie und natürlich dem traditionellen Kinobesuch an deinem Geburtstag. Bestimmt hast du dir einen Pärchensitz mit Jackson geteilt. Das war mal unser Thron, Theo.

»Ich wohne bei den McIntyres«, sagt Jackson.

Was bin ich doch für ein Idiot. Natürlich riecht er nach Zigaretten, weil er draußen bei deinem Dad stand, und bekommt nur deshalb nicht mehr als ein Schulterklopfen, weil er schon seit gestern Abend bei ihnen ist. Womöglich schläft er in deinem Zimmer. Bestimmt sogar. Ist Chefkurator der Hauptausstellung des McIntyre-Museums, oberster

Archivar der Zeugnisse deines Lebens. Sofort habe ich alles vor Augen: unsere gerahmten Puzzles an deinen hellblauen Wänden, das Bücherregal voller Skizzen, die du später in wahnwitzigem Tempo zum Leben erweckt hast, die vielen Preise, von denen du fandest, du könntest sie ruhig »ordentlich herzeigen«, deinen mit Robotermagneten und alten *Tetris*-Modulen verzierten Computertisch, das goldene Einrad, das du letzten Sommer auf diesem Rummel in der Bronx gewonnen hast, den Plastikschläger, mit dem du bei Denise' siebtem Geburtstag die Piñata verhauen und den du dann für die Zombiepiraten-Apokalypse aufgehoben hast …

Dieser Außenseiter hockt mitten im Netz deines Lebens und das macht mich echt krank.

»Wir sollten uns langsam hinsetzen«, sagt Jackson. Dabei sieht er auf seine Uhr, eine alte von deinen. Er könnte schwerlich noch auffälliger mit ihr rumwedeln. »Die Andacht geht jeden Moment los.«

Gemeinsam betreten wir die Kapelle. Als er zuerst links von mir geht, wechsle ich die Seite. Er beachtet mich gar nicht, sondern läuft geradewegs auf den leeren Stuhl in der ersten Reihe neben deiner Mutter zu. Ellen, von Kopf bis Fuß in Schwarz, ist an Russells Schulter gelehnt in Schweigen versunken. Ich will mich schon aufregen, woher Jackson die Nerven hat, sich direkt neben deine Eltern zu setzen, da fällt mein Blick auf deinen leblosen Körper.

Selbst ihn zu sehen reicht nicht aus, um es zu glauben.

Du liegst in einem Mahagonisarg und trägst einen schwarzen Anzug, den ich noch nie an dir gesehen habe. Um dich herum stehen tonnenweise Blumen. Dabei fällt mir der eine Sommernachmittag wieder ein, an dem du mir deine Liebe für Callas gestanden hast, nachdem du 'ne ganze Weile rumgedruckst hattest. Deine Worte: »Blumen sind unmännlich.« Als ich mich im Gegenzug über meine geheime Leidenschaft für Schwertlilien auslieβ, die mir mal in einem Comic untergekommen waren, entwickelte sich ein herrlich männliches Gespräch daraus. Ab da besuchten wir immer mal wieder den Blumenladen deiner Groβmutter, bis sie letzten Winter vor der Übermacht der Konkurrenz im Valentinstagskampf kapitulierte und dichtmachte. Erneut lasse ich meinen Blick über das Blumenmeer schweifen, entdecke jedoch keine einzige Calla.

Ich hätte dir welche mitbringen sollen, ein paar weiβe, deine Lieblingssorte. Tut mir leid.

Obwohl mir klar ist, dass dafür eigentlich keine Zeit mehr bleibt, gehe ich zu dir nach vorne. Der Pfarrer schickt sich schon an, ein Gebet oder ein Lied anzustimmen, aber das da bist du, Theo, in einer Kiste. Die Welt gerät ins Wanken, meine Knie zittern. Mom ruft nach mir, Dad taucht zu meiner Linken auf und zieht mich am Arm. Doch ich schüttle ihn ab und wechsle erst die Seite, bevor ich mich von ihm zu unseren Plätzen ganz links in der Kapelle führen lasse, weit weg von deiner Familie und von Jackson. Der Stuhl ist unbequem. Auβerdem sind viel zu viele Augen auf mich gerichtet. Also hocke ich mich wie damals als Fünftklässler im Schneidersitz auf den Boden.

Father Jeffrey eröffnet die Andacht mit einem Bibelzitat: »Selig sind die Trauernden, denn sie sollen getröstet werden.«

Schätzungsweise hat so ein Zimmer voller dich liebender Menschen tatsächlich was Tröstendes an sich. Hätte man dir nur mehr Zeit in diesem Universum gegeben, du hättest ganze Stadien mit Liebenden füllen können.

Lieder werden gesungen, aber nicht von mir. Wir waren uns einig, dass ich alles Mögliche kann – vier Blocks lang mit einem Auto mithalten, bevor mir die Puste ausgeht, zum Beispiel, oder lange Strecken freihändig Fahrrad fahren –, aber singen kann ich nicht. Jackson, der singt mit. Seine Stimme kann ich nicht heraushören, sehe ihn aber dastehen wie ein staunendes Kind, das mit schief gelegtem Kopf von dir wissen will, warum du denn in einer Kiste schläfst.

Die Trauerreden sind allesamt kaum auszuhalten. Deine Mutter, die als Erste spricht, versucht erst noch, über die neunzehnstündigen Wehen während deiner Geburt zu scherzen, doch schon bald hält sie inne und fängt neu an. Sie erzählt, wie sehr sie es vermissen wird, dich bei jedweder Krankheit wieder gesund zu pflegen und dass sie es bereut, dir nach der Drei plus in der Erdkunde-Zwischenprüfung die Xbox weggenommen zu haben. Nach ihr kommt Denise. Sie erzählt, wie ihr zwei immer Tanzpartys im Wohnzimmer veranstaltet habt (wovon ich gar nichts wusste), und als sie in Tränen ausbricht, springe ich vom Boden auf und laufe zu ihr, denn du liegst in einem Sarg und kannst das nicht, laufe zu ihr und frage, ob sie sich zu mir setzen will.

Dein Vater erzählt, wie gut er sich an den Tag erinnert, an dem du dein erstes Wort gesagt hast (»Socke«) und wie ihm in diesem Moment klar wurde, dass du ein eigenständiger kleiner Mensch bist und aufwachsen und immer mehr Wörter lernen würdest, um mit ihnen in dieser Welt zurechtzukommen. Tante Clara wird deine »lustigen Filmchen« vermissen. Onkel Ned fragt sich, mit wem er jetzt über Technik reden soll. Auch Wade fasst sich kurz, sagt, wie sehr er dich vermisst und dass es ihm leidtut, mit dir gestritten zu haben. Deine Nachbarin Simone denkt immer noch dankbar an den einen Monat zurück, als du für sie einkaufen gegangen bist, nachdem sie sich bei einem Autounfall das Bein gebrochen hatte.

Dann bin ich dran.

Ich hab keine Ahnung, was sie von mir hören wollen.

Vielleicht, wie unsere Freundschaft in der Unterstufe durch Pompeji ihren Anfang nahm. Und anhält bis heute, da ich nun aufstehen und eine Trauerrede auf dich halten soll.

Ich stehe also auf, ziehe Denise auf die Füße und bringe sie zu deinen Eltern zurück.

Dann gehe ich auf dich zu, nähere mich deinem mit Make-up aufgehübschten Gesicht, das nicht aussieht wie der Junge, den ich liebe. Zwar schon wie du, klar, aber auch irgendwie kreidig und so künstlich, dass es mir kalt über den Rücken läuft. Diese hellblaue Krawatte würde wunderbar zu deinen Augen passen. Wenn sie offen wären. Kurz versetze ich mich zurück auf deine Abschlussparty, knote probehalber diese blaue an die Stelle der eigentlich grünen Krawatte und schüttele das Bild aber schnell wieder ab, denn unsere Geschichte darf ich nicht ändern. Ich darf nicht damit anfangen, mich falsch an dich zu erinnern.

»Einen Augenblick«, sage ich in den Raum.

Ich überwinde die letzten paar Schritte bis zu dir und umfasse den Rand deines Sarges. Nachdem ich mit Blick auf meine Armbanduhr die nächste gerade Minute abgewartet habe – 10:42 –, berühre ich deine gefalteten Hände. Sie sind kalt, damit hatte ich schon gerechnet, trotzdem erinnert mich diese Berührung nach so langer Zeit an unser Strandlagerfeuer letzten Sommer, an unser Zwei-Menschen-Knäuel im Sand, das immer näher an die Wärme der orangegelben Flammen rückt. Doch statt uns wie damals gegenseitig zu versprechen, dass dein Weggang aufs College nicht unser Ende sein wird, führen wir jetzt ein sehr einseitiges Gespräch, bei dem mir dein Neuer sicher schon Löcher in den Rücken starrt. Ich drücke deine Hände und weine ein bisschen.

Ich erzähl deinen Freunden und Verwandten jetzt eine Geschichte über dich, okay? Ich bleibe ganz in der Nähe.

Widerstrebend lasse ich los und drehe mich um.

Stelle mich vorn in die Mitte und halte den Blick starr auf diverse Schuhpaare und das Rednerpult gerichtet, hinter dem ich mich jetzt am liebsten verstecken würde.

»Ich liebe Theo«, sage ich mit erstickter Stimme und knete mein rechtes Ohrläppchen zwischen Daumen und Mittelfinger. »Er ist mein bester Freund, seit ich zehn bin, mein Lieblingsmensch, der eigentlich für immer da sein sollte. Ich hab ihm alles erzählt, sogar Dinge über mich, die mir Angst gemacht haben. Wie damals, als ich mich vor ihm als womöglich verrückt geoutet habe ... und er sich vor mir als schwul.« Ich erzähle ein wenig mehr davon, wie wir am 8. Juni vor zwei Jahren unsere Hetero-Identität über Bord warfen und ich dadurch lernte, dass Ehrlichkeit manchmal zum Glück führt.

Die Erinnerung daran verschwindet so schnell, wie sie aufgetaucht ist.

Jetzt heule ich richtig. Ich halte eine Hand gegen die Brust gepresst, die andere zupft weiter an meinem Ohr. »Durch Theo habe ich mich vor der Welt beschützt gefühlt, und vor mir selbst.« Meine Beine wollen nachgeben. »Ich habe keine Ahnung, wie ich jetzt weitermachen soll. Das weiß wohl niemand von uns. Niemand von uns hätte je auch nur ansatzweise damit gerechnet, sich so früh schon von Theo verabschieden zu müssen. Und das ist so unfair, das ist ein absoluter Albtraum. Aber wir alle lieben ihn irrsinnig, wir alle haben Geschichte mit ihm. Und durch sie behalten wir ihn bei uns.«

Ich schleppe mich zurück zu meinem Fußbodenplatz und denke an tausend weitere Dinge, die ich sagen will. Mein Dad beugt sich vor und küsst mich auf den Kopf. Sagt, ich hätte das gut hinter mich gebracht, dabei hat er keine Ahnung. Allen hier habe ich vielleicht genug erzählt, dir aber noch längst nicht.

Father Jeffrey ist schon wieder auf dem Weg zum Altar, als Jackson aufspringt und ans Rednerpult tritt.

»Hallo allerseits, ich bin Jackson«, stellt er sich mit angespannter Stimme vor. »Ich war Theos Freund in Kalifornien.«

Das kann ich mir nicht anhören.

Aber ich muss. Im Namen der Vernunft werde ich mich durch diese Trauerrede kämpfen. Du würdest nicht wollen, dass ich dich im Stich lasse, dass ich weglaufe. Trotzdem frage ich mich in diesem Augenblick zum x-ten Mal, ob du Jackson je von unserer Geschichte erzählt hast oder mit ihr genauso geizig wie mit eurer umgegangen bist. Was war wohl stärker: dein Drang, von uns zu erzählen, weil es nicht zu tun dich erstickt hätte – oder das Bedürfnis, unsere Vergangenheit für dich zu behalten wie einen Insider-Witz, den du niemals wem verraten könntest.

Jackson zupft nervös an deiner alten Uhr herum. »Meine Eltern sind geschieden, seit ich vierzehn bin. Selbst als Kind war mir schon klar, dass sie einander nicht liebten. Ich war froh, als ich endlich meinen Führerschein machen konnte, denn dadurch entfiel zumindest das unangenehme Hinbringen und Abholen am Wochenende, bei dem sie einander kaum Hallo sagten. Doch wer hätte gedacht, dass mir auf einer dieser Fahrten jemand begegnet, in den ich mich über beide Ohren verlieben würde? Dass da immer derselbe entlangging, fiel mir überhaupt erst beim dritten oder vierten Vorbeifahren auf. Dann aber regnete es eines Tages und ich sah ihn wieder, ohne Schirm. Ich bin also rangefahren und beim Einsteigen fragte er mich, ob Fremde aus dem Regen zu retten so was wie ein Hobby von mir wäre.«

Den Spruch höre ich sofort wie aus deinem Munde, Theo. Und Hitze schießt mir in die Wangen.

Jackson lächelt bei dieser Erinnerung, die mir jetzt schon zu intim ist, die jetzt schon über alles hinausgeht, was ich je wissen wollte. Doch er spricht weiter: »Ich antwortete ihm, dass ich ihn schon ein paarmal im Vorbeifahren gesehen hätte, er mir harmlos erschienen wäre und sich bitte nicht als Mörder entpuppen sollte. Natürlich fand er's sofort verdächtig, dass ich mir Gedanken über ihn gemacht hatte und warf sich scherzhaft wie im Fluchtversuch gegen die Tür.«

Klingt ganz nach dir.

Hinter mir vereinzeltes Lachen.

»Theo war schon ganz durchgefroren, nahm sich meinen Santa-Monica-College-Pulli vom Rücksitz – ohne dass ich ihn ihm angeboten hätte, er nahm ihn einfach – und erzählte mir, dass er in Santa Monica gerade sein Studium anfing. Ich warnte ihn vor einem besonders gruseligen Professor dort und in der folgenden Viertelstunde redeten wir ohne Pause. Theo habe ich das nie gesagt, aber ich habe mit dem Gedanken gespielt, irgendwo falsch abzubiegen, um so ein paar Minuten mehr mit ihm zu ergattern. Ich hätte es ihm sagen sollen.«

Jackson hält inne.

In mir tobt ein Konflikt. Einerseits hasse ich ihn für seine Trauer um dich, andererseits fühle ich mit ihm, weil er sie allein deinetwegen durchmacht. Wenn ich dir doch auch nur so etwas Niedliches erzählen könnte und nicht dieses andere, das dein Bild von mir verändern wird.

Alle zehn Fingernägel bohren sich in meine Handflächen.

»Dafür ist es jetzt zu spät«, fährt Jackson fort. »Aber wir tauschten Nummern aus und trafen uns immer wieder auf dem Campus. Am Ende eines herrlichen gemeinsamen Tages gestand ich ihm, dass ich mich zu ihm hingezogen fühlte. Immerhin das.« Nach kurzem Lippengezitter bricht Jackson in Tränen aus, die – keine Ahnung – irgendwie wirken wie Glückstränen. Beinahe glaube ich aufspringen zu müssen, um ihn zu umarmen oder wenigstens meine Hand auf seine Schulter zu legen. Doch dann halte ich mich davon ab, indem ich mir den Anblick vorstelle, der sich ihm geboten haben muss, als du vergeblich gegen den Ozean anschwammst. Schließlich spricht Jackson weiter: »Schon nach diesem ersten gemeinsamen Ausflug zum Planetarium hatte Theo mich auf eine Weise geknackt, die jedem von uns mindestens einmal im Leben zuteilwerden sollte. Hinter meiner aufgebrochenen Fassade konnte ein besseres, echteres Ich zum Vorschein kommen. Hoffentlich mache ich ihn stolz.«

In einer abschließenden Bewegung dreht sich Jackson zu dir um. »Ich danke dir, Theodore.«

Als er sich wieder hinsetzt, presst er sich einen Arm auf den Bauch und verbirgt hinter der anderen Hand das Gesicht.

Die Andacht neigt sich dem Ende zu und das ist gut für mein Herz und meinen Verstand, dennoch wäre ich bereit, mich durch tausend weitere Geschichten über dich zu quälen, wenn sie nur jemand erzählen würde. Selig sind die Trauernden, denn sie sollen getröstet werden.

Morgen früh tragen wir dich zu Grabe.

GESCHICHTE
SONNTAG, 15. JUNI 2014

Falls ich irgendwann mal jemandem zu erklären versuche, was es mit meinem Faible für gerade Zahlen auf sich hat, klinge ich ganz bestimmt wie ein richtiger Psycho. Selbst für Theo – *erst recht* für Theo. Das Ganze bewegt sich nämlich schon an der Grenze zu obsessiv. Als Theo und ich uns am Freitag nach der Schule an der U-Bahn-Station geküsst haben, habe ich die Küsse gezählt. Aber nicht eins, zwei, drei, vier und so weiter. Sondern eins, zwei, eins, zwei, eins, zwei – um sicherzugehen, dass wir nicht bei einer ungeraden Zahl aufhören. Und wenn Theo nach einem ungeraden Kuss eine Pause brauchte, habe ich immer noch einen draufgesetzt. Es gibt Schlimmeres, als Theo öfter küssen zu müssen, aber die Zählerei macht sich langsam auch in alltäglichen Dingen bemerkbar. Zum Beispiel macht es mich ein bisschen nervös, dass heute ein ungerader Tag ist. Und nachdem ich gerade drei Mal hintereinander geniest habe, würde ich jetzt wirklich gerne noch einen vierten Nieser hinterherschicken.

Ah ja, ich habe nämlich eine Erkältung.

Durch den Regen zu rennen und an einem Popkultur-Quiz in einem sehr kalten Diner teilzunehmen, ist wohl nicht nur das perfekte erste Date, sondern auch das perfekte

Rezept, um krank zu werden. Mich hat's voll erwischt. Theo ist gerade noch mal davongekommen, aber er wirft sich zurück in den Kugelhagel, um bei mir sein zu können.

»Bist du durch mit dem Niesen?«, fragt er.

Ich wäre wie gesagt froh, wenn nicht. »Du hättest nicht zu kommen brauchen!«

Wir sitzen auf dem Boden in meinem Zimmer und setzen die *Blutige Brigg* zusammen.

»Tja, weißt du, ich konnte mich eh nicht so gut auf das neunzehnte Level bei Tetris konzentrieren, weil ich dich so vermisst habe«, entgegnet Theo. »Ich hab keine Angst, krank zu werden. Aber du solltest endlich diese Planke fertig bauen, und zwar zackig.«

»Ja, schon klar.« Ich schniefe. »Nur habe ich echt Gewissensbisse. Wenn ich nämlich diese Planke fertig baue, heißt das, der Zombiepirat kann an Bord klettern und die Menschenpiraten infizieren. Oder sie einfach direkt töten.« Ich sehe ihn an. »Wahrscheinlich will ich einfach die Apokalypse verhindern. Verstehst du, was ich meine?«

»Aber wenn es gar nicht zur Apokalypse kommt, dann müssen wir auch nicht als die letzten beiden Typen auf der Erde für den Fortbestand der menschlichen Gattung sorgen.«

»Also, wenn du glaubst, dass Fortpflanzung so funktioniert, dann bist du ein ganz schön dummes Genie.«

»Oh, ich weiß, wie das normalerweise funktioniert. Aber das sollte uns nicht von einem Versuch abhalten.«

Ich bin mir nicht sicher, ob Theo lächelt, weil er sich unseren Fortpflanzungsversuch vorstellt, oder weil es ihm gefällt, mich in Verlegenheit zu bringen. Aber ich bin ziemlich sicher, dass ich nicht die Eier in der Hose habe, um dieses Gespräch weiterzuführen. Also sammele ich alle Teile auf, die ich für die Planke brauche, und setze sie zusammen. Wie ein pflichtbewusster Soldat. Verdammt, jetzt denke ich an Rollenspiele, in denen ich ein einfacher Fußsoldat bin, der Befehle von Sergeant Theo McIntyre entgegennimmt. Und wie er ruft: »Auf den Boden mit dir, Jennings, und hundert Liegestütze, sonst ...« Okay, das reicht. Unauffällig ziehe ich die Decke zurecht, die um meine Schultern liegt, sodass sie auch meinen Schritt bedeckt.

»Ist dir immer noch kalt?« Theo steht auf und nimmt seinen grünen Kapuzenpulli von der Heizung. »Hier, der ist wieder trocken. Bestimmt besagt irgendeine wissenschaftliche Studie, dass der Pulli deines Freundes dich besser wärmt und dich schneller wieder gesund macht als irgend so 'ne Decke von *Pottery Barn*.«

»Na ja, eigentlich ist sie von *Target*.« Die Decke bleibt, wo sie ist, während ich in Theos Pulli schlüpfe. Er riecht nach dem Blumenladen seiner Großmutter und passt wie angegossen. »Danke, Mann.«

»Grün steht dir«, sagt Theo. »Weißt du was? Behalt ihn.«

»Wow, erst recht danke!«

Das Puzzle ist eine echte Baustelle. Im Schiff klaffen Löcher, als hätten nicht infizierte Menschen von dem Zombievirus erfahren und vorsichtshalber schon mal ein paar Kanonen abgefeuert. Auch im Meer – Theos Aufgabe – tun sich noch reihenweise Abgründe auf. Sie wirken wie lauter gähnende Strudel, die das Schiff in die Tiefe zu ziehen drohen. Einem der Piraten an Bord fehlt der Kopf, weil Theo das entscheidende Teil auf seiner Seite hat. Der Himmel ist dunkel und chaotisch, meine Schuld, wie immer. Und während ich mich hinüberbeuge, weil ich Theo zum Dank einen Kuss geben will, stütze ich mich mit einem Knie darauf ab und verschlimmere das Durcheinander nur noch. Eigentlich hatte ich nur zwei schnelle Küsse geplant, aber Theo macht ein bisschen mehr draus: Er zieht mich auf seinen Schoß und küsst mich zurück.

Dann hält er inne, wir holen Luft. »Willst du …?«, setzt er an.

»Will ich … was?« Ernsthaft, er könnte tausend Sachen meinen. Will ich vielleicht das Puzzle wegräumen und ihn auf dem Bett weiterküssen? Will ich mir die Kleider vom Leib reißen, meine Boxershorts quer durchs Zimmer schleudern und mit ihm schlafen? Will ich die unkomplizierte Variante und wir holen uns gegenseitig einen runter? Oder will ich vielleicht ein Mittagsschläfchen halten, weil ich verdammt noch mal krank bin und zu viel Aufregung vermeiden sollte, ganz zu schweigen von körperlicher Anstrengung?

»Muss ich es wirklich aussprechen?« Theo wird rot. Ich habe ihn in Verlegenheit gebracht.

»Tut mir leid, aber wenn du mir nicht sagst, was du willst, dann muss ich annehmen, ich soll dir einen neuen Pulli häkeln.«

»Griff, du kannst häkeln?«

»Theo, du lenkst ab.«

Theo unterdrückt ein Lächeln und schüttelt den Kopf. »Willst du mit mir den Ernstfall proben? Den Fortbestand der menschlichen Rasse sichern?«

»Aber ich bin krank.«

»Das ist mir egal, solange du mich nicht anniest.«

Erst einmal rolle ich von ihm runter, damit wir nicht auf dem Boden liegen bleiben, der – wie wir aus diversen Übernachtungsbesuchen gelernt haben – nicht besonders bequem ist. Deshalb haben wir unsere Methode entwickelt, wie wir zusammen in einem Bett schlafen: Kopf an Fuß, jeder in seine eigene Decke gekuschelt. Aber die Zeiten sind wohl vorbei. Obwohl meine Eltern gerade beim Einkaufen sind (nächstes Wochenende findet die Geburtstags-Grillparty von Theos Schwester statt), stehe ich sicherheitshalber auf und schließe die Tür. Als ich mich wieder umdrehe, nicke ich. »Lass uns den Ernstfall proben.«

Was ich bei meinem ersten Mal auf keinen Fall erwartet hätte: Es ist helllichter Tag. Ich dachte immer, erste Male passieren nur im Dunkeln. Dass man es tut und danach schlafen geht oder höchstens noch ein bisschen fernsieht, wenn man nicht zu k. o. ist. Doch meine Eltern sind nun mal jetzt unterwegs, und da sie beide beim Einkaufen sehr wählerisch sind, werden sie noch ein paar Stunden brauchen. Theo und ich haben also genug Zeit für unseren ersten Akt – vielleicht auch für den zweiten, falls der erste gut läuft oder, na ja, zu früh endet.

»Macht es dir was aus, wenn ich die Vorhänge zuziehe?«, frage ich.

»Griff, wir sind im sechsten Stock. Ich glaube kaum, dass irgendwer uns beobachtet.«

»Wahrscheinlich nicht, aber ich fühle mich ein bisschen wohler, wenn es dunkel ist, glaub ich.«

»Du weißt schon, dass du wunderschön bist, oder?«

»Gut, dass du das denkst, aber du sollst es dir ja auch nicht anders überlegen!«

»Im Leben nicht! Aber wie du willst.«

Theo setzt sich auf die Bettkante, während ich das Licht ausmache und die Vorhänge zuziehe. Ich bleibe stehen. Theo kann gut mit Worten umgehen, aber er ist noch besser darin, Dinge zu *tun*. Das ist diese Seite an ihm, die zu schüchtern ist, das Wort *Sex* auszusprechen, aber völlig abgebrüht, wenn die Karten erst mal auf dem Tisch liegen. Mit zwei Fingern lockt er mich zu sich und schneidet dabei sein Äffchengesicht, mit dem er mich immer zum Lachen bringt.

Noch zögere ich. »Vielleicht sollten wir Musik anmachen ...«

»Griffin, wir müssen das nicht tun, wenn du noch nicht bereit bist.«

»Nein, darum geht es nicht, ich brauch nur ein bisschen Musik. Tut mir leid, wenn das irgendwie doof ist.«

Eigentlich hab ich keinen Grund, mich zu entschuldigen, aber zuzugeben, dass ich den Moment zu etwas Besonderem machen möchte, fühlt sich irgendwie albern an. Doch jetzt kann ich sowieso nichts mehr rückgängig machen. Heute sind wir seit genau einer Woche zusammen. Es gibt kein Paralleluniversum, in dem mir dieser Jubiläumskram nicht peinlich wäre. Ich möchte nicht, dass Theo mich für einen Loser hält, weil mir solche Dinge wichtig sind. Früher fand ich es schon uncool, dass meine Eltern jedes *Jahr* ihren Hochzeitstag feiern. Jetzt seht mich an: Ich gehe voll auf eine Woche ab! Eine Woche mit jemandem, den ich richtig gerne mag. Eine Woche mit jemandem, auf den ich Jahre gewartet habe. Wie fühlt es sich dann erst an, ein Jahr mit ihm zusammen zu sein? Hoffentlich bleibt das nicht meiner Fantasie überlassen.

»Das ist doch nicht doof, Griff.«

Theo schlägt so Titel vor wie *Love Shack*, einfach weil es megalächerlich ist. Aber schließlich einigen wir uns auf seine Actionfilm-Playlist.

Episch.

Die laute Musik bringt hoffentlich jeden Gedanken zum Schweigen, der mich noch hiervon abhalten könnte. Und durch die Vorhänge fühle ich mich unsichtbar genug, um mich nicht zu schämen.

Ich setze mich neben Theo. Sofort nimmt er meine Hand und küsst mich. Langsam legen wir uns hin. Als wir endlich unsere Oberteile ausgezogen haben, ist es anders als all die Male, die wir zusammen am Strand waren. Schließlich haben wir uns nie oben ohne im Arm gehalten.

»Sollen wir bei drei die Hosen ausziehen?«

»Können wir vier sagen?«

Theo lächelt. »Okay.«

»Eins ...«

Ich öffne den Reißverschluss seiner Jeans, während er den Knoten meiner Schlafanzughose löst.

»Zwei ...«

Als ich mir die Hose runterziehe und die Boxershorts gleich mitrutschen, warte ich erst ab, ob Theo mit seiner Jeans und der Tetris-Unterhose das Gleiche macht. Aber auch Theo ist fest entschlossen.

»Drei ... vier.«

Auf einmal liegen wir nackt in meinem Bett, die Klamotten zu unseren Füßen.

Es ist seltsam. Seltsam, wie sich alles innerhalb von einer Woche ändern kann. Seltsam, wie wir von *besten* Freunden, die sich den Kopf darüber zerbrechen, wie sie sich gegenseitig ihre Gefühle füreinander eingestehen sollen, zu *festen* Freunden geworden sind. Seltsam, dass ich Theo diese herzförmige Narbe auf meiner Hüfte zu verdanken habe, weil er mich in der Fünften mal aus Versehen vom Klettergerüst geschubst hat. Und dass er sie jetzt betrachtet und mit den Fingern darüberfährt. Seltsam zuzusehen, wie Theo nackt durchs Zimmer zu seinem Rucksack läuft – in dem er früher einen extra Xbox-Controller gehabt hätte –, um Kondome da rauszuholen. Die er vorsorglich für den Fall eingesteckt hat, dass wir uns nicht beherrschen können. Seltsam ist auch der Schmerz am Anfang. Seltsam, dass es sich am allerbesten anfühlt, wie Theo mit mir spricht, um sicherzugehen, dass für mich alles okay ist. Seltsam, dass wir zusammen lernen, wie man das hier macht, dass ich nicht zählen muss, dass ich für ihn und mich einfach hier sein kann, meine Erkältung vergesse, nicht abgelenkt bin. Seltsam, dass es überhaupt nicht so ist, wie ich es mir nach unzähligen Pornos vorgestellt habe. Seltsam, dass ich seine Liebe spüren kann, obwohl »Liebe« kein Wort ist, mit dem wir um uns werfen. Ich hoffe, dass er meine Liebe genauso spüren kann. Seltsam auch, dass es sich danach überhaupt nicht seltsam anfühlt. Dass ich in seiner Gegenwart nicht mehr unsichtbar sein will und wie abwegig mir meine früheren Zweifel jetzt vorkommen.

»Wow, krasse Sache«, sagt Theo und legt seinen Kopf auf meine Brust.

»Seltsame Sache«, sage ich. »Gut-seltsam. Die beste Art seltsam. Die Art seltsam, die einen Orden verdient hat, weil sie so gut-seltsam war.«

»Was genau ist daran so gut-seltsam?«

»Dass ich das mit dir getan habe.« Ich starre an die Decke wie in einen sternenlosen Nachthimmel. »Aber auch, wie ich mich fühle. Als wäre ich noch der Gleiche, aber dann auch wieder nicht. Fühlst du dich auch so?«

»Nope. Aber ich glaube, gut-seltsam trifft es: Ich fühle mich gut-seltsam anders.«

Theo dreht sich auf den Bauch. »Es hat mich 'ne ganze Menge Mut gekostet, nicht mehr um den heißen Brei herumzureden und ehrlich zu dir zu sein. Und ich will die Anerkennung, die mir gebührt, verdammt! Ich bin ein neuer Mensch! Ich bin gut-seltsam anders!« Er kniet sich hin und reckt die Faust in die Höhe. Gerne würde ich ihm den Schild und das Schwert holen, die wir neulich im *Bonus Diner* gewonnen haben, aber ich bin zu k. o. So langsam macht sich die Erkältung wieder bemerkbar. »Ich bin Theo McIntyre, ein Typ, der gerade Sex mit einem anderen Typen hatte! Ein Typ, der einen anderen Typen liebt ... ähm ...« Er erstarrt. Den letzten Satz würde er wohl gerne zurücknehmen. Er fuchtelt mit den Armen. »Ach, scheiß drauf, Griffin. Ich liebe dich. Ich will gar nicht erst so tun, als wäre das hier was anderes. Das ist mir seit einer Weile klar. Schließlich kennen wir uns nicht erst seit gestern. Von daher bin ich echt froh, dass ich mich gerade aus Versehen geoutet habe.«

Keine Ahnung, wie ich damit klarkommen soll, dass ich auserwählt wurde, für jemanden der erste Kuss, der erste Freund, das erste Mal und die erste Liebe zu sein.

Dieser Nachmittag wird in die Geschichte eingehen. Für seine gute Seltsamkeit.

Ich lächle und endlich kommt er: Nieser Nummer vier. »Eigentlich sollte ich krank sein. Ich meine, ich *bin* krank«, sage ich mit einem Kratzen im Hals.

»Wie bitte?«

»Sorry, ich, ähm, ich bin erkältet. Das ist ein ziemlich schräger, ich meine, seltsamer, also, *gut*-seltsamer Tag für jemanden, der eigentlich Suppe essen und schlafen sollte. Ich habe nicht mal damit gerechnet, dich zu sehen, weil ich krank bin, und trotzdem bist du hier. Wir sind seit einer Woche zusammen und gerade hatten wir Sex und jetzt sagst du mir, dass du mich liebst, und ich denke einfach nur: *Waaaaas?*«

Oh Mann, was hab ich da gerade gesagt? Das war entweder ganz schön clever oder ganz schön dumm.

Theo schüttelt den Kopf und lacht. »Griff, du bist manchmal echt komisch. Man sollte dich gar nicht aus dem

Haus lassen. Hm, das wär jetzt mein Stichwort für einen flirty Kommentar, von wegen, wie gerne ich mich mit dir einschließen lassen würde, aber das ist mir zu plump.« Er legt sich neben mich und nimmt meine Hand. »Bitte mach dich deswegen nicht verrückt. Wenn du dich dumm stellen und so tun willst, als wär nichts passiert, kein Problem. Ich kann das jederzeit wiederholen, wann immer du bereit bist.«

Ich streichle ihm über die Wange. Der ehrlichste Freund der Welt schaut mir in die Augen. Es gibt keinen Grund, ihm etwas vorzumachen. Oder mir selbst etwas vorzumachen. »*Du* stellst dich dumm, wenn dir nicht auffällt, dass ich dich auch liebe. Aber fürs Protokoll: Ich liebe dich, Theo. Ich liebe dich, Typ, der Sex mit einem anderen Typen hatte. Ich liebe dich, Typ, der einen anderen Typen liebt.« Vier Mal. Ich habe Theo vier Mal gesagt, dass ich ihn liebe, und jedes Mal war es ein bisschen leichter. Ich stelle mir die einzelnen Wörter als furchtlose Fallschirmspringer vor. Eine Formation tapferer Worte ist gerade aus den Wolken gesprungen und auf meinem Bett gelandet.

Theo und ich bleiben noch eine Weile liegen, doch als meine Mom mir schreibt – mich fragt, wie es mir geht und mir mitteilt, dass sie bald zurückkommt und heiße Suppe mitbringt –, ist klar, dass er gehen muss. Normalerweise wäre überhaupt nichts dabei, dass Theo hier ist, aber wir wissen beide, dass die Dinge sich geändert haben. Dem Rezept unserer Freundschaft wurden Liebe und Sex hinzugefügt. Wir sind jetzt etwas Neues. Und, wow – wie Theo und ich uns zusammen wieder anziehen, ist eine Art stilles Wunder. Davon träumen Leute nicht mal, bis es dann in echt passiert. Ich versuche, diesen Traum festzuhalten, diese Sicherheit, dass sich alles in Zukunft genauso unendlich anfühlen wird wie jetzt. Dass unsere Geschichte mal so wird wie die Highschool-Liebe meiner Eltern.

»Ich bring dich zur Tür«, sage ich und setze ihm den Rucksack auf, nutze jede Gelegenheit, ihn noch einmal zu berühren.

»Das sagst du zu allen, mit denen du schläfst, oder?«

»Nur zu denen, die dumm genug sind, mich zu lieben.«

»Also reden wir von wie vielen? Zehn Typen?«

»Nur zehn? Das hättest du wohl gerne.«

Theo und ich küssen uns zum wohl tausendsten Mal an diesem Nachmittag und beim Rausgehen sagt er: »Wir sehen uns! Vergiss nicht, dass ich dich liebe. Übrigens, falls du dich das fragen solltest, ich liebe dich immer noch. Du bist der Hammer. Bleib, wie du bist. Wenn nicht, könnte es sein, dass ich dich nicht mehr liebe, was ich jetzt aber tue. Ich liebe dich hoch zehn.«

»Wenn du mich liebst, lässt du Mathe besser aus dem Spiel«, antworte ich und reibe mir die Nase. Während Theo den Flur hinunterhüpft, murmelt er die ganze Zeit »Ich liebe dich, ich liebe dich«, als wären das die einzigen drei Vokabeln in seinem Wortschatz. Und kurz bevor er zum Fahrstuhl abbiegt, dreht er sich um und legt die Hand ans Ohr. Meine Lippen formen die Worte, die er hören will, und ich ergänze ein »auch«, damit es vier Wörter sind.

Sobald ich die Tür geschlossen habe, vermisse ich ihn schon. Das fühlt sich extrem armselig an, aber ich schüttle diesen Eindruck schnell wieder ab. Denn es wird sich nicht mehr armselig anfühlen, wenn Theo und ich erst mal ein paar Jahre zusammen sind. Da bin ich mir ziemlich sicher. Ich höre nicht länger zu, wenn meine innere Stimme mir sagt, ich wäre nicht gut genug für Theo. Außerdem glaube ich, dass Theo sein erstes Mal mit mir hatte, weil er es so wollte, und nicht, weil ich eine Art Testlauf für jemand Besseren war. Das glaube ich nicht nur, ich *weiß* es. Er sagt, er liebt mich. Und *das* glaube ich ihm auch. Aber ich will mehr. Ich will auch das *wissen*.

SAMSTAG, 21. JUNI 2014

Pünktlich zu Denise' Geburtstag im Central Park ist Theos Sommergrippe weg – okay, eigentlich *meine* Sommergrippe, denn es ist ziemlich eindeutig, woher er die hatte. Es ist eine Prinzessinnen-Party (was sonst?). Denise und die meisten ihrer Freundinnen haben sich als Elsa verkleidet, aber es wäre nicht fair, das Motto deshalb in *Frozen* zu ändern, denn es sind auch zwei Belles und eine Mulan anwesend.

»Wir hätten uns auch verkleiden sollen«, sage ich.

»Aber dir stehen Kleider einfach nicht so gut wie Denise«, kontert Theo.

»Also, *ich* hätte diese Einladung einfach vergessen sollen«, meldet Wade sich zu Wort. Er trägt wieder Brille, weil er mit seinen Kontaktlinsen nicht klarkam. Demonstrativ winkt er uns zu. »Erinnert ihr euch an mich? Wade Church? Der Typ, der zu diesem Kindergeburtstag gekommen ist, obwohl er was Besseres vorgehabt hätte?«

Theo wendet sich mir zu. »Hörst du auch Stimmen? Irgendein Geist will hier angeblich was Besseres vorhaben.«

Eigentlich war das zu mies, um darüber zu lachen, aber nicht mies genug, dass ich es nicht doch tue. Es ist kein Geheimnis, dass Theo und Wade sich ständig aufziehen. Wäre auch komisch, wenn sie plötzlich damit aufhören würden. Besonders für mich. Manchmal habe ich Angst, Wade könnte sich neue Freunde suchen. So dringend brauche ich eine gerade Anzahl an Teammitgliedern dann doch nicht.

»Haha, sehr lustig. Hauptsache, ihr habt keinen Sex hier draußen, sonst rufe ich nämlich die Polizei!«

Noch so 'ne Sache – ständig erwähnt er unser Sexleben.

»Wade, für den Kommentar gibt es gar nicht genug Mittelfinger«, entgegnet Theo. »Aber fürs Erste ...« Er zeigt Wade mit beiden Händen den Finger und bedeutet mir, das Gleiche zu tun. Ich gehorche. »Hier sind schon mal vier.«

Wade lacht etwas gezwungen. »Zwei gegen einen. Voll witzig.«

Irgendwo hat er ja recht. Jetzt, da die Schule uns nicht mehr dazwischenfunkt, schmieden Theo und ich Pläne für den Sommer. Wir wollen natürlich auf keinen Fall, dass Wade sich wie das fünfte Rad am Wagen fühlt, aber das scheinen wir gerade ziemlich zu vergeigen. Noch dazu haben Theo und ich etwas beschlossen. Bevor der Sommer für uns richtig losgehen kann, wollen wir uns vor unseren Eltern outen. Dabei kann Wade uns nicht helfen. Das ist allein unsere Sache.

Meine und Theos Eltern sitzen zusammen mit ein paar der anderen Erwachsenen am Picknicktisch. Sie lachen und plaudern, während Mulan von einer Horde Elsas um einen Baum gescheucht wird. Ein bisschen nervös bin ich schon. Okay, mehr als ein bisschen. Sie haben keine Ahnung, welche Bombe wir hier gleich vor ihnen platzen lassen.

»Vielleicht ist jetzt ein guter Zeitpunkt«, schlage ich vor.

»Ja, warum nicht?« Theo dreht sich zu Wade um. »Okay, Kleiner, wir haben gleich ein Coming-out vor unseren Eltern. Du hast nicht zufällig irgendwelche krassen Visionen gehabt, wie das laufen wird?«

Wade schüttelt den Kopf. »Aber ich sage Folgendes voraus: In deinem perfekten Leben wird alles perfekt bleiben, Theo.«

»Perfekt«, antwortet Theo. Er macht das Peace-Zeichen. Gib uns zehn Minuten. Fünfzehn, falls sie ein Foto machen wollen.«

Innerlich korrigiere ich auf sechzehn, aber das behalte ich für mich.

»Alles klar.« Wade setzt sich auf den Boden und zieht sein Handy aus der Tasche. »Vielleicht kann ich ja in Ruhe Instagram checken, bevor die Elsas mich zum Schneemannbauen nötigen.«

Auf dem Weg zum Picknicktisch wappnen wir uns für das, was uns jetzt bevorsteht. Höflich unterbrechen wir die laufende Unterhaltung der Erwachsenen und fragen unsere Eltern, ob sie kurz Zeit für uns haben. Gemeinsam suchen wir dann den Schatten des Baumes auf, an dem Denise' Geburtstagsballon im Sommerwind hin und her weht.

»Was ist los, Jungs?«, fragt mein Dad.

»Wir müssen euch was erzählen«, sagt Theo. Vier Augenpaare starren uns gebannt an, aber als Theo meine Hand nimmt, fühle ich mich zahlenmäßig nicht mehr ganz so unterlegen. »Wir sind zusammen. Falls das ein Problem für euch ist, haben wir beschlossen, hier in den Bäumen weiterzuleben.« Die Wörter purzeln nur so aus seinem Mund, sodass sie, statt achtzehn einzelner, klingen wie ein einziges langes Wort.

»Nein, wir wollten doch auf dem Pier wohnen.«

Theo wirft mir einen Blick zu. »Junge, schon mal was von 'ner falschen Fährte gehört? Sie sollen uns doch nicht finden, falls sie was dagegen haben.« Er schaut wieder unsere Eltern an. »*Habt* ihr was dagegen?«

Keine Ahnung, wie es allen anderen gerade so geht, aber ich bin auf jeden Fall ziemlich unentspannt. Mit den Fingern meiner freien Hand kratze ich mir nervös die Handfläche. Auf dem Weg hierher kam ich mir ziemlich mutig vor, und sogar noch mutiger, als Theo mich an die Hand genommen hat, aber mittlerweile schlägt mein Magen Purzelbäume: Jetzt gibt es kein Zurück mehr. Gerade will ich mir ans Ohrläppchen fassen, da fangen auf einmal alle an zu lächeln.

Russell lacht sogar. »Das ist alles? Ich dachte schon, ihr wollt früher gehen, weil ihr euch zu sehr langweilt. Der arme Wade sieht zum Beispiel nicht so aus, als hätte er großen Spaß. *Dagegen* hätte ich was gehabt. Aber dass ihr zusammen seid, ist überhaupt kein Problem. Im Gegenteil!«

Ellen tätschelt Russell die Schulter und hakt sich bei ihm unter.

»Theo, *ich* dachte, jetzt ist es so weit, du hast dich in irgendein verbotenes Netzwerk gehackt und Griffin zur Mittäterschaft angestiftet.«

»Klar«, sagt Theo, »das klingt in der Tat nach einem sehr wahrscheinlichen Szenario.«

Meine Mom wackelt mit den Schultern, als würde sie tanzen, eine Bewegung, die ich bei ihr noch nie gesehen habe. Vermutlich verleiht sie so einfach ihrer Freude darüber Ausdruck, dass ihr Sohn jemanden gefunden hat, aber ich find's eher peinlich. »Lasst euch umarmen!«, sagt sie und schließt Theo und mich gleichzeitig in die Arme. »Ich hätte noch gar nicht mit so was gerechnet, wie aufregend!«

Sobald meine Mom sich umdreht, um Theos Eltern zu drücken, nimmt mein Dad Theo in den Arm.

»Gute Wahl, Theo«, sagt er. Dann kommt er zu mir und, jap, noch eine Umarmung. »Keine Übernachtungsbesuche mehr! Aber ich freue mich für euch.«

Irgendwann haben die Umarmerei und die peinlichen Bemerkungen darüber, wie süß wir doch wären, ein Ende. Ich bin ganz aufgekratzt. Theo und ich gehen zurück zu Wade, der uns lachend erwartet.

»Vermutlich habt ihr gerade einen neuen Rekord aufgestellt – für Umarmungen bei Coming-outs vor den Eltern«, meint er.

»Das kannst du laut sagen«, pflichte ich ihm bei.

Statt uns anzusehen, guckt Wade auf sein Handy. »Damit ist es jetzt offiziell, was?«, sagt er. »Ihr habt euch voreinander geoutet, habt rumgemacht, gevögelt und jetzt habt ihr euch noch vor euren Eltern geoutet. Outer geht's nicht.«

»Danke für die Zusammenfassung«, meint Theo.

»Aber ich schätze, ich komm damit klar. So, dann stellt euch mal zusammen. Foto!« Wade steht auf und richtet seine Handykamera auf uns.

Theo und ich stellen uns Arm in Arm auf.

»Ernst oder fröhlich?«, fragt Theo.

»Fröhlich diesmal«, antworte ich.

Die wichtigsten Leute in unserem Leben wissen jetzt Bescheid. Bester Freund und Eltern. Theo und ich haben schon darüber geredet, was als Nächstes kommt. Wir sind uns einig, dass wir uns irgendwann diesen Sommer auch online outen wollen, aber das hat keine Eile. Jetzt nicht mehr. Vorerst hat oberste Priorität: das letzte Foto von Theo und mir als beste Freunde einrahmen. Und dann daneben unser erstes Foto als Pärchen aufhängen.

GEGENWART
MONTAG, 21. NOVEMBER 2016

An einem ungeraden Tag bist du gestorben und wir tragen dich zu Grabe an einem ungeraden Tag.

Immerhin schützt dich dein Sargdeckel vor dem fiesen Nieselregen. Langsam bewegt sich die Schlange zum Blumenablegen vorwärts und hinterlässt tiefe Fußabdrücke im matschigen Rasen des Friedhofs, auf dem wir dich heute zurücklassen müssen. Die weißen Callas habe ich diesmal nicht vergessen.

Wir stellen uns im Kreis um dein Grab auf und du wirst in die Erde hinuntergelassen.

Während wir dich in dieser Welt zur ewigen Ruhe betten, denke ich an Paralleluniversen. An Millionen und Abermillionen von ihnen, die alle gleichzeitig existieren. An das eine, in dem wir nie Schluss gemacht haben und du in New York geblieben bist, an das andere, in dem es keine Ozeane gibt, die es auf dich abgesehen haben, an das nächste, in dem wir *beide* für unsere Collegezeit nach Kalifornien gezogen sind, an wieder ein anderes, in dem du das College, deine Animationen und Jackson zurückgelassen hast und wir uns irgendwo in der Mitte getroffen haben, weil du mich so vermisst hast und nicht nur wolltest, dass ich deine Zukunft bin, sondern auch derjenige, der sie dir zu finden hilft, an noch eins, in dem wir die einzigen Überlebenden der Zombiepiraten-Apokalypse sind ... und an zahllose weitere, in denen alles oder zumindest fast alles in Ordnung ist. In denen du und ich jedenfalls mehr sind als Geschichte. An die Existenz dieser Universen muss ich einfach glauben. Sonst könnte ich dieses Leid hier nicht ertragen. Weil die parallelen Versionen von dir alle am Leben sind, sind die parallelen Versionen von mir alle glücklich und zufrieden mit dir. Alle parallelen Theos halten das Versprechen, nicht zu sterben (nicht mal durch die Hand eines Zombiepiraten).

Doch zu meinen Füßen verschwindest du in einer Grube. Deine Eltern und Denise können nicht mehr an sich halten. Bevor auch Jackson zu weinen beginnt, schwanken seine Schultern kurz nach rechts und links, als suchte er einen Moment lang jemanden – *dich* – zum Anlehnen, nur um wie alle anderen von der Realität in den Arsch getreten zu werden. Wade steht bei meinen Eltern, meine Mutter legt die Arme um ihn. Ich finde mich auf Knien wieder. Gerade stand ich doch noch, wenn ich auch vor und zurück wankte und meinen Lieblingsmenschen unter Tränen anflehte, aus dem Sarg heraus in meine Arme zu springen. Ich sehe auf und mein Blick trifft Jacksons. Kurz scheint es, als würden wir uns beide hinter dir her in das Loch stürzen. Lebendig begraben zu werden, muss besser sein als alles, was auch immer hiernach kommt.

In diesem Augenblick geht es zu Ende. Jetzt geben wir die Hoffnung auf, die Zeit zurückdrehen zu können, jetzt glauben wir nicht länger an ein Heilmittel gegen den Tod, hier beginnt unser Theo-loses Universum, dies ist unser Abschied.

Aber ich kann das nicht. Für die meisten mag es ein Abschied sein, aber nicht für mich. Für mich niemals.

GESCHICHTE
DONNERSTAG, 17. JULI 2014

Unser Teamtag war längst überfällig. Wir haben auf der High Line gechillt, im coolsten Park der Stadt. Der Central Park ist schon okay, aber gegen eine begrünte Bahntrasse hoch oben über Manhattan kommt er halt nicht an. Natürlich war der Kiesweg voller Spaziergänger, aber wir drei fanden ein lauschiges Plätzchen im Gras, mit einer genialen Aussicht auf den Hudson. Dort widmeten wir uns dem Puzzle eines in Ketten gelegten Drachen – etwas, was wir auch getan hätten, bevor Theo und ich zusammengekommen sind.

Jetzt machen wir uns auf den Weg zurück nach Uptown und tanken noch ein bisschen Sonne, die immer tiefer sinkt, während wir an den Hochhäusern vorbei nach Hause laufen. Mir fällt meine Mission wieder ein. Eigentlich wollte ich damit warten, bis wir alleine sind, aber Wade kann das ruhig auch hören.

»Steht das noch, dass wir zusammen Kondome besorgen?«, frage ich Theo. Ich will heute zum allerersten Mal welche kaufen, und wenn Theo weiß, was gut für ihn ist, dann bleibt er dabei besser an meiner Seite.

»Das lass ich mir doch nicht entgehen! Höchstens für ein

Ticket zu einem Paralleluniversum, in dem du den ganzen Tag nackt rumläufst«, antwortet Theo.

Kurz ist Wade sprachlos, bevor er seine Stimme wiederfindet: »Beim nächsten Mal tut's auch ein einfaches Ja.« Er schüttelt den Kopf und wendet sich zum Gehen. »Viel Spaß noch!«

Theo stellt sich ihm in den Weg. »Nein, nein, nein. Du wolltest doch nicht der unsichtbare Dritte im Team sein, richtig? Komm schon, sei ein Bro, der seinen Bros hilft, Kondome zu kaufen.«

Mit vereinten Kräften zerren wir Wade in den *Duane Reade*-Drugstore bei mir in der Straße. Wade schüttelt immer wieder den Kopf, aber auf dem Weg zum Gang für die »Familienplanung« kichern wir wie die Blöden. Meine Familienplanung? Beim nächsten Mal Sex keine Familie zu gründen. Aber Kondome sind nur zu 98 Prozent zuverlässig, also wer weiß?

»Man muss schon sagen, die Auswahl ist phänomenal«, sagt Theo und grinst angesichts all unserer Möglichkeiten – und weil es Wade so peinlich ist. »Ich kann mir nicht helfen, aber bei *Trojan* muss ich irgendwie an Pferde und Gladiatorensandalen denken. Dafür klingt *Magnum* knallhart, so als käme man mit einer Bazooka ins Schlafzimmer. Und *Casanova* will irgendwie zu sehr verführerisch klingen – ich meine, hey, Verführung kommt vor dem Sex, nicht währenddessen.« Theo nimmt eine kleine schwarze Packung in die Hand. »Was ist mit denen? Die schreiben *skin* mit y.« Als Nächstes holt er eine blaue Schachtel aus dem Regal. »Oder ganz *Classic*. Allerdings weiß ich nicht genau, warum man klassisch nehmen sollte, wenn man auch *Trojan Fire & Ice* haben kann.«

Ich hebe die Hand. »Also, bevor mein Schwanz gleichzeitig verbrennt und abfriert, tendiere ich eher zu langweilig und klassisch.«

»Klingt plausibel.«

»Was ist denn mit Durex?«, schlägt Wade in einem mutigen Versuch vor, sich einzubringen. Er hatte noch nie Sex, aber Theo und ich wissen beide, dass er in der Neunten ein paarmal kurz davor war. »Müsst ihr dabei auch an Ponys oder Raketenwerfer denken?«

»Es ging um Pferde oder Bazookas, aber – nein.« Theo nimmt Wade die Packung Kondome ab und klopft ihm auf die Schulter. »Danke, Mann.«

Wir stellen uns an die Kasse. Mir ist das Lachen vergangen. Ich wünschte wirklich, es gäbe hier Selbstbedienungskassen. Kondome sind wohl das Peinlichste, was es legal zu erwerben gibt. Keine Ahnung, warum, aber es ist superseltsam, von jemandem als sexuelles Wesen wahrgenommen zu werden. Schon von Theo auf diese Art betrachtet zu werden, war seltsam, aber was ist dann erst mit einem völlig fremden Kassierer in einem Supermarkt? Nicht dass ich hier immer dieselben Kassierer treffen würde, es sollte mir also eigentlich egal sein. Genauso gut könnte ich diese Kondome auf der anderen Seite der Welt in einem Land kaufen, in dem ich bloß auf der Durchreise bin. Und trotzdem fühlt es sich an, als würde mein Einkauf von einem Scheinwerfer beleuchtet. Schnell schnappe ich mir noch ein paar von den Süßigkeiten an der Kasse, um den Lichtstrahl etwas abzulenken.

»Ganz ruhig, Mann«, sagt Theo. »Du kaufst schließlich keine Drogen.«

Recht hat er. Ich werde jetzt ganz cool sein. Ich kaufe *keine* Drogen. Ich gebe mich nicht mal als über einundzwanzig aus, um Alkohol zu kaufen. Kondome zu kaufen ist was völlig Normales. 'Ne Menge Menschen tun das. Woher kämen sonst die zig verschiedenen Varianten? Dass so viele Firmen versuchen, uns von ihrem Produkt zu überzeugen, bedeutet: Das Geschäft brummt. Und das wiederum bedeutet, dass wir allen – inklusive mir selbst gerade irgendwie – dankbar sein müssten, und zwar nicht nur dafür, dass wir die Welt zu einem sichereren Ort machen, sondern auch dafür, dass wir sie nicht überbevölkern.

»Griffin, hallo!«

Nicht im Ernst.

Die Stimme meines Vaters lässt mich erstarren. Er ist direkt hinter uns. Ganz ehrlich, ich würde fast lieber dabei erwischt werden, wie ich mir einen runterhole.

Wade lacht leise in sich hinein und klatscht in Zeitlupe – vermutlich, weil das hier todespeinlich werden wird. »Ich wette, jetzt bereut ihr, dass ihr mich mitgeschleppt habt.«

Cool zu bleiben ist keine Option mehr. Schlimmer kann es jetzt eigentlich nur noch werden, wenn ich mich umdrehe und sehen muss, dass mein Vater *auch* Kondome kauft. Ich weiß, dass meine Eltern noch miteinander schlafen. Schließlich bin ich kein Idiot. Klar, dass sie nicht einfach nur netflixen oder früh zu Bett gehen, wenn sie mir abends um acht Gute Nacht sagen. Langsam drehe ich mich um. Dad kauft Rasierklingen und Cornflakes. Die Cornflakes erinnern mich daran, wie ich als Kind immer am Sonntagmorgen vor dem Fernseher gefrühstückt und Cartoons geschaut habe. So unschuldig werde ich nie wieder sein.

»Hey, Dad.«

Er nickt Theo und Wade zu. »Wie war's auf der High Line, Jungs?« Dann sieht er die Kondome in meiner Hand, mehr schlecht als recht verdeckt von den Gummischlangen.

»Oh.« Er versucht, etwas zu sagen und bewegt dabei ungelenk die Arme, wie ein Roboter, den man zum ersten Mal anstellt.

Ich brauche ganz dringend irgendeine Superkraft. Vielleicht Bewusstseinskontrolle, sodass ich diese Episode aus seinem Gedächtnis löschen und ihn dazu zwingen kann, einfach kehrtzumachen und nach Hause zu gehen. Unsichtbarkeit wäre aber vermutlich am praktischsten.

»Es ist gut, sich zu schützen«, sagt Dad schließlich. »Du kannst zwar nicht schwanger werden, aber es gibt ja auch andere Gefahren.«

Mittlerweile wäre mir sogar die Superkraft recht, die mich dazu befähigt, mich selbst in Brand zu setzen. Hauptsache, *irgend*was.

Behutsam lege ich die Kondome in eine Schüssel mit Schokoladengeld. »Keine Chance, das pack ich nicht«, murmele ich. »Dad, lass uns vergessen, dass das hier jemals passiert ist. Los, Jungs!« Wir wollen gehen, aber mein Vater hält uns zurück.

»Wartet. Wir sollten doch darüber reden können. Das muss nicht peinlich sein«, sagt er.

»Das muss aber auch nicht in der Kassenschlange einer Drogerie stattfinden ...«

Uns ist klar, dass wir keine Wahl haben. Wir folgen meinem Vater also in den Gang mit den Haarpflegeprodukten. Theo und ich stehen Seite an Seite. Wir werfen Wade einen Blick zu. Der tut so, als würde er den Wink nicht kapieren, bleibt, wo er ist und grinst bloß. Klar. Jetzt hat er endlich Oberwasser.

»Deine Mom und ich hatten eh vor, mal mit dir über diese Sache zu reden – also, über Sex. Lass uns die Dinge ruhig beim Namen nennen. Wir haben uns schon gedacht, dass ihr irgendwann damit anfangt ...« Dad hält inne. »Moment. Habt ihr zwei schon ...?«

Mein Gesicht glüht. Vielleicht wurde mein Wunsch nach der Superkraft erhört und ich gehe doch noch in Flammen auf. »Ja, haben wir«, murmele ich.

Dad kaut auf seiner Oberlippe. Das tut er immer, wenn er nicht vorschnell etwas Falsches sagen will. Er sieht mich direkt an. »War das dein erstes Mal?«

»Jap.«

»Gute Wahl«, sagt Dad und wird auch rot. »Das war vielleicht unangebracht, entschuldige, Theo. Ich meine, es hat einfach einen anderen Stellenwert, wenn man mit jemandem schläft, den man wirklich mag.«

Ich weiß, dass mein Dad ein paarmal Sex hatte, bevor er meine Mom kennengelernt hat. Warum das vor ein paar Jahren mal zur Sprache kam, habe ich vergessen, aber es ist beruhigend zu hören, dass er so denkt. Nur dumm, dass ich gerade jetzt daran erinnert werde, während ich eigentlich nur in Ruhe mit meinem Freund und unserem besten Freund Kondome kaufen wollte.

Die folgende Stille ist so peinlich, dass es wehtut. Und sie ist endlos.

Irgendwann zeigt Theo auf eine Flasche hinter meinem Dad. »Seht mal, da gibt es Shampoo und Spülung in einem!«

»Oh, Theo, bahnbrechende Entdeckung!« Wade muss lachen. Dass er das hier so richtig genießt, kann ich ihm nicht mal verübeln.

»Mir ist schon klar, dass ihr kein Bienchen-und-Blümchen-Gespräch braucht«, fährt Dad fort. »Oder Bienchen und Bienchen? Blümchen und Blümchen? Ich bin nicht ganz sicher, wer genau in diesem Bild der Junge ist.« Während einer kurzen Pause versucht er offenbar, diesem Rätsel auf den Grund zu kommen, dann setzt er neu an. »Natürlich kenn ich nicht die genauen technischen Details bei gleichgeschlechtlichem Sex, habe aber Nachforschungen in verschiedenen Foren angestellt und bin für euch da, falls ihr Fragen habt. Für euch beide.«

Nachforschungen? Oh Gott. »Okay«, sage ich. Mein Blick klebt an dem abgewetzten Linoleumboden. »Danke, Dad.«

»Danke, Gregor«, sagt Theo.

»Jederzeit gern«, entgegnet Dad.

Bitte nie wieder.

»Und nun tue ich euch beiden einen Gefallen«, sagt Dad. Hoffentlich kommt jetzt irgend so ein Jedi-Trick, der alle Beteiligten vergessen lässt, dass dieses Gespräch je stattgefunden hat. Doch leider stellt Dad sich bloß wieder in die Schlange, holt die Packung Kondome aus der Schokolade, hält sie deutlich sichtbar für uns hoch und legt sie samt Rasierklingen und Cornflakes vor den Kassierer auf den Tresen. Ich kann nicht hinsehen, also schaue ich mich im Laden um. Mein Blick fällt auf Rattengift und vor meinem inneren Auge spult sich ein neues Superhelden-Szenario ab: Darin trinke ich etwas von dem Rattengift und bin plötzlich in der Lage, mich in eine Ratte zu verwandeln. Eine winzig kleine Ratte, die keine Kondome braucht und die um die Peinlichkeit herumkommt, dass ihr Vater welche für sie kauft.

Theo und ich hasten zum Ausgang. Wade schlendert hinterher, immer noch grinsend.

Draußen streckt Dad mir die Tüte mit den Kondomen entgegen. Weil ich sie ihm nicht gleich abnehme, hält er sie Theo hin. Von Theo wieder zu mir und noch mal das Ganze. Als sie das nächste Mal bei mir ankommt, reiße ich sie ihm aus der Hand.

»Kommst du bald nach Hause?«, fragt Dad.

Ich nicke und starre schon wieder zu Boden. »Aber wahrscheinlich kann ich dir die nächsten zehn Jahre nicht in die Augen gucken.«

»Klingt nach einem angemessenen Zeitraum. Bis dann! Dir noch einen schönen Abend, Theo.«

»Dir auch, Gregor.«

Und weg ist er.

Wade bringt wieder seine Zeitlupen-Klatschnummer. »Großartig, Jungs. Was meinst du, Griffin, fragt sich dein Dad gerade, wer von euch beiden oben liegt?«

»Halt einfach die Klappe«, sagt Theo. Ich nehme ihn am Arm und zu dritt stiefeln wir los, nicht meinem Vater hinterher, sondern in genau die entgegengesetzte Richtung. »Theo, ich weiß, es ist noch ein bisschen früh, aber meinst du, ich kann bei dir einziehen? Auf keinen Fall gehe ich zurück nach Hause. Es sei denn, deine Eltern kommen demnächst auch mit so einem Bienchen-und-Blümchen-Gespräch an.«

»Nee, ich hatte dieses Gespräch schon, da war ich zehn«, sagt Theo.

»Schätze, sie wussten nicht, dass du nur das Bienchen-Gespräch brauchen würdest, was? Oder nur Blümchen? Verdammt, mein Vater ist da auf was gestoßen ...«

»Völlig egal, ich mag Bienchen *und* Blümchen.«

Ich bleibe stehen und fasse ihn am Arm. »Komm schon, ich bin's. Du musst nicht so tun, als würdest du auch Blümchen ... oder Bienchen ... scheiß drauf, du musst jedenfalls kein Interesse an Mädchen mehr vortäuschen.«

»Das täusche ich nicht vor. Ich bin ziemlich sicher bisexuell.«

»Warum hast du mir das nie gesagt?«

»Ich dachte, du wüsstest das. Immerhin war ich ja ein

paarmal verknallt. Wobei, wahrscheinlich habe ich mit Wade öfter darüber geredet.«

Wade grinst nicht mehr. Seine Miene ist ausdruckslos. Das ist auch gut so, denn ich würde vermutlich ausrasten, wenn er sich jetzt über Theo und mich lustig machen würde. Von meinem Dad beim Kondomekaufen erwischt zu werden, ist eine Sache. Meine Beziehung in Gefahr zu sehen, eine ganz andere.

»Ich dachte, das wär bloß Tarnung«, sage ich in die Stille. Bei mir war das nämlich so. Ich fand Mädchen cool, so ist es nicht, aber ich hatte nie das Bedürfnis, mit einem Mädchen auszugehen.

»Nein, das war keine Tarnung.« Theo wirkt verwirrt. »Tut mir leid, das hast du vielleicht missverstanden. Aber warum ist das überhaupt wichtig? Ich bin doch mit *dir* zusammen, Griff.«

Ich schiele rüber zu Wade, aber der scheint völlig in sein Handy vertieft zu sein. Es gefällt mir nicht, dass mir diese bedeutende Tatsache über Theo entgangen ist. Natürlich ist da mehr an ihm, als ich je werde begreifen oder festhalten können. Natürlich hat er dann und wann Gedanken, die er mir nicht mitteilt, oder Gespräche mit anderen als mir – aber das hier ist was Größeres. Es ist ein wesentlicher Teil seines Herzens, das ich so sehr liebe. Es betrifft die Art und Weise, wie er mich liebt, wie er seine Eltern und seine Schwester liebt oder unser Team; die Art und Weise, wie er es liebt, die Rätsel des Lebens zu entdecken und zu ergründen.

Das hier stellt alles auf den Kopf, oder?

Ich lasse ihn los. »Ist bestimmt albern, aber ich fühle mich, als hätte ich jetzt mehr Konkurrenz.« Nein. Als würde ich gegen die ganze Welt antreten, so fühlt es sich an. Als bestünde nicht die geringste Chance, dass von allen Menschen auf diesem Planeten ausgerechnet *ich* der Richtige für ihn bin. Einen anderen Kerl hätte ich vielleicht noch kommen sehen, aber jetzt muss ich einfach immer misstrauisch sein. Es gibt Dinge, die ich nicht wissen *will*, aber wissen *muss*.

»Auf was stehst du? Bei Mädchen, meine ich?«

»Keine Ahnung, Griffin, ich glaube, ich stehe einfach auf tolle Menschen. Punkt.« Seine Stimme wird weicher. »Tut mir leid, dass wir da nie richtig drüber geredet haben. Du musst mir einfach vertrauen, dass das keine große Sache für mich ist. Es bereitet mir keine schlaflosen Nächte. Weil ich nämlich glücklich mit dir bin. Und nicht darauf warte, dass mir irgendwer Besseres über den Weg läuft.« Theo nimmt meine Hand und plötzlich klingt er sehr ernst. »Bitte, mach dir keine Sorgen.«

Er gibt mir einen Kuss auf die Wange.

Ich glaube ihm, zumindest für den Moment, aber beim Gedanken an die Zukunft bekomme ich einen Kloß im Hals. Trotzdem werde ich nichts sagen. Paranoia bringt mich ganz bestimmt nicht weiter.

Stattdessen gebe ich den Kuss zurück.

»Sollte das etwa ein Streit sein?«, fragt Wade. Er sieht nicht mal von seinem Handy auf, aber es tut gut, dass er hier ist. Allein seine Anwesenheit hilft, die Stimmung aufzulockern. »Ist ja kaum Blut geflossen.«

Schweigend gehen wir ein Stück.

»Griff?«, fragt Theo schließlich.

»Ja?«

»Zwei Dinge.«

»Schieß los.«

»Erstens: Ab jetzt bestellen wir Kondome nur noch online. Zweitens: Auf keinen Fall benutzen wir die Kondome, die dein Vater gekauft hat.«

GEGENWART
DONNERSTAG, 24. NOVEMBER 2016

Nie hätte ich gedacht, dass Thanksgiving noch bizarrer werden könnte als letztes Jahr. Damals hättest du nach New York fliegen und zwischen den Festessen unserer Eltern hin- und herpendeln sollen. So war es zumindest Tradition bei uns. Stattdessen bist du in Kalifornien geblieben und hast den Abend bei Jacksons Familie verbracht. Deine Eltern waren enttäuscht, Denise war enttäuscht, Wade war enttäuscht, ich war enttäuscht. Wir alle waren enttäuscht, denn wir alle hatten dich seit August nicht mehr gesehen. Trotzdem haben wir dir keinen Vorwurf gemacht, weil bei dir ja schließlich immens dringende Uni-Projekte anstanden – insbesondere die Animation der »Vulkan-Kampffischer auf Dracheneierfang«, die du dann gar nicht weiterverfolgt hast.

Jedenfalls habe ich das gesamte letzte Thanksgiving in der Wohnung meiner Tante verbracht und mich die ganze Zeit gefragt, ob du wohl Jacksons Familie mögen würdest und warum du von Jackson überhaupt so besessen warst. Das waren keine wirklich angenehmen Gedankenspiele. Im Gegenteil: Es waren Gedankenspiele, die mich zu ersticken drohten, doch egal. Du warst noch am Leben, warst noch mein Endspiel. Glaub mir, ich würde sofort die Gegenwart gegen die Kindergartenprobleme vom letzten Jahr tauschen.

In der Wohnung meiner Tante bollert die Heizung mal wieder wie Hölle. »Frohes Thanksgiving, Rosie.«

Ich werde nie vergessen, wie du Rosie bei eurer ersten Begegnung für eine schlankere Version meiner damals noch recht pummeligen Mom gehalten und ihr zum Gewichtsverlust gratuliert hast. Wir haben uns alle weggeschmissen, sogar Mom. Rosie ist zwar fünf Jahre älter als sie, geht aber ständig ins Fitnessstudio.

»Frohes Thanksgiving, Griffin«, ruft sie, drückt mich gegen ihren durchtrainierten Bauch und versucht dann, meinen Blick einzufangen. Als ich nur ausdruckslos vor mich hin starre, wendet sie sich meinen Eltern zu und gibt Mom einen Kuss. Immer wenn ich Mom und Rosie zusammen sehe, wird in mir der Wunsch nach einem Bruder oder einer Schwester wach. Vielleicht würde sich die Trauer weniger einsam anfühlen, wenn ich mit jemandem in meinem Alter reden könnte, oder auch mit jemandem, der schon etwas älter und weiser ist, der einige Schlachten bereits geschlagen hat, während ich noch in meiner ersten feststecke. Vielleicht hätte ich dann nicht getan, was ich getan habe.

In der Küche riecht es nach Maisbrot und brauner Soße (für den Kartoffelbrei, von dem du nie genug kriegen konntest). Es gibt Truthahn, verschiedene Füllungen, Käsemakkaroni (brrr!), Safranreis und Cranberrysoße, deren Süße mir heftig in die Nase steigt. Ich werfe meine Jacke ab, werde aber hier beim Herd in deinem Kapuzenpulli noch immer bei lebendigem Leib gebacken und weiche ins Wohnzimmer aus. Mit Gebrüll stürzen sich sofort meine Neffen zweiten Grades auf mich und wollen an meinen Beinen hochklettern. Ich finde kein Lächeln für sie, bekomme kaum ihre Namen auf die Reihe. Ich sehe sie nur selten, weil sie weiter im Landesinneren wohnen. Ihre Namen fangen alle mit R an, eine wahnwitzige Tradition, die eines Tages noch in Namen wie Rasputin oder Raiden von *Mortal Kombat* münden wird. Durch die Umarmungen und Trostworte meiner älteren Cousins kämpfe ich mich gerade noch durch, aber meine Grandma gibt mir endgültig den Rest.

»Griffin, setz dich zu mir«, fordert sie mich auf und klopft in die Luft, weil neben ihr nichts ist, worauf ich sitzen könnte. Also hocke ich mich vor ihr auf den Boden und lasse zu, dass sie meine Hände mit ihren umfasst.

Sie wird nächsten Monat neunzig. Du wurdest nicht älter als achtzehn, bevor ich dich verlor. Sie war Mechanikerin beim Militär, Filialleiterin einer Apotheke, Ehefrau eines ersten Mannes, den ich nie kennenlernte, und eines zweiten, den ich nie leiden konnte. Inzwischen ist sie sogar Urgroßmutter. Du warst Genie, Topstudent mit goldener Zukunft, erste Liebe meines Lebens, Freund von Jackson. Sie hat viel gelebt in ihrem Leben, dir wurde das Leben entrissen, noch bevor wir alles wieder ins Lot bringen konnten.

»Wie geht es deinem Auge?«, fragt mich Grandma. Vermutlich spielt sie auf einen kleinen Unfall an, den ich in der Sechsten hatte, als mir meine Klassenkameradin Jolene mal aus Versehen den Ellbogen ins Auge gerammt hat. Tja, so ist das mit Demenz. Meine Neffen reißen manchmal Witze über Grandmas Verwirrtheit. Für sie gibt es nichts Komischeres als einen Verstand, der seine Besitzerin im Stich gelassen und ein Eigenleben entwickelt hat.

»Meinem Auge geht's gut, Grandma«, sage ich. »Viel besser schon. Wie geht es denn dir? Und Primo?« Ihr braunbäuchiger Kanari ist vor einer Weile erkrankt.

»Hast du heute schon gebetet?«

»Heute Morgen«, lüge ich. Ist das eine Sünde? Keine Ahnung, ich habe noch nie an Gott geglaubt. Solche Beurteilungen überlasse ich mal besser denen, die noch einen Grund haben, am Wunder der Wiederauferstehung festzuhalten.

Ich sehe hinüber zu meinem Cousin Davis, diesem zehnjährigen Fußballnarren, der total angeekelt war, als er dich und mich beim Knutschen erwischt hat. Solange er den Fernseher belegt, kann Grandma keine ihrer Sendungen gucken und ich mich nicht in eine Ecke hocken und abschalten. Als mein Blick auf Grandmas leeres Glas fällt, kommt mir eine alternative Fluchtidee. »Möchtest du noch etwas Wasser?«

»Ich habe schon Wasser. Wo ist Theo? Er soll mir einen seiner Filme zeigen.«

Grandma ist ein großer Fan deiner Animationen. Ich glaube, ihr Favorit ist der Vierzigsekünder, in dem eine Ameise erst von einer Spinne verfolgt wird, sich dann aber mit ihren Kollegen zu einer Superameise formiert und die Spinne verjagt. Möglich allerdings, dass Grandma einfach nur die Blumen im Hintergrund toll findet. Ich könnte ihr ein paar der Videos auf meinem Handy vorspielen – außer natürlich »Griffin zur Linken«, das ist nur für meine Augen bestimmt –, aber ich habe nicht die Kraft, sie mit ihr anzusehen. Vor allem brauche ich mein Handy gleich selber, um deine Stimme zu hören.

»Theo kann leider nicht kommen«, sage ich. Mit Sicherheit haben Mom oder Rosie Grandma von deinem Tod erzählt. Sie hat es nur schon wieder vergessen. Und ich erinnere sie ganz bestimmt nicht daran. Es gefällt mir, dass du in ihren Gedanken noch am Leben bist. »Ich organisier dir mal noch ein Glas Wasser, Grandma.«

Mit der Aufgabe, seine Urgroßmutter nicht verdursten zu lassen, verscheuche ich Davis vom Fernseher und ziehe mich in Rosies Zimmer zurück, wo ich mich unter den Mänteln auf ihrem Bett verkrieche.

Lieder in Endlosschleife zu hören, hat dich immer wahnsinnig gemacht. Ich hingegen konnte bestimmte Zeilen oder Beats nur dann wieder aus dem Kopf bekommen, wenn ich sie tage- oder sogar wochenlang durchhörte. Was du aber noch viel schlimmer fandest, war der Klang deiner aufgenommenen Stimme, die du jetzt aber leider schon wieder hören musst, während ich deine letzte Sprachnachricht erneut in Endlosschleife spiele: »*Hi, Griff, tut mir leid, dass ich deinen Anruf verpasst hab. Ich war unterwegs und hatte das Handy aus ... Deine Nachricht klingt ganz so, als würdest du grad über die Planke gehen, Mann. Sollten die* Walking Dead-*Piraten dich noch nicht runtergeschubst haben, dann ruf zurück und lass mich wissen, dass es dir gut geht. Bis dann.*«

Ich mag diese Nachricht sehr, weil du darin kein Wort über Jackson verlierst, obwohl du ja vermutlich seinetwegen unterwegs warst, und weil du mich nicht Griffin nennst, wie du es dir gegenüber Jackson angewöhnt hattest, sondern Griff.

Ich drücke ein zweites Mal auf PLAY.

Und danach noch sechsunddreißig Mal, bis mir jemand auf die Füße klopft. Ich hatte gar nicht gemerkt, dass sie über den Bettrand hinausragen. Erst will ich die Hand einfach wegtreten, aber dann komme ich doch unter den Mänteln hervor und blicke in das Gesicht meines Dads.

»Essen ist fertig. Es ist ein wahrhaft einzigartiges Thanksgiving-Essen. Wenn du das verpasst, musst du ein ganzes Jahr auf Maisbrot warten.«

Oh Mann. Das ist die schlechteste Thanksgiving-Werbung aller Zeiten. Ich scheiß auf Maisbrot. Begreift Dad tatsächlich nicht, warum ich mich hier vor all denen verstecke, die ich sonst eigentlich mag?

Aber es hilft ja doch nichts, also raffe ich mich auf und gehe ins Wohnzimmer. Der Rest der Familie hat sich bereits zum Kreis formiert und balanciert reich gefüllte Teller und Gläser. Die Kinder haben es sich auf dem Boden bequem gemacht. Und jetzt? Richtig: erst beten, dann essen. Meinen Teller hat Mom schon für mich vorbereitet, denn offenbar fallen Trauernde in ein Alter zurück, in dem man nur an der Hand über die Straße gehen und nur gegen Erlaubnis bei einem Freund übernachten darf, vermutlich ohne Nachtlicht nicht einschlafen kann und sich allein das Essen auftun erst recht nicht. Bevor mir ein mundkondomwürdiges Schimpfwort herausrutscht, danke ich ihr, steige über Reynaldo (glaube ich zumindest) und stelle mich dann zwischen die angeschlagene Stereoanlage und eine halb verdurstete Topfpflanze.

Rosie wirft sich das Geschirrtuch über die Schulter und klatscht in die Hände, als wäre sie unser Coach und würde uns jetzt die Gewinnstrategie fürs Abendessen eintrichtern. »Wer möchte ein Gebet sprechen?« Sie wendet sich an ihre drei erwachsenen Kinder: Der Älteste, Richie, hatte den Kopf immer zu voll mit Arbeit, um dich je richtig kennenzulernen. Dann Ronnie, der dieses Jahr ausnahmsweise mal keine Liebe seines Lebens dabeihat. Und Remy, den ich noch nie leiden konnte, erst recht nicht, nachdem er Bullshit über uns erzählt hat. Du hast das nie mitgekriegt und ich hab dir's auch nicht erzählt, weil er seinen homophoben Müll verdammt noch mal bei sich behalten soll.

Als keiner der drei sich freiwillig meldet, tritt mein Dad einen Schritt vor.

Rosie applaudiert. »Wow, ein Ersttäter. Leg los, Gregor.«

Die Truthahnkeule, für die Dad sicher Frauen und Kinder aus dem Weg geschubst hat, rollt fast von seinem Teller, als er die Familie gestikulierend dazu auffordert, sich die Hände zu reichen. Doch mit denen halten wir ja alle schon unsere Teller und Getränke fest. Dad kichert über seinen Fauxpas und zuckt verlegen die Schultern. Rechts von mir steht Remy. Der hätte garantiert nicht meine Hand genommen. Und links von mir lehnt Ralph, Remys Sohn, an der Wand, also ist es vermutlich eh besser so.

»Lieber Gott, wir danken dir für unsere Familie. Auch in diesem Jahr führen uns die gute Gesellschaft und das gute Essen zusammen – hauptsächlich das gute Essen ...« Hier pausiert Dad allen Ernstes für Lacher. Grandma, meine Mom, Rosie und ein paar meiner älteren Cousins kichern ihm zuliebe verhalten, doch unter den Jüngeren herrscht Schweigen. Diese Art von Höflichkeit ist ihnen noch fremd. »Ein lieber Mensch, mit dem wir über die Jahre sehr vertraut geworden sind, fehlt heute Abend in unserer Runde. Wir alle – besonders Griffin – vermissen ihn sehr und beten für seine Familie.«

Ich raste gleich aus, Theo, oder kotze, oder beides.

Dad hält inne und holt tief Luft. »Lieber Gott, wir bitten dich, unsere Familie auch im kommenden Jahr zu beschützen und danken dir für deinen Segen. Amen.«

Während der Familienchor brav »Amen« brummt, rutsche ich an der Wand entlang auf den Boden und stütze meinen Arm auf den Blumentopf. Vorhin habe ich vielleicht noch geglaubt, wenigstens ein bisschen von meinem Essen runterzukriegen, aber das wird jetzt definitiv nichts mehr. Wieder einmal denke ich an deine Familie, besonders an Denise. Wie muss es bei ihnen aussehen, wie muss es in einer Familie sein, für die andere sinnloserweise an Thanksgiving beten? Und dann ist auch noch Jackson bei ihnen. Isst mit ihnen, schläft bei ihnen. Ich halte ihn nicht *direkt* für einen Parasiten, trotzdem: Selbst ich bin auf Distanz geblieben. Deine Familie hat mit genug eigenem Leid zu kämpfen, da sollte sie sich nicht auch noch um die Wunden anderer kümmern müssen.

»Griffin, Griffin!«, ruft Grandma gerade noch so laut durchs Zimmer, dass ich sie über die Fußball-Fachsimpelei meiner Cousins hinweg hören kann. »Wo ist Theo? Ich hab Kartoffelpüree für ihn gekocht.«

Hat sie nicht, Rosie hat ihr Rezept befolgt. Und das liebst du ja abgöttisch. Überhaupt hattest du eine ausgeprägte Leidenschaft für Kartoffeln in jeder Form. Ich habe nie verstanden, wie du ein komplettes Abendessen aus Kartoffelbrei, Ofenkartoffel und Pommes zu dir nehmen konntest, mit nichts als einem verlorenen grünen Apfel als Beilage. Doch das war genau dein Ding.

»Theo kann nicht kommen, Grandma«, rufe ich zurück. »Ich werd ihm ausrichten, dass er deinen Kartoffelbrei verpasst hat.«

»Du wirst es ihm ausrichten?«, fragt Remy. »Oh Mann.«

»Remy, bitte ...«, warnt Rosie ihn.

Grandma will mich noch was fragen, doch die Jüngeren machen »Psst«. Diese kleinen Kriegstreiber wollen was geboten bekommen. Als ich Anstalten mache aufzustehen, drückt Dad mir auf die eine Schulter und Mom legt ihre Hand auf meine andere. Remy zieht die Nase hoch. »Jetzt kommt schon. Wie lange war er mit dem Typen zusammen? Ein Jahr?«

»Ich kenne ihn seit sieben Jahren«, zische ich durch zusammengebissene Zähne und kratze mir die Hand fast blutig. Remy zerrt jemanden aus mir hervor, der mich wahnsinnig nervös macht.

»Du steigerst dich da in was rein, Griffin. Tu dir selbst einen Gefallen und komm über ihn weg.« Remys Tonfall klingt nicht mal provokativ. Sondern eher so, als wären wir Freunde, die einander gute Ratschläge geben.

Im Aufstehen schüttle ich die Hände meiner Eltern ab, doch Dad hält mich am Arm fest. »Ich werd schon nicht handgreiflich«, lüge ich und winde mich aus seinem Griff. Dass Remy sechs Jahre älter ist, kümmert mich einen Scheißdreck. Schon klar, du würdest mich von einer Prügelei abhalten – und das nicht nur, weil ich überhaupt nicht prügeln *kann* –, aber du bist ja nicht hier. An Remy gewandt sage ich: »Du hast keine Ahnung, du ...« Mein Blick wandert durchs Zimmer auf der verzweifelten Suche nach irgendwem, der Ahnung *hat*, doch niemand hier kann nachvollziehen, was ich durchmache. »Alles, was ich für Theo getan habe«, fahre ich fort, »habe ich auch für mich getan, weil es *mich glücklich* machte, *ihn glücklich* zu machen. Das ist kein Reinsteigern, Schwachkopf, das ist Liebe.«

Remy wirkt peinlich berührt und läuft rot an. Wie seine Mutter. Rosie schämt sich vermutlich in Grund und Boden, ein solches Arschloch in die Welt gesetzt zu haben.

»Nur dass er leider schon wen anders am Start hatte«, versetzt Remy. »Also komm drüber weg, hat er ja auch gemacht.«

Theo, ich verschaff dir gleich Gesellschaft, tut mir leid, dass es keine besonders würdige ist.

Während ich auf den Wichser losgehe, höre ich, wie meine Mom und Rosie nach Luft schnappen, meine Neffen johlen und ein paar andere Stimmen aufschreien, doch mein Dad ist schneller und wird diesen Mordversuch vereiteln, denn er zerrt mich von Remys Gelächter weg rückwärts in die Küche.

»Wir fahren nach Hause, Griffin, das wird schon wieder«, sagt er und umklammert mich jetzt nicht mehr, um mich in Schach zu halten, sondern umarmt mich, weil ich heule.

Mit ziemlicher Sicherheit werde ich das nächste Thanksgiving zu Hause oder auch in irgendeinem College verbringen. Falls die einen nehmen, der für den Rest seines Abschlussjahres nichts mehr zu bewerkstelligen plant.

Meine Eltern sitzen vor dem Wohnzimmerfernseher und essen Reste – zählt es als Resteessen, wenn sie ihre Teller (beim eigentlichen Anlass) gar nicht erst angerührt haben? Ich bin wieder im Bett und strecke gerade alle viere von mir, als das Telefon klingelt. Ich hätte mit Wade gerechnet, doch dran ist deine Mom. Das letzte Mal rief sie mich an, um mir zu sagen, dass du gestorben bist.

Weil es schon kurz vor elf ist, bin ich beim Abnehmen gleich doppelt nervös. »Hallo?«

»Hi. Hier ist Ellen. Entschuldige, dass ich so spät anrufe.«

»Schon gut. Wie war euer ...« Die Frage nach dem Abendessen lasse ich bleiben. Gehört zu der Art Albtraum, die man hinter sich bringen kann. »Wie kommst du zurecht?«

»Gar nicht, Griffin. Ich muss die ganze Zeit ... Es ist schön, deine Stimme zu hören«, sagt sie. »Ich versuche gleich mal, ein wenig zu schlafen. Wollte nur noch kurz durchrufen und fragen, ob ich dir Jacksons Nummer schicken darf. Er wollte dich schon von sich aus anrufen, aber ich hielt es für besser, dass du dich bei ihm meldest, falls dir danach ist.«

Es liegt mir auf der Zunge nachzufragen, warum Jackson mit mir reden will, aber dann lasse ich es. Ist nicht Ellens Angelegenheit. »Darfst du«, sage ich. »Ist er noch auf?«

»Hellwach. Durch die Zeitverschiebung«, antwortet Ellen und schweigt dann eine Weile. Ob sie sich Sorgen macht, wie so ein Gespräch zwischen Jackson und mir verlaufen wird?

»Ich rufe ihn an und du kannst versuchen zu schlafen. Wenn ich noch irgendwas tun kann – auf Denise aufpassen, für euch zum Supermarkt gehen –, dann mach ich das sofort«, sage ich.

»Danke, Griffin. Das ist lieb von dir. Ich melde mich. Gute Nacht.«

»Gute Nacht.«

Nachdem ich aufgelegt habe, schickt Ellen mir Jacksons Kontaktdaten.

Ich starre auf die siebenstellige Nummer hinter Jacksons kalifornischer Handyvorwahl. Kurz bevor meine Vernunft über die Einsamkeit siegt, drücke ich die Wähltaste. Mein Körper schaltet unaufgefordert auf Alarmstufe Rot. Ich sitze senkrecht im Bett, presse mir die Hand aufs Herz und zähle die Schläge. »Eins, zwei. Eins, zwei. Eins, zwei. Eins, zwei. Eins, zwei. Eins ...«

»Hallo?«

»... zwei«, vollende ich. Jackson hat mich bei einer ungeraden Anzahl unterbrochen – kein guter Auftakt. »Hier ist Griffin.«

»Hi«, erwidert Jackson. Er schweigt ein paar Sekunden und ich höre ihn atmen – kurze, leise Atemzüge, vermutlich die gleichen, die du gehört hast, wenn er neben dir schlief. »Danke, dass du anrufst.«

Ich nicke, als könnte er mich sehen. »Alles in Ordnung?«

»Nein«, antwortet er. »Wäre ja auch komisch. Hör mal, kleiner Überfall: Machst du heute noch was? Ich weiß, das klingt vielleicht schräg. Tut es auf jeden Fall sogar. Aber ich wollt's einfach vorschlagen. Ich könnte nämlich ein paar Schritte vor die Tür vertragen.«

Ich hab keine rechte Meinung, wie es mir damit geht. Sicher weiß ich nur, was du dazu sagen würdest. »Theo würde das gefallen«, spreche ich es aus. Denn, ja, es wird dich glücklich machen, wenn Jackson und ich uns vertragen. Vor allem, weil wir das nie richtig hinbekommen haben, als du noch am Leben warst. Trotzdem wird mir nach meinen Worten erst mal übel.

»Stimmt«, sagt Jackson. »Theo hätte das gefallen.«

»Ich kann dich bei Theos Eltern abholen. Gib mir zwanzig Minuten.«

»Okay. Bis gleich.«

»Bis gleich.« Ich lege auf.

Das Telefonat hat drei Minuten und zwei Sekunden gedauert. Schon besser.

Ich quäle mich aus dem Bett. Vielleicht kommt bei einem Gespräch mit Jackson ja sogar was Gutes raus. Keiner hat nämlich nur den Hauch einer Ahnung, Theo. Die Vertrauenslehrerin predigt mir, dass die Zeit alles heilen wird. Mein Cousin denkt, dass ich zu jung bin, um zu lieben. Wade hat von der Liebe keinen Schimmer. Und meine Eltern hielten es für eine gute Idee, dass ich mit zum Thanksgiving-Familientreffen gehe, statt zu Hause unter der Bettdecke zu bleiben. Ich weiß, dass das ungesund ist. Bin ja nicht blöd. Aber du und ich, wir hatten ein Ziel. Zwar waren wir ohne Kompass unterwegs und durch deinen Umweg mit Jackson war ich ziemlich abgehängt. Trotzdem hielt ich unseren Kurs, in der Hoffnung, dass wir wieder zueinanderfinden würden. Und jetzt? Jetzt bist du tot und mir bleibt nichts übrig, als ziellos umherzuirren. Mit jemandem zu sprechen, dem es ähnlich geht, könnte vielleicht helfen.

Ich werfe mir meine dunkelblaue Cabanjacke über deinen Pulli, steige in die nächstbeste schwarze Jeans, ziehe die ausgetretenen, abgewetzten Stiefel an, die du mir dieses Jahr zum Geburtstag geschenkt hast und denke an unser Gewitzel über Winterstiefel zur Sneakerzeit. Im Gegensatz zu deinem Gratulationsanruf, der einen Tag zu spät kam, waren die Stiefel genau pünktlich und sind also seit Mai meine Lieblingsschuhe. Danke noch mal, Theo.

Im Wohnzimmer fallen meinem Dad gerade die Augen zu, doch er reißt sie wieder auf, als ich in sein Blickfeld trete. Meine Mom ist schon mit dem Kopf auf der Sofalehne und ihren Füßen zwischen Dads Beinen eingeschlafen. Er klopft sachte auf ihr Knie.

»Ich versuche, hier zu schlafen«, murmelt sie. Zieht sich einen Pullover übers Gesicht und dämmert wieder weg.

»Wo willst du hin?«, fragt Dad. »Es ist gleich halb zwölf.«

»Ich treff mich mit –« Fast hätte ich deinen Namen ausgesprochen. Immer wenn ich am Wochenende oder an schulfreien Tagen lange ausbleiben wollte, musste ich nur sagen, dass ich mit dir unterwegs war, schon war's okay. Doch ich fange mich noch. »– Jackson. Ich muss mal ein bisschen raus. Und er auch.«

Dad hebt behutsam Moms Beine an, steht auf und breitet eine Wolldecke über sie. »Hat er dich angerufen?«

»Ellen hat mir seine Nummer gegeben, weil er mit mir reden wollte. Also hab *ich ihn* angerufen.«

Ich merke Dad an, dass er sich wundert, wenn nicht gar Sorgen macht. »Kann ich euch irgendwohin fahren? Es soll wieder schneien heute Nacht.«

»Mir ist nach einem Spaziergang, Dad. Ist das okay?«

»Dein Handy ist aufgeladen?«

Ich nicke.

Dad nimmt mich in die Arme. Ich muss ihm versprechen, dass ich ihn anrufe, wenn ich abgeholt werden will, und dass ich auf jeden Fall drangehe, wenn er versucht, mich zu erreichen. Ja, ja, ja, ja ...

Gleich wirst du Zeuge, wie ich mit Jackson von Angesicht zu Angesicht abhänge. Was sich außergewöhnlich anfühlt, wie etwas nie Dagewesenes, als würdest du zusammen mit deinen beiden Lieblingsmenschen vom Dach aus den Halleyschen Kometen vorbeiziehen sehen. Allerdings hättest du nie und nimmer Jackson und mich an denselben Ort bekommen, nicht mal für einen Kometen. Gleich aber laufe ich durch deine und meine Straßen. Nicht mit dir, sondern mit einem, der auch in dich verliebt war. Ist so was nicht das Beste aus zwei Welten für jemanden, der zwischen zwei Typen hin- und hergerissen war?

GESCHICHTE
FREITAG, 26. SEPTEMBER 2014

Ich habe keinen Schimmer, warum die Vertrauenslehrerin nach der letzten Stunde mit Theo reden will. Zwischen zwei Kursen laufe ich Wade über den Weg, aber er ist auch keine Hilfe, sondern zuckt nur die Schultern und meint, wir würden's ja rausfinden. Ich hingegen fühle mich auf einmal ganz leer und klein und ahnungslos. Theo ist doch glücklich, oder?

Entsprechend schwer fällt es mir, in der siebten Stunde Interesse zu heucheln. Erdkunde. Den Unterschied zwischen Vulkan-, Sediment- und metamorphem Gestein sollte ich für die anstehenden Klausuren kennen, trotzdem nehme ich ungelogen höchstens zwei Prozent von allem auf, was unser Lehrer erzählt. Als es endlich läutet, lasse ich meinen eigenen Spind links liegen, gehe direkt zu Theos und bin erleichtert, als ich ihn schon davorstehen sehe.

»Hi«, sage ich und küsse ihn auf die Wange. Mittlerweile weiß jeder, dass wir zusammen sind – war keine große Sache. Viele aus der Zehnten und Elften hielten uns eh schon für ein Paar, als wir noch nur befreundet waren, und die Neuntklässler müssen nicht lange rätseln, weil Theo und ich jetzt fast jeden Morgen Hand in Hand hier ankommen. Auch unseren Lehrern geht's coolerweise am Arsch vorbei. »Was ist los? Wir müssen doch nicht auf Wade warten, oder?«

»Natürlich nicht«, sagt Theo lächelnd. »Tut mir leid, dich auf die Folter gespannt zu haben.«

»Ich war die Ruhe selbst«, verkünde ich und lockere meine Krawatte.

»Klar.« Theo hört auf, seine Tasche auszupacken, und lehnt sich gegen die Spindtür, an deren Innenseite er mit einem Tetris-Sticker ein Bild von uns geklebt hat. »Ms. Haft wollte mit mir reden, weil ich vielleicht das letzte Jahr bis zum College überspringen kann, denn – Spoiler-Alarm: Ich hab durchweg richtig geile Noten. In der College-Vorbereitung häng ich glatt ein paar aus der Zwölften ab. Als sie das Wort *Wunderkind* in den Mund nahm, musste ich mich sehr zusammenreißen, ihr nicht an Ort und Stelle einen Antrag zu machen.«

»Wow. Äh, und was musst du dafür tun?«

»Mich bis spätestens einunddreißigsten Oktober mit einem Motivationsschreiben bewerben«, sagt Theo. »Ms. Haft findet, ich sollte es in Harvard versuchen, aber mir gefällt ja der Animationsstudiengang vom Santa Monica College. Ich muss mal mit meinen Eltern reden, wie das mit dem Geld aussieht. Alter, ich könnte nächstes Jahr um diese Zeit schon in Kalifornien sein.« Er lehnt mit geschlossenen Augen den Kopf zurück und verliert sich lächelnd in seinem Traum, in dem er mich los ist. »Geil, oder?«

Damit mein Gesicht mich nicht verrät, umarme ich ihn schnell, noch bevor er die Augen wieder aufmacht. »Die Chance hast du verdient, Theo. Ich bin auf jeden Fall für dich da.« Für uns beide hoffe ich, dass das keine leeren Worte sind.

Aber ich habe Angst. Denn dass Theo ans andere Ende

des Kontinents ziehen könnte, fühlt sich an wie der mögliche Anfang vom Ende. Mich hat es ja schon nervös gemacht, als es noch hieß, dass er übernächsten Sommer ans College geht, wenn ich erst in die Zwölfte komme. Und jetzt muss ich also hören, dass er mir schon bald zwei Jahre voraus sein könnte? Fühlt sich nicht verheißungsvoll an. Gibt genauer gesagt meiner Paranoia viel zu viel Futter.

Ich trete einen Schritt zurück und schaue in sein strahlendes Gesicht. Genauso strahlt es, wenn er sich den Trailer für einen lang ersehnten Film ansieht. Er kann es kaum erwarten, ob sich erfüllen wird, was er sich gerade in seinem Tagtraum ausmalt.

Ich lächle für ihn. Aber das ist gelogen. Ich bin nicht glücklich.

GEGENWART
DONNERSTAG, 24. NOVEMBER 2016

Jetzt wäre ein guter Zeitpunkt, um sich in unseren Bunker für die Zombie-Apokalypse zurückzuziehen, denn das Ende der Welt naht: Ich bin auf dem Weg zu deinem Haus, zu dem Menschen, der dich mir weggenommen hat.

Glaub mir, Theo, ich hasse Jackson nicht. Aber ich muss auch nicht sein Freund sein. Bei unseren Begegnungen war ich immer freundlich zu ihm, weil ich es nicht über mich gebracht habe, ein Arschloch zu sein. Ich wollte auch nicht so wirken, als hätte ich was gegen ihn oder als wollte ich eure Beziehung sabotieren. Wenn wir dann endlich wieder zusammengekommen wären, hättest du mich dafür bewundern dürfen, wie sehr ich die ganze Zeit meine Liebe zu dir über mein eigenes Wohl gestellt habe. Aber jetzt – so erbärmlich das auch klingen mag –, jetzt brauche ich Jackson. Ich bin nicht stark genug, um alleine zu trauern.

Draußen ist es eiskalt und es schneit ein bisschen. Mein Hals und meine Ohren sind der beißenden Kälte schutzlos ausgesetzt – und auch meine Hände, als ich Jackson schreibe:

Ich brauch noch 2 Lieder.

Ich lösche die Nachricht und tippe stattdessen:

Ich brauch noch so 6 Minuten.

Die erste Nachricht hätte Jackson nicht verstanden; so was hätte ich nur dir geschrieben. Er ist nicht du, das weiß ich, dennoch laufe ich gerade die altbekannte Strecke zu deinem Haus. In der Zeit, die ich brauche, um gegen den Wind anzukämpfen – vorbei an dem Supermarkt, wo immer die Fahrräder an den Parkuhren lehnen, an der Autovermietung, an dem Bagel-Restaurant, wo sie so geizig mit der Marmelade sind, und den dunklen Fenstern der Zoohandlung –, höre ich zweimal *Love Minus Zero/No Limit* von Bob Dylan. Du konntest meine Entfernung in Liedern messen. Jackson kann das nicht.

Der Weg ist wie ein Trip in die Vergangenheit und die Erinnerungen hauen mich fast um. Da ist die Stelle vor der Post, wo du fast überfahren worden wärst und, ohne dich daran zu halten, versprochen hast, du würdest niemals sterben. Die Treppe vor dem Nachbarhaus, auf der wir nach unserer Trennung weinend gesessen und uns mit Ärmeln und Händen gegenseitig die Tränen weggewischt haben. Auf dem Weg zu eurer Haustür die Stufe, an die du nie gedacht und an der du dir mindestens zweimal böse den Zeh gestoßen hast. Der Bürgersteig, auf dem wir Frisbee gespielt haben, während wir auf den Postboten warteten, der deine Zulassung bringen sollte. Die unzähligen Male, die wir uns ausgeschlossen haben – vor allem das eine Mal, nachdem wir Sex für uns entdeckt hatten und nicht in deine sturmfreie Wohnung kamen. Wie ich manchmal, krank vor Liebeskummer, vor der Gegensprechanlage stand und wünschte, ich könnte 2B drücken und dich herunterbeschwören, in meine Arme.

Auf keinen Fall gehe ich da hoch. Ich käme nie wieder weg. Ich pack's nicht mal, in die Eingangshalle zu gehen.

Stattdessen schreibe ich:

Bin unten und friere.

Ein paar Minuten später kommt Jackson zur Tür gerannt und zieht noch einen Mantel über seine dünne Jacke. Vielleicht ist das so 'ne Jacke, die er an diesen unwirklichen kalifornischen Regentagen trägt, Tagen, an denen er rechts ranfährt und lebensverändernde Jungs wie dich aufgabelt.

Das war unangebracht. Kondom über den Mund. Ich weiß, was sich gehört, Theo.

»Na?«, sage ich und nicke ihm zu. Jackson stellt sich direkt vor mich. Er zittert jetzt schon und fast beuge ich mich für eine halbherzige Umarmung hinüber, lasse es aber doch bleiben.

»Hi.« Jackson zieht den Reißverschluss seines Mantels zu und setzt eine Mütze auf. An den Seiten gucken ein paar Haare raus. »'tschuldige, dass es länger gedauert hat, ich konnte meinen zweiten Handschuh nicht finden.« Den einen zieht er an und vergräbt die andere Hand schnell in der Manteltasche.

Wenn du mit so einer Mimimi-Es-ist-so-kalt-Einstellung nach New York zurückgekommen wärst, hätte ich dir erst mal einen Roundhouse-Kick verpasst.

»Wohin gehen wir?«, fragt er.

»Weiß ich noch nicht genau, komm einfach mit.«

Eine Weile nehme ich nur hupende Autos, das Patschen des Schneematsches und telefonierende Passanten wahr. Ein Blick nach rechts und ich sehe, dass Jackson einen Schritt hinter mir ist. Er läuft Seite an Seite mit meinem Schatten, den die Straßenlampen auf den Asphalt werfen. Plötzlich dreht er sich um und läuft rückwärts, um dem eisigen Wind zu entgehen. Also wechsele ich von meinem Geradeaus-links zu Rückwärts-links. Doch dann dreht er sich wieder zurück nach vorne, und während er sich den Schal vors Gesicht hält, nehme ich meine Ursprungsposition ein. Wetten, dir wird schon ganz schwindelig von diesem Tanz? Was soll erst Jackson sagen – er hat keinen Schimmer, was hier abgeht. Als wir um eine Ecke biegen, kommen wir in eine etwas windgeschütztere Straße.

»Wie war euer Abendessen?«, frage ich. Seine Antwort kann ich leichter ertragen als die von Ellen oder Russell oder – noch schlimmer – von Denise.

»Nicht so toll«, antwortet er. »Sie wollten nicht am Esstisch sitzen. Deswegen haben wir unser Lager im Wohnzimmer aufgeschlagen und Chinesisch bestellt. Denise hat den Disney Channel angemacht, aber ich glaube nicht, dass sie wirklich zugeschaut hat. Ich hab angeboten, Maisbrot oder Brownies zu backen, aber da hatte keiner Lust drauf.«

»Denise wollte nicht beim Backen helfen?«

»Nein.«

Es ist schlimmer, als ich dachte.

Vor den geschlossenen Rollläden eines Deli hält Jackson kurz an, läuft wieder los und überholt mich, als hätte er irgendeine Ahnung, wo wir hingehen. Ich werde schneller, um ihn einzuholen. Wir haben beide lange Beine und die wollen sich jetzt messen. Aber ich gewinne unser kleines Rennen. Fühlt sich gut an.

»Ich hätte heute Abend nicht dabei sein sollen«, sagt er. »Ich gehöre nicht dazu.«

Stimmt. Jackson gehört nicht dazu. Er ist wie dieses w-förmige Himmelsteil aus dem Sternepuzzle, das mal einen Streit zwischen uns ausgelöst hat. Das ich entgegen deinem Rat immer wieder an die falsche Stelle setzen wollte. In dem Puzzle deiner Familie gibt es für Jackson keine passende Lücke.

»Ich fühle mich so schlecht, weil Theo letztes Thanksgiving bei mir war.«

Das sollte er auch. Hättest du gewusst, dass es dein letztes Thanksgiving wird, wärst du nach Hause gekommen, da bin ich mir sicher. Auch wenn das bedeutet hätte, Jackson mitzuschleppen, wie eine Tasche voller glänzend neuer Videospiele, die eine Weile ein netter Zeitvertreib gewesen wären, die du aber zugunsten der Klassiker bald wieder hättest links liegen lassen.

Du und ich waren immer gut darin loszulassen, besonders wenn es um Dinge ging, die wir nicht beeinflussen konnten. Ich könnte Jackson ein paar Episoden erzählen, die das beweisen, aber ich möchte sie für mich behalten.

Stattdessen führe ich mir vor Augen, dass es nicht einfacher wird, jemanden um Verzeihung zu bitten, nur weil dieser Jemand nicht nachtragend ist. Behalt das im Hinterkopf, Theo.

»Lässt sich jetzt eh nicht mehr ändern«, sage ich schließlich.

Hinter der nächsten Ecke wird's wieder windig und ich wappne mich gegen den Schnee, der mir ins Gesicht weht. Ich vergrabe meine Hände in den Ärmeln und verschränke die Arme vor der Brust, damit meine Jacke schön dicht hält. Als ich Jackson nicht mehr im Augenwinkel wahrnehme, bleibe ich stehen. Und sehe, wie er die eine nackte Handfläche nach oben streckt. Erst mal wirkt das irgendwie minderbemittelt, aber dann erinnere ich mich, als Kind genau das Gleiche getan zu haben. Wahrscheinlich sieht Jackson zum ersten Mal richtigen Schnee. Als er etwas davon auffängt, lächelt er, schließt die Hand zur Faust und lässt die Flocken darin schmelzen.

»Darf ich dir eine Geschichte über Theo erzählen?«, fragt er, während er sich die Hand an der Hose abwischt und einen Schritt auf mich zu macht. In seiner Stimme liegt der flehende Unterton eines Menschen, der den ganzen Tag zu Hause eingesperrt war und sich nach menschlichem Kontakt sehnt. Kann ich gut verstehen.

Eine Hälfte von mir will Ja sagen, die andere Hälfte schreit *Auf keinen Fall.*

»Ich will nicht, dass es zwischen uns irgendwie seltsam ist, Griffin«, fährt Jackson fort. »Wir sollten doch über Theo reden können! Wenn es gar nicht geht, können wir nachher nach Hause gehen und uns nie wieder treffen. Sicher erwarten sie das eh alle.« Er klingt traurig. Außerdem hat er hundertprozentig recht. »Aber ich glaube, dass wir es besser machen könnten.«

Das glaube ich auch. Deshalb bin ich hier draußen in der Scheißkälte, am Thanksgiving-Abend. Du würdest wollen, dass wir dich in Erinnerung behalten. Nie hätte ich gedacht, dass ausgerechnet dieser Mensch – der wollte, dass du den Kontakt zu mir abbrichst – mich treffen wollen würde. Keine Ahnung, ob ich eine Geschichte darüber verkraften kann, wie glücklich ihr zusammen wart, aber vielleicht hilft es mir, dich besser zu verstehen. Vielleicht hilft es mir, die fehlenden Puzzleteile deines Lebens zusammenzusetzen. Finden wir es heraus.

»Na, dann erzähl sie mal, deine Theo-Geschichte.«

Jackson hockt sich hin, formt einen Schneeball und wirft ihn gegen die Wand. Es könnte sein erster sein, aber vielleicht auch nicht, schließlich lagen auch vor deiner Beerdigung noch Reste vom letzten Schnee auf dem Boden.

»Theo ist völlig ausgeflippt, als ich ihm erzählt habe, dass ich nicht weiß, wie sich Schnee anfühlt. Theoretisch könnte ich es wissen, immerhin gibt es ein Kinderfoto von mir, auf dem ich in der Nähe der Brooklyn Bridge einen Schnee-Engel mache. Nur kann ich mich nicht daran erinnern. Theo hatte gehofft, es würde schneien, als wir an seinem Geburtstag herkamen, nur damit er sehen könnte, wie ...« Jackson hält inne.

»Damit er mitkriegt, wie du zum ersten Mal Schnee siehst«, vollende ich.

Verstehe. Wie damals, als du mir die Original-*Star Wars*-Trilogie präsentiert hast. Jedi-Schlachten anzuschauen hat Spaß gemacht, und mir vorzustellen, mit so einem Lichtschwert herumzuwirbeln, war verdammt cool, aber das Beste daran war das Lächeln auf deinem Gesicht, nachdem du auf PLAY gedrückt hattest. Du hast mich angestrahlt, als hätte ich mir bereits ein begeistertes Urteil gebildet. Während alles, was ich bisher sehen konnte, große gelbe Buchstaben waren, die mich mit Informationen zuballerten.

Und hier wird es kompliziert. Jacksons Geschichte tut weh. Aber nur, weil ich genau dieses Glücksgefühl so gut kenne.

»Komm mit«, sage ich. Jetzt weiß ich, wo wir hinmüssen. Ich führe ihn zum Lincoln Center. Auch ich habe eine Geschichte, die ich mit ihm teilen kann.

Immer wenn du und ich früher diesen Weg entlanggingen, haben wir wie selbstverständlich Händchen gehalten. Wir trödelten, genossen die unbeobachtete Zeit zu zweit, selbst mit nassen Socken und kalten Füßen. Mit Jackson aber beeile ich mich. Bald sind wir dort und erklimmen die breiten, hell erleuchteten Stufen. Der elegante Platz, die Säulen und die großen Werbebanner, die das neueste Ballett ankündigen – all das wirkt auf mich wie das Setting eines Fantasyromans. Was ich dir auch gesagt habe, als wir zum ersten Mal als Paar hier waren. Wie von selbst steuere ich auf den Revson-Brunnen zu. Bevor du mit deinem Superhirn um die Ecke kamst, war er für mich einfach immer nur der »große Brunnen«. Obwohl ich weiß, dass die beleuchteten Fontänen wegen der Kälte nicht in Betrieb sind, wirkt es fast, als wäre der Brunnen versiegt und zum Sterben zurückgelassen worden.

»Lass mich raten: Theo und du, ihr seid hergekommen, um euch was zu wünschen«, sagt Jackson.

Einen kurzen Moment hatte ich vergessen, dass Jackson hier ist und bin kurz davor, vor ihm zusammenzubrechen und loszuheulen. Ich zittere, aber nicht vor Kälte, und gehe ein Stück zur Seite. Von ihm will ich keine Umarmung.

»Ja, wir haben uns was gewünscht. Aber die ganze Sache ist 'ne Mega-Verarsche.« Ich zeige dem Brunnen den Mittelfinger. »Guck mal, da sind so viele Münzen drin – die Leute denken tatsächlich, sie könnten sich hier mit ihrem Kleingeld was erkaufen. Echte Reichtümer oder sonst irgendetwas. Wir sind alle solche Trottel.«

Jackson starrt das Wasser an. »Ich dachte immer, es wäre eher was Religiöses«, entgegnet er. »Vergiss mal die Leute, die Geld reinwerfen, um reich zu werden. Alle anderen beten. Eine Münze in einen Brunnen zu werfen, ist vielleicht weniger enttäuschend, als in einer Kirche zu beten. Wenn du direkt ins Haus des Großen Mannes gehst, erwartest du Ergebnisse.«

Ich schaue ihn an. »Frage: Wie zur Hölle kannst du an Gott glauben? Nach Theo?«

Jackson zuckt mit den Schultern. »Also, ich verbringe nicht jeden Sonntag in der Kirche oder so, aber mir gefällt der Gedanke an einen größeren Plan. Mit Theo hatte ich auch große Pläne – *hatte*. Irgendetwas muss man doch aus allem, was geschieht, lernen können. Ich weigere mich zu glauben, er wäre grundlos gestorben.«

»Theo ist nicht gestorben, damit du ganz persönlich eine Lektion fürs Leben lernen kannst.« Mir steigt die Hitze ins Gesicht.

Jackson kommt näher und ich trete einen Schritt zurück, weil ich jetzt noch stärker zittere. Es sollte ihn beunruhigen, dass er mit mir alleine ist. »So meine ich das nicht, Griffin. Das wäre völlige Verschwendung. Und das wissen wir beide. Nur will ich meine Wut über Theos Tod nicht an Gott auslassen. Theo hat an Gott geglaubt.«

»Du musst mir nicht erzählen, woran Theo geglaubt hat«, schnauze ich ihn an. Tut mir leid, Theo. Und ja, bei Jackson sollte ich mich auch entschuldigen. »Tut mir leid, ich ... mir geht's gerade echt beschissen und ...« Ich verstehe nicht, wieso Jackson bei Gott Trost sucht, wo er doch mit dir reden könnte. »Ich hätte es wissen müssen. Ohne Theo hier zu sein, ist scheiße.«

»Mh-hm. Das ist einer der Gründe, warum ich nicht heiß drauf bin, nach Hause zu fliegen.« Jacksons Blick geht wieder zum Brunnen. »Man sagt ja, es bringt Unglück, darüber zu reden, aber: Was hast du dir so gewünscht?«

»Eigentlich würdest du lieber wissen, was Theo sich gewünscht hat, oder?«

»Dafür bräuchte es das Wunder der Auferstehung.«

Für einige meiner Wünsche auch.

»Na ja, wie viel Unglück kann jetzt noch passieren?«, frage ich.

Ein paar der Wünsche vertraue ich ihm an: Gesundheit für deine Mutter, als sie diesen kurzen Schrecken mit dem Brustkrebs hatte. Ein Stipendium für dich, damit deine Eltern mehr Geld für Flüge übrig hätten, wann immer du Heimweh bekämst. Von anderen Wünschen erzähle ich nicht. Nicht vom Silvesterabend, an dem ich so sehr weinen musste, dass ich fast keine Luft mehr bekam. An dem ich mir so sehnlich gewünscht habe, du würdest um Mitternacht anrufen, um mir zu sagen, wie sehr du mich vermisst, wie sehr du mich liebst und dass du zu mir zurückkommen und wieder mit mir zusammen sein willst.

»Das war wirklich nett von dir«, sagt Jackson, nachdem ich zu Ende geredet habe. »Selbstlos.«

»Ich wollte immer nur das Beste für ihn«, erwidere ich. Ob ich wirklich das Beste für dich war, Theo, weiß ich nicht genau, aber ganz bestimmt war ich besser als er.

Jackson kramt ein paar Münzen aus seiner Jackentasche, schließt die Augen, murmelt lautlos einige Worte und wirft alle Münzen in den Brunnen.

Ich frage nicht, was er sich gewünscht hat.

Patschend tritt er von einem Fuß auf den anderen und reibt sich die Arme. »Es ist kalt.«

Auch ich ertrage das hier wahrscheinlich keine Minute länger. Zeit, nach Hause zu gehen. Andererseits erwartet mich dort nur mein leeres Zimmer. »Kalt und ziemlich spät«, sage ich. »Wenn du willst, lass uns doch bei mir weiterreden.«

»Das kann ich nicht annehmen«, wehrt Jackson ab. »Vielleicht gibt es noch ein offenes Café oder so?«

»Mein Dad ist noch wach, er geht viel beruhigter schlafen, wenn er weiß, dass ich zu Hause bin«, sage ich. »Aber wenn du das seltsam findest, kein Thema.«

»Nein, ich will auch noch weiterreden. Nur sollten wir vielleicht ein Taxi nehmen. Ich bin nicht sicher, ob ich den Weg zu Fuß überlebe.«

Ich würde deinem Westküsten-Jüngelchen ja erzählen,

was er für ein Weichei ist, aber heimgefahren zu werden klingt zu gut. Wir gehen schon mal in Richtung Uptown und tatsächlich hält trotz der nächtlichen Leere auf den Straßen nach einer Weile ein Taxi neben uns. Jackson springt zuerst ins warme Innere und rutscht hinter den Fahrersitz – würde ich jetzt dazusteigen, säße er zu meiner Linken. Kurz ziehe ich in Erwägung, mich auf dem rechten Sitz so zur Mitte zu drehen, dass ich ihm quasi gegenübersitze. Aber weil ich schon beim Gedanken daran anfange, meine taub gefrorenen Handflächen zu malträtieren, renne ich ums Auto herum und öffne seine Tür.

»Ich klau dir deinen Platz«, sage ich.

Er rutscht rüber und ich steige ein. Falls er sich wundert, lässt er es sich nicht anmerken. Wie viel hast du ihm über mich erzählt? Weiß er von meiner Zwangsstörung? Acht Minuten später sind wir da. Ich bezahle in bar und wir beeilen uns, ins Haus zu kommen.

2011 warst du zum ersten Mal bei uns. Weil deine Eltern Denise zu einem Kindergeburtstag begleiten und dich nicht alleine zu Hause lassen wollten, riefen sie meine Eltern an. Mordsaufgeregt war ich, als Dad mir verkündete, du würdest für ein paar Stunden zu mir kommen. Schließlich waren Sommerferien und wir hatten uns lange nicht gesehen. Du hattest ein Burgenpuzzle dabei. Während wir es zusammensetzten und X-Men-DVDs guckten, schmiedeten wir Pläne für unser nächstes Treffen. Vorausgesetzt natürlich, meine Eltern hätten nichts dagegen. Obwohl wir es mit keinem Wort erwähnten, konnte ich spüren, dass du mich auch vermisst hattest, und das war ziemlich cool.

Jackson mit hierherzubringen, ist dagegen etwas völlig anderes. Von außen sieht unser Gebäude relativ nobel aus, aber als wir es betreten, bemerke ich auf einmal bestimmte Kleinigkeiten: die Abwesenheit eines Pförtners, das abgeblätterte Dunkelblau des Treppengeländers, die schmierigen Fingerabdrücke auf den Fahrstuhlknöpfen, die nicht täglich abgewischt werden, und den gelben Fleck auf dem Teppich im Flur. Hoffentlich fallen Jackson diese Mängel nicht so auf. Eigentlich ist es albern – immerhin gehe ich auf eine Privatschule und bekomme ein gutes Taschengeld –, aber mir gefällt der Gedanke nicht, dass Jackson die Pracht eures Wohnhauses mit unserem vergleichen und sich bestätigt fühlen könnte, dass ich nie deine Liga war.

Vor unserer Wohnungstür lehnt Jackson sich gegen die Wand. Ich schließe auf und spähe hinein. Auf der Couch ist mein Dad neben meiner Mom eingeschlafen, der Fernseher läuft noch. Ein Gespräch im Wohnzimmer könnte also schwierig werden. Auf Zehenspitzen schleichen wir uns direkt in mein Zimmer. Jackson schließt die Tür hinter uns.

»Die beiden haben auch ein Schlafzimmer«, scherze ich. »Meine Mom schläft nur ab und zu ganz gern auf der Couch.«

Jackson antwortet nicht, sondern schaut sich um, nimmt alles in sich auf, wobei sein Blick als Erstes zu den gerahmten Bildern von dir neben meinem Bett wandert. Draußen können mich Geschichten über dich und ihn verletzen. Aber hier, in meinem Zimmer, wo einen Erinnerungen an dich von Bett, Regalen, Wänden und Schreibtisch aus geradezu anspringen, sind wir in meinem Revier. Wenn ich wollte, könnte ich unsere gemeinsame Geschichte als Waffe gegen ihn verwenden. Aber ich will gar nicht. Meine Wut über deinen Tod werde ich nicht an ihm auslassen. Erst recht nicht, während du Zeuge bist.

Jackson zuzusehen, fällt mir schwer. Er tritt näher an mein Bett und verharrt über den Bildern, bevor er das eine in die Hand nimmt, auf dem du mich von dieser Parkbank aus anlächelst. »Was war das für ein Anlass?«, fragt er leise.

»Der Jahrestag meiner Eltern, im April vor ein paar Jahren«, antworte ich. »Sie sind schon mit siebzehn zusammengekommen. Genau weiß ich es aber nicht. Mein Dad behauptet, sechzehn, und meine Mom, siebzehn. Schätze, sie zählen beide unterschiedlich.« Ich sollte mir dieses Foto eigentlich nicht in Jacksons Gegenwart anschauen, weil ich jeden Moment in Tränen ausbrechen könnte. Andererseits wäre es schön, dein Lächeln mal wieder nicht nur in meinen Erinnerungen zu sehen, also stelle ich mich neben ihn. »Das war ein cooler Nachmittag.«

»Verstehen sich deine Eltern gut?«

»Ja, supergut. Manchmal wundert es mich, wenn ich sie irgendwo gemeinsam reden und lachen höre. Man sollte meinen, sie hätten sich mittlerweile längst alles gesagt, oder? Aber nein, sie quasseln in einer Tour – und irgendwie find ich's toll.« Erst da wird mir klar, dass er wahrscheinlich wegen seiner eigenen Eltern nachgefragt hat.

Ohne seinen riesigen Mantel auszuziehen, setzt er sich auf meinen Schreibtischstuhl und zuckt mit den Schultern. Schaut zu mir hoch, die Miene todtraurig, dann geht sein Blick wieder zu dem Parkbankfoto. »Ich will nicht mal so tun, als hätten wir nicht beide die gleichen Träume gehabt. Du hast Theo auf die gleiche Art geliebt wie ich, das weiß ich.«

Hast geliebt? Ich liebe dich. Wer spricht von Vergangenheit?

Ohne zu warten, ob ich etwas sage, redet er weiter: »Aber niemand nimmt mich ernst. Als dürfte ich nicht aus Liebe oder durch Theos Tod am Boden zerstört sein, nur weil ich noch nicht alt genug bin, um legal Alkohol zu trinken. Mein

Dad hatte tatsächlich den Nerv, mir zu erzählen, ich hätte noch den Rest meines Lebens vor mir, um mich neu zu verlieben.«

»Klingt, als solltest du ein paar Wochenendbesuche bei ihm ausfallen lassen.«

Jackson grinst höhnisch. »Das würde er nicht mal bemerken. Heißt doch nur, mehr Wochenenden für ihn, um mit seiner Airline in fremde Städte zu fliegen und dort Frauen in Bars aufzureißen oder – sorry, ich hör auf.« Mir ist nicht ganz klar, wofür er sich eigentlich entschuldigt, aber er entschuldigt sich ständig für irgendwas, oder? Jetzt starrt er mich an. »Fühlst du dich auch so ... besiegt? Mich erinnert das alles an ein Rennen, bei dem ich vorne lag, bis ich hinfiel und mir das Knie aufschlug. Und sämtliche Ziele, auf die ich zugelaufen war, rückten auf einen Schlag in unerreichbare Ferne.«

Damit will er mir hoffentlich nicht durch die Blume mitteilen, dass er kurz davorstand, dich endgültig für sich zu gewinnen. *Wenn* er sich für etwas entschuldigen sollte, dann dafür. »Ich bin dasselbe Rennen gelaufen, Jackson. Und du lagst nicht vorne.«

»Ich hab nicht von dir gesprochen, wirklich nicht. Ich hätte nur nie gedacht, mal jemanden wie Theo abzukriegen. Das meinte ich mit ›vorne liegen‹«, erklärt er.

Ich kann ihm nicht in die Augen gucken. »Sorry.«

»Versteh schon. Theo und du, ihr seid zusammen aufgewachsen und hattet so ungefähr jedes erste Mal miteinander. Aber du weißt schon, dass ich ihn auch geliebt habe, oder? Und er hat mich geliebt, obwohl ich das manchmal nicht richtig glauben konnte, wegen dir. Keine Ahnung, warum mir das so wichtig ist, aber ich wünschte, du würdest das zwischen ihm und mir nicht so kleinreden. Jedes Paar muss doch irgendwo anfangen. Du bist mir einfach knapp zuvorgekommen.«

Schätze, dazu sollte ich was sagen. Aber ich kann nicht.

»Jetzt bist du sauer, oder? Komm, red mit mir«, fordert er mich auf. »Immer wenn Theo und ich uns nicht einig waren, haben wir das sofort ausdiskutiert. Weil es sich sonst aufgestaut hat und eine viel zu große Sache daraus wurde. Bitte sag irgendwas, Griffin.«

Dichtmachen und dichthalten, das kann ich bei Konfrontationen am besten. Hast du mir ja oft genug vorgeworfen. Aber ich tu hier gerade mein Bestes, um nicht irgendetwas Unverzeihliches zu sagen. Etwas, das *du* mir nicht verzeihen könntest.

Über Probleme reden – darin wollte ich besser werden, ganz besonders nachdem das bei dir und Jackson anscheinend so gut funktioniert hat. Es ist auch nicht so, dass ich Probleme nicht hätte lösen wollen – ich wollte bloß im Eifer des Gefechts nicht riskieren, irgendetwas Unausgegorenes, Verletzendes zu sagen.

Doch auch Jackson hat von dir ein paar Tiefschläge einstecken müssen.

In den ersten Monaten eurer Beziehung hast du jede eurer Streitereien mit mir besprochen. Jackson gefiel es nicht, dass wir so vertraut waren, dass du nie zugelassen hast, dass er mich aus deinem Leben verbannt. Da ich ja nichts Schlechtes über ihn sagen konnte, musste ich dir wohl oder übel raten, dem Ganzen Zeit zu geben, weil die Wogen sich von selbst glätten würden. Und wenn wir danach telefonierten, hoffte ich jedes einzelne Mal, du erzählst mir, dass es zwischen euch aus ist. Nicht wegen des Streits, sondern weil du mich noch immer so sehr liebst und vermisst. Doch ohne Ausnahme kam von dir ungefähr diese Rückmeldung: »Wir haben uns zusammengerauft, genau wie du gesagt hast. Danke, Griff, dass ich mich bei dir auskotzen durfte.«

Gerade habe ich absolut keine Ahnung, was ich sagen soll. Ich setze mich aufs Bett.

Jackson steht auf, zieht den Reißverschluss seiner Jacke zu. »Ich geh dann mal.« Er macht einen Schritt in Richtung Tür. »Tut mir leid, dass ich dich mit dem ganzen Kram belästigt habe.« Er hält inne und sieht mich mit einem ähnlich enttäuschten Gesichtsausdruck an wie du früher, wenn ich mich in mein Schweigen zurückgezogen habe. »Tut mir leid, es war ein Versuch. Ich dachte echt, du würdest mich verstehen.«

Ob ich will oder nicht, ich muss jetzt was sagen. Jackson hat auch eine Geschichte mit dir. Ganz bestimmt hattet ihr Insider, Lieblingsplätze – habt Bilder gemacht, die mich verletzen könnten, aber die es vielleicht wert sind, betrachtet zu werden, um dein Gesicht wiederzusehen. Ganz bestimmt kennt er haufenweise Anekdoten, die mir zeigen könnten, wer du da drüben in Kalifornien warst. Diese Seite von dir habe ich nie gesehen. Jackson kannte sie nicht nur, er liebte dich dafür.

»Warte«, sage ich, »du hast recht. Wir lieben denselben Typen. Das ist seltsam, aber er würde trotzdem wollen, dass wir miteinander reden, sogar über die Dinge, die ich nicht hören will oder lieber für mich behalten würde.« Ich gehe zum Schrank und hole die Luftmatratze raus, die meine Eltern für die wenigen Gelegenheiten besorgt haben, zu denen du als mein fester Freund bei uns übernachten durftest. Nicht dass wir sie je benutzt hätten. »Du solltest bleiben. Das Wetter ist beschissen. Vielleicht können wir morgen noch mal von vorne anfangen.«

Er zögert. »Sicher?«

Weit weg von meinem Bett, am anderen Ende des Zimmers, entrolle ich die Luftmatratze. »Ja, kein Ding.« Ich ziehe mein Ladegerät aus der Steckdose, werfe es aufs Bett und stöpsle stattdessen die Luftpumpe ein. Sie macht ganz schön Krach und könnte meine Eltern wecken, aber anders geht's nicht. Es ist Viertel vor eins und nachdem ich gleich noch mal deine Sprachnachricht gehört habe, werde ich ins Koma fallen.

»Danke, Griffin«, sagt Jackson leise.

»Wie gesagt, kein Ding. Ich geb dir noch was zum Anziehen.« Aus Gewohnheit ziehe ich deine Schublade auf. Für einen Moment erstarre ich, betrachte deine vier T-Shirts, zwei Schlafanzüge und die kurze Sporthose, die du kein einziges Mal getragen hast, sehe deine Socken, den Monopoly-Onesie, den du mal aus Spaß mitgebracht hast, und ein Sweatshirt. Auf keinen Fall lasse ich Jackson deine Klamotten anziehen. Also schließe ich deine Schublade, öffne eine von meinen und zerre ein zu klein gewordenes Langarm-Shirt und eine Schlafanzughose raus, die ich zu ihm auf die Matratze werfe. »Willst du noch ein Glas Wasser?«

»Ja, gerne, danke dir.«

Ich gehe ins Bad und aufs Klo, putze Zähne und hole auf Zehenspitzen zwei Gläser Wasser aus der Küche. Als ich zurückkomme, finde ich Jackson in meinen Klamotten vor. Ich reiche ihm ein Glas. Seine Anwesenheit hier irritiert mich. Es irritiert mich, dass dieser Typ, mit dem ich nichts zu tun haben wollte, die Nacht in diesem Raum verbringt, in dem ich *alles* mit dir gemacht habe: geschlafen, gevögelt, gezockt, gepuzzelt, gestritten, geküsst, gesungen, getanzt. In diesem Raum, in dem wir wir selbst waren und einander gehörten – und so vieles dazwischen und so viel mehr.

Aus dem Schrank hole ich Jackson eine Decke und von meinem Bett ein Kissen. Dinge, die nur ich benutzt habe – was du benutzt hast, bleibt bei mir. Nur habe ich jetzt drei Kissen, also werfe ich ihm ohne Erklärung ein zweites rüber.

»Mir fallen die Augen zu«, sage ich und mache das Licht aus. Ein Streifen Mondlicht fällt auf Jackson. »Das Bad ist nebenan, erste Tür links.«

»Danke«, flüstert Jackson, als schliefe ich schon. »Gute Nacht.«

Ohne meine Jeans oder deinen Pulli auszuziehen, lasse ich mich ins Bett fallen und drehe Jackson den Rücken zu. Ich umarme dein Kissen und lege meine Wange dorthin, wo deine immer lag. Mein Handy-Akku ist fast leer, trotzdem stöpsle ich Kopfhörer ein und höre deine Sprachnachricht. Und dann noch mal, und noch mal.

Während des vierten Durchgangs fragt Jackson leise:

»Griffin? Sorry, Griffin, bist du noch wach?«

»Hmmm?«, mache ich nur und starre die Wand an.

»Danke, dass du mir eine Chance gibst. So langsam versteh ich, warum Theo ständig von dir geredet hat.«

Darauf erwidere ich nichts. Aber ich lege das Handy weg. Ich schmiege mein Gesicht noch weiter ins Kissen und versuche, mit fest zusammengekniffenen Augen einzuschlafen, aber ich kann nicht. Ich zupfe wie verrückt an meinem Ohrläppchen und kämpfe gegen die Tränen an. Du hast mich am Leben gehalten, als wir getrennt waren. Ich verspreche dir, das Gleiche für dich zu tun.

Jacksons Weinen weckt mich. Er versucht es zu unterdrücken, aber es kommt immer wieder hoch. So klang auch ich die letzten Tage, wenn der Schmerz mich überflutete, ich aber nicht die Aufmerksamkeit derjenigen auf mich ziehen wollte, die glauben, Worte könnten mich trösten. Umdrehen geht nicht. Wenn das Bett quietscht, weiß er, dass ich wach bin. Keine Ahnung, wie ich diesem Fremden Trost spenden soll.

Jackson liebt dich, genau wie ich. Und genau wie ich steckt auch er in diesem Universum ohne dich fest. Ich weiß, was du sagen würdest: Es gibt unendlich viele Paralleluniversen. Gibt es eines, in dem du dich entschlossen hast, aus dem Jenseits über Jackson zu wachen? Kann ich mir nicht vorstellen. Sogar Jackson gibt zu, dass du ständig von mir gesprochen hast. Ich weigere mich zu glauben, dass ich in einem Universum lebe, in dem du nicht mal nach dem Tod mit mir zusammen sein willst. Ich weigere mich zu glauben, dass du jetzt gerade mit *ihm* leidest und mich erst siehst, wenn du dein Teleskop ein bisschen nach links richtest. Siehst, dass ich hellwach bin und nichts unternehme, um ihn zu trösten. Du musst mich für den schlechtesten Menschen der Welt halten, aber ich schwöre dir, das bin ich nicht. Klar, ich hab ein paar Fehler gemacht, und falls das schon zu dir durchgedrungen ist, möchte ich mich entschuldigen. Leider kann ich sie nicht ungeschehen machen. Du wirst mir verzeihen müssen.

Vorausgesetzt, du bist wirklich in diesem Universum, Theo, und wachst über mich.

GESCHICHTE
FREITAG, 31. OKTOBER 2014

Das Geisterhauspuzzle, das ich gemeinsam mit Wade auf dem Boden in Theos Zimmer zusammensetze, nimmt langsam Form an. Fragt sich, ob das jetzt gut oder schlecht ist. Wir reden hier von einem 200-Teile-Puzzle, mit dem wir uns die Zeit vertreiben, während alle anderen Halloween feiern.

Wade ist als *Doctor Who* verkleidet. Er schaut auf und klopft mit dem Puzzleteil, das wir brauchen, um den Geisterkönig zu krönen, gegen die zerbrochenen Fensterscheiben des Spukhauses. »Hey, Theo«, fragt er, »meinst du, du könntest dich ein bisschen beeilen? Wie oft fällt Halloween bitte auf einen Freitag?«

»Öfter als auf Freitag, den Dreizehnten«, brummt Theo. Er ist noch nicht mal komplett verkleidet, sondern sitzt noch am Computer und überarbeitet sein Motivationsschreiben für die Collegebewerbung.

»Komm schon«, stöhne ich, »der Witz hat 'nen Bart.«

Ich liebe Theo, aber Halloween liebe ich auch. Und in Brooklyn steigt eine Party, die wir nicht verpassen sollten – mit Nebelmaschinen, Karaoke, einem DJ und vor allem einem Kostümwettbewerb –, aber der Essay muss bis Mitternacht eingereicht sein. Theo wollte ihn schon um sieben abschicken, hat dann aber den Fehler begangen, ihn noch ein letztes Mal durchzulesen. Und jetzt ist er offenbar nicht länger überzeugt von dem, woran er den ganzen letzten Monat gewerkelt hat. Es ist jedenfalls 21:45 Uhr – krumme Minute – und wir sind immer noch hier, in seinem nebel-, karaoke- und DJ-losen Zimmer.

Immerhin haben wir Kostüme. Wade trägt ein Tweedjackett, eine rote Fliege, den passenden Hut und einen zauberstabartigen Stock. Shania, die Gastgeberin in Brooklyn und Wades aktuelle Flamme, steht total auf Doctor Who. Da Wade die Figur eh nicht so am Herzen liegt, haben er und Theo eine Wette am Laufen. Jedes Mal, wenn Wade von jemandem »schwarzer Doctor Who« genannt wird, kriegt er von Theo einen Dollar.

Und natürlich haben Theo und ich die besten Kostüme, die die Welt je gesehen hat: Wir gehen als Zombiepiraten. Eine Hommage an unsere Beziehung, klar, aber außerdem einfach megawitzig. Heute Abend bin ich Matrosen-Griffy, gemeuchelt vom Einäugigen Blutigen Theo – den nur leider noch kein einziger Tropfen Kunstblut ziert, bis auf die paar Schmierer, die ich ihm durch meine Umarmungen verpasst habe.

»Wie lange brauchst du denn noch?«, fragt Wade. »Ich wette, dein Essay ist in Ordnung.«

»Wenn ich einen Essay abgeben wollte, der ›in Ordnung‹ ist, hätte ich das vor einer Woche tun können«, antwortet Theo und reißt sich vom Bildschirm los, um uns empört anzufunkeln. »Es hängt einfach 'ne Menge davon ab, ob ich hier alles richtig mache, *in Ordnung*?« Ich habe Theo selten so genervt erlebt. In seinen Augen gibt es nur extrem wenige Dinge, die es wert sind, dass man sich ihretwegen verrückt macht. »Ich müsste schon sehr dumm sein, um mich für den

Allerschlausten da draußen zu halten. Es gibt viel geeignetere Bewerber und ich sollte besser nicht darauf zählen, dass die ihre Essays verkacken, sodass ich den Platz kriege. Ich muss einfach der Beste sein.« Er schlägt die Hände vors Gesicht. »Tut mir leid. Ihr solltet besser ohne mich losziehen.«

Wade fragt mich mit einem Blick, ob ich Theos Vorschlag annehmen möchte.

»Geh du doch schon mal vor«, antworte ich ihm. »Viel Glück mit Shania.«

»Viel Glück mit dem Essay, Theo«, sagt Wade. »Ich schick dir die Rechnung für den ›schwarzen Doctor Who‹.«

Kaum ist er aus der Tür, knie ich mich vor Theo hin und nehme seine Hände. Seine Augen sind ganz rot. »Was ist los?« Ich habe ihn noch nie weinen sehen, das hier kommt dem am nächsten.

»Es wird sich alles verändern, Griff. Ich hab mir in den Kopf gesetzt, nächstes Jahr um diese Zeit am College zu sein. Und mir ist klar, dass das nicht nur Gutes mit sich bringt. Es ist noch fast ein Jahr bis dahin und ich weiß jetzt schon, dass ich dich wahnsinnig vermissen werde.« Theo lässt sich zu mir auf den Boden sinken, schmiegt sich in meine Arme und presst sein Gesicht an meine Brust.

»Du weißt, ich liebe dich.«

»Ich liebe dich auch.«

»Aber außerdem liebe ich den Gedanken, aufs College zu gehen. Ich hoffe, das bringt uns nicht auseinander. In meiner Vorstellung war die Highschool irgendwie ein Spiel, in dem Punkte nicht so viel zählen, aber ich hab mich geirrt. Die richtigen Leute passen auf. In irgendeinem Paralleluniversum, in dem ich es nicht geil finde, Klassenbester zu sein, würde ich bestimmt aufgeben und diese Chance verspielen.«

»Aber nicht hier«, stelle ich fest. »Du schreibst dieses Ding jetzt zum vierten Mal neu, so wichtig ist dir das.«

»Wenn sie mich nicht nehmen, werde ich mich wie ein Totalversager fühlen.«

»Du machst dir da eine Menge Druck, Theo. Druck, mit dem du vor nächstem Jahr noch gar nicht gerechnet hattest«, erinnere ich ihn. Ich streichele ihm über den Arm und hole tief Luft. Es ist nicht einfach, jemanden so Kluges zu trösten. »Du hast nicht nur gute Noten, Theo.« Ich warte darauf, dass er mich verbessert, mit so was Niedlichem wie »sondern erstklassig exzellente Noten« oder »die bombastisch-brillantesten Bestnoten der Welt«, aber er ist gerade nicht in der Stimmung. »Du lernst nicht bloß Fakten auswendig, um sie nach der Prüfung sofort wieder zu vergessen. Du rätst nicht zufällig richtig bei Quizfragen. Du nimmst Bücher mit unter die Dusche! Im Prinzip bist du ein extrem nerdiger Superheld!«

Er zwingt sich zu einem Lächeln. »Eines Tages nimmt Batman seine Maske ab und BÄM – darunter komme ich zum Vorschein.«

»Robin sieht zwar besser aus – aber damit komme ich klar.«

Als Theo zu mir hochschaut, beuge ich mich vor und gebe ihm einen Kuss. »Wie war ich?«, frage ich ihn. »Im Aufmuntern?«

»Du hast mich motiviert«, antwortet Theo, »aber ich fühle mich schuldig, dass du deinen Lieblingsfeiertag nicht genießen kannst. Raus mit dir.«

Ich nehme die Augenklappe ab und schleudere sie quer durchs Zimmer. »Das Ding juckt eh.« Dann stehe ich auf und ziehe ihn einfach mit auf die Beine. »Zwei Minuten Pause, bevor du dich wieder in die Arbeit stürzt.« Theo wirkt leicht nervös, aber er ist einverstanden, mir zwei Minuten im Tausch für mein Halloween zu geben. »Als ich klein war, haben mir meine Eltern diese Küsse beigebracht.«

Ich komme ihm ganz nah, als wollte ich ihn auf den Mund küssen, streife jedoch stattdessen seine Wimpern mit meinen und warte darauf, dass er dasselbe tut. »Das ist ein Schmetterlingskuss.«

»Kitzelt ein bisschen«, sagt Theo.

Mit der Stirn stupse ich ein paarmal sanft gegen seine. »Das ist ein Höhlenmenschkuss.«

»Wusste gar nicht, dass Höhlenmenschen so romantisch waren.«

Als Nächstes reibe ich meine Nasenspitze an seiner und höre nicht auf, bis er es mir nachmacht. »Das ist ein Eskimokuss.« Natürlich hätte ich jetzt gerne einen vierten Kuss, einen, der in die Reihe passt. »Meine Eltern haben mir nur drei beigebracht, aber warte kurz ... ähm ...« Ich sehe aus dem Fenster, hinter dem die Straßen dank Halloween sowohl voller Leben als auch voller Untoter sind. »Hier kommt ein Zombiekuss.« Knurrend knabbere ich an seiner Wange und muss laut lachen, als Theo den Zombiekuss erwidert.

»Den mag ich am liebsten«, sagt er. »Scheiß aufs College, lass uns lieber vögeln.«

»Deine Eltern und Denise sind hier.«

»Scheiß auch auf sie!«

Ich lächele. »Nope. Ich helf dir jetzt bei deinem Essay. Na los.« Streng zeige ich auf seinen Schreibtischstuhl und er seufzt. Weil er nicht still sitzen kann, läuft er auf und ab.

Das Thema ist einfach: Welches deiner Werke erfüllt dich am meisten mit Stolz?

Ursprünglich hatte Theo über seine kleinen Animationsfilme schreiben wollen, aber heute Abend hat er es sich anders überlegt: Er ist megastolz auf seine Paralleluniversen. Zusammen blättern wir sein Notizbuch durch. Obwohl wir direkt am Fenster stehen, können all die Harry Potters und sexy Dinosaurier auf der Straße mich nicht im Geringsten ablenken. Denn Theo gibt mir quasi eine Führung durch seinen Kopf, durch die Welt seiner Vorstellungskraft. Beide verlieren wir uns in den verzweigten Gängen seiner Gedankenwelten und in der Frage, warum unser Universum das beste von allen ist. Heute Nacht verlassen wir zwei Zombiepiraten das Schiff nicht, um Gehirne zu fressen, aber es geht definitiv auf große Reise.

Außerdem haben wir immer noch nächstes Halloween.

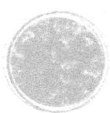

GEGENWART
FREITAG, 25. NOVEMBER 2016

Guten Morgen, Theo. Tut mir leid, dass ich gestern Nacht so dichtgemacht habe. Ich wurde einfach den Verdacht nicht los, dass du über Jackson statt über mich wachen würdest. Wie ein fieser Juckreiz war das, der immer, eine Sekunde bevor ich ihn totkratzen konnte, die Körperstelle wechselte. Verdreh jetzt nicht die Augen – ich bin in mich gegangen. Bin tief in unsere Geschichte eingetaucht und habe mir all die schönen und glücklichen Momente in Erinnerung gerufen, die dich zu deinen Lebzeiten irgendwann zu mir zurückgebracht hätten. Jetzt bin ich wieder überzeugt, dass ich in dieser Sache nicht allein dastehe, dass ich keine Selbstgespräche führe.

Trotzdem frage ich mich, wie oft du wohl nach Jackson Ausschau hältst.

Jackson.

Ich habe nicht vergessen, dass er hier ist. Ein Wirbelsturm aus Wut, aber auch aus Mitleid ist heute Nacht über mich gefegt, als er so weinte, und obwohl ich darunter nicht eingeknickt bin, bin ich doch auf jeden Fall ziemlich zerzaust. Ich hätte mich umdrehen sollen, hätte nachgucken sollen, ob er irgendwann aus Erschöpfung eingeschlafen ist oder stumm wach lag und an die Wand starrte wie ich, doch das habe ich nicht über mich gebracht.

Vielleicht hatten Jackson und ich einfach keinen guten Start. Aber was wollen wir überhaupt starten? Zum Glück ist heute keine Schule, sodass ich gleich weder mit meinen Eltern streiten muss, weil ich zu Hause bleiben will, noch in Zombiemanier zwischen den Klassenzimmern herumschlurfen, weil sie mich trotzdem hingeschickt haben. Stattdessen werden Jackson und ich die Zeit nutzen, um einen Neubeginn für dich hinzulegen.

Als mein Handy 08:02 anzeigt, richte ich mich auf. Und bin allein im Zimmer. Auf dem Boden liegen Jacksons Klamotten, aber kein Jackson auf der Luftmatratze. Ich schaue nach, ob er im Bad ist, doch die Tür steht offen und keiner ist drin. Ich höre lediglich das laute Laptoptasten-Geklapper meiner Mom. Du hast sie deswegen immer aufgezogen und behauptet, sie würde nur so beschäftigt tun, um deinen indiskreten Fragen über ihre Teenagerzeit zu entgehen.

Im Wohnzimmer finde ich Jackson mit Mom am Esstisch. Er sitzt auf deinem Stuhl. Hat Mom ihm gesagt, dass es deiner ist, oder liegt's an deiner Aura? Wer weiß, vielleicht ist es ja auch reiner Zufall.

»Tut mir leid«, sagt Mom gerade. Kurz denke ich, sie entschuldigt sich bei mir, doch als sie ihren Laptop zuklappt, sieht sie Jackson an. »Ein paar Kunden haben offenbar nicht kapiert, dass ich heute eigentlich mailfrei haben sollte. Dann lässt du also den Rest des Semesters ausfallen?«

»Weitermachen wäre auch gegangen, meine Dozenten hätten Rücksicht auf meine Situation genommen, aber ich habe einfach nicht die Kraft dafür.«

»Geht mir genauso«, sage ich und setze mich dazu. Deinem Stuhl gegenüber wie üblich. Ich starre den Bagel an, der vor Jackson auf einem Teller liegt. »Nur bekomme *ich* keine Auszeit, deswegen werde ich wohl in so ziemlich allen Kursen durchfallen.«

»Du hast noch genug Zeit, das Ruder rumzureißen«, wendet meine Mom mit sanfter Stimme ein.

Sie redet weiter. Dass sie mit meinen Lehrern gesprochen habe und dass die sehr verständnisvoll seien und bestimmt nachsichtig mit mir. Dass ich jederzeit zur Vertrauenslehrerin gehen könne. Und, und, und. Doch als ich den Blick hebe, kann ich ihr nicht länger zuhören. Denn mir fällt wieder ein, warum Jackson Wright hier ist, in meinem Zuhause, in meinen Klamotten.

In vielerlei Hinsicht ist Jackson ein Klon von mir. Zum Beispiel sind unsere beiden grünbraunen Augenpaare gleichermaßen von zu wenig Schlaf und zu vielen Tränen gezeichnet. Unsere Augenringe sind sogar noch dunkler als die, die ich letzten Sommer bekam, nachdem du, Wade und ich eine ganze Woche lang bis frühmorgens online Xbox gespielt hatten. Jackson hat seinen Bagel kaum angerührt und ich möchte wetten, dass auch er in letzter Zeit nur gerade genug gegessen hat, um seinen knurrenden Magen zum Schweigen zu bringen. Auch er schafft sein Lernpensum nicht mehr, oder was das Leben sonst verlangt. Er liebt dich und du hast ihn geliebt.

»Griffin? Griffin!« Mom drückt meine Hand.

Ich ziehe sie unter ihrer hervor und verstecke sie unter dem Tisch, damit Jackson nicht sieht, wie ich mich kratze. »Tut mir leid. War mal wieder in Gedanken.«

»Schon gut.« Mom steht auf und nimmt ihren Laptop. »Ich geh mal deinen Vater wecken.«

Hoffentlich klärt sie ihn dann auch gleich auf, warum Jackson hier ist.

»Wie hast du geschlafen?«, frage ich ihn. Ich weiß, sich dumm zu stellen ist auch eine Form von Lügen.

Jackson zuckt die Schultern und weicht meinem Blick aus. »Ach, du weißt schon.«

Zwar frage ich mich, ob er meint »Du weißt schon, wie das ist« oder »Du weißt verdammt genau, dass ich nicht gut geschlafen habe«, gehe dem aber nicht weiter nach.

»Hast du schon Russell und Ellen Bescheid gesagt?«

»Ellen hab ich vorhin angerufen. Die wollen es heute ganz ruhig angehen lassen.« Jackson stellt seinen Bagel auf den Teller und sieht kurz so aus, als wollte er ihn gleich wie eine Münze kreiseln lassen, doch dann wird er rot, guckt mich an und legt ihn wieder hin. Vielleicht ist das so ein Ding, das er bei sich zu Hause macht. Oder war das ein Spiel von euch beiden? »Danke noch mal, dass ich heute Nacht hier schlafen durfte. Ich wollte mich vorhin eigentlich direkt auf den Weg machen, um dir nicht weiter auf die Pelle zu rücken, aber deine Mom war schon wach.«

»Hat sie dich von der Beerdigung her wiedererkannt?« Ich stelle mich weiter dumm. Ich habe Mom das Online-Album von euch beiden mehrmals gezeigt, damit sie mir bestätigt, wie ähnlich Jackson und ich uns sind.

»Ja«, sagt Jackson und rutscht nervös auf dem Stuhl hin und her. »Sie war natürlich ziemlich überrascht, mich zu sehen.«

Ich könnte mir vorstellen, dass Mom ähnlich irritiert war wie deine Trauergäste vor fünf Tagen, als zwei Jungs einander mit der Trauerrede über die Liebe ihres Lebens zu überbieten versuchten. Bis zum heutigen Tag ist meiner Mom kein anderer Übernachtungsgast als du aus meinem Schlafzimmer entgegengekommen. »Mein Fehler. Ich hätte ihr einen Zettel hinlegen sollen.«

»Sie hat sich schnell wieder gefangen«, sagt Jackson. Dann lehnt er sich vor und senkt die Stimme. »Ich muss mal was von dir wissen, Griffin. Und bitte sei ehrlich. Ich stelle keine Fragen, auf die ich die Antwort nicht vertragen kann. Okay?«

Jetzt fragt er mich bestimmt gleich was extrem Intimes über dich, Theo. Das spüre ich. Womöglich ist er so dreist, mich nach unserem ersten Mal zu fragen oder warum ich mit dir Schluss gemacht habe.

»Hasst du mich?«, fragt Jackson und spricht schnell weiter. »Ich weiß, wir kennen uns gar nicht. Aber ich könnte es verstehen, wenn du mich hassen würdest oder mich früher gehasst hättest. Ich möchte einfach Klarheit darüber, wo wir ohne Theo jetzt stehen.«

Oha, dieses Frühstück fällt ganz klar in die Kategorie »Schräger Start in den Tag« und toppt noch den Morgen ein paar Wochen nach unserer Trennung letztes Jahr. Da hattest du mich zum ersten Mal vergessen, hast mir keine überkandidelte Nachricht mit Foto von deinem Essen geschickt, was mich sonst mit neunzigprozentiger Sicherheit zum Lächeln und einigermaßen schwungvoll aus dem Bett gebracht hatte. Aber Jackson Wright in meinem Wohnzimmer, der mich fragt, ob ich ihn hasse? Das ist noch schräger, definitiv.

Gerade will ich mich an einer Antwort versuchen, da kommen meine Eltern aus ihrem Zimmer.

»Gregor, das ist Jackson«, sagt Mom.

Jackson steht auf und hält Dad die Hand hin. Und mit jeder Sekunde, die Dad sie nicht schüttelt, fühle ich mich schuldiger, weil Dad natürlich mein ganzes Geläster und Geheule über Jackson in den Ohren hat. Endlich merkt er, dass er nicht nur ein Vater, sondern auch ein Erwachsener ist, der gegenüber einem Jungen – der sich in unserm Zuhause ziemlich unwohl fühlen muss – nachsichtig zu sein hat.

»Morgen«, sagt er also, schlägt ein und geht schnell zum Sofa. »Wie lange bleibst du in New York?«

»Montag fliege ich zurück«, antwortet Jackson. »Aber jetzt sollte ich langsam mal los.« Er nimmt seinen Teller und will ihn zur Spüle bringen, doch Mom ist schneller und nimmt ihn ihm ab. Das hat sie bei dir auch immer so gemacht. Jackson dreht sich zu ihr und Dad um. »Vielen Dank für das Frühstück und dass Sie mir die spontane Übernachtung nicht übel nehmen«, sagt er.

Ich folge ihm zu meinem Zimmer und lehne mich gegen den Türrahmen.

»Alles in Ordnung?«

Jackson setzt sich mit hängenden Schultern auf die Luftmatratze und dreht sein Handy zwischen den Fingern wie eins dieser Miniatur-Skateboards. »*Bei dir* alles in Ordnung?«, fragt er zurück.

»Natürlich nicht.«

»Dito.«

Er legt das Handy hin, faltet die Decke, hebt seine Klamotten vom Boden auf und geht ohne ein Wort Richtung Badezimmer.

Ich ziehe den Stöpsel der Matratze raus und starre sie an, während sie leise pfeifend in sich zusammenfällt. Dann werfe ich sie und das Kissen, auf dem Jackson geschlafen hat, in den Schrank. Ich bin fix und alle. Würde gern noch eine Runde pennen. Doch mir ist klar, dass ich Jackson einen zweiten Versuch schulde.

Er kommt aus dem Badezimmer zurück und reicht mir die geliehenen Schlafklamotten. »Danke noch mal, Griffin, dass ich hier pennen durfte. Ich ruf mir jetzt ein Taxi.«

»Spar dein Geld«, sage ich, ohne seine vermutlich ganz akzeptable finanzielle Situation zu kennen. »Ich begleite dich zu Fuß.« Als ich nach meiner Cabanjacke greife, um sie wie gestern über deinen Kapuzenpulli zu ziehen, fragt er:

»Ist es nicht verdammt kalt draußen?«

»Wahrscheinlich gar nicht so schlimm.« Ich schaue auf meine Wetter-App. »Okay, schon ziemlich kalt, aber du kannst doch bestimmt auch ein bisschen frische Luft vertragen.« Ich ziehe meine Stiefel an und greife mir Handy und Schlüssel. »Vor allem, wenn du den Rest vom Wochenende eigentlich nur noch drinnen sein wirst.«

»Du hast recht, Griffin. Danke für das Angebot.« Jackson schnappt sich seine Jacke, den Mantel und den einen Handschuh. Während ich noch kurz mit dem Gedanken spiele, ein vollständiges Paar für ihn herauszusuchen, hastet er schon Richtung Tür. Im Wohnzimmer winkt er meinen Eltern zum Abschied. Du könntest wahrscheinlich besser beurteilen, ob dieses Winken halbherzig oder zögerlich ist. »Vielen Dank noch mal fürs Frühstück, Mr. und Mrs. Jennings. Haben Sie ein schönes Wochenende.«

Meinen Nachnamen hab ich ihm nie gesagt. Bestimmt warst du das, oder er weiß es von Facebook. Jedenfalls erhasche ich hier einen Blick auf das, was du in ihm gesehen haben musst, und zwar nicht nur wegen seiner Manieren. Er hat definitiv dieses Rechts-ranfahren-und-einen-Jungen-aus-dem-Regen-retten-Herz.

»Guten Rückflug.« Mein Dad bleibt sitzen und schaut kaum vom Laptop auf. Wahrscheinlich ist er gerade an einem von diesen Rätselspielen dran, die du ihm als Gehirnsport empfohlen hast. »Und wo gehst du hin, Griffin?«

»Ich begleite Jackson zu Theos Wohnung.« Noch etwas, was sich nicht ändern wird: Deine Wohnung bleibt deine

Wohnung, selbst wenn du nie einen Dollar Miete bezahlt hast, selbst wenn du nicht mehr sichtbar dort lebst. »Will eh an die frische Luft.«

Weder Mom noch Dad protestieren. Sie wissen, dass es für mich momentan nur eine Alternative gibt: Ich verkrieche mich in meinem Zimmer und höre deine Sprachnachricht in Dauerschleife.

»Klingt gut. Ruf an, wenn du deine Pläne änderst.« Mom steht auf und gibt Jackson die Hand. »Mein Beileid noch mal für …« Sie unterbricht sich und schaut abwechselnd ihn und mich an. Hoffentlich wollte sie dich nicht etwa Jacksons Verlust nennen – *noch mal.* »Und wie auch immer du dich wegen deines Studiums entscheidest: Alles Gute dafür.«

Ohne ein weiteres Wort marschiere ich los und Jackson folgt mir.

Auf dem Weg die Treppe hinunter frage ich mich, ob er was merkt, aber so oder so muss ich mich bis unten wieder zusammengerissen haben, um meinen Schmerz nicht – noch mal – an ihm auszulassen. *Noch mal* – bestimmt hasse ich diese Worte jetzt für den Rest meines Lebens, muss den Rest meines Lebens daran denken, wie enttäuscht und verraten ich mich jetzt gerade fühle. Genau wegen so was sollten die Leute aufpassen, was sie sagen und tun. Auf der letzten Treppenstufe trage ich das hässliche Gefühl noch immer mit mir herum, kann es genauso wenig abschütteln wie meine Trauer oder meine Scham. Als würde ich mich wie eine Münze in der Luft überschlagen – Kopf, Zahl, Kopf, Zahl, Kopf, Zahl, Kopf, Zahl –, nachdem mich irgendwer mal wegen irgendwas geworfen und mich dann aber zu fangen vergessen hat, sodass ich immer weiter falle, ohne absehen zu können, auf welcher Seite ich lande.

Ich verstecke meine Hand in der Jackentasche. So kann ich in aller Ruhe kratzen.

Im ersten Moment will ich Jackson meinen üblichen Weg zu dir führen, entscheide mich dann aber dagegen, weil das zu viele Erinnerungen wachrufen würde.

»Gehen wir hier links«, sage ich also und lenke ihn damit in letzter Sekunde weg vom Supermarkt und der Autovermietung. »Du hast Freunde in New York, stimmt's?«

»Na ja. Anika und Veronika studieren Schauspiel an der New York University. Mit den beiden war ich in der Highschool befreundet, aber auf die Entfernung funktioniert das offenbar nicht mehr. Wie so oft halt.« Jackson zuckt die Schultern. »Ich vermisse sie, sehe aber online, dass sie sehr gut ohne mich klarkommen.«

»Wie eng wart ihr denn befreundet?«

»Ziemlich dicke seit der Neunten. Waren alle drei beim ersten Treffen der Dungeons & Dragons-AG und wollten mitmachen. Dabei waren die beiden genauso unsicher wie ich, was wir uns damit womöglich einbrockten. Imagemäßig, meine ich. Da müssen wir so vierzehn gewesen sein. Wenn ich mich richtig erinnere.«

Aha: Jackson ist einer dieser Achtzehnjährigen, die über ihr Leben als Vierzehnjähriger sprechen, als wäre es Ewigkeiten her. Ich möchte wetten, das fandest du charmant.

»Spätestens ab der Elften standen wir da natürlich drüber, aber sobald Anikas Ex in der Dungeons & Dragons-AG war, gründeten wir unseren eigenen Klub und trafen uns nach der Schule bei Anika zu Hause. Entwickelten unser eigenes Spiel: Cages & Chimaeras. Theo hat sogar ...«

Du hast was?

»Theo hat was?«, frage ich.

»Als wir im Februar hier waren, hat Theo das Spiel mit Anika und Veronika ausprobiert.«

Das wusste ich nicht. Wie sollte ich auch? Im Februar war Jackson bei dir und obwohl ich dich natürlich dringend treffen wollte, hätte ich nie und nimmer mit ansehen können, wie du seine Hand hältst oder über seine Witze lachst. Aus Höflichkeit nicke ich, was Jackson aber gar nicht mitbekommt, weil er in die andere Richtung schaut.

»Warum meldest du dich nicht mal bei ihnen, wo du schon hier bist?«, frage ich.

»Die beiden sind über Thanksgiving zu Hause und kommen genau dann zurück, wenn ich wieder abfliege. Echt blöd. Sie wollten stattdessen skypen, aber ...« Auch diesen Satz lässt er in der Luft hängen. Gerade will ich wieder nachbohren, da bleibt er stehen. Vor dem Schaufenster eines *Game Express* – meines liebsten Videospielladens. Auch wenn du treuer *GameStop*-Kunde warst, musst du zugeben, dass die Sonderangebote von *Game Express* dich nie enttäuscht haben. »Wär's okay für dich, wenn wir kurz reingehen?«, fragt Jackson.

»Klar, nur zu.«

Ein Ort, wo ich dich wiederfinden kann.

Die Wärme tut gut. Die junge Frau hinterm Tresen muss neu sein, denn an ihre blau gesträhnten Haare und gelben Kontaktlinsen würde ich mich definitiv erinnern. Hat was Dämonisches. Echt krass. Neue Gesichter sollten mich allerdings nicht überraschen, schließlich war ich seit Anfang des Sommers nicht mehr hier und auch da nur kurz.

»So viel Gameboy-Zeug«, murmelt Jackson. Er nimmt ein paar reduzierte Spiele aus einem Eimer und lässt sie eine Sekunde später wieder zurückfallen.

»Ja, cool, oder?«

Da ich nichts kaufen will, laufe ich einfach hinter Jackson her, während er mein (nicht dein) liebstes Geschäft zum ersten Mal durchstöbert. Zumindest glaube ich, dass er zum ersten Mal hier ist. Warum hättest du ihn auch herbringen sollen? Es sei denn, du hättest es darauf angelegt gehabt, mich zu treffen, um mich durcheinanderzubringen oder meine Sehnsucht nach dir zu verschlimmern ... Ja, ich merk's selber, aber ich schwöre, Theo, ich verfalle nicht wieder in Paranoia. Ich habe mich gebessert, halte mich jetzt energischer an der Realität fest.

Jackson verbringt einige Zeit bei den Xbox-Spielen. Er nimmt ein Autorennen in Augenschein, einen Karate-Wettkampf und ein Agentenrätsel, dann will er weitergehen.

Ich halte ihn zurück. »Gefällt dir nicht vielleicht noch eins?«

»Eigentlich nicht.«

»Ich hab mitgezählt und du hast dir nur drei angeschaut ...«

»Und?« Er ist verwirrt.

»Ich hab diese Zahlensache. Gerade Zahlen sind mir einfach lieber. Bei allem.«

»Hab dich gar nicht zählen gehört.«

»Weil ich im Kopf gezählt habe. Ich zähle immer im Kopf. Manchmal ganz unbewusst, aber immer.« Ich weiß, wie sich das anhört, und würde ihm und dem Rest der Welt gerne versichern können, dass es vollkommen in Ordnung ist, dass wir uns nicht von sämtlichen ungeraden Ereignissen wie diesem hier aufhalten lassen müssen, aber leider stimmt das nicht – wenn ich meinem Verstand zuliebe mal was kontrollieren kann, dann will ich mir diese Erleichterung auch gönnen. »Weil vieles ja eh nur einmal passiert«, erkläre ich weiter, »ist eigentlich Drei die erste ungerade

Zahl und damit besonders schlimm, deswegen brauche ich immer dringend etwas Viertes und kann mich vorher kaum auf was anderes konzentrieren.«

Jackson nickt und nimmt eine runtergesetzte *Halo*-Fortsetzung aus dem Regal. Weil sich das nicht so natürlich anfühlt wie bei den letzten drei Spielen, bin ich kurz versucht, ihn um noch zwei weitere Griffe ins Regal zu bitten. So hätten wir zwei Sätze à drei und ich könnte mit einer strahlenden Sechs abschließen, doch ich verkneife es mir und gehe weiter.

»Danke«, sage ich.

Falls Jackson mich für bescheuert hält, lässt er es sich nicht anmerken. Ich bezweifle, dass er so was Hässliches an sich hat, anders als einige meiner Klassenkameraden in den letzten Monaten, als meine Zwänge schlimmer wurden. Von alldem weißt du natürlich nichts.

»Gerne«, sagt Jackson. Während auch er weitergeht, erwische ich ihn dabei, wie er mir immer wieder einen Blick zuwirft. Womöglich sucht er jetzt alles in gerader Anzahl und ich habe ihm das Stöbern verdorben. Vielleicht aber auch nicht. Er sieht entspannt aus hier drinnen, als hätte er seine Trauer vor der Tür abgestellt und vergessen, dass sie ihn beim Herauskommen erwarten und weiter verfolgen wird. Seine Seelenruhe erinnert mich an dich, wenn du in ein Puzzle vertieft warst.

Wir schlendern zu der Vitrine mit den Klassikern. Beim Anblick der aufgereihten Module trifft mich die Erinnerung mit noch härterer Wucht. Während ich nie auch nur eine dieser alten Konsolen mein Eigen genannt habe, warst du besessen von ihnen: die erste PlayStation, der erste Nintendo, Sega Genesis, der kurzlebige Dreamcast und der in keine Hosentasche der Welt passende Gameboy. Unwillkürlich muss ich das staubige Glas anlächeln, als ich daran zurückdenke, wie wir diese Spiele zusammen gespielt haben oder ich dir während der Hausaufgaben beim Rekordebrechen zusah: *Pac-Man*, *Space Invaders*, *Earthworm Jim*, *Sonic*, *Mortal Kombat*, *Batman* und ewig so weiter.

»Ist ja wie auf'm Flohmarkt«, sagt Jackson.

»Na ja.« Ich zeige auf das Schild: NICHT ZU VERKAUFEN. »Eher wie ein Schrein – mir gefällt's.«

»Gibt auf jeden Fall Bonuspunkte, dass er nicht im Museum steht.«

Weiter unten fällt mir ein Tetris-Modul ins Auge. Ich knie mich hin. Jackson hockt sich neben mich.

»Sein Lieblingsspiel«, sagt er.

Der Kommentar trifft mich weniger hart als einige andere, denn deine Tetris-Leidenschaft ist kein sonderlich intimes Detail. Selbst deine Lehrer wussten davon, weil sie dir im Unterricht deswegen ständig das Handy wegnehmen mussten. Jackson drückt seine Finger gegen das Glas. Vielleicht hat er vergessen, dass ich da bin, hier, genau neben ihm.

Ich will ihm eine Geschichte schenken.

»Hat Theo dir je von *Mac: The Family Curse* erzählt?«

»Nein.«

»Dieses Spiel hat er abgrundtief gehasst. Ich denke, *die meisten* würden es hassen. Nur hielt Theo es zuerst für perfekt, weil es um Physikrätsel geht. Wegen der zigtausend Fehler, die er gefunden hat, hat er es sich dann aber zur Aufgabe gemacht, alle Exemplare aus dem Laden aufzukaufen, um anderen das Leid zu ersparen. Ich hab um zwei Dollar mit ihm gewettet, dass er's nicht durchzieht. Und verloren.«

Jackson lacht ein bisschen, was klasse ist, denn die Geschichte war ja in erster Linie ein Vierzig-Dollar-Witz auf deine Kosten – na ja, achtunddreißig Dollar, schließlich bekamst du zwei von mir wieder.

»Tagelang hat er über das Spiel geschimpft. Manchmal fand ich schon beim Aufstehen eine Nachricht von ihm, weil er was neues Hassenswertes oder Unlogisches gefunden hatte.« Wieder muss ich lächeln und diesmal lächle ich *mit* Jackson, was Verwirrung, Schmerz, Schuld und Traurigkeit einen Augenblick lang angenehm unterbricht. Die kurze Erleichterung erinnert mich daran, wie ich mich an einem Krankheitstag, wenn ich nicht in der Schule war und auf dein Gesicht und deine Stimme verzichten musste, erst durch deinen Anruf in der Sekunde nach Schulschluss wieder ganz gefühlt habe. Ich würde alles geben, um jetzt mit dir Tetris spielen zu können. Doch zu wissen, dass wir das nie wieder tun werden, zerstört auch diesen Augenblick und verbannt mich zurück in mein leeres Universum.

»Ich warte vor der Tür auf dich«, sage ich zu Jackson, springe vom Boden auf und haste so schnell nach draußen, dass die blauhaarige Verkäuferin bestimmt denkt, ich hätte einen Yoshi-Schlüsselanhänger oder so was mitgehen lassen. Die Kälte beißt mir ins Gesicht, ein nutzloser Zombiekuss. Jackson steht wenig später mit leeren Händen neben mir. Falls er shoppen wollte, habe ich ihm das gründlich versaut.

»Tut mir leid, dass ich dich dazu gebracht habe, über Theo zu sprechen«, sagt er. »Die Geschichte kannte ich noch nicht. Ist irgendwie schräg, aber auch cool, was Neues über ihn zu erfahren, statt nur an die gemeinsame Zeit zurückzudenken. Weißt du, was ich meine?«

»Ja, es tut gut, über ihn zu reden«, stimme ich zu. Bloß dass ich nicht nur *über* dich, sondern vor allem *mit* dir rede, ohne dass du antworten kannst. Aber Jackson wird vollkommen ahnungslos nach Kalifornien zurückreisen. Er bleibt aus unserer Verbindung ausgeschlossen. Also sage ich: »Stimmt schon, über Theo zu reden hält ihn am Leben. Trotzdem wird es dadurch kein Stück leichter, dass er nicht einfach hier herumläuft und *sich selbst* am Leben hält.«

Jackson nickt und schiebt zitternd die Hände in die Taschen. Mehr nicht. Er sieht mich an, wie ich ihn ansehe – verzweifelt. Ich lüge ihm nichts vor, von wegen, dass es sicher besser wird, und auch er versucht nicht, mich mit so einem Blödsinn zu trösten. An seiner linken Seite führe ich uns weiter zu deinem Haus.

»Da wären wir.«

Jackson stellt sich vor den Eingang, würdigt die Sprechanlage nicht mal eines Blickes und wartet. Offenbar ist er es noch von seinem Besuch im Februar gewohnt, ohne Klingeln reingelassen zu werden. Ich drücke für ihn auf 2B, während er auf und ab zu springen beginnt. Entweder wärmt er sich auf oder er muss dringend pinkeln, obwohl er davon auf unserm gesamten Trauermarsch hierher kein Wort gesagt hat.

»Wer ist da?«, fragt Ellen durch die Sprechanlage.

Jackson antwortet für uns, Ellen drückt die Tür auf und wir gehen rein.

»Ich wollte eigentlich nicht mit hochkommen«, kläre ich Jackson auf. »Sondern dich nur herbringen.«

»Willst du ihnen nicht Hallo sagen?«

»Doch, natürlich, vor allem Denise. Aber, keine Ahnung, ich will ihnen auch nicht zur Last fallen.« Genauso wenig hatte ich vor, Jackson auf die Nase zu binden, dass er mir wie ein unguter Geist erscheint, der durch deine Wohnung spukt. »Das klingt jetzt doof. Ist aber echt nicht gegen dich gerichtet. Ich weiß schon, dass du keine Ausweichmöglichkeiten hast, deine Freunde sind ja auch gar nicht da diese Woche.«

»Darf ich ehrlich sein?«, fragt Jackson. Er geht ein paar Schritte weiter ins Foyer, weg von der Kälte, die durch die geschlossene Eingangstür kriecht. »Ich fände es schön, wenn du mitkämst, selbst wenn es nur für ein paar Minuten ist.«

Er ist ein Puzzleteil, das nicht dazupasst. Und weiß das auch.

Wie du mich ansehen würdest, wenn ich ihm das jetzt abschlüge, kann ich mir nur zu gut vorstellen. Du würdest mich ansehen wie damals, bei unserer letzten Begegnung. Aber daran will ich nicht denken. Vergiss bitte, dass ich es erwähnt habe. Ist tabu.

»Dann auf nach oben«, sage ich.

Dass Jackson sich bedankt, bekomme ich kaum mit. Stufe um Stufe nähern wir uns deinem Zuhause und ich fühle mich immer unwohler, will nicht hier sein. Es ist zu früh. Es wird immer zu früh sein. Zeit heilt alle Wunden? – Von wegen. Dass das Bullshit ist, wissen wir, du und ich, genau. So was sagen Leute, denen nichts Tröstendes oder Originelles einfällt. Oder vielleicht halten so viele an diesem Lügenspruch fest, weil sie die harte Wahrheit nicht aussprechen wollen: Der Schmerz hält an, bohrt ewig, brennt ewig, nimmt einem die Luft. Die Wunde schließt sich nie und hört nie auf zu bluten.

Ellen erwartet uns an der Tür. Aber ohne zu winken wie sonst. Hat sicher was damit zu tun, dass hier nicht du und ich, sondern zwei Jungs, die dich lieben, die Treppe raufkommen. »Guten Morgen«, sagt sie.

»Morgen«, sagt Jackson und schlüpft an ihr vorbei.

»Morgen, Ellen.« Sobald sie die Tür hinter uns zugemacht hat, umarme ich sie und sie umarmt mich zurück. Zum ersten Mal, seit wir dich verloren haben. Das tut gut. Endlich fühlt es sich nicht mehr so an, als sei sie immer noch enttäuscht von mir, weil ich mit dir Schluss gemacht habe. Endlich merke ich, dass sie mich noch immer als ihren zweiten Sohn betrachtet. In diesem Augenblick bin ich froh, mit Jackson in deine Wohnung gekommen zu sein.

Ellen nimmt mich am Arm. »Kommt, Jungs, ich mache euch einen Eistee.«

Noch lange, auch längst nachdem die Zombiepiraten die Erde überrannt haben, wird gelten: Wer den Eistee deiner Mutter ablehnt – selbst im Winter –, der lehnt auch Glück und Sonnenschein ab. Ich folge ihr in die Küche, wo alles so aussieht wie immer, außer dass ein runder Tisch am Fenster den alten abgelöst hat. Ich nehme vier Gläser – eins davon für Denise – aus dem Schrank, um nicht darüber nachzudenken, was aus dem alten Tisch geworden ist und ob der neue schon so lange hier steht, dass Ellen ihn gar nicht mehr als neu bezeichnen würde. Dann setze ich mich neben Jackson, während Ellen wie immer Zitronen aufschneidet.

»All das hier hätte Theo gefallen, oder?«, fragt sie leise. »War's ein schöner Abend?«

»Er war gut«, antwortet Jackson.

Dem weiß ich nichts hinzuzufügen. Aus dem Wohnzimmer höre ich Klaviergeklimper. »Spielt da Denise?«

»Hm-hm.« Während Ellen den Eistee umrührt, wirft sie einen Blick ins angrenzende Zimmer. »Russell ist bei ihr. Meine Schwester hat mir am Mittwoch einen Artikel weitergeleitet, oder am Dienstag? Die Tage sind ganz durcheinander. Egal. Laut dem Artikel hilft es Kindern in Trauer, wenn man sie ihre Gewohnheiten beibehalten lässt.« Sie gießt uns ein. »Den Versuch ist es wert.«

»Auf jeden Fall.« Meine Gewohnheiten beruhigen mich auch immer, wenn sie mich nicht gerade von innen nach außen stülpen.

Ellen schaut auf ihre Armbanduhr. »Wir bringen sie aber gleich zu ihrer Freundin Mitali.« Ohne ein weiteres Wort verschwindet sie im Wohnzimmer.

Ich erinnere mich an Mitali. Die Schnellrednerin. Deren Detektiv-Geburtstagsparty vor ein paar Jahren bei deinen Eltern stattfand. Mitali und Denise und ein Haufen anderer Mädchen, an deren Namen nicht mal ich mich mehr erinnere, bestanden darauf, »Erwachsenendetektive« statt »Kinderdetektive« genannt zu werden und nahmen ihr Ermittlerspiel tierisch ernst. Du warst das Mordopfer und lagst von »polizeilichem Absperrband« – hust, gelben Luftschlangen, hust – umgeben im Wohnzimmer. Als du kurz aufgesprungen bist, um dir ein Glas Wasser zu holen, während die Detektive in Denise' Zimmer die Indizienlage klärten, kam Mitali sofort rausgerannt und beschuldigte dich der Schummelei. Und mich rügte sie als schlechten Arzt, weil ich fälschlicherweise deinen Tod festgestellt hatte. Ich wünschte, du würdest auch dieses Mal schummeln.

Nachdem ich den Eistee ausgetrunken und mein Glas in die Spüle gestellt habe, folgen Jackson und ich Ellen ins Wohnzimmer. Auf dem Sofa liegt zusammengefaltetes Bettzeug. Vielleicht ist Jackson in den vergangenen Nächten hierher ausgewichen, weil dein Bett ihm dann doch zu viel war. Ich frage nicht nach.

Ellen hockt sich neben Denise, die mit Russell auf der Klavierbank sitzt. »Wir müssen gleich los«, sagt sie und nimmt Denise an den Händen. »Mitalis Vater hat gesagt, er backt den Apfelkuchen, den du so gerne magst. Sollen wir zusammen was Hübsches für dich zum Anziehen raussuchen?«

»Ich kann mich alleine anziehn«, sagt Denise. Ihre Stimme klingt tonlos. Sie zieht die Hände weg, rutscht von der Bank, sieht mich, dreht sich weg, sieht ein zweites Mal hin und bekommt große Augen. »Griffin!« Sie stürmt auf mich zu und schlingt ihre Arme um meine Hüfte. Erst jetzt fällt mir auf, wie groß sie geworden ist.

»Wie geht's, Dee?«

»Was machst du hier?«

Die Antwort ist mir unangenehm, aber ich schulde deiner Schwester die Wahrheit. »Jackson hat gestern bei mir übernachtet und ich habe ihn herbegleitet.«

Verwirrt runzelt Denise die Stirn und schaut zwischen Jackson und mir hin und her. »Ich dachte, ihr zwei hasst euch.«

Lass mich dich zitieren: *Man sollte Kinder nicht durch Lügen schonen, denn sie selbst sind schonungslos ehrlich.*

»Denise!«, schimpft Ellen.

»Himmel, Denise«, fügt Russell hinzu.

Sie wird rot. Ich will nicht, dass sie sich deswegen schämt.

Jackson greift ein: »Griffin und ich hatten nur noch keine Gelegenheit, Freunde zu werden.« Er redet ziemlich von oben herab, meinst du nicht auch? Macht er unter Umständen nicht mit Absicht. Vielleicht hat er bisher nicht viel mit Kindern zu tun gehabt. Wichtiger ist, dass er Denise' Behauptung nicht widerspricht. Er denkt tatsächlich, dass ich ihn hasse, und obwohl ich ihn nicht an Ort und Stelle in Brand setzen will und ihm auch keine tausend Tode an den Hals wünsche, könnte es sein, dass er da nicht ganz unrecht hat.

»Ja, genau.« Was Besseres fällt mir nicht ein.

Anschließend scheucht Ellen Denise in ihr Zimmer, damit sie sich fertig macht für ihre Plapperfreundin, für Apfelkuchen und typischen Neunjährigenkram, der sie kaum mehr interessieren wird. Dich verloren zu haben, da bin ich sicher, ist ihr Expressticket ins Erwachsenendasein.

Ich setze mich aufs Sofa, wehre meine Erinnerungen ab und vermeide es, die geschlossene Tür gegenüber anzusehen. Russell sitzt immer noch auf der Klavierbank und hat das Gesicht in den Händen vergraben. Um das Schweigen zu brechen, erwähne ich den Artikel über die positive Auswirkung von Gewohnheiten, schließlich kommt es mir, na ja, normal vor, über Normales zu reden.

»Ja. Die *Gewohnheiten*«, knurrt Russell. »Sicher schickt Virginia noch während der Fahrt zu Mitali das nächste Psychogelaber an El. Woraufhin wir sofort alles stehen und liegen lassen, um *das* auszuprobieren.« Er steht auf und zieht ein Päckchen Zigaretten aus der Tasche seines Bademantels. »Sagst du El bitte, dass ich draußen beim Auto warte?«

Ich habe Russell noch nie so aus der Wohnung stürmen sehen. Zudem scheint er vergessen zu haben, dass er immer noch seinen Bademantel anhat. Vielleicht ist es ihm auch einfach egal.

Wenige Minuten später kommt Ellen mit der neu eingekleideten Denise ins Zimmer. Aus Ellens Blick spricht die gleiche Genervtheit wie früher jedes Mal, wenn sie uns morgens zur Videospielhalle in New Rock fahren sollte und du unter der Dusche getrödelt hast. »Wo ist Russell?«

Jackson weist mit dem Daumen zur Tür. »Draußen.«

»Er hat gesagt, er wartet beim Auto«, füge ich hinzu.

Falls Ellen ihren Ärger überspielen will, gelingt es ihr nicht. Sie atmet tief durch und wirft einen Schlüsselbund zwischen Jackson und mich aufs Sofa. »Ihr Jungs kennt euch ja aus. Griffin, du darfst natürlich so lange bleiben, wie du willst. Jackson, wenn du rausgehst, vergiss die Schlüssel nicht. Wir sind in ein paar Stunden zurück.«

Denise schenkt mir auf dem Weg nach draußen eine Umarmung und Jackson bekommt ein High five.

»Ich bleib nicht lange«, sage ich zu Jackson, sobald wir allein sind.

»Rauswerfen werde ich dich nicht«, erwidert er.

»Schon klar.« Auf jeden Fall will ich verschwinden, bevor deine Eltern und Denise wieder hier sind. »Ich find's verdammt hart, hier zu sein«, sage ich. »Ist mir ein Rätsel, wie du das aushältst.«

»Ich hab keine andere Wahl«, sagt Jackson.

»Stimmt. War trotzdem in jedem Fall richtig von dir, herzukommen.« Und das meine ich ernst.

»Unter keinen Umständen hätte ich Theos Beerdigung verpasst.«

Ich stehe auf und gehe auf deine Zimmertür zu. Ja, verdammt, ich weiß, dass du auf der anderen Seite nicht an deinem Schreibtisch sitzt und ein Universum für deinen nächsten Animationsfilm skizzierst. Trotzdem will ich irgendwie anklopfen.

»Da war ich noch gar nicht drin«, sagt Jackson vom Sofa aus.

Abrupt drehe ich mich zu ihm um. »Was? Ich dachte, du schläfst da.«

»Scheiße, nein. Hättest du das gekonnt?«

Die Rückkehr in dein Zimmer habe ich mir so oft ausgemalt. Auch lange vor deinem Tod. Und meine Vorstellung hat mich immer direkt in dein Bett katapultiert.

»Hast du mal gesehen, dass seine Eltern reingegangen sind?«

»Russell schon öfters, ja.«

»Und haben sie mal was gesagt, von wegen, dass sie dich nicht da drin haben wollen?«

Jackson schüttelt den Kopf.

Also drehe ich mich wieder zur Tür und ergreife den Knauf. »Ich geh rein. Mach, was du willst, aber ich –«

»Ich komme mit«, sagt Jackson und ich spüre schnelle Schritte hinter mir.

Er stellt sich links neben mich, doch statt den Knauf loszulassen und die Seite zu wechseln, mache ich einen weiteren Schritt auf die Tür zu, sodass er jetzt eher schräg hinter mir steht. Und ich näher bei dir. Dann mache ich auf, enthülle die Hauptausstellung des McIntyre-Museums.

Willst du wissen, wie es sich anfühlt, wieder von deinen hellblauen Wänden umgeben zu sein? Unsere gerahmten Puzzles hängen noch alle an Ort und Stelle. Der Astronaut am Bahnsteig, mein Lieblingsstück. Eine Karte von Brasilien, die zusammenzusetzen brutalst schwer war, aber trotzdem viel Spaß gemacht hat. Der offene Koffer mit dem anderen offenen Koffer drin, der wiederum bis oben hin voll ist mit Matroschka-Puppen. Und natürlich Pompeji – unser Erstlingswerk. Sollte ich das Gefühl, das mich überkommt, mit einem Wort beschreiben, dann würde ich es meine Auferstehung nennen.

Doch dieses Wunder, dieses zweite Leben, ist nur von kurzer Dauer. Jäh falle ich in mich zusammen, als ich die Fotos von dir und Jackson auf dem Fensterbrett neben deinem Bett stehen sehe. Genau da, wo die von uns standen. Auf dem einen hast du deinen Arm um seine Schultern gelegt und strahlst wie ein Honigkuchenpferd. Natürlich kenne ich das Bild schon, genau deswegen kommt es mir ja fehl am Platz vor. Schnell – bevor die anderen Jackson-Fotos mir den Rest geben können und ich ihn anschreien muss, ob er etwa von dir verlangt hat, unsere Fotos wegzuräumen – wende ich den Blick ab. Doch dadurch entdecke ich nur noch mehr Fremdes. Neben den Comicromanen von mir steht ein Buchset aus vier Thriller-Bestsellern. Keine Ahnung, ob die von Jackson sind oder einfach von irgendwo her. Der Traumfänger ist ebenfalls neu und wieder habe ich keine Ahnung, ob der mit einem besonderen Erlebnis zwischen dir und Jackson zu tun hat, so wie die Theo-Batman-Büste, die ich für dich habe anfertigen lassen und die noch immer vom höchsten Punkt deines Bücherregals aus in die Ferne späht.

Ich will Jackson nichts fragen. Ich habe mich geirrt. Ich will nichts über dein Leben ohne mich erfahren. Ich kann das nicht. Als ich rausrenne, stolpere ich fast über meine eigenen Füße. Jackson ruft mir nach, aber ich ertrage ihn gerade nicht. Ich fliehe aus deiner Wohnung und die Treppe runter nach draußen.

Gott sei Dank habe ich meine Jacke oben nicht ausgezogen, denn es ist bitterkalt. Bis zur Ecke renne ich noch, dann bleibe ich zitternd stehen. Ich schaue in den Himmel, kneife vor der Sonne, die zwischen den Wolken hervorblitzt, erst die Augen zusammen und schließe sie dann ganz, um dein Gesicht heraufzubeschwören.

Aber der Theo, an den ich mich erinnere, ist nicht der Theo, den ich in deinem Zimmer vorgefunden habe.

Endlich hast du mir ein paar Antworten gegeben, Theo, und einige davon hätte ich lieber nie gehört.

Als ich vor meiner Haustür ankomme, bin ich völlig kaputt. Das Gefühl kenne ich inzwischen schon. Ist eine der Lektionen, die ich seit unserer Trennung und deinem Tod immer wieder lernen durfte: Seelischer wird zu körperlichem Schmerz. Jeder Knochen tut mir weh. Ich bin ungefähr so alle wie damals, als wir mit den Rädern erst drei Runden (ausgerechnet drei) durch den Central Park gefahren sind und dann als Endspurt diesen steilen Berg hinauf. Da bekam ich Magenschmerzen, meine Beine und Arme brannten und meine Kehle war wie ausgetrocknet. Damals habe ich mich nur noch nach Schlaf gesehnt, genau wie jetzt.

Ich schleppe mich also gerade noch so in mein Zimmer und ignoriere Mom, die den Laptop zuklappt, mir Hallo sagt und Dad Bescheid gibt, dass ich zu Hause bin. Denn Zeit für mich bedeutet Zeit nur für dich und mich. Nicht für Mom, nicht für Dad. Ich mache die Zimmertür hinter mir zu, werfe mich aufs Bett und bin selbst zum Heulen zu ausgelaugt. Denk bitte nicht, ich würde deshalb weniger um dich trauern. Mein Körper ist schuld. Gerade vergrabe ich meinen Kopf in unseren Kissen, da geht die Tür auf. Ich Vollidiot habe natürlich etwas Elementares gegen Eindringlinge vergessen: Abschließen. Ich wünschte, ich könnte jetzt in eins meiner Paralleluniversen verschwinden.

»Ist Jackson gut angekommen?«, fragt Mom, die jetzt zusammen mit Dad hereinkommt.

»Ja, Jackson kann ganz in Ruhe wieder *seinen* Verlust betrauern«, sage ich und setze mich auf. »Das hättest du vorhin doch beinahe *noch mal* so gesagt, oder?«

Meine Mutter nickt, als bräuchte ich noch ihre Bestätigung. »Ihr habt ihn beide geliebt, Griffin. Ich werde Jacksons Schmerz nicht ignorieren.«

»Nope, das ist Dads Job«, sage ich.

»Was hat dein Vater getan?«, fragt Mom.

Dad schweigt und überlegt wahrscheinlich gerade, ob er zu den Waffen greifen und gegen mich in die Schlacht ziehen soll oder ob er es besser bleiben lässt.

»Dad hat Jackson mehr als deutlich gezeigt, wie unerwünscht er in diesem Haus ist. Nicht mal ich war so kalt zu ihm.« Himmel, wie einsam und hilflos ich mich erst fühlen würde, am anderen Ende des Landes, außerhalb meiner *Zeitzone*, im Zuhause von jemandem, der mich so lange verteufelt hat.

»Mach mal halblang, Griffin«, versetzt Dad. Sein Tonfall erinnert mich an den Dad meiner Kindheit, der mich zurechtwies, wenn ich mich ins Elternzimmer schlich, um Mom bei der Arbeit zu erschrecken oder sie aus Langeweile mit irgendwelchem Nonsens zuzutexten. »Entweder bist du jetzt sauer, weil deine Mom zu nett war, oder ich nicht nett genug. Beides geht nicht.«

»Also gibst du's zu!«, schlage ich zurück.

»Ich gebe zu, nicht besonders gastfreundlich gewesen zu sein. Aber nur, weil du mein Sohn bist und ich dich kenne. Eigentlich ärgerst du dich nämlich weder über deine Mom noch über mich, denn solange du uns nicht angreifst, greifen wir dich auch nicht an. Wie hat Wade uns genannt? Die Griffin-Mannschaft?«

»Das Griffin-Team«, berichtige ich.

»Das Griffin-Team«, wiederholt Dad. »Uns ist bewusst, dass das Treffen mit Jackson nicht leicht für dich war. Trotzdem hast du es durchgestanden und vielleicht hat es dir sogar irgendwie weitergeholfen. Wenn nicht, dann ist er jetzt jedenfalls weg und du musst ihn nie wiedersehen. Wir aber sind für dich da, du musst uns nur sagen, was du brauchst.«

»Ich brauche tatsächlich etwas.«

»Was?«, fragt Mom.

»Meine Ruhe. Bitte lasst mich in Ruhe. Ich bin hundemüde.« Ich kann nicht weinen. Ich kann nicht kämpfen.

Dad will protestieren, aber Mom hält ihn davon ab (Danke, Mom!). In null Komma nix sind sie draußen und ich finde gerade noch genug Energie, um diesmal die Tür hinter ihnen abzuschließen. Dann krieche ich zurück unter meine Decke und rechne schon fast damit, augenblicklich einzuschlafen. Aber natürlich klappt das nicht. Angesichts der letzten Woche, des letzten Jahres, des letzten Monats und meines ganzen Lebens bisher ist es ja auch einigermaßen naiv anzunehmen, ich könnte wenigstens im Kleinen mal Glück haben.

GESCHICHTE
DONNERSTAG, 25. DEZEMBER 2014

Dieses Jahr fällt unser Team-Wichteln zum ersten Mal aus. Normalerweise ziehen wir immer Namen aus Wades Basecap, aber da Theo und ich jetzt zusammen sind, hätten wir uns natürlich noch Extrageschenke besorgt, falls einer von uns Wade gezogen hätte. Und weil wir beide nicht wollen, dass unsere Freundschaft mit Wade hinter unserer Beziehung zurückstehen muss, haben wir mit dieser Team-Tradition gebrochen. Wade war zuerst etwas verschnupft, aber seine Laune hellte sich augenblicklich auf, als ihm klar wurde, dass so ein Geschenk mehr für ihn drin war.

Nachdem wir den ganzen Tag mit unseren Familien verbracht haben, ist es schön, in Wades Zimmer zu chillen. Über seine neuen Lautsprecher hören wir Jazz. Theo hält mir sein Handy hin.

»Guck dir mal dein neues Anruferfoto an.«

Es ist das Foto, das ich ihm heute Morgen geschickt habe: ich neben unserem Weihnachtsbaum mit dem Ron-Weasley-Anhänger, den er mir am ersten Tag unserer Geschichte geschenkt hat. Verrückt, dass dieser Typ mich Monate später immer noch rot werden lässt.

Wade muss es bemerkt haben, denn er macht sich gleich

daran, die Geschenke zu verteilen, die Theo und ich unter den Mini-Weihnachtsbaum gelegt haben.

Theo und ich haben Anfang des Monats beschlossen, dass unsere Geschenke »wohlüberlegt wahllos« sein sollen. Das hieß im Grunde nur, dass ich ihm kein Puzzle besorgen durfte und er mir nichts, das mit Harry Potter zu tun hatte. Was ziemlich doof ist, weil ich dieses Jahr – zum ersten Mal, seit ich denken kann – kein einziges Harry-Potter-Geschenk bekommen habe. Wenigstens ein Schlüsselanhänger hätte drin sein dürfen. Theos Geschenk für mich ist eine kleine Schachtel in smaragdgrünem Papier. Vielleicht habe ich mir doch zu viel Mühe bei der Geschenkauswahl gegeben. Meins ist ziemlich groß.

Nervös schauen wir uns an.

Das Auspacken findet reihum statt und wir drängen Wade dazu, loszulegen.

Zuerst packt er meins aus: *Die Kurtisane und der Golem*, ein witzig-makabrer Roman über eine unfruchtbare Prostituierte, die ihrem Hexenmeisterkunden einen Zaubertrank stiehlt, um ein Kind zu erschaffen, stattdessen aber einen Golem zum Leben erweckt.

»Keine Ahnung, ob es gut ist«, sage ich und hebe entschuldigend die Hände. »Aber du hast in letzter Zeit immer mal erwähnt, dass du vielleicht wieder mehr lesen würdest, wenn dir irgendwas Besonderes über den Weg liefe. Bitte schön. Dieser Roman ist ganz bestimmt nicht mainstream. Und falls dir noch mehr so Lese-Leckerbissen in die Hände kommen sollten, hör auf, sie zu bunkern und gib sie weiter.«

Wade lächelt. »Oh, vielen Dank, Griff.«

»Griffin«, hüstelt Theo. Er besteht darauf, neben meinem Dad der Einzige zu sein, der mich Griff nennen darf.

»Kontrollfreak«, hüstelt Wade zurück und überfliegt den Klappentext. »Ich weiß ja nicht, was das über mich als Person aussagt, aber es klingt, als wär das genau mein Ding. Danke, *Griffin*.« Dann öffnet er Theos Geschenk: zwölf verschiedene Krawatten mit einer Karte, die ihn diskret auffordert, seine Garderobe zu pimpen. »*Die Garderobe eines Gentleman sollte stets tadellos sein.* Vielen Dank, Theodore McIntyre. Ist es in Ordnung, wenn ich Sie so nenne, Theodore McIntyre?«

»Theo genügt«, antwortet Theo und grinsend tauschen sie einen Faustcheck aus.

»Du bist dran«, sage ich zu Theo.

»Mistkerl.«

Theo öffnet Wades Geschenk: ein illustriertes Cocktail-Rezeptbuch.

»Sobald deine Collegezulassung steht, solltest du dringend die Kunst des verantwortungsvollen illegalen Alkoholkonsums erlernen«, erklärt Wade.

Wir lachen. »Das werde ich garantiert«, verkündet Theo und zieht mein Geschenk näher zu sich heran. Auf einmal fände ich es schön, wir hätten diesen Moment für uns. Man muss kein Paar sein, um zu erkennen, ob jemand ein Geschenk mag. In unserem Team hier können wir uns nichts vormachen, dafür kennen wir drei uns viel zu gut. Theo reißt das Geschenkpapier ganz langsam auf und spannt mich auf die Folter, aber am Ende ist er der Angeschmierte, denn er muss noch den Geschenkkarton knacken. Und – tada! Er blickt einer Batman-Büste in die Augen. Und Batman sieht aus wie Theo! Ich habe im Internet eine Firma gefunden, die auf Bestellung Actionhelden und Puppen mit einem Wunschgesicht herstellt.

Theo braucht einen Moment, um zu begreifen, doch

dann muss er so sehr lachen, dass er hintenüberkippt. Vor Erleichterung kippe ich fast mit.

»Kapier ich nicht«, sagt Wade.

»An Halloween hat er gewitzelt, eines Tages würden wir feststellen, dass unter Batmans Maske die ganze Zeit Theo gesteckt hat«, erkläre ich. »Wohlüberlegt wahllos« war das Ziel und ich habe es getroffen. Voll ins Schwarze.

Sobald Theo wieder Luft kriegt und mir zum Dank einen Kuss gegeben hat, stellt er den Batman-Theo neben sich und zeigt auf meine Geschenke. »Mach Wades zuerst auf.«

»Aye, Sir«

»Warnung«, sagt Wade, »es ist eigentlich ein Pärchen-Ding, aber ich schätze, du freust dich mehr darüber, Griffin. Ich heiße es nicht etwa gut, dass ihr beiden mega-unzertrennlich seid. Mir kam nur irgendwann diese Idee und dann wurde ich sie nicht mehr los.«

Ich reiße das Papier auf: die Rückseite eines Bilderrahmens. Als ich ihn umdrehe, sehe ich Theo und mich – in einem. Abgebildet sind unsere Gesichter, aber nicht wie gespiegelt, sondern miteinander verschmolzen. Teils er, teils ich: ein blaues Auge von ihm, ein grünbraunes von mir; die Linie seiner feinen Sommersprossen entlang meiner leichten Höckernase; seine Unter- und meine Oberlippe. Seine helle Augenbraue, meine dunkle. Das Bild ist gleichzeitig Porträt und Puzzle.

Meine Hand zittert ein bisschen, weil dieses Geschenk so einmalig ist.

»Wade, wow! Tausend Dank!« Ich lege Theo das Bild in den Schoß und zum vielleicht ersten Mal überhaupt umarme ich Wade so fest, dass er fast keine Luft mehr kriegt. Dann setze ich mich wieder neben Theo. »Sobald ich zu Hause bin, werde ich es aufhängen.«

»Das dachte ich mir. Na los, lass uns nachgucken, was du von Theo bekommst.«

»Das Beste zum Schluss natürlich«, verkündet Theo. »Trommelwirbel!«

Ein paar Sekunden lang trommeln wir alle mit den Fäusten auf den Boden. Das kleine Geschenk wiegt ordentlich was. Wieder reiße ich das Papier auf und eine kleine Schatztruhe kommt zum Vorschein. »Bitte sag mir, dass da winzige Zombiepiraten drin sind«, flüstere ich. Theo zuckt die Achseln. Ich öffne die Truhe. Darin sind vier kleine geflügelte Figuren und ein Zettel.

»Ein Zwang Greife«, lese ich lächelnd vor.

»Wohlüberlegt wahllos, oder?« Theo ist ganz aus dem Häuschen. »Greife, wegen deines Namens natürlich. Diese kleinen Biester sind verdammt schwer zu finden, aber Wade und ich haben irgendwann einen im Secondhandladen entdeckt und die anderen habe ich online gefunden.«

Ich sehe sie mir genauer an und entdecke kleine Plättchen auf der Rückseite der Figuren. »Was ist das?«

»Kennst du Jägersprache? Die ist total abgefahren, man sagt zum Beispiel: ein Sprung Rehe, eine Kette Rebhühner oder ein Geheck Füchse. Ein Quatsch ist das. Absoluter Quatsch mit Soße. Für dich habe ich einen Zwang Greife erfunden – Zwang, weil du diese kleinen Ticks hast und weil ich kleine Magnetplättchen angebracht habe, sodass sie *zwangs*läufig von anderen Magneten angezogen werden.«

Theo holt ein weiteres kleines Plättchen aus seiner Tasche und hält es von innen gegen mein Oberteil. Dann wirft er einen der Greife dagegen, der von dem Magneten aufgefangen wird. »Gewinne ich Weihnachten? Denn an Weihnachten geht's ums Gewinnen, nicht wahr?«

»Ihr beide gewinnt Weihnachten«, sage ich.

»Gute Antwort«, erwidert Wade.

»Mittelgute Antwort«, sagt Theo.

Währenddessen stecke ich alle vier Plättchen in mein T-Shirt und mache sämtliche Greife daran fest. Dass ich gelogen habe, erzähle ich ihnen nicht. Sie haben Weihnachten nicht gewonnen. Das war ich. Wie könnte es anders sein? Ein Zwang Greife umschwirrt mein Herz.

MITTWOCH, 31. DEZEMBER 2014

Hätte mir im Januar eine Wahrsagerin zehn Dollar abgeknöpft und mir prophezeit, dass ich im Juni mit Theo zusammenkommen würde, hätte ich wahrscheinlich monatelang Pläne geschmiedet, wie ich mein Geld zurückkriege, so verrückt wäre mir das vorgekommen. Ganz zu schweigen von der Anspannung. Die hätte ich nicht überlebt. Manchmal ist es gut, überrascht zu werden. Das klingt jetzt vielleicht bescheuert und laut sagen würde ich es auch nicht, doch als Theo und ich unser gemeinsames Coming-out hatten, war das so ähnlich, wie wenn man plötzlich in ein Gewitter gerät. Zweifellos können Unwetter richtig schlimm sein, wenn sie Strommasten fällen oder Häuser zerstören. Doch manchmal ist der Donner die Hintergrundmusik zu etwas Unvorhergesehenem: etwas, das unsere Herzen schneller schlagen lässt und uns wachrüttelt. Hätte mich jemand vor dem Wetter gewarnt, wer weiß – vielleicht hätte ich Panik bekommen und wäre drinnen geblieben.

Aber das bin ich nicht.

Heute ist Silvester, ein paar Minuten vor Mitternacht.

Die Party, die meine Eltern für ihre Freunde und unsere Lieblingsnachbarn schmeißen, ist in vollem Gange und niemand hat gemerkt, dass Theo und ich mit zwei Gläsern Sekt in mein Zimmer verschwunden sind.

»Cheers«, sagt Theo.

»Cheers.«

Wir stoßen an und trinken einen ersten Schluck. Der Sekt ist trocken, spritzig und herb – genau wie es das Etikett verspricht. Die Zimmertür lassen wir offen. Sollte meinen Eltern unser Verschwinden doch noch auffallen, sollen sie nicht glauben, wir hätten Sex. Vor allem nicht, wenn das wieder so ein peinliches Gespräch mit meinem Dad zur Folge hat. Aber gleich ist Mitternacht und es gibt ein paar Gründe dafür, dass wir unter uns sein wollen.

Ich stelle mein Sektglas auf die Kommode und schalte den Fernseher ein, damit wir den Countdown nicht verpassen. Noch vier Minuten bis 2015.

»Nächstes Jahr wird richtig fett, was?«

»Oder es wird nicht fett, du Fiesling«, sagt Theo und setzt sein ernstes Gesicht auf. »Vielleicht wird es einfach nur sehr kurvig?« Er muss lachen. »Nein, schon gut, nächstes Jahr wird fett.« Auch er stellt sein Glas ab und nimmt mich in den Arm. Einen Moment lang stützt er das Kinn auf meine Schulter, bevor er sein Gesicht an meinen Hals schmiegt. Haut an Haut.

Der Countdown beginnt und die Stimmen der frierenden Menschen auf dem Times Square tragen uns ins neue Jahr. Ich muss schlucken.

»Vier«, sage ich.

»Drei«, sagt Theo.

»Zwei.«

»Eins.«

»Frohes Neues!« Ungläubig schüttele ich den Kopf und staune über diesen Jungen vor mir. Es ist Silvester und ich habe jemanden, den ich im Arm halten kann und der mich im Arm hält. Jemanden, den ich küssen kann und der mich küssen wird. Und das tun wir, während *Auld Lang Syne* im Hintergrund läuft. Zwar versuche ich, mich zusammen-zureißen, aber schließlich fange ich doch an zu weinen.

»Griffin, was ist los?«

»Dieses Lied macht mich einfach sentimental.« Ich schä-me mich etwas, vor ihm zu weinen. »Ich liebe dich, Theo.«

»Ich liebe mich auch.«

»Sei doch mal zwei Sekunden ernst. Ich heule hier.«

»Okay. Eins ... zwei ...«

»Ich nehme alles zurück.«

»Ich liebe dich noch viel mehr, Griffin«, sagt Theo und zieht mich an sich. »Es haut mich echt um, wie glücklich du mich machst. Danke, dass du für mich da bist, wenn ich dumm genug bin zu glauben, dass ich lieber allein wäre.«

Sollte Theo am Santa Monica College angenommen wer-den – und das wird er, weil er nun mal Theo ist –, dann wird das hart. Aber offenbar haut es ihn um, wie glücklich ich ihn mache. Das lasse ich mir nicht nehmen.

Niemand kann vorhersagen, was dieses Jahr passieren wird, aber von mir aus kann es ruhig noch mehr Unwetter geben.

GEGENWART
SONNTAG, 27. NOVEMBER 2016

Ich rufe ihn an, okay?

Das schulde ich Jackson und dir schulde ich es auch.

Ich sitze auf einem Fahrradständer und lasse die Beine baumeln. Zwar ist es kalt und längst dunkel, aber hier habe ich wenigstens meine Ruhe – Mom und Dad entwickeln sich in letzter Zeit zu richtigen Helikopter-Eltern. Sobald meine Handyuhr auf 20:34 springt, rufe ich Jacksons noch namenlose Nummer an. Vielleicht sollte ich nach diesem Telefonat einen Kontakt für ihn anlegen. Nach dem vierten Klingeln – gefährlich kurz vor dem fünften – nimmt er ab.

»Griffin«, sagt er. Im Hintergrund rauscht Wasser.

»Stör ich?«

»Nö, ich telefoniere ständig unter der Dusche«, antwortet Jackson.

»Irgendwelche telefonmäßigen Verluste zu beklagen?«

»Ein paar«, gibt Jackson zu und ich frage mich, ob ihn die Leichtigkeit in meiner Stimme genauso überrascht wie mich. Vielleicht ist er auch froh, über irgendwas zu reden, was ihn nicht zum Weinen bringt. »Hast du meine Nachricht gestern gekriegt?«, fragt er. »Ich bin nicht sicher, ob sie angekommen ist, aber ich –«

»Ja, hab ich«, unterbreche ich ihn. »Ich hab mir gedacht, wir sollten uns noch mal unterhalten, bevor du fliegst. Es sei denn, du duschst, weil du irgendwas anderes vorhast ...«

»Hab ich nicht«, antwortet er, »ich dusche nur, weil ich nichts Besseres zu tun habe. Denise und ihre Eltern sind schon im Bett.«

Seltsam, dass er sie *ihre* Eltern nennt, nicht *deine*. »Möchtest du vorbeikommen? Russell und Ellen haben bestimmt nichts dagegen.«

»Abtrocknen und anziehen«, kommandiere ich. »Nicht weit weg von Theos Wohnung findest du einen Eingang zum Central Park auf der West Seventy-Second. Wenn du's nicht findest, benutz dein Handy-Navi.«

»Wann soll ich da sein?«

Fast sage ich ihm, dass ich sechs Lieder brauche. »Wahrscheinlich bin ich so in zwanzig Minuten da. Bis gleich.«

Nach dem Auflegen frage ich mich, ob ich ihm genug Zeit lasse, um zu Ende zu duschen, sich ordentlich abzutrocknen (er soll ja schließlich keine Mördererkältung nach Kalifornien zurückschleppen), sich anzuziehen, seinen zweiten Handschuh aufzutreiben und den Weg zum Park zu finden. Was soll's, dann kommt er halt zu spät. Einen Großteil des letzten Jahres habe ich eh mit Warten verbracht – meistens auf dich. Ich hoffe nur, Jackson taucht überhaupt auf.

Mein Timing ist super. Jacksons dagegen ... nicht. Doch die beiden Becher Kokos-Kakao mit jeweils vier Spritzern Karamellsirup, die ich auf dem Weg besorgt habe, halten (wenigstens) meine Hände warm. Mit dem Stolz eines verrückten Professors hast du diese Mischung als eine deiner genialeren Erfindungen bezeichnet. Sie war unser Must-have im Herbst und Winter, so wie Spider-Man-Eis im Frühling und Sommer.

Ich halte Ausschau nach Jackson, blicke von links nach rechts, von rechts nach links. Als ich gerade einen Schluck aus meinem Becher nehme, eilt er endlich über die Straße auf mich zu, mit offener Jacke, die Hände in den Taschen vergraben.

»Ich habe mich verirrt, sorry!«, sagt er.

»Schon gut. Ich hätte dich abholen sollen.« Ich reiche ihm seinen Becher. »Hier. Das hat Theo erfunden. Keine Angst, ist nichts zu Abgefahrenes, nur Kokos-Kakao mit Karamell. Kennst du das schon?« *Bitte nicht.*

Jackson schüttelt den Kopf. Mit beiden Händen umfasst er den Becher und genießt die Wärme, während er den Inhalt begutachtet.

»Theo hat auch davon geredet, einen eigenen Smoothie zu erfinden, aber irgendwie hat er's nie geschafft.«

Ich erwarte einen Kommentar zum Kakao, aber Jackson scheint mit seinen Gedanken schon wieder woanders zu sein. Er schaut sich um.

»Hier war ich schon mal. Im Februar.«

Das hätte ich mir denken können. Im zweiten Monat des Jahres war er mit dir hier. Im zweitletzten ist er hier mit mir. Nie werde ich begreifen, wie ein einzelner Moment unser Leben so sehr auf den Kopf stellen kann. Ich fühle mich wie ein Stein, den man übers Wasser springen lässt – nach jedem kurzen Moment der Erleichterung trifft er wieder auf die harte Wasseroberfläche –, letztendlich dazu bestimmt zu sinken.

»Hat Theo dir die Trolle vorgemacht, als ihr durch die Tunnel gegangen seid?«, frage ich.

»Nicht hier in New York, aber zu Hause schon. Wir haben da diese Unterführungen zum Strand«, erzählt Jackson.

Wenn ich mich recht erinnere, liegt es an deiner Mom, dass du überhaupt mit dieser Troll-Nummer angefangen hast. Lange bevor wir uns kennenlernten, hat sie dich und Wade immer von der Grundschule abgeholt. Bei gutem Wetter seid ihr durch den Park gelaufen und sie hat euch Geschichten über Trolle erzählt, die hier auf den Brücken und in den Tunneln leben und mit Vorliebe kleine Ausreißer fressen. Angesichts der Vorstellungsgabe deiner Mutter wundert es mich, dass du kein größerer Fantasy-Fan geworden bist.

»Ich kann mit dir die Runde drehen, die auch Theo mit dir gegangen wäre«, sage ich zu Jackson. »Nur die Stimmen werd ich nicht nachmachen. Die hab ich einfach nicht drauf.«

»Das fänd ich schön«, sagt er. »Ich weiß, dass Theo mir unbedingt die New Yorker Trolle zeigen wollte, aber wir mussten irgendwann ja auch noch meine Freundinnen treffen und haben es dann nicht mehr geschafft.«

Mir gefällt nicht, dass er dich vertröstet, dich enttäuscht hat. Und dass das für dich offenbar nicht so wild war, weil du eine Zukunft mit ihm gesehen hast, in der euch dafür noch genug Zeit geblieben wäre. Mir gefällt nicht, dass er wohl auch auf diese Zukunft baute. Mir gefällt nicht, wie sehr ich ihn noch immer als Konkurrenten wahrnehme. Oder wie unfair ich zu ihm bin. Oder wie sehr dich meine Eifersucht gerade wahrscheinlich runterzieht. Mir gefällt nicht, dass ich dich jetzt mit diesem Quatsch enttäusche.

Energisch schüttele ich diese Gedanken ab. Es ist total hirnrissig, sauer auf dich zu sein, nur weil du deine Kindheitserlebnisse mit Jackson geteilt hast.

Ich laufe los, weiter in den Park, und Jackson kommt mir nach. Eine gute Gelegenheit, frische Luft zu tanken und gleichzeitig die abgestandene, dicke Luft zwischen uns zu vertreiben. »Tut mir leid, dass ich neulich weggerannt bin. Ich dachte, Theos Zimmer wäre für mich so was wie ein Museum, aber ich musste darin einfach die ganze Zeit an seinen Tod denken.«

»Mehr Mausoleum als Museum, oder?«

»Genau.«

Ich lasse meinen Blick schweifen. Irgendwie sind mir die schmutzigen Schneehaufen und der umherliegende Müll peinlich. Das alles muss hässlich wirken auf jemanden aus dem Land der Strände, der Delfine und Möwen und des ewigen Sonnenscheins. Ich fühle mich so, als würde mich jemand ohne Ankündigung in meinem unaufgeräumten Zimmer besuchen. Auch ohne Jackson an meiner Seite hatte ich dieses Gefühl schon mal. Anfang des Jahres nämlich, kurz bevor du mit ihm hierhergekommen bist, dachte ich, ich würde wie der Rest von New York an Winterdepression leiden. Vielleicht stimmte das sogar teilweise – das Wetter war brutal, kalt genug für zwei Mäntel –, aber hauptsächlich war meine schlechte Stimmung wohl darauf zurückzuführen, dass du zur gleichen Zeit vollkommen unbekümmert, glücklich und vermutlich smoothieschlürfend unter der Sonne einer anderen Zeitzone weiltest – mit einem anderen.

»Lass mich ganz ehrlich zu dir sein, Jackson«, sage ich jetzt zu diesem anderen. Hoffentlich glaubt er das Unglaubliche, das ich ihm gleich offenbaren werde, denn es ist zu hundert Prozent wahr. »Ich hasse dich nicht. Ich dachte, ich würde dich hassen. Aber ich habe nur deine Beziehung zu Theo gehasst. Ich hätte nicht gedacht, dass er dich tatsächlich mit nach New York bringen würde, um seine Familie und Freunde kennenzulernen.« Kurz überlege ich, mich auf eine dieser Bänke hier zu setzen. Allerdings sind sie nass von geschmolzenem Schnee, und falls Jackson mir gegen-über stehen bleibt, muss ich ihm während meines Geständnisses ins Gesicht sehen. »Und ich hasse es, dass auch du eine Geschichte mit Theo hast. Und dabei warst, dir eine Zukunft mit ihm aufzubauen.«

Ich kann dir nicht sagen, wann ich zum letzten Mal so ehrlich war.

Du bist mein absoluter Lieblingsmensch, aber ich kann es dir wirklich nicht sagen.

Jackson bleibt stehen. »Du weißt hoffentlich, dass ich dich auch nicht hasse?«

Auch ich bleibe stehen, sehe ihn aber nicht an. Mein Blick wandert überallhin, nur nicht in sein Gesicht. Ich zähle. Acht Streben im Gullydeckel; sechs Haufen aus totem, welkem Laub, die mich traurig anschauen; zwei leuchtende Laternen (Memo an mich selbst: eine zweite kaputte finden, als Gegenspieler zu der da vorne); zwei Erwachsene, die uns entgegenkommen ... Schätze, die können sich nicht mal ansatzweise die unmögliche Situation vorstellen, in der Jackson und ich uns gerade befinden – und der wir vielleicht sogar noch etwas Gutes abgewinnen können.

»Du wolltest, dass Theo den Kontakt zu mir abbricht.« Das meine ich nicht mal als Vorwurf. Wir führen hier ein ehrliches Gespräch, von Mann zu Mann, von einem gebrochenen Herzen zum anderen. Es tut mir nicht gut, alles als Wettbewerb zu sehen; so gewinne ich rein gar nichts.

»Tja, ich habe deine Geschichte mit Theo auch gehasst«, gibt Jackson zu. »Ich fand es furchtbar, dass ich mich wegen eurer Beziehung ständig fragen musste, ob das mit ihm und mir eine Zukunft hat. Weißt du ... eigentlich war es gar nicht geplant, dass ich im Februar mit nach New York komme. Am Abflugtag hatte meine Mutter Geburtstag und normalerweise verbringen wir den immer zusammen. Frühstück in ihrem Lieblingsdiner, dann Kino, wieder in den Diner, zum Mittagessen, danach noch ein Film, zurück in den Diner zum Abendessen, wieder ins Kino, ein letztes Mal in den Diner, um noch einen Milchshake zu trinken, und zum Schluss ein Film zu Hause.«

Beinahe unterbreche ich ihn an dieser Stelle, um ihm zu sagen, wie sehr ich das Gespür seiner Mutter für Symmetrie zu schätzen weiß – vier Filme, vier Restaurantbesuche –, aber ich verkneife es mir und lasse ihn weitersprechen. Mir wäre nie in den Sinn gekommen, dass sein Besuch in New York ursprünglich gar nicht geplant war.

»Aber diesmal habe ich sie im Stich gelassen, weil ich wusste, dass Theo hierherkommen würde – zu dir.« Er lässt den Kopf hängen. Endlich sehe ich ihn an. »Es war diese ganze Aus-den-Augen-aus-dem-Sinn-Sache. Ich war mir hundertprozentig sicher, wenn ich nicht mitkäme, würde Theo mir irgendwann am Telefon erzählen, dass ihr wieder zusammen seid.«

Gerade will ich mich wegdrehen, da hebt er den Blick. »Ich dachte, nächstes Jahr könnte Theo dafür einfach mit Mom und mir zusammen feiern.« Er zuckt mit den Schultern, womit er bestimmt nicht sagen möchte, dass ihm das nicht wichtig wäre. Er tut, was ich auch tun würde: versucht, seine Gefühle zu schmälern, seine Probleme vor anderen kleiner aussehen zu lassen, als sie sind, weil ihn sowieso keiner versteht. Dabei verstehe ich ihn. Sogar sehr gut. Das sollte er eigentlich wissen.

Direkt vor uns ist der erste Trolltunnel, aber wir machen keine Anstalten weiterzugehen.

Wir hassen uns nicht. Und wir sollten auch unsere Geschichten nicht hassen.

Aber das geht nicht von jetzt auf gleich. Bei mir nicht und bei Jackson vermutlich auch nicht, schon gar nicht hier im Central Park, wo ich den Tourguide spiele, was eigentlich deine Aufgabe gewesen wäre. Wir stecken in einem Spiel mit gezinkten Karten – das Universum hat uns nur Joker ausgeteilt. Ein kosmischer Scherz. Aber vielleicht sollten wir nicht so einfach aufgeben. Vielleicht sollten wir einfach weiterspielen. Wer weiß, vielleicht werden wir trotz allem noch Könige in diesem Spiel.

Ich mache einen Schritt auf Jackson zu und schaue ihm in die müden Augen. Eins ist immer noch geröteter als das andere, wegen dieses geplatzten Äderchens. Und dann nehme ich ihn fest in den Arm. Ich umarme ihn, weil *er* ganz genau weiß, wie Liebe und Eifersucht einen verrückt machen können. Ich umarme ihn, damit *du* stolz auf mich bist, weil ich das Richtige tue. Statt ihm die kalte Schulter zu zeigen, so wie neulich Abend. Und ich umarme ihn, weil seine schonungslose Ehrlichkeit *mich* davor bewahrt, mich wertlos und unterlegen zu fühlen. Ich umarme ihn für uns drei, weil das Kämpfen ein Ende hat.

»Endlich machen wir mal was richtig«, sage ich und trete wieder einen Schritt zurück.

»Schade, dass wir nicht so weit waren, als er noch am Leben war«, meint Jackson. »Vielleicht hätten wir es irgendwann hinbekommen.«

Ich nicke. »Es macht mir zu schaffen, dass wir Theos Leben so verkompliziert haben ... und dass wir ihn vielleicht so weit gebracht hätten, den Kontakt zu einem von uns abzubrechen – vielleicht sogar zu uns beiden, nur weil wir uns nicht verstanden haben.«

Eins von vielen Dingen, die mir leidtun, Theo.

»Hmmm«, ist alles, was Jackson rausbringt.

Ich klopfe ihm auf die Schulter und gehe weiter, bedeute ihm, mitzukommen. Es tut mir gut, Geschichten über dich zu erzählen, und ihm tut es gut, sie zu hören. Dass er heute Abend eher schweigsam ist, macht mir nichts. Irgendwie gefällt es mir, das Steuer in der Hand zu halten und uns durch den mir bekannten Teil des Himmels zu lenken. Wenn ich ihm die Kontrolle überließe, könnte es sein, dass wir abstürzen.

»Mit so einem Abschied hätte ich nie gerechnet«, sagt Jackson auf unserem Weg nach draußen, durch denselben Ausgang, an dem du und ich das eine Mal spätabends füreinander beim Pinkeln Wache gestanden haben. »Ich dachte sogar«, fährt er fort, »ich würde dich nie wiedersehen. Dabei wollte ich dir noch was sagen: Es tut mir leid, dass ich versucht habe, dich aus Theos Leben zu streichen.«

Auch ich könnte mich für vieles entschuldigen, aber mich beschäftigt gerade etwas Wichtigeres. »Musst du schon morgen fliegen?«

Du hast richtig gehört, Theo: Ich, Griffin ohne Zweitname Jennings, habe meine ehemalige Nemesis, Jackson Wright, gefragt, ob er nicht in New York bleiben möchte.

»Ich kann Theos Familie nicht länger zur Last fallen. Sie brauchen Zeit für sich«, antwortet er.

»Dann bleib bei uns«, entgegne ich. »So dringend musst du ja nicht zurück ans College.«

»Ich weiß nicht, ob dein Vater davon so begeistert wäre.«

»Das regele ich schon. Tut mir leid, dass er so arschig zu dir war. Er wollte nur überdeutlich zu mir halten.« Anders als meine Mom, die überhaupt nicht für mich Partei ergriffen hat. Aber sie hatte recht, ich seh's ja ein.

»Mein Flug ist schon gebucht«, sagt Jackson.

»Dein Vater *arbeitet* für die Fluggesellschaft. Kriegst du deine Tickets nicht umsonst?«

»Hm ... doch.«

»Hör mal, wenn du nach Hause möchtest, will ich dich nicht aufhalten. Aber falls du eine Auszeit brauchst, biete ich sie dir.«

»Es ist nicht so, als wollte ich nicht bleiben, aber –«

»Ich kann's kaum erwarten, deine nächste Ausrede in Grund und Boden zu argumentieren.«

»Keine Ausrede – eine Frage.«

»Warum ich will, dass du bleibst?«

»Ganz genau.«

»Du bist der Einzige, der versteht, wie es mir geht. Theos Familie trauert mehr als wir, keine Frage. Aber wir haben ihn auch verloren. Und manche Leute scheinen sich tatsächlich zu wundern, warum ich nicht langsam darüber weg bin. Keine Ahnung, ob es dir auch so geht. Eigentlich könnte ich auch auf alle diese Leute scheißen. Ich habe absolut nicht die Absicht, Theo jemals zu vergessen. Wenn jetzt ein Dschinn auftauchen und mich fragen würde: ›Hey, willst du mit einem Wunsch deinen Schmerz ein für alle Mal loswerden und vergessen, dass Theo jemals existiert hat?‹, würde ich mir vermutlich zwei Dinge wünschen und dem Dschinn dann einen Tritt in die Eier geben, weil er so was Dummes gesagt hat.«

»Du würdest deinen dritten Wunsch nicht verwenden?«, fragt Jackson.

Ich schüttle den Kopf. Würde ich sowieso nie. Falls ich nicht aus irgendeinem Grund die doppelte Anzahl – also insgesamt sechs Wünsche – bekäme. Selbst wenn ich mich dann für den Rest meines Lebens mit diesem beknackten Dschinn rumschlagen müsste. »Was ich sagen will: Du verstehst mich, ich verstehe dich. Ich glaube, wir können uns gegenseitig durch diese Phase helfen. Noch besser sogar, ich glaube, wir können uns gegenseitig dabei helfen, wieder ganz zu werden. Bist du dabei?«

Im kalten Licht der Straßenlaterne wirkt Jacksons Lächeln unsicher. »Ich wäre ja dumm, wenn ich mir diese Chance entgehen ließe. Stimmt schon, nach Hause zu kommen wäre richtig schlimm. Wahrscheinlich würde ich mich einfach nur alleine fühlen und Theo überall sehen.« Er hält inne. »Bist du dir ganz sicher?«

Auch ich sehe dich überall. Mit Jackson über dich zu sprechen, könnte den Schmerz aber vielleicht etwas erträglicher machen. Auf alle Fälle wäre ich weniger alleine.

»Ganz sicher.«

Meine Wohnung liegt näher, also gehen wir direkt dahin. Sein Zeug holen wir morgen, wenn ich mit der Schule fertig bin. Kurz vor meinem Haus sage ich leise: »Mir tut das alles leid.«

MONTAG, 28. NOVEMBER 2016

Jackson kann auch nicht schlafen. Deine Beerdigung ist mittlerweile eine Woche her, also kann man das wohl nicht länger auf den Zeitunterschied schieben. Niemand kann schlafen, denn du hältst uns alle wach: mich, Jackson, deine Mom, deinen Dad, deine Schwester, vermutlich auch Wade. Es ist sechs Uhr morgens und obwohl ich wenigstens noch einen Powernap einschieben sollte, bevor ich mich für die Schule fertig machen muss, sitzen Jackson und ich am Fenster und beobachten ein Flugzeug, das über den dunklen Himmel gleitet.

»Jetzt ist es schon über zwei Wochen her«, sage ich. Zwei Wochen, seit du nicht mehr da bist.

»Ich weiß«, sagt Jackson. Er steht auf, um sich auf der Luftmatratze auszustrecken.

Währenddessen beobachte ich weiter das Flugzeug. Jackson sollte jetzt am Flughafen sein und auf seinen Acht-Uhr-Flug warten, der ihm drei Stunden mehr Lebenszeit einbringen würde. Stattdessen ist er hier, damit ich mit ihm reden kann. Im Gegensatz zu dir antwortet er mir auch.

Dad hält direkt vor deinem Haus. Ich sage Jackson, dass wir uns nach der Schule wiedertreffen. Er ist hundemüde. Natürlich habe ich darüber nachgedacht, ihn in meinem Zimmer bleiben zu lassen, schließlich bin ich kein Unmensch. Aber da drin ist all unser Kram, Theo. Nicht dass ich Jackson für einen Dieb halte. Gestohlen hat er mir nur dich und du gehörtest mir nicht. Aber er soll in meiner Abwesenheit nicht deine oder meine Sachen anfassen, sich nicht unsere Geschichte zusammenreimen, ohne dass ich sie ihm erklären kann.

Nachdem wir Jackson abgesetzt haben, herrscht Totenstille im Auto. Wenn Dad nach der zweiten roten Ampel immer noch nichts gesagt hat, mache ich mir Musik an. Zack, da ist sie schon. Ich stöpsle meine Kopfhörer ein und wähle Lily Allens Cover von *Somewhere Only We Know* aus. Aber Dad fängt meinen Blick im Spiegel ein und fragt: »Wie gut kennst du Jackson?«

Mir ist nicht ganz klar, wie ich seinen seltsamen Tonfall deuten soll. »Ich weiß, dass Theo ihm vertraut hat«, sage ich und ziehe die Kopfhörer aus den Ohren. »Und ich vertrau ihm auch.«

»Wie alt ist er?«

»Achtzehn.« Bis Donnerstag zumindest. Dann wird er neunzehn.

Du wirst nie neunzehn. Du hängst fest.

Jetzt öffnen sich die Schleusen und Dad legt los: Es war falsch von mir, Jackson zum Bleiben zu ermutigen, falsch, Jackson bei mir übernachten zu lassen, vor allem ohne das mit ihm oder Mom abzusprechen. Falsch auch, letzte Nacht so spät noch im Park herumzustreunen, besonders, weil dort zurzeit weniger Polizei auf Streife ist (keine Ahnung, woher er diese Info hat). Es war und *ist* falsch von mir, so irrational zu handeln.

»Ich weiß ja, dass du Theo vermisst, aber –«

An dieser Stelle setze ich meine Kopfhörer wieder ein und drehe den Song richtig auf.

Heute hat sich mal wieder ein Zombie in meinem Hirn breitgemacht (leider keiner der Zombiepiraten, die uns bekanntlich eines Tages beherrschen werden).

So ein Zombie-Dasein ist für mein Highschool-Ich eigentlich nichts Neues. Immer wieder gab es diese hirntoten Tage, nach durchlernten Nächten. Oder nach durchzockten. Oder nachdem wir beide ewig telefoniert hatten. An diesen Tagen schlurfte ich zombiemäßig durch die Flure, ohne die geringste Chance, irgendeinen Test zu bestehen oder wenigstens eine gute Ausrede parat zu haben, warum ich die Hausaufgaben nicht gemacht hatte. Während du natürlich in Topform warst. Jetzt bin ich jedoch ein anderer Zombie: einer, der alles verloren hat – sein Hirn, sein Herz, sein Licht, sein Ziel. So wandert er über die Erde – stößt hier gegen, fällt da drüber –, immer weiter und weiter. Das ist das Leben nach dem Tod.

Heute bin ich der Zombie, der vor deinem alten Spind

steht, als wäre er der Eingang zu einem unterirdischen Bunker, in dem ich dich lebend wiederfinde.

Doch ich weiß es besser.

Du bist tot und ich bin – auf die schlimmste Art – am Leben.

Ich komme vor Jacksons Taxi zu Hause an. Klar kann ich ihn nicht jeden Tag rauswerfen, sobald ich zur Schule muss, aber ich kann dich auch schlecht verstecken, oder? Ratlos schaue ich mich um. Alle Sachen, die sehr persönlich sind, könnte ich in einen Karton packen. Zum Beispiel die Briefe, die du mir jeden Monat zu unserem Endlich-zusammen-Tag geschrieben hast. Oder die Zeichnung, die ich von dir zur Feier unseres einmonatigen Sex-Jubiläums bekam. So großzügig, wie du uns beide ausgestattet hast, ist sie einerseits zu lustig, um sie nicht einzurahmen, aber andererseits zu intim zum Herumzeigen. Tatsächlich gibt es eine Menge kleiner Dinge, die ich nie jemandem zeigen würde, ganz besonders nicht Jackson. Vielleicht früher, als ich ihn noch eifersüchtig machen wollte, aber jetzt nicht mehr. Ich muss ihm nicht alle Details unserer Geschichte unter die Nase reiben.

Zum Glück ist keiner zu Hause. Ich packe alles in einen Karton und klebe ihn zu. Ohne übertrieben misstrauisch sein zu wollen, halte ich es für keine gute Idee, die Sachen in meinem Schrank zu lagern. Schließlich soll Jackson sich daraus bedienen, wenn er neue Bettwäsche braucht oder so. Also trage ich die Kiste zum Schrank im Flur. Als ich ihn öffne, fällt mir sofort ein Schuhkarton ins Auge: Darin sind Dinge, die ich ein paar Tage nach deinem Tod aus meinem Zimmer entfernt habe. Da haben sie auch weiterhin nichts zu suchen, also stelle ich den neuen Karton obendrauf und schließe die Schranktür.

Jackson schreibt mir, dass er jeden Moment da ist. Als ich ihm entgegengehe, steigt er gerade mit nichts als einer Sporttasche und einem kleinen Rucksack aus dem Taxi. Ich hätte einen fetten Rollkoffer erwartet, aber warum, weiß ich auch nicht. Jackson ist schließlich nicht viel älter als ich und wollte ursprünglich ja nur ein paar Tage bleiben.

Auf dem Weg nach oben erzählt er mir, wie befremdet deine Eltern auf unsere Planänderung reagiert haben. Vielleicht misstrauen sie mir, aber das kann ich mir eigentlich nicht vorstellen. Denn meine gefährlichste Eigenschaft – meine Fähigkeit zu lügen – habe ich erst nach unserer Trennung entwickelt.

Aber ich schraube das Lügen schon runter – im Ernst. Schonungslos ehrlich zu sein, gibt mir ein Gefühl von Freiheit, das ich so noch nicht kannte. Vielleicht fanden deine Eltern es aber auch nur seltsam, weil kein Mensch gedacht hätte, dass Jackson und ich ... *zueinanderfinden* klingt zu romantisch und *Freunde werden* wäre auch zu viel gesagt. Du hättest bestimmt den passenden Begriff parat. Was auch immer da zwischen Jackson und mir passiert, es passiert unerwartet. Und egal, welche Bedenken deine Eltern auch gehegt haben mögen, letzten Endes haben sie ihn nicht eingeladen, bei euch zu bleiben. Hier ist er also.

»Was haben *deine* Eltern dazu gesagt?«, frage ich.

»Mein Vater besorgt mir einfach ein neues Ticket, sobald ich es brauche. Meine Mutter findet es natürlich nicht so prickelnd, dass ich den Rest des Semesters verpasse, aber sie vertraut darauf, dass ich weiß, was gut für mich ist«, antwortet er und lässt sein Gepäck neben meinen Schreibtisch auf den Boden fallen.

Ich zucke die Schultern. »Ich wünschte, bei mir wäre es so glimpflich abgelaufen. Mir hat mein Dad auf dem Weg zur Schule erst mal eine Standpauke gehalten.« Ich schaue meine Klamotten durch und suche Hemden, T-Shirts, Jeans und Unterhosen für Jackson raus.

»Stimmt, Gregor schien nicht so erfreut zu sein, dass ich länger bei euch bleibe.«

»Es geht ihm eher darum, dass ich das nicht mit ihm abgesprochen habe. Egal.« Ich reiche Jackson die Klamotten. Wahrscheinlich sind es mehr, als er braucht, jedenfalls genug, um eine Schublade damit zu füllen, wenn ich eine für ihn ausräumen würde. Ich lasse mich aufs Bett fallen und werfe ihm die Fernbedienung zu. »Mein Schläfchen in Algebra wurde unterbrochen, also mach ich mal für ein paar Minuten die Augen zu. Du kannst dir gerne irgendetwas anschauen oder lesen oder schlafen. Dir fällt bestimmt was ein, schließlich bist du fast neunzehn.«

»Danke«, sagt Jackson leise.

Vielleicht sollte ich ihn fragen, ob es ihm gut geht, aber du weißt, wie ich kurz vorm Einschlafen drauf bin: Halb höre ich noch zu, halb bin ich schon im Traum und rede bloß noch wirres Zeug. Nicht der beste Zeitpunkt für die Art ernsthafter Unterhaltung, die Jackson vermutlich bräuchte. Mir fehlt sogar die Kraft, meine Kopfhörer einzustöpseln und deine Sprachnachricht anzuhören, aber die Stimmen aus dem Fernseher beruhigen mich ein bisschen. Seit deinem Tod habe ich ihn nicht angerührt. Menschen sollten nicht fernsehen, wenn jemand gestorben ist, den sie lieben. Beim Einschlafen fühle ich mich jetzt aber zurückversetzt in die Zeit gemeinsamer Fernsehabende. So viele Serienmarathons, verhasste Filme, geliebte Sendungen, Dokus, die uns wach gehalten, und Actionfilme, die uns gelangweilt haben. Und natürlich das Hintergrundgeflimmer, vor dem wir ungestört rummachen konnten. Oder mehr.

Verdammt traurig, dass du nicht neben mir liegst. Vor allem, weil du mir dann sagen könntest, ob ich jetzt völlig abdrehe und mir das bloß einbilde oder ob ich tatsächlich mit einem Lächeln auf den Lippen einschlafe.

Es fühlt sich sonderbar an, dass Jackson jetzt zu uns gehört, oder? Krumm geradezu. Nicht nur wegen der krummen Drei, sondern krumm krumm, unerwartet, abwegig. Es ist das, was du gewollt hättest, als du noch hier warst, um mit uns abzuhängen. Du kannst zusehen, wie Jackson und ich durch dich erwachsen werden. Ich hoffe, das klingt jetzt nicht, als bekämen wir durch deinen Tod unser Leben auf die Reihe; ich fand es furchtbar, als Jackson so was in der Richtung erwähnt hat und hasse mich selbst dafür, es gerade auch nur angedeutet zu haben. Wir drei essen heute jedenfalls ohne meine Eltern zu Abend, weil ich nach dieser Standpauke meines Dads noch etwas Abstand brauche. Es geht mir gehörig auf den Zeiger, mich wie ein unartiges Kind zu fühlen.

Außerdem hätte ich jetzt, da ich wieder ein Stück weit ich selbst bin, gerne ein bisschen Zeit mit Jackson alleine (abgesehen von dir natürlich). Genau genommen will ich wissen, warum er vorhin, als ich kurz vor dem Einschlafen war – bestes Nickerchen der Woche, übrigens –, so distanziert wirkte. Mit unseren Nudeltellern sitzen wir auf der Luftmatratze und er scrollt durch die Filmauswahl.

»Worauf hast du Lust?«

»Such du ruhig aus.«

Jackson stellt den zweiten Teil von *Terminator* an, aber nach zwanzig Minuten, in denen wir ständig unsere Sitzpositionen wechseln, ist ziemlich klar, dass wir beide nicht bei der Sache sind.

»Guckst du noch hin?«, frage ich ihn.

»Eigentlich nicht«, antwortet er.

»Weil es so schlecht ist?«

»Weil ich die ganze Zeit an Theo denken muss.«

»Sag mal, habe ich vorhin was Falsches gesagt?«

»Du hast meinen Geburtstag erwähnt. Theo und ich hatten schon einen perfekten Plan für diesen Tag. Wir wollten einen Surfkurs machen, dann zu dieser Ausstellung und zum Schluss einfach wieder an den Strand. Es ist merkwürdig, dass ich an meinem Geburtstag nicht zu Hause sein werde und dass er nicht da sein wird und ... ich weiß, immer dieselbe Leier.«

Ich schüttele den Kopf. »Zusammen klingen wir vermutlich wie ein Leier-Duett. Aber falls du dann noch hier bist, könntest du ja was mit deinen Schulfreundinnen unternehmen. Sie sollten bis dahin wieder in New York sein, oder? Dein Geburtstag wäre doch eine gute Gelegenheit, um sich endlich mal wieder zu treffen. Und wenn das nicht klappt, bin ich sonst auch noch da.«

Er seufzt. »Danke, Griffin. Ehrlich gesagt hatte ich Anika und Veronika gar nicht auf dem Schirm, aber ich meld mich mal bei ihnen. An dem Tag werde ich definitiv etwas Ablenkung brauchen.«

Kann ich gut verstehen. Selbst als du noch am Leben warst, fühlten sich gerade die besonderen Tage ohne dich falsch an. Ich musste dann mit Leuten vorliebnehmen, die mir nicht so sehr am Herzen lagen wie du. Das ist einfach nicht das Gleiche.

Zwei Wochen ist es her, dass du gestorben bist. Eine Woche, seit Jackson und ich unsere Trauerreden gehalten haben. Wie ich gesagt habe: sonderbar.

GESCHICHTE
MITTWOCH, 25. MÄRZ 2015

Ich glaube nicht, dass meine Ticks nur Ticks sind.

Es ist nicht bloß ein Tick, dass ich jetzt schon sehnsüchtig auf meinen Geburtstag im Mai warte, weil ich ab da endlich nicht mehr fünfzehn sein werde, volle dreihundertsechsundsechzig Tage lang nicht (Schaltjahr!). Es ist nicht bloß ein Tick, dass ich alles Schlechte im März darauf schiebe, dass er der dritte Monat im Jahr ist. Es ist nicht bloß ein Tick, dass ich eine angemessene Nahrungszufuhr zugunsten einer nicht krummen Anzahl von Mahlzeiten pro Tag aufs Spiel setze. Es ist nicht bloß ein Tick, dass ich frustriert bin, sobald ich im Kopf Beispiele aufzähle und nicht genug finde, um die Anzahl gerade zu machen.

Und bei den Zahlen hört es ja noch nicht auf. Wie magnetisch fühle ich mich von aller Leute linker Seite angezogen und weiß nicht, warum. Wenn andererseits jeder am rechten Ort ist und alle Zahlen ausgeglichen, dann geht es mir blendend. Auch die Sieben stört mich nicht so sehr, vielleicht, weil ich an einem Siebzehnten geboren bin. Oder auch nur, weil die Sieben halt schwer was draufhat. Was soll's. Vielleicht mache ich die ganze Sache größer, als sie eigentlich ist.

Vielleicht sind meine Ticks ja doch nur Ticks.

Und ich mache mich nur fertig, weil Theo sie zwar süß findet, aber nicht süß genug, um hierzubleiben.

Im Januar wurde er fürs Santa Monica College zugelassen.

Wir sitzen bei ihm im Wohnzimmer auf dem Boden, ich natürlich links neben ihm, während er das gerade eingetroffene Paket aus seinem neuen Zuhause aufmacht. Russell hält das Ganze mit der Handykamera fest, um es später seinem digitalen Ordner namens »Theos große Momente« hinzuzufügen. Theo packt ein Santa-Monica-College-Basecap, ein SMC-Shirt und einen SMC-Pulli aus.

Die in mir aufsteigende Panik hat aber nichts damit zu tun, dass Theo drei Sachen aus dem Paket gezogen hat. Unsinn. Ich weiß schon, warum ich gerade kaum Luft bekomme: weil jedes Mal, wenn ich denke, dass Theo sich vielleicht doch noch umentscheiden und ein weiteres Jahr hier in New York bleiben könnte, so was wie das hier auftaucht – eine E-Mail, ein Brief, ein Luftpolsterumschlag oder eben so eine Goodie-Box. Mit einem Fuß ist er schon aus der Tür.

Theo setzt das Basecap auf und zwinkert mir zu. »Diese SMC-Nasen wissen ganz genau, wie sie einen Jungen verführen können.«

Idee für ein Paralleluniversum: Theo und ich leben in einem riesigen Haus voller Basecaps, denn damit er bleibt, schenke ich ihm jeden Tag ein neues.

Vielleicht erwarte ich zu viel von meinem Geburtstag. In ein paar Stunden ist er schon wieder vorbei und war nicht das unvergessliche Erlebnis, auf das hin ich die Tage gezählt habe. Obwohl doch alle richtigen Zutaten am richtigen Platz waren: Nachdem ich zu einem nur für meine Augen bestimmten Video von Oben-ohne-Theo aufgewacht bin, haben meine Eltern mir dreihundertfünfzig Dollar geschenkt (von denen ich zehn Dollar als Trinkgeld fürs Auf-die-Welt-Bringen, eigentlich aber zugunsten der geraderen Zahl zurückschenkte), und bis gerade habe ich im *Bonus*, wo Theo und ich uns ja das erste Mal geküsst haben, mit ihm und Wade erst ein paar Runden Flipper, dann ein paar Runden Airhockey gespielt. Auch die Geschenke waren bisher top. Dabei ist Theos noch gar nicht dabei. Aktuell ist mein liebstes der Cedric-Diggory-Schlüsselanhänger von Wade.

Jetzt spaziere ich mit diesem den *Star Wars*-Titelsong pfeifenden Typen, den ich aufrichtig liebe, Hand in Hand über den Union Square.

Und kann an nichts anderes denken, als dass Theo im Herbst nicht mehr da sein wird.

Ich werde ihn weder am ersten Schultag bei mir haben noch während der Spaziergänge im September, es wird kein Pärchenkostüm an Halloween geben, kein gemeinsames Lernen für die Zwischenprüfungen im November, im Dezember werden wir nicht einhellig dem Vorweihnachtsirrsinn verfallen und werden weder seinen Geburtstag zusammen feiern noch meinen *nächstes* Jahr. All diese Tage, genau wie sämtliche kleinen und großen Momente dazwischen, werden uns fehlen, sobald er weg ist. Noch habe ich ihn bei mir und bekomme doch kein Lächeln zustande, das sich nicht wie eine Lüge anfühlt. Aber lügen kann ich, wenn ihn das glücklich macht.

»Das war der Wahnsinn heute«, sage ich. »Danke, Theo.«

Theo hat sich höchstpersönlich um meinen Geburtstag gekümmert. Keine Ahnung, ob aus Liebe oder aus Schuldgefühl wegen der College-Sache – so oder so hat er sich für den Job gemeldet und ihn durchgezogen. Ich hatte meine Zweifel, denn viele seiner Abende und Wochenenden gingen in letzter Zeit für neue Computerprogramme drauf, die er an der SMC brauchen wird. Ich muss mir ab und zu ins Gedächtnis rufen, dass er nicht immer sein Hirn über sein Herz stellt. Und noch wichtiger: dass es nicht unbedingt schlecht ist, wenn er es doch tut.

Er steuert die nächste Bank an. Wir setzen uns und sehen zwei Frauen zu, die in der Nähe auf Getränkekästen Schach spielen.

»Also, Griffin«, beginnt er.

»Was ist los?« Das fühlt sich jetzt schon nicht gut an.

»Ich kenne dich«, sagt Theo. »Und zwar ... ziemlich gut. Seit fast einem Jahr sind wir jetzt zusammen und seit 'ner Ewigkeit befreundet. Seit der Fünften. Ich weiß, dass was los ist. Du solltest mit mir reden können, wenn was los ist. Wenn nicht, dann taucht die Problempartner-Patrouille bei mir auf und verpasst mir 'nen Strafpunkt.«

»Was passiert bei zu vielen Strafpunkten?«

»Ein Monat Sex- und Masturbationsentzug. Also hilf mir!«, fleht Theo. »Dir geht es nicht gut, hab ich recht?«

Ich halte meinen Blick auf das Schachbrett gerichtet, auf die vollkommen gerade Anzahl Quadrate. »Ich werde dich vermissen«, sage ich, und das ist die Wahrheit. »Ich weiß, dass wir uns noch den ganzen Sommer über haben, aber was passiert, wenn du nach Kalifornien gezogen bist? Sehen wir uns dann nur noch an Thanksgiving und so?«

»Reicht dir das nicht?«

»Ich habe Angst, dass es *dir* nicht reichen wird«, gebe ich zu. »Du wirst einen Kerl oder ein Mädel kennenlernen und, ja, zu Anfang seid ihr vielleicht nur Freunde, aber irgendwann vermisst du jemanden zum Anfassen. Ich glaube nicht, dass Skype-Griffin dir reichen wird.«

»Wird Skype-Griffin Skype-Theo denn lieben? Ich rate es ihm, denn Skype-Theo hat vor, Skype-Griffin in Grund und Boden zu lieben, egal, ob er ihn küssen kann oder nicht.«

Er hat mich zum Lächeln gebracht. Zum Teufel mit allen Gegnern von Zuneigungsbekundungen in der Öffentlichkeit, ich muss jetzt meine Küsse kriegen, bevor ich zu Skype-Griffin werde.

»Besser?«, fragt er.

»Tut mir leid, dass ich nicht schon eher was gesagt habe.«

»Schon gut. Vergiss nur nicht die Arschlöcher von der Problemfreund-Patrouille, die einen Siebzehnjährigen mit süßem Freund glatt zum Zölibat verdonnern würden.« Theo zieht sein Handy aus der Tasche. »Apropos. Wird wohl langsam Zeit, dass ich dir dein Geschenk überreiche. Es ist noch nicht fertig, aber ich habe die feste Absicht, es zu vollenden, versprochen.«

Er öffnet ein Video und drückt auf PLAY. Eine Animation. Von einem Zwang Greife, die quer durchs Bild fliegen. Und der eine mit den Federn in meinem Lieblingsblau schießt von der rechten Seite auf die linke. Die Story von einem Greif, der auf die linke Seite dreier anderer wechselt, würde für niemanden sonst einen Sinn ergeben, aber mir bedeutet sie alles. Sie bedeutet, dass Theo ganz genau achtgibt, wie ich mich bewege, was meine Lieblingsfarbe ist. Das

Video dauert nur vierzehn Sekunden und zählt wohl eher als Clip, aber ich weiß, wie viel Zeit in nur einem Frame steckt, und diese Zeit hat er sich genommen, um sie mir zu schenken. Dieser Clip bedeutet, dass mein Lieblingsmensch mich liebt.

»Ich schwöre, dass noch was dazukommt«, sagt Theo, der sich vermutlich gerade beschissen fühlt, weil ich ihn ohne ein Wort des Dankes anstarre. »Hab auch schon ein paar Ideen, will aber nicht spoilern. Gefällt es dir?«

Ich falle ihm um den Hals und lasse ums Verrecken nicht mehr los.

SAMSTAG, 27. JUNI 2015

Wir verbringen den Vormittag mit dem Füttern und Taufen von Enten (Daffy, das Arschloch, wollte nicht teilen) und den Nachmittag mit Eis an der High Line. Jetzt trete ich hinter Theo über die Schwelle, während seine Familie, meine Eltern und Wade im Chor rufen: »Überraschung!«

Er dreht sich zu mir um und ich boxe ihm spielerisch gegen die Brust. »Überraschung, Theo.«

»Ich bin überwältigt«, sagt er ins Zimmer. »Gute Arbeit, Leute.«

»Das ist eine Überraschungsparty!«, ruft Denise und grinst so breit, dass ich die Zahnlücke in der unteren Reihe sehen kann, wo beim letzten Mal noch ein Wackelkandidat saß.

»Du, kleine Lady, bist ein Genie«, sagt Theo. »Aber warum bekomme ich eine Überraschungsparty?«

Seine Mutter zieht ihn schwungvoll in die Arme und

schaukelt ihn hin und her. »Das ist deine Abschlussparty. Griffins Idee.«

Theo tritt einen Schritt zurück und sieht mich an.

»Wär doch blöd, wenn du erst in vier Jahren eine bekämst«, sage ich.

Er klatscht mit Nachdruck in die Hände. »Ich muss euch jetzt alle bitten, schnellstmöglich zu verschwinden, damit ich die Bude mit meinem Freund hier allein habe.« Unsere Eltern kichern verlegen und Mom wird sogar ein bisschen rot. »Und bitte lasst die Geschenke hier.« Er sieht sich um. »Moment mal, es gibt gar keine Geschenke? Neue Mission! Bitte geht los, kauft mir was Nettes und kommt in ein paar Stunden wieder. Vielen Dank.«

Keiner bewegt sich vom Fleck.

Stattdessen bieten Theos Eltern ihm zur Feier des Tages einen Schluck Wein an und tun allen Ernstes so, als wäre es sein erster, doch Theo lehnt dankend ab, als er den grünen Doktorhut in meiner Hand sieht, den ich Anfang des Monats einem aus der Zwölften abgekauft habe. Theatralisch senkt er den Kopf und lässt sich von mir krönen. Daraufhin stellen alle ihre Gläser ab und machen Fotos von Doktor Theo. Russell stellt unser Dreierteam für ein, wie er es nennt, »Familienfoto« auf. Und ich frage mich natürlich sofort, wie viel von dieser Familie noch übrig bleiben wird, sobald nur noch Wade und ich in der gleichen Stadt wohnen. Zurzeit sind wir aber so dicke wie nie seit Theos und meinem Coming-out.

»Du kannst Gedanken lesen«, sagt Theo.

»Na ja«, wiegle ich ab. »Zwischen Gehen und Bleiben hast du ja unter anderem deswegen so geschwankt, weil deine Abschlussfeier auf dem Spiel stand. Du wolltest schließlich deine Lorbeeren ernten.«

»Und jetzt sage ich Tschüs und Auf Wiedersehen, bevor unsere geliebte Highschool mich zum Jahrgangsbesten erklären kann«, sagt Theo, als wäre der um ein Jahr frühere Abschluss nicht die viel größere Auszeichnung. »Sicher kriegt jetzt Suzanne Banks den Titel. Na ja, in meinem Herzen wird sie immer Zweitbeste bleiben.«

»Schau mal auf deinem Kopfkissen nach.«

»Liegt da was?«

»Wenn Wade sein Versprechen gehalten hat, dann ja.«

»Alles an Ort und Stelle«, sagt Wade.

Er und ich folgen Theo in sein Zimmer, wo er begierig das von mir ausgestellte Zeugnis zur Hand nimmt.

THEODORE DANIEL MCINTYRE
JAHRGANGSBESTER UND
GEILSTER TYP DES UNIVERSUMS

GEGENWART
1. DEZEMBER 2016

Sobald Jackson das Telefonat mit seiner Mutter beendet, werde ich ihm zum Geburtstag gratulieren. In Santa Monica ist es gerade mal fünf Uhr morgens, aber es überrascht mich nicht, dass Ms. Lane die Art Mutter ist, die so früh aufsteht, um ihren Sohn am Geburtstag anzurufen. Dennoch bin ich beeindruckt, dass sie mir zuvorgekommen ist, obwohl mich nicht mal zwei Meter von ihm trennen.

Ich setze mich auf und führe mir vor Augen, dass dieser Dezember mit ein paar ersten Malen beginnt: der erste Monatsanfang, an dem du nicht am Leben bist, was bedeutet, dass ein ganzer Monat ohne dich vor uns liegt. Jacksons erster Geburtstag in New York, ohne seine Eltern. Der erste Tag schneefrei in diesem Winter – eine Nachricht, die wir gestern nur zu gerne vom Schulsekretariat entgegengenommen haben, obwohl ich Schneestürme hasse.

Okay, ähm, ich brauche ein viertes erstes Mal ...

Ganz ruhig.

Theo, ich habe hier ein kleines Problem. Kannst du mir kurz helfen? Du warst immer so gut darin, meine Welt wieder geradezurücken. Ich versuche mir vorzustellen, was du jetzt sagen würdest. Sehe mich im Zimmer um. Du meintest

197

immer, das wäre ein guter Anfang. Meistens hast du mich irgendwie vor der Paniklawine gerettet – jetzt gerade aber donnert sie durch mich hindurch. Keine Ahnung, ob ich mir das einbilde, aber mein Herz schlägt schneller als sonst. Mir muss dringend etwas einfallen. Das ist, wie wenn peinliches Schweigen herrscht und es besser wäre, wenn jemand einfach irgendwas sagen würde, egal was.

Ich hab's! Heute ist das erste Mal, dass ich mit Jackson im Schnee spielen werde – als eine Art Geburtstagsgeschenk.

Mist. Du hättest mich daran erinnern sollen, dass ich nachher auch zum ersten Mal Jacksons Freundinnen treffe. Du weißt doch, dass wir zusammen essen gehen wollen. Das ist also das fünfte erste Mal – und geht mir nicht mehr aus dem Kopf. Jetzt brauche ich Nummer sechs. Wenn mir danach noch ein siebtes einfällt, bin ich echt gut, dann brauche ich noch ein achtes und, wow, wenn ich erst mal so weit bin, dann habe ich fast zehn erste Male heute. Diesen Rekord aufzustellen, ist schon verlockend.

Ich pack das nicht.

Mein Herz rast, das Atmen fällt mir schwer, der Hals ist wie zugeschnürt und meine Fingernägel führen Krieg gegen meine Handflächen.

Das Handy zwischen Ohr und Schulter geklemmt, ist Jackson eigentlich gerade dabei, seine zweite Socke anzuziehen. Er hält jedoch inne, hat gemerkt, dass etwas nicht stimmt. Lautlos fragt er mich, ob alles okay wäre.

»Bitte zieh deine andere Socke an«, flehe ich.

»Du, Mom, ich ruf dich zurück.« Jackson legt auf und kommt fast im selben Augenblick meiner Bitte nach. Fast so dringend wie ein sechstes erstes Mal brauche ich die Symmetrie zweier Socken.

Mein Kopf glüht, vielleicht tut er das schon seit einer

Weile. Ich weiß es nicht, ich weiß es einfach nicht. Ich brenne, die Hitze breitet sich aus, in die Schultern, in die Ellbogen, in die Handgelenke, in die Oberschenkel, in die Knie, in die Zehen. Ich will mir die Klamotten vom Leib reißen und in Tränen ausbrechen, denn ich kann mich nicht darauf konzentrieren, was ich eigentlich brauche, nämlich das nächste und letzte erste Mal. Stattdessen kann ich nur daran denken, dass du nicht hier bist, um mir zu helfen, und dass Jackson nie verstehen wird, was in meinem Kopf vor sich geht, wie es ist, machtlos gegen diese Impulse zu sein.

Mit beiden Socken an den Füßen hockt sich Jackson so behutsam neben mich, als hätte ich einen Sprengstoffgürtel um und könnte jeden Augenblick explodieren.

»Griffin, was ist los?« Er wechselt auf meine rechte Seite. »Ist das so ein Rechts-links-Ding?«

Da habe ich Nummer sechs: Heute lasse ich mir zum ersten Mal von Jackson dabei helfen, wieder klarzukommen. Bei der Trauerbewältigung hilft er mir ja schon, aber wenn es um meine Zwänge ging, habe ich ihn bisher abgeblockt.

Du kanntest meine Zwänge, fast von Anfang an, warst für mich da und ich konnte mich immer an dich wenden. Es ist schwierig, etwas zu beherrschen, von dem man beherrscht wird. Niemand versteht das, aber es tut gut, jemanden an sich heranzulassen, der es versucht.

»Geht schon.« Ich wische mir mit dem Handrücken die Stirn ab. »Ich hab mich in meinen Gedanken verheddert.«

»War es denn ein Rechts-links-Ding? Wie kann ich dir nächstes Mal helfen?«

Seine fürsorgliche Art erinnert mich an dich. »Es war ein Zahlen-Ding. Lass uns nicht weiter darüber reden, ich hab schon genug Zeit in meinem Kopf verbracht.« So ist das wohl, wenn man ein Gehirn hat, das sich wie ein Karussell verhält. Natürlich weiß ich, dass eigentlich die Gedanken umherschwirren. Aber in meinem Kopf geht eine Menge vor sich, was ich nicht verstehe und vielleicht nie verstehen werde – und es fällt mir schwer zu glauben, dass mein Gehirn dieses fleischige Etwas sein soll, das hübsch an seinem Platz bleibt und sich benimmt wie andere Gehirne.

»Das tut mir leid«, sagt Jackson.

»Ist ja nicht deine Schuld«, lüge ich. Eigentlich hat er das Ganze ja schon irgendwie ins Rollen gebracht, aber das kann ich ihm schlecht erzählen.

Oft habe ich mir ein angenehmeres Leben in Paralleluniversen ausgemalt, in denen Jackson von der Bildfläche verschwindet oder in denen er gar nicht erst existiert, aber ich hätte nie damit gerechnet, in einem Universum zu leben, in dem ich Jackson als willkommene und hilfreiche Zugabe zu meinem Leben betrachte. Nie hätte ich ein Universum vorhergesagt, in dem ich sogar Rücksicht auf seine Gefühle nehme.

Ich stehe auf und schaue aus dem Fenster. Der Sturm ist in vollem Gange und der Schnee soll heute Abend einen Meter zwanzig hoch liegen. Bis Sonntag könnten es eins achtzig werden. »Willst du immer noch einen Tag im Schnee?«

»Na klar«, sagt er. »Ich will meinen Eltern Fotos davon schicken.«

Ich könnte wetten, Jacksons Vater ruft nicht vor Mittag an, aber hoffentlich täusche ich mich. Bis dahin schieben wir es mal auf die Arbeit. Vielleicht ist er ja gerade in der Luft und kann einfach nicht. Vielleicht überrascht er seinen Sohn auch mit einem spontanen Besuch in New York. Allerdings habe ich da so meine Zweifel. Und Jackson rechnet hoffentlich auch nicht damit.

»Es ist dein Tag«, sage ich. Wir müssen warten, bis es nicht mehr so stark schneit, aber dann gehen wir auf jeden Fall raus. »Und was ist mit Anika und Veronika?«

»Würde mich wundern, wenn das tatsächlich was wird«, sagt Jackson und starrt aus dem Fenster, als wäre das der letzte Schnee auf Erden. »Veronika findet eh immer irgendeine Ausrede. Sie hasst es, aus dem Haus zu gehen. Hundertpro geht sie bei diesem Wetter hier erst recht nirgendwohin!«

»Jetzt verstehe ich, dass Theo und du an diesem Abend nicht zu spät kommen durftet, als er dir den Park zeigen wollte.« Ich halte es übrigens für ziemlich reif von mir, das anzusprechen. Du schuldest mir ein High five.

»Genau«, sagt Jackson.

»Wir sollten für alle Fälle einen Back-up-Plan haben.« Inzwischen versucht mein Herz übrigens nicht mehr, sich durch meinen Brustkorb zu ballern. Jackson zu helfen, rettet mich vor meinem Kopf. »Stell's dir als Schlechtwetter-Alternative für deine eh schon Schlechtwetter-Pläne vor. Was würdest du denn sonst noch gerne machen? Etwas, das du nur in New York tun kannst?«

»Theo hat oft die High Line erwähnt«, antwortet Jackson.

Damit er nicht sieht, dass ich rot werde, trete ich vom Fenster zurück. Ich werde doch rot, oder? Mir steigt auf jeden Fall schon wieder die Hitze ins Gesicht. Ich frage mich, ob du auch mich erwähnt hast, wenn du von der High Line gesprochen hast, ob du ihm erzählt hast, wie wir Limonade kaufen waren und uns über die Eisverkäuferin amüsiert haben, die immer heimlich genascht hat, wenn sie sich unbeobachtet fühlte. Vermutlich hast du ihm verschwiegen, dass wir uns meistens an den Händen hielten und uns Geschichten über die Leute ausdachten, die wir in ihren Büros beim

Arbeiten beobachten konnten. Vielleicht hast du mich sogar komplett rausgelassen, um ihn nicht zu verletzen.

»Wenn die Mädels dich versetzen, gehen wir auf die High Line«, verspreche ich. Ist eine Weile her, dass ich dort war. »Übrigens, Jackson?«

»Ja?«

»Alles Gute zum Geburtstag!«

Endlich löst Jackson seinen Blick von der Aussicht und lächelt. Die Traurigkeit in seinem Lächeln lässt sich nicht leugnen, als hätte er gehofft, durch irgendein Wunder plötzlich dich zu sehen. Aber wenn jemand trauert, ist jedes aufrichtige Lächeln ein kleiner Sieg.

»Danke, Griffin.«

Eigentlich möchte ich nicht in deinem Namen sprechen, aber ich weiß, du fühlst dich besser, wenn das Universum deine Worte hören kann. »Und herzlichen Glückwunsch auch von Theo.«

Jackson ist überrascht, aber er lächelt noch immer – nicht glücklicher, aber auch nicht trauriger. Manchmal kann auch Neutralität ein Sieg sein.

»Gibt es ein kälteres Wort für eiskalt?«, fragt Jackson, von Kopf bis Fuß eingehüllt in Dads Mantel, Mütze, Handschuhe und den Schal, den ich ihm aufgedrängt habe.

»Scheißkalt?«

Jackson nickt. »Es ist scheißkalt. Ich denke, ich möchte doch lieber keinen Schneemann mehr als Freund.«

Dessen unterste Kugel streiche ich gerade glatt. »Nope, kneifen gilt nicht. Wir haben nicht so hart an seinem Arsch gearbeitet, um jetzt aufzugeben.«

»Vielleicht sollten wir eine Schneefrau draus machen«, schlägt Jackson mit klappernden Zähnen vor. »Sonst sieht man Schneefrauen nur, wenn sie für eine Schneefamilie mit Kindern gebraucht werden. Aber wenn es um nur eine Schneeperson geht, bauen alle immer Schneemänner.«

»Wow, eine emanzipierte Schneefrau! Irgendeine Schneeperson wird einst Gedichte über dich schreiben«, sage ich, nehme ein bisschen Schnee und forme die Brüste unserer Schneefrau. »Das war übrigens ein echter Theo-Gedanke von dir. Er und ich haben nicht viel zusammen im Schnee gespielt – das ist normalerweise nicht so mein Ding –, aber wenn wir's gemacht hätten, dann wäre Theo bestimmt auch auf die glorreiche Idee mit der Schneefrau gekommen.«

»Ich könnte mir kein besseres Vorbild wünschen«, übertönt Jackson das Heulen des Windes. Dabei lächelt er nicht.

Wir bauen und bauen und halten uns gegenseitig davon ab, eine Aufwärmpause zu machen, weil es zu grausam wäre, danach wieder rauszukommen. Die Brüste der Schneefrau sehen eher wie Eistüten aus, aber ich lasse sie so und mache lieber mit dem Kopf weiter. Schließlich sind Jackson und ich nicht besonders auf Brüste fixiert. Leider hat der Kopf nicht das richtige Verhältnis zum Oberkörper und der nicht zu ihrer Beinkugel. Aber was soll's.

»Sie braucht ein Gesicht«, bemerkt Jackson.

Aus zwei Gründen fühle ich mich schuldig. Zunächst einmal hätte ich das hier mit dir tun sollen, statt es in dem Glauben zu verschieben, wir hätten noch alle Zeit der Welt, sobald wir erst wieder zusammen wären. Außerdem fühle ich mich schuldig, weil ich niemals so großen Spaß daran gehabt hätte wie Jackson.

»Ich finde eins für sie«, sage ich mit klappernden Zähnen. Ehrlich gesagt freue ich mich, kurz aus dem nassen Schnee rauszukommen und ein bisschen durch die Gegend zu stromern. Aus einem Mülleimer fische ich ein paar Utensilien, mit denen man unserer Schneelady ein Gesicht verpassen könnte. Zufrieden breite ich meine bunte Müllkollektion vor ihr aus. Jackson greift sofort nach der grünen Glasscherbe einer zerbrochenen Heineken-Flasche und fragt: »Ernsthaft? Willst du sie damit erstechen?«

»Im Gegenteil.« Ich nehme ihm das Stück Glas ab und schenke der Schneefrau ihr – zugegeben – etwas schiefes Lächeln.

»Nicht schlecht«, gibt Jackson zu.

»Du solltest ein bisschen mehr Vertrauen in mein Vorstellungsvermögen haben.«

Den verdreckten grünen Schraubverschluss einer Wasserflasche verwendet Jackson als Nase und ich leere eine Popcorntüte aus, benutze das Popcorn für zwei Augenhäufchen und die Tüte als ziemlich platte Frisur.

»Wunderschön«, sagt Jackson mit einem leisen Lachen.

»Wunderschön dafür, dass sie aus Schnee und Müll besteht.«

»Tja, daten würde ich sie nicht«, meint Jackson.

»Nicht dein Typ?«

»Ich steh halt auf Schneefrauen mit Karottennasen und Vanillewaffelaugen.«

Ich bin überrascht, als ich mich lachen höre. Aber ich tue es. Vermutlich werde ich die Schneefrau nicht wahnsinnig vermissen, wenn von ihr bald nur noch eine Pfütze übrig ist, in der ein bisschen Popcorn schwimmt – die Glasscherbe schmeiße ich natürlich noch weg, bevor ich sie abserviere –, aber das hier war eine schöne Atempause. Obwohl Jackson natürlich auch tief in der Geschichte drinsteckt, ist er für mich vielleicht genau das: eine Atempause. Ich könnte auch Freiheit sagen.

War Jackson auch für dich Freiheit?

Ich bin New Yorker und kenne meine Stadt eigentlich ziemlich gut, doch hin und wieder passiert es, dass irgendjemand ein Restaurant vorschlägt, das es schon seit Urzeiten gibt, von dessen Existenz ich aber nichts geahnt habe. Klar, die Stadt ist groß, aber verrückt ist es schon. Wie hätte ich mich dann wohl erst in einer Stadt wie Los Angeles gefühlt?

Offenbar ist Anika ein Fan des *Spotlight Diner* gegenüber vom Washington Square Garden und den Wohnheimen der NYU. Für meinen Geschmack ist es ein bisschen zu weit downtown, aber zumindest ist Jacksons Geburtstag so nicht dem Untergang geweiht – die Wahrscheinlichkeit, dass Anika und Veronika auftauchen, ist relativ hoch. Falls sie uns trotzdem versetzen, gehen Jackson und ich zur High Line, die nur zwanzig Minuten zu Fuß oder eine kurze Taxifahrt entfernt ist. (Sollten wir bei diesem Wetter ein Taxi kriegen, dann wird es das Taxi.)

Jackson sitzt natürlich zu meiner Rechten. Ich betrachte uns in dem Spiegel an der Wand gegenüber und muss sagen, mein silbergraues Hemd sieht nicht schlecht an ihm aus. Ich würde nicht so weit gehen zu behaupten, es sähe gut aus – es sitzt genauso locker wie bei mir –, aber keiner käme auf die Idee, dass es nicht aus seinem Kleiderschrank stammen könnte. Vermutlich ist es jetzt zu spät, es ihm zum Geburtstag zu schenken. Vielleicht versuche ich es später einfach mit dem bewährten ›Wenn es dir gefällt, kannst du es behalten‹.

»Noch irgendwas, das ich über Anika und Veronika wissen sollte?«, frage ich ihn. Ein paar grundlegende Infos habe ich bekommen, aber keine persönlicheren Details – welche Themen ich lieber vermeiden sollte oder was sie verletzen könnte. Ich bin schon mehrfach in solche Fallen getappt. Unschön.

»Jaa, irgendwas, was er noch wissen sollte?« Neben mir kichert ein Mädchen. Ich schaue hoch und erkenne Anika und Veronika von den Fotos auf Jacksons Handy, aber er braucht dringend eine bessere Kamera. Die beiden sind so umwerfend, fast vergesse ich, dass ich schwul bin. Beide haben dunkle Haut und tragen Jeanshemden im Partnerlook, aber da hören die Gemeinsamkeiten auch schon auf. Anika hat lange Rastazöpfe und die schlanke, muskulöse Figur einer Läuferin. Veronikas Haare sind dagegen raspelkurz und sie trägt Piercings in der Nase, den Ohren, der linken Augenbraue und der Unterlippe.

»Alles Gute zum Geburtstag!«, sagt Anika.

»Whoohooo«, macht Veronika.

Jackson rutscht aus der Bank und will gerade Anika umarmen, da drängt sich Veronika dazwischen und schlingt die Arme um ihn.

»Ich bin so froh, dass ihr kommen konntet«, sagt er.

»Das verpass ich doch nicht mal für die Apokalypse«, gibt Veronika zurück.

»Zum hundertsten Mal diese Woche: Hör auf mit diesem Spruch!« Anika schiebt ihre Freundin beiseite, um Jackson zu drücken. »Im Prinzip gibst du dadurch zu, dass du es cool fändest, die Welt in Flammen aufgehen zu sehen.«

»Auch zum hundertsten Mal diese Woche«, entgegnet Veronika und setzt sich ohne ein Wort an mich zu uns an den Tisch, »die Welt ist einfach oft richtig kacke. Ich kann entweder mit geschlossenen Augen verbrennen – oder ich sehe mir einen heißen Moment lang an, wie alles zu Asche wird.«

Anika winkt ab und wendet sich mir zu. »Griffin, richtig? Ich bin Anika.«

»Hi.« Ich stehe kurz auf, um ihr die Hand zu schütteln, bevor ich mich wieder auf die Bank fallen lasse.

»Die Mätresse«, sagt Veronika, »gewissermaßen.«

Ich bin nicht die Mätresse, ich war zuerst da.

»Sie macht nur Spaß«, beschwichtigt mich Anika und wirft Veronika einen bösen Blick zu. »Sie ist zwar nicht witzig, aber sie meint es nur als Spaß.«

Ich muss nicht lachen und ich werde auch nicht so tun, als ob.

Jackson wirkt nervös, als er sich wieder hinsetzt. Vielleicht ist er nicht mehr so sicher, ob dieses Treffen hier eine gute Idee ist. Aber noch lächelt er. »Es tut echt gut, euch zu sehen. Wie war Thanksgiving? Und was macht die Uni? Was geht bei euch?«

Das waren nur drei Fragen, aber bevor ich ihn dazu bringen kann, eine vierte zu stellen, hagelt es Antworten.

»Thanksgiving war echt seltsam ohne dich, niemand wollte Moms Cranberry-Füllung essen«, beginnt Veronika, während sie nebenbei die Karte überfliegt.

»Aber alle verstehen, warum du nicht da warst«, ergänzt Anika.

»Herzliches Beileid von meiner Mom, natürlich.«

»Wie geht's –«

»Die Uni ist ganz okay«, quatscht Veronika weiter. »Wir gehen viel mit den Theaterleuten weg. Und bisher haben wir alles bestanden, das ist schon mal gut. Die NYU stellt so eine Art Hipster-Version von *Peter Pan* auf die Beine. Anika und ich sprechen beide als Wendy vor, obwohl Anika diesem Typen, Jeremy, hundertpro die Rolle des Captain Hook wegschnappen könnte, wenn sie wollte.«

Anika winkt den Kellner ran. »Hi, könnten wir bitte etwas Wasser bekommen? Und einen Maulkorb für die hier?« Sie schüttelt genervt den Kopf. »Du redest zehn Mal so viel, wie du solltest, Vero.«

Zwanzig Mal, wenn du mich fragst. Ich verstehe nicht, wie Jackson jemanden vermissen konnte, der so egozentrisch und unsensibel ist. Ich kann mir auch nicht vorstellen, dass du wirklich Spaß hattest, als ihr mit den Mädels Karten gespielt habt. Anika scheint ja cool zu sein. Aber garantiert hast du nach eurem Treffen über Veronika nicht gesagt: »Hey, die ist ja super, lass uns bald wieder was zusammen machen!«

»Ich bin bloß aufgeregt«, entgegnet Veronika. »Ist schon 'ne ganze Weile her, dass wir Jack mal zu Gesicht bekommen haben.«

»Jackson«, korrigiert er sie. »Nur Theo nennt – nannte mich so.«

Abgesehen von meinem Dad bist du der Einzige, der mich Griff nennen darf. Jackson und ich haben dir also beide diese Vertraulichkeit zugestanden. Aber jetzt bist du fort und Griff und Jack mit dir.

»Woher soll ich das wissen?«, fragt Veronika.

»Vielleicht wüsstest du's, wenn du ab und zu mal ein Skype-Date eingehalten hättest«, antwortet Jackson. Dabei hört er sich nicht mal sauer an, bloß enttäuscht. Keine Ahnung, ob *sauer* überhaupt Jacksons Ding ist. So gut kenne ich ihn noch nicht.

»Hör mal zu, Jackson ... Es ist doch okay, wenn ich dich Jackson nenne?« Veronika beugt sich vor. »Du hättest ja mit uns nach New York ziehen können. Aber nein, du hast es vorgezogen, zu Hause zu bleiben und da aufs College zu gehen –«

»Auf ein College, an dem es die besseren Kurse für mich gibt«, unterbricht Jackson sie.

»Leute, hört doch auf damit«, beschwichtigt Anika und wirft mir einen entschuldigenden Blick zu.

»Animation ist hier gar nicht so übel. Ich kenne einen Typen, der total begeistert ist«, sagt Veronika.

»Schön für ihn. Ich will aber nicht auf ein College gehen, an dem Animation ›gar nicht so übel‹ ist. Entschuldige bitte, wenn meine Uni keine Hipster-Produktionen von *Der Zauberer von Oz* anbietet –«

»*Peter Pan*«, berichtigt Veronika.

»– aber ich hab es unterstützt, dass ihr euch an der NYU bewerbt und das tut, was für euch das Beste ist. Mir war klar, dass euer Verhältnis enger werden würde, allein schon, weil ihr euch ein Zimmer teilt, aber ich hätte nie gedacht, dass ihr mich so völlig ausschließen würdet.«

Veronika sieht aus dem Fenster, als wäre sie gelangweilt. »Ich bin überrascht, dass dir das überhaupt aufgefallen ist, wenn man bedenkt, dass du *nur noch* mit Theo rumhingst.«

Mir gefällt nicht, wo dieses Gespräch hinführen könnte. Einer von beiden wird etwas Dummes sagen, etwas Unverzeihliches. Und dabei bin ich wegen der drei Fragen, mit denen Jackson dieses Chaos in Gang gesetzt hat, eh schon superangespannt. In der Hoffnung, dass er es bemerkt und einen Waffenstillstand einleitet, knibbele ich für ihn unübersehbar an meinen Handflächen. Doch er registriert nicht mal den Kellner, der vorbeikommt, um unsere Bestellung aufzunehmen, sich dann aber schleunigst wieder aus der Schusslinie entfernt.

»Theo war wenigstens immer für mich da«, sagt Jackson.

Veronika klatscht. »Herzlichen Glückwunsch! Dann hast du dich ja richtig entschieden. Ihr wart halt auch beide in derselben Stadt. Deine Beziehung zu Theo hat sich raketenartig in diese megaernste Sache verwandelt, die wir gar nicht verstehen *konnten*, was du aber anscheinend still vorausgesetzt hast. Nur deshalb hab ich irgendwann aufgehört, so viel Wind um unsere Skype-Dates oder deine Nachrichten zu machen. Aber ich versteh schon. Schließlich hab ich all deinen Liebeskummer während unserer Schulzeit hautnah miterlebt. Und eines Tages hast du also diesen süßen Typen am Straßenrand aufgegabelt und es war so magisch, dass man einen Blog darüber schreiben möchte. Ein Stück weit kann ich deine Besessenheit sogar nachvollziehen, aber gib bitte nicht *mir* die Schuld an allem. Du bist genauso verantwortlich, Jackson!«

Er blinzelt. »Unsere Freundschaft interessiert dich in Wahrheit überhaupt nicht, oder? Komm bloß nicht auf die Idee, mich wegen Theo zu bemitleiden.« Seine Stimme bricht. Ich an seiner Stelle würde brüllen.

Veronika schüttelt den Kopf. »Mitleid? Versuch nicht, das jetzt irgendwie so zu drehen, als würde ich dich hassen, nur weil ich deinen Freund nicht so sehr geliebt habe wie du. Klar fühle ich mit dir, aber ich kannte den Jungen überhaupt nicht. Wir haben ein einziges Mal Karten gespielt und der ganze Abend bestand im Prinzip nur aus Insidern zwischen euch beiden.«

Dieses Pingpong-Match löst eine Menge Gefühle in mir aus: Eifersucht und Neugier wegen irgendwelcher Insider (auch wenn wir unsere eigenen haben und wahrscheinlich zehn Mal so viele). Wut, weil diese Veronika dich so unbedeutend klingen lässt. Mitleid mit Jackson, der genauso trauert wie ich und – auch genau wie ich – ein paar Freunde gebrauchen könnte, die sich in dieser schweren Zeit nicht wie totale Arschlöcher aufführen. Verwirrung, weil ich mich frage, warum Anika nichts unternimmt und wie das alles so schnell aus dem Ruder laufen konnte.

»Ich wollte Theo das Gefühl geben, dass er willkommen ist«, sagt Jackson.

»Das wäre unsere Aufgabe gewesen«, entgegnet Veronika und verdreht die Augen. »Du hattest so wenig Vertrauen in uns, wir konnten ihn gar nicht richtig kennenlernen. Du wolltest ihn nicht teilen. Wir dachten echt, du triffst dich nur aus Pflichtgefühl mit uns, weil du nun mal in der Stadt warst.«

Jackson wendet sich an Anika. »Siehst du die ganze Sache genauso?«

»Oh Gott, nein, nicht die ganze Sache.« Anika schüttelt den Kopf, dann zuckt sie mit den Schultern. »Aber eine Menge davon stimmt. Ich hab dich lieb, Jackson, aber du hast deine Beziehung über alles und jeden gestellt. Ich bin nicht böse auf dich. Das passiert, das macht das College und die Entfernung. Allerdings war hier auch 'ne Menge los, bevor Theo ... Es war 'ne Menge los und es fühlte sich seltsam an, dir nicht davon erzählen zu können. Aber – ganz ehrlich? Dafür hättest du dir mal richtig Zeit nehmen müssen und wir waren uns nicht sicher, ob du uns da nicht hättest abblitzen lassen. Und das wär's dann vermutlich endgültig für uns gewesen.«

»Lassen wir's gut sein«, schaltet sich Veronika wieder ein. »Schreiben wir uns doch einfach weiter Nachrichten über irgendwelche belanglosen Serien, die wir alle binge-watchen und behalten unsere Probleme für uns.«

Spätestens jetzt ist klar: Mir gefällt ganz und gar nicht, wo das hier hinführt – schon hingeführt hat. Ich rutsche nervös auf der Bank rum und zerkratze mir wie wild die Handballen. Gegen das nervöse Zucken im Hals kreise ich wie immer mit dem Kopf, aber es wandert runter in die Schultern und den Rücken, sodass ich alle möglichen Verrenkungen vollführen muss. Dazu schüttele ich meine Handgelenke, die sich anfühlen, als hätte ich die ganze Nacht durchgeschrieben, lasse sämtliche Fingerknöchel knacken – zwei Mal, um sicherzugehen, dass ich auch keinen vergessen habe. Kurz: Ich bin das personifizierte Unbehagen.

»Erzähl mir bloß nicht, hier geht es um deine kürzliche Trennung von der aktuellen Liebe deines Lebens«, sagt Jackson zu Veronika.

»Jackson, nicht«, versucht Anika einzugreifen, doch er fährt unbeirrt fort.

»Ich hab gesehen, dass du deinen Beziehungsstatus auf Facebook von ›In einer Beziehung‹ zu ›Single‹ geändert hast und bin also auf dem Laufenden. Wenigstens ist dein Ex noch am Leben.«

Veronikas Gesicht verzieht sich derart, wie ich es nach dem Anblick der überglücklich strahlenden Online-Veronika nie für möglich gehalten hätte.

»Hat mein Facebook-Status dir auch erzählt, dass ich mich von der aktuellen Liebe meines Lebens getrennt habe, weil ich eine Abtreibung hatte? Hat dir mein Facebook-Status erzählt, dass ich nicht bereit war, Mutter zu werden, und er nicht bereit, Vater zu werden? Wie wir beschlossen haben, dass es ein schlechter Zeitpunkt ist und wir gemeinsam in die Klinik gehen würden und er meine Hand halten würde? Hat mein Facebook-Status dir erzählt, dass er nicht aufgetaucht ist und keine meiner Nachrichten beantwortet hat? Oh, nett waren die Nachrichten nicht, aber zu Recht, wenn man die Uni-Psychologin fragt, bei der ich war, um irgendwie mit meinen Schuldgefühlen klarzukommen.« Anika macht Veronika Platz, als die zitternd aufsteht. »Ich will dir gar nichts Böses«, sagt sie und beugt sich über den Tisch. »Ich weiß, dass ich das Ausmaß deines Kummers nicht nachvollziehen kann, aber als Theo noch am Leben war, habe ich einen Teil meiner selbst verloren, einen kleinen Menschen, der in mir gewachsen ist und so ausgesehen hätte wie ich. Du wirst nie Onkel Jackson sein und ich nie die Mutter dieses Kindes. Wenn du das nächste Mal siehst, dass sich mein Beziehungsstatus auf Facebook verändert, frag vielleicht einfach mal nach, ob alles in Ordnung ist.«

Bevor einer von uns etwas sagen kann, wirbelt Veronika herum und fegt hinaus in die Nacht. Stille. Ein winterlicher Luftzug. Hinter ihr fällt die Tür ins Schloss.

»Ich hatte keine ...« Jackson bricht in Tränen aus und, verdammt, fast heule ich mit.

Fairerweise muss man sagen, dass er wirklich keine Ahnung hatte. Andererseits muss man genauso fairerweise sagen, dass er es hätte wissen können. Mehr denn je finde ich mich selbst in ihm wieder, so als hätten wir beide das gleiche Uhrwerk in uns, das aus dem Takt geraten vor sich hin tickt.

»Wenn ich hinterherlaufe, verpasst sie mir eine, oder?«

»Ist das wirklich das Schlimmste, was dir momentan passieren könnte?«, fragt Anika.

Jackson lässt den Kopf hängen.

»Wenn *du* nicht hinterherläufst, sollte *ich* wohl.« Anika beugt sich rüber und umarmt Jackson flüchtig. »Sag Bescheid, wann du wieder fliegst. Wir sollten ... na ja, das hier nicht wiederholen, aber wir haben ein bisschen was aufzuarbeiten.« Sie winkt mir zu. »Tut mir leid, dass wir uns gar nicht richtig kennengelernt haben.« Kurz legt sie Jackson die Hand auf die Schulter. »Alles Gute zum Geburtstag.« Und weg ist sie.

»Oh Gott, ich bin ein Scheißfreund.« Jackson wischt sich mit dem Ärmel die Augen.

Vorsichtig nähert sich der Kellner. »Möchtet ihr zwei etwas bestellen?«

Ich erkläre ihm, dass wir gehen und entschuldige mich für die Umstände. Bevor ich Jackson zur Tür schiebe, lege ich noch einen Zehner auf den Tisch. Draußen stelle ich erleichtert fest, dass meine Nervosität schwindet, wenn auch vermutlich nur, weil ich fast erfriere. Während Jackson in die falsche Richtung über die Straße läuft, versuche ich seine Arme in Dads Mantel zu zwingen.

»Ich bin so scheiße«, setzt er wieder an. »Ich hatte echt keine Ahnung, aber ich hätte sie mal anrufen können.«

»Du bist nicht scheiße«, widerspreche ich. »Die ganze Situation war scheiße. Wir werden nie wirklich nachvollziehen können, was sie durchmacht. Aber genauso wenig wird sie nachvollziehen können, was *wir* durchmachen. Das ist doch kein Wettbewerb darum, wer am meisten leidet.« Meine Güte, Trauer ist kompliziert genug, ohne dass man sich noch fragen muss, wie andere damit fertigwerden.

»Wo lang geht es zur High Line?«, fragt er schniefend. Seine Nase ist schon ganz rot.

Obwohl ich sein Bedürfnis zu schweigen respektiere, während wir Richtung Tenth Avenue laufen, versuche ich, ihn davon zu überzeugen, ein Taxi zu nehmen. Doch jedes Mal, wenn ich eines herangewinkt habe, läuft er einfach weiter. Wenn das seine Reaktion darauf ist, eine Freundin gekränkt zu haben, dann kann ich nur erahnen, wie er drauf war, als er dich an den Ozean verloren hat.

Noch immer bringe ich es nicht über mich, ihn nach diesem Tag zu fragen. Dein Tod ist eine Mahnung, nicht blind auf die falschen Versprechen von kommenden Jahren, Monaten, Wochen, Tagen, Stunden und Minuten zu vertrauen, nur weil ich jung bin. Und ich weiß, dass Jackson der Einzige ist, der für mich die Leerstellen dieses schrecklichen Nachmittags füllen kann. Er ist der Einzige, der ein für alle Mal die Bilder aus meinem Kopf löschen kann, die ich mir, ohne die Wahrheit zu kennen, ausgemalt habe. Wenn Jackson verschwindet, verschwinden auch die Antworten, nach denen ich suche. Doch ich kann mich nicht dazu durchringen, kann ihn nicht drängen, mir zu erzählen, wie es war, bei dir zu sein, als du gestorben bist, wie es war, zuzusehen, wie ein Rettungsschwimmer Luft in deinen bereits toten Körper zu pumpen versuchte.

Ganz ehrlich, Theo? Ich habe Angst, dass die Wahrheit noch schlimmer ist als das, was ich mir vorzustellen vermag.

Als wir die High Line endlich erreichen, zittert Jackson am ganzen Leib und verschränkt die Arme schützend vor der Brust. Seine Beine müssen so steif gefroren sein wie meine, dennoch beißt er die Zähne zusammen und folgt mir über die Stufen nach oben. Im Winter war ich noch nie hier. Ich wünschte, Jackson könnte die Gleise sehen, aber auch die weiß gepuderten Topfpflanzen und schneebedeckten Holzbänke haben einen besonderen Zauber.

Plötzlich hoffe ich, dass du Gelegenheit hattest, mal im Winter hier herumzuspazieren, aber das hättest du mir bestimmt erzählt.

Jackson scheint kein Auge für die weiße Pracht oder überhaupt etwas hier oben zu haben. Schnurstracks geht er auf die Brüstung zu und schaut nach unten, auf den Verkehr. Durch den schneidenden Wind ist es auf der High Line noch viel kälter als dort unten zwischen den Häusern.

»Ich hätte Veronika aufhalten sollen, oder? Ich hätte mich entschuldigen, mit ihr zusammen weinen und sie fragen sollen, wie es ihr geht«, sagt Jackson nachdenklich. Bei dem Wind verstehe ich ihn kaum. »Vor einem Jahr, ach, vor einem Monat hätte ich das auch getan. Meiner Meinung nach hat sie meine Fixierung auf Theo ein bisschen übertrieben. Aber ohne ihn fühle ich mich wirklich nur halb. Ich weise andere Menschen zurück und, ja, ich lasse Veronika einfach so davonstürmen ... Geht es dir genauso?«

»Haargenau so.« Gemeinsam beobachten wir den Verkehr. Könnten die Fahrer aus unserem Blickwinkel ihre eigene Lächerlichkeit sehen, gäbe es viel weniger Gekeife und Gehupe. »Hat Theo dir erzählt, was zwischen ihm und Wade los war?«, frage ich ihn.

Jackson schüttelt den Kopf. »Nein. Das muss im Sommer gewesen sein, oder?«

»Mhm.«

»Zu der Zeit hat Theo euch beide eigentlich gar nicht mehr erwähnt«, fährt Jackson fort. »Er hat mitgekriegt, dass mich das traurig machte. Tut mir leid.«

Ich nicke bloß. Verdammt, ist das kalt. Ich wünschte, wir könnten dieses Gespräch im Warmen führen. »Kenne ich gut. Vor mir über dich zu reden, hat er auch vermieden.«

Was hast du nur für ein Chaos hinterlassen, Theo. Das ist nicht deine Schuld, sondern Jacksons und meine, aber Scheiße, die Sache ist vertrackt.

»Ich weiß nur, dass sie Streit hatten«, ergänzt Jackson. »Warum redest *du* denn nicht mehr mit Wade?«

»Ich wollte zu Theo halten«, antworte ich. »Und jetzt, wo ich mit ihm reden könnte, tu ich's nicht. Schätze, wenn wir Theo nicht haben können, wollen wir offenbar gar niemanden, deshalb lassen wir die Leute nicht an uns ran.«

»Aber dich lass ich an mich ran. Wer hätte das gedacht?«

»Vielleicht, weil wir beide gerade keine besonders guten Freunde für andere sind.«

Eigentlich genau das, was ich vor nicht mal einer Stunde an Veronika noch so unsympathisch fand.

Jackson stimmt mir nicht zu, aber er widerspricht mir auch nicht.

Kurzerhand schnappe ich mir seinen Arm und ziehe ihn vom Geländer weg. Den Mond im Rücken, eilen wir die Treppe hinunter und stürzen uns bibbernd in das erstbeste freie Taxi. Die Heizung steht auf höchster Stufe, aber sie ist entweder ziemlich schwach oder mein Körper war kurz davor, sich in einen Eisblock zu verwandeln.

»Wie soll ich das wiedergutmachen, Griffin?«

Darauf gibt es keine einfache Antwort. Eine bloße Entschuldigung reicht hier nicht aus. Jackson und ich müssten dringend repariert werden, doch der einzige Mechaniker, zu dem wir gehen möchten, ist unser Lieblingsmensch – und deine Werkstatt ist für immer geschlossen.

»Momentan sind wir vermutlich nicht in der Verfassung, um Freundschaften zu kitten«, antworte ich verhalten. Ehrlich gesagt bin ich mir nicht sicher, ob das nur eine Ausrede oder die traurige Wahrheit ist, aber so fühle ich jedenfalls gerade. »Wer weiß, während wir weiter manches in Schutt und Asche legen, kommt vielleicht alles andere von selbst wieder ins Lot.«

Oder aber das Feuer breitet sich aus.

GESCHICHTE
MITTWOCH, 26. AUGUST 2015

Sobald wir sicher sind, dass Theos Eltern nicht noch mal hochkommen, um ihren Schlüssel oder das Portemonnaie oder sonst was zu holen, reißen Theo und ich uns die Kleider vom Leib, als stünden sie in Flammen. Und hechten ins Bett, denn für Monate wird dies das letzte Mal sein, dass wir zusammen nackt sind – was ich mir von den Kartons in der Ecke, in denen Theos Klamotten und andere Habseligkeiten auf die Abreise warten, nicht verderben lassen werde. Wir sind schon so lange zusammen, dass wir normalerweise nicht viel Zeit mit Küssen vergeuden, sobald sich eine Gelegenheit zum Vögeln ergibt, doch heute Nachmittag ist das anders. Theo verschlingt mich geradezu, stürmisch, hungrig, und das alles fühlt sich sehr nach Abschied an. Ich umklammere ihn wie ein Wrestler, will ihn niemals mehr loslassen, denn ich weiß, was als Nächstes kommt.

Ich schweige, während ich mit Theo und Wade auf dem Weg zur Post bin, um Theos Kartons nach Kalifornien verschiffen zu lassen. Theos Flug geht heute Abend und ich bin jetzt schon völlig fertig. Theo und Wade hingegen sind offenbar bester Laune und unterhalten sich über den zweiten *Avengers*-Film, statt die kostbare gemeinsame Zeit zu nutzen, um in Erinnerungen zu schwelgen. Das werden sie später bereuen. Ich bereue es jetzt schon.

Die Post liegt einen Häuserblock weiter auf der anderen Straßenseite. »Wenn ich jetzt zu Quicksilver würde, könnte ich mit den Paketen hier einfach mal eben nach Kalifornien rennen«, sagt Theo gerade zu Wade. »Das wär was. Dafür würde ich dich glatt im Hulk-Style zermatschen, wenn's sein muss.«

»Warum mich, verdammt? Zermatsch doch irgendwen anders!«, empört sich Wade.

Theo lacht. »Irgendeinen namenlosen Bürger pulverisieren? Das entspricht aber nicht dem Geist Captain Americas. Du brauchst einen neuen Favoriten – wie wär's mit Daredevil, in der Ben-Affleck-Version?« Er überquert als Erster die Straße, dreht sich im Gehen aber zu Wade um, der entgegnet: »Deine blöden Sprüche werd ich echt vermissen ... Alter, pass –«

Ein Auto hupt und Theo bleibt verdattert mitten auf der Straße stehen.

»*Theo, weg da!*«, schreie ich.

Endlich dreht er den Kopf und lässt vor Schreck die Kartons fallen, stolpert beim Ausweichen über sie und knallt der Länge nach auf die Fahrbahn. Mit quietschenden Reifen weicht das Auto im letzten Moment Richtung Bürgersteig aus, überfährt dabei fast noch Wade und mich und kommt an der Ecke zum Stehen. Der Fahrer steigt aus. Fuchsteufelswild schreit er auf Theo ein, der ja wohl lebensmüde sei und nicht mehr alle Tassen im Schrank habe, aber ich blende ihn einfach aus. Für mich gibt es nur Theo. Ich renne zu ihm und knie mich neben ihn. Er starrt zu mir hoch, scheint mich aber gar nicht richtig wahrzunehmen.

Da umarme ich ihn und versichere ihm immer wieder, dass es ihm gut geht, versichere *mir selbst* immer wieder, dass es ihm gut geht. Es geht ihm gut, es geht ihm gut, es geht ihm gut, es geht ihm gut.

Es wird ihm gut gehen. Und auch ich muss zusehen, dass es mir gut geht.

Ich helfe Theo hoch, während Wade den Fahrer zum Schweigen bringt und ihn davon überzeugt, sich abzuregen, wieder einzusteigen und die Sache zu vergessen. Behutsam führe ich Theo die letzten Schritte zur Post, wo wir uns beide vor der Hauswand auf den Boden plumpsen lassen. Ich nehme seine Hand und lege meinen Kopf auf seine Schulter.

Ich sollte ihm sagen, dass ich ihn liebe oder dass ich nicht weiß, was ich getan hätte, wenn ihm etwas passiert wäre. Doch das tue ich nicht. »Ich denke, wir sollten uns trennen, Theo.«

Theo zuckt zusammen, ohne meine Hand loszulassen. Offenbar habe ich ihn aus seiner Schockstarre gerissen. »Was?«

»Darüber denke ich schon seit ein paar Tagen nach. Weil ich Angst habe, dass ich dich sonst irgendwie aufhalte«, erkläre ich.

»Quatsch«, sagt Theo. »Das ist doch lächerlich.«

»Ich kann's nicht riskieren. Ich kann nicht riskieren, dir im Weg zu stehen.«

»Du stehst mir nicht im Weg, Griff. Dank dir hab ich meinen Essay doch überhaupt erst fertig bekommen.«

Stimmt nicht, und das weiß er. Er hätte ihn auch ohne mich fertig bekommen. Ebenso wenig habe ich was mit seinen Bestnoten zu tun. Das war alles er selbst und sein Hirn.

»Dir muss doch klar sein, dass sich alles ändern wird, sobald wir nicht mehr ständig aufeinanderhocken. Ich sage ja nicht, dass wir unsere Freundschaft beenden sollen. Ich will nur, dass das alles einen Sinn ergibt und es kommt mir nicht richtig vor ...« Na los, weiter! »Es kommt mir nicht richtig vor, zwei Jahre lang das Fernbeziehungsspiel zu spielen.«

»Dann liebst du mich also nicht mehr, Griff?«

Seit wir hier sitzen, haben wir einander nicht in die Augen gesehen. Ich starre die Zigarettenkippen auf dem Bordstein an. Wade besitzt die Geistesgegenwart, vorne beim Briefkasten an der Ecke stehen zu bleiben und uns in Ruhe zu lassen.

Ich schüttle den Kopf, der noch immer auf Theos Schulter liegt. »Im Gegenteil.« Ich habe einen Kloß im Hals. »Du hast die Arschkarte, denn ich werde niemals *aufhören*, dich zu lieben. Ich zähle darauf, dass wir wieder zusammenkommen, sobald unsere Leben wieder besser zueinanderpassen. Du bist mein Endspiel. Aber du musst mir versprechen, nicht noch mal so blind-bescheuert mitten in den Verkehr reinzulaufen. Stirb am besten überhaupt nicht. Okay?«

»Meinetwegen, dann sterb ich halt nie«, sagt Theo und zieht mich in seine Arme.

»Ich mein's ernst«, beharre ich. »Versprich's mir.«

»Ich verspreche dir, niemals zu sterben.«

Während ich weiter seine Hand halte, setze ich mich auf und küsse ihn. Ich tue das Richtige. Theo wird sich auf sich selbst konzentrieren, wird herausfinden, wie er sich sein Leben erträumt, und hoffentlich zu dem Schluss kommen, dass ich ein Teil davon sein soll. Mir wird es gut gehen.

Theo laufen ein paar Tränen über die Wangen und er beginnt mit unseren Küssen: Erst der Schmetterlingskuss. Dann ein Höhlenmenschkuss, bei dem wir unsere Stirnen länger als sonst aneinanderdrücken. Beim Eskimokuss kann ich nicht mehr anders, als auch zu weinen. Und schließlich der Zombiekuss.

»Ich fress deine Tränen auf«, sagt Theo lachend. »Igitt.«

Ich lache mit ihm. Und hoffe inständig, dass es so tatsächlich das Beste für ihn ist. Wäre echt scheiße, wenn wir uns jetzt gerade zum letzten Mal so nah wären. Ist jetzt schon scheiße, dass ich mir für sein Glück das Herz breche.

Aber wenn er glücklich ist, bin ich glücklich. Oder?

GEGENWART
DONNERSTAG, 8. DEZEMBER 2016

In der Freistunde sitze ich rechts von jemandem.

Das Atmen fällt mir schwer und mich juckt's so hässlich, als würde eine Armee von Ameisen über mich herfallen. Ich will schreien, sitze aber in der Bibliothek und damit im Bereich obligatorischer Stille. In der ausflippfreien Zone. Noch was, das ich nicht kontrollieren kann. Ich will mich beruhigen, indem ich meine Hand kratze, aber allein schon der Versuch ist lächerlich, denn ich kann meine Beklemmung nicht in der Handfläche vergraben wie ein Hund seinen abgekauten Knochen im Garten.

Dennoch kam der Platz hier mir immer noch besser vor als die letzte andere Sitzmöglichkeit links neben Wade. Den Typen an meinem Tisch kenne ich nicht, aber je mehr ich versuche, Wades immer wieder quer durch den Raum huschenden Blicken auszuweichen, desto mehr erfahre ich über ihn. Zum Beispiel, dass er gerne Lieder summt, die ich noch nie gehört habe, und mit Vorliebe an seiner Füllerkappe kaut. Allein diese Kleinigkeiten reichen aus, ihn in einen MENSCHEN zu verwandeln, in einen MENSCHEN, der links von mir ist, während er rechts von mir sein sollte.

Ich muss ihn fragen, ob wir die Plätze tauschen können. Das hätte ich gleich tun sollen. Schließlich kenne ich mich. Ich hätte wissen müssen: Je mehr ich die Gedanken an Wade und seine Trauer beiseiteschiebe und je schuldbewusster ich dabei werde, desto stärker konzentriere ich mich auf jemand anderen. Dass ich mich jetzt auch noch nach links zu dem Typen rüberbeugen muss, macht es nicht besser. Ich wünschte echt, du oder Jackson wärt jetzt hier, um mich von alldem abzulenken.

»Hi. Können wir Plätze tauschen?«

Ihm fällt die Füllerkappe aus dem Mund. »Hä?«

»Darf ich deinen Platz haben, wenn du dafür meinen bekommst?«

Ich muss das dringend klären, muss dringend an meinen richtigen Platz, dieses Ameisengejucke loswerden, auf Normaltemperatur kommen, aus Wades Blickfeld verschwinden und unsichtbar werden – dringend.

Der Typ zeigt auf sein Handy, das er an der Steckdose links neben sich auflädt. »Ist noch nicht voll.«

»Du kannst es ja da liegen lassen.«

»Als ob.«

»Keiner will dein Handy klauen.«

»Sagst du.«

»Du bist in der Neunten, oder?«

»In der Zehnten.«

Das erklärt seine Arroganz. »Gib mir einfach deinen Platz.«

»Warum?«

Ich sollte ihm meinen Zwang nicht erklären müssen. Aber er hält den Trumpf in der Hand. Andererseits ist er auch ein Fremder, der mich überhaupt nicht kennt. Vielleicht wäre er gar nicht so ein Arschloch, wenn ich ihm mein

Problem begreiflich machen würde. Allerdings kann man doch auch mal ohne Grund freundlich sein, oder?

»Ist was Persönliches«, antworte ich.

»Ich persönlich möchte ein Auge auf mein Handy haben«, sagt er.

Da stehe ich auf, trete meinen Stuhl um und verliere die Kontrolle in dieser kontrollierten Umgebung. »Eigentlich dürftest du nicht mal ein Handy dabeihaben!«

Der Zehntklässler weicht überrascht und vielleicht auch etwas erschrocken zurück. Die frisch eingestellte Bibliothekarin kommt mit vorsichtigen Schritten auf uns zu. Weder weiß sie, dass ich normalerweise kein Störenfried bin, noch kann sie vermutlich meinen Ausraster richtig einordnen.

»Guck, jetzt schreibt sie uns gleich beide auf«, sage ich zu dem Typen. Der kann schon mal Gift drauf nehmen, dass er beim Nachsitzen aber so was von rechts neben mir hockt.

In der Zwischenzeit hat Wade alles stehen und liegen lassen und eilt auf uns zu. Ich stehe in Flammen. Als die Bibliothekarin was sagen will, springt er dazwischen.

»Ich entschuldige mich für ihn«, sagt er und scheint für meine Existenz im Allgemeinen um Verzeihung zu bitten. »Er hat einen schweren Verlust hinter sich.«

Die Bibliothekarin reißt die Augen auf. Dann beginnt sie nachsichtig zu nicken, und ich frage mich, woher sie Bescheid weiß. Ich stehe ihr schließlich nicht im Geringsten nahe; gleichzeitig könnte ich meinen Arsch drauf verwetten, dass ich in den letzten Tagen nur so gestunken habe vor Trauer und herumgeschlurft bin wie eine Depression auf zwei Beinen.

»Dafür habe ich natürlich Verständnis«, sagt sie, »und dein Verlust tut mir sehr leid, trotzdem musst du hier bitte leise sein, sonst –«

»Wir sind schon draußen.« Wade packt mich an den Schultern und manövriert mich in den Flur, wo ich tief Luft hole und auf der Stelle losheulen möchte.

Trotzdem schüttle ich Wade unwirsch ab. »Fass mich nicht an.«

»Wie geht es dir? Du rufst mich nie zurück und auf Nachrichten antwortest du auch nicht.«

»Was schließt du daraus?«

»Glaub ja nicht, dass ich jetzt lockerlasse, nachdem ich gesehen habe, wie es um dich steht.« Er reibt sich die Augen. »Ich habe Theo auch gekannt – länger als du sogar, aber gut. Jedenfalls ist es verdammt unfair von dir, mich zu behandeln, als hätte ich höchstpersönlich seinen Kopf unter Wasser gedrückt und –«

Blindlings renne ich los, einfach nach links. Denn sonst wird dieser Flur hier gleich zum Tatort. Wade ruft mir noch eine Entschuldigung für seinen verbalen Komplettabsturz hinterher, doch ich laufe einfach weiter. Dass er noch nie gut mit Worten umgehen konnte, weiß ich. Niemals hätte ich allerdings damit gerechnet, dass er mir das unauslöschliche Bild in den Kopf pflanzen würde, wie du ausgerechnet von dem Menschen ertränkt wirst, dem du vor mir am meisten auf der Welt vertraut hast.

Ich renne wie der Teufel, nur weg von hier – raus aus diesem Flur, raus aus diesem Gebäude. Beim Treppablaufen stürze ich fast und wünsche mir halb, das wäre ich auch und hätte mir dabei den Hals gebrochen. Tut mir leid, Theo. Ist nicht okay, so was zu sagen. Du weißt, dass ich den Aus-Knopf niemals drücken, mein Leben nie derart wegwerfen würde, erst recht nicht in dem Wissen, dass deins dir gestohlen wurde.

Ich biege ab zu meinem Spind.

Erinnern kann ich mich an meine Zahlenkombination gerade nur schwer, aber meine Finger drehen die Rädchen wie ganz von selbst. Ich reiße meine Jacke vom Haken, werfe den Spind wieder zu und laufe mit trommelnden Schritten zum nächsten Ausgang, als die Schulleiterin gerade die Treppe runterkommt.

»Griffin, hier wird nicht gerannt!«

Ohne darauf zu reagieren, stürme ich an ihr vorbei und stoße die Tür nach draußen auf. Sie ruft ein zweites Mal meinen Namen und läuft mir in ihrer dünnen Bluse sogar ein Stück nach, doch schon bald sehe ich sie nicht mehr. Ich renne die Straße entlang, rutsche fast auf dem Schneematsch aus, renne weiter bis zur Bahnstation und texte meinem Dad, dass ich nach Hause kommen und nie mehr in die Schule gehen werde.

Und das alles ist nur passiert, weil jemand links von mir saß.

Wir haben uns im Wohnzimmer versammelt, um zu bereden, was heute in der Schule eigentlich passiert ist. Jackson sitzt rechts von mir, wie es sich gehört, und meine Eltern uns gegenüber auf den herangeholten Esszimmerstühlen. Alle inklusive mir haben sich beruhigt. Mom ist Jackson zufolge wohl total ausgeflippt, als Dad sie wegen meiner Reißaus-Aktion anrief.

»Morgen bleibst du zu Hause bei mir«, sagt sie gerade und will mir in die Augen sehen, doch ich starre nur weiter auf den ausgeschalteten Fernseher. »Für die Schule bist du momentan noch zu verletzlich.«

»Nächste Woche will ich auch nicht hin«, sage ich. Ich habe es satt, so zu tun, als hätte auch nur irgendetwas von dem, was ich da tue, eine Bedeutung für meine Zukunft.

Ich könnte alle meine Hausaufgaben erledigen, alle meine Klausuren mit Bestnote bestehen, nur um dann doch bloß als Opfer eines tödlichen Unglücks zu enden. Hättest du so viel Zeit mit Lernen verbracht, wenn du deinen frühen Tod auch nur erahnt hättest, Theo? Tatsächlich wette ich, dass ja. Aber ich bin nicht wie du. Ich kann nicht mal rechts von jemandem sitzen, ohne eine Panikattacke zu kriegen.

»In Ordnung. Wir können abwarten, wie du dich Montag fühlst«, sagt Mom.

Dad nickt. Er sieht besorgt aus, was ich ihm kaum verübeln kann. »Sicher ist es nicht leicht für dich an einem Ort, an dem du so viel Zeit mit Theo verbracht hast«, sagt er. Recht hat er, aber die Schule ist nicht der einzige Ort, an dem ich viel Zeit mit dir verbracht habe. Er wendet sich an Mom: »Vielleicht könnten wir Griff nächstes Halbjahr an einer anderen Schule anmelden. Als Neuanfang.«

»Hier geht es nicht um *aus den Augen, aus dem Sinn*«, sage ich. »Es geht um Theo.«

Jackson nickt. »Ein Ortswechsel ist zu einfach. Ich habe auch schon darüber nachgedacht, aber es fühlt sich falsch an. Als würde ich versuchen, ihn zu verdrängen.«

Meine Eltern wechseln einen Blick. Sich wortlos beratschlagen konnten sie schon immer. Sind gute Cops, ein eingespieltes Team. Dad hat sich neulich ja mal als böser Cop versucht, als er Jackson abblitzen ließ, doch jetzt übernimmt Mom den Job. »Jackson, lässt du uns einen Augenblick mit Griffin allein? Wir müssen über etwas Persönliches mit ihm reden.«

»Was immer ihr mir sagt, erzähle ich ihm eh weiter«, gebe ich zu bedenken.

»Schon okay«, sagt Jackson. »Familienrunde. Hätte ich auch von selbst drauf kommen können. Tut mir leid.«

Er steht auf, geht schnurstracks in mein Zimmer und schließt die Tür hinter sich.

»Das war unnötig«, sage ich.

Mom sieht mich lange an. »Bis hierher haben wir ja alles noch mitgetragen, aber ich bin mir ganz ehrlich nicht sicher, ob Jacksons Anwesenheit im Augenblick das Richtige für dich ist«, sagt sie. »Du durchlebst einen immensen Verlust –«

»Jackson ist der Einzige, der das versteht«, unterbreche ich.

»– und langsam ist es für Jackson vielleicht an der Zeit, nach Hause zu fliegen. So könnte sich dein Umfeld allmählich wieder normalisieren. Vor allem aber solltest du eine richtige Therapie anfangen.« Sie steht auf und nimmt Jacksons Platz, *deinen* Platz, neben mir ein. Zum Glück ist auf meine Eltern meist Verlass bei der Rechts-links-Sache. »Wenn sich Jacksons Anwesenheit negativ auf deine Zwänge auswirkt, dann ist das ein Problem. Und überhaupt, wie ich schon sagte: Du solltest möglichst bald therapeutische und psychiatrische Hilfe bekommen.«

Ich kann ihnen nicht sagen, dass ich klarkomme, dass bei mir ehrlich nichts falsch läuft. Dafür ärgere ich mich selbst zu sehr darüber, dass das Gegenteil zutrifft. Trotzdem bezweifle ich, dass Reden und Konfrontationstherapie die Zwänge vertreiben werden. Eher vermute ich, dass ein Psychiater sie erst recht ins Zentrum meiner Aufmerksamkeit zerren würde. Das wahre Problem ist, dass meine Eltern zu *normal* sind, um das hier zu verstehen.

»Ihr könnt mich nicht zwingen«, sage ich. Und weiß, dass sie dagegen nichts vorzubringen haben. Nie im Leben könnten sie mich härter bestrafen als ich mich selbst.

»Therapie ist nichts Schlimmes, nichts, wofür man sich

schämen müsste«, sagt Mom und streckt die Hand nach mir aus.

»Dann mach du doch eine.« Ich schüttele ihre Hand ab und lasse sie und Dad im Wohnzimmer zurück. Wenn sie irgend so einen Psychoberater aufsuchen und berichten will, wie es mir laut den sieben Trauerphasen – oder welchen Schwachsinn sie ihr da auftischen – gehen sollte, bitte schön. Ich für meinen Teil brauche das genauso wenig wie einen Wade, der mir alles über dich erzählt, was ich eh schon weiß.

Ich brauche nur dich und Jackson.

Nachdem ich meine Tür hinter mir zugemacht habe, werfe ich mich aufs Bett.

Jackson sitzt auf der Luftmatratze und textet mit jemandem. »Sie wollen, dass ich gehe, richtig?« Mein Schweigen beantwortet seine Frage. »Schon okay. Sei nicht sauer auf sie. Ist wahrscheinlich eh das Beste. Wie wir gerade gesagt haben: Wir müssen Theo gegenübertreten, wo immer er uns begegnet. Vor ihm verstecken können wir uns nicht.«

»Aber Theo war *New Yorker*«, sage ich. Und setze mich auf. Na toll, jetzt haben meine Eltern es geschafft, dass Jackson sich total unwohl fühlt und widerspruchslos das Feld räumen will. »Mich an eine andere Schule zu schicken, ändert daran nichts.«

»Aber *ich* bin kein New Yorker«, sagt Jackson leise. »Theo ist für mich nicht auf die gleiche Weise hier wie für dich.« Er schaukelt von der Mitte der schon etwas schlaffen Matratze zur Kante und stützt die Ellbogen auf die Knie. »Ich hab meinem Dad schon geschrieben und er sieht zu, dass er mir fürs Wochenende ein Ticket besorgt. Könnte schwierig werden, wegen des Schneechaos, aber mal gucken.«

Das war's dann also. Sobald er weg ist, ende ich wieder im schwarzen Loch der Bedeutungslosigkeit, so viel ist sicher.

Schon jetzt kann ich fühlen, wie sein Beistand ins Nichts gesaugt wird. Ich lasse mich wieder nach hinten fallen und starre zur Decke.

Um die Stille zu füllen, listet Jackson alles auf, was ihm eh schon von zu Hause fehlt – paarweise, denn wie du ist er superaufmerksam geworden, was meine Bedürfnisse angeht. Er vermisst seine Mom (sehr) und seinen Dad (ein wenig). Seinen Hund und die gemeinsamen Laufrunden. Sein Schlafzimmer, dein Wohnheimzimmer. Die Collegeflure und Seminarräume (allerdings nicht genug, um seine Kurse wieder aufzunehmen). Sein Auto und überhaupt am Steuer zu sitzen. Die Sonne und ärmellose Kleidung. Eiskaffee und Wassereis. Im Park die Zehen ins Gras zu graben und am Strand in den Sand.

»Das würde ich auch alles vermissen«, sage ich, obwohl vieles davon mir so fremd ist, dass es eher zu einem deiner Paralleluniversen als zu meiner Realität passen würde. Ich weiß nicht, wie es ist, ein Wohnheimzimmer zu haben, einen elternlosen Raum, in dem wir uns nicht bei jeder Bewegung wie im Scheinwerferlicht gefühlt hätten. Ich weiß nicht, wie es ist, ein eigenes – oder irgendein – Auto zu fahren, mit dem ich eigene Wege einschlagen und so viel Benzin verbrauchen könnte, wie ich wollte, weil ich es mit meinem eigenen Geld gekauft hätte. Ich weiß nicht mal, wie es ist, einen Hund zu haben. Aber ich bin ganz bei Jackson, wenn er vermisst, was ich kenne, wie zum Beispiel Gras an den Zehen. Eistee. Die Wärme auf meinen Armen und in meinem Nacken, wenn ich ein Tanktop trage. Und selbst so was Nerviges, wie die Augen vor der Helligkeit abschirmen zu müssen, denn gleißendes Sonnenlicht und Schweiß sind mir jederzeit lieber als Dunkelheit und Gefröstel.

Jackson holt tief Luft. »Bald ist es einen Monat her ...«

Weiß ich.

Er spricht weiter: »Ist echt am besten so. Das hört sich jetzt vielleicht blöd an, aber ich will an dem Tag lieber zu Hause sein.«

Ich beneide ihn so sehr. Er kehrt zurück in sein Land des Sonnenscheins, wo ihn statt Schmerz gute Erinnerungen an dich begrüßen werden. Während ich dazu verdammt bin, von Eiseskälte eingesperrt im Zimmer zu hocken, allein mit impulsiven Gedanken, denen ich nicht nachgeben will. Natürlich könnte ich ihn jetzt aufziehen, von wegen, dass ich sowieso mein Zimmer endlich wieder für mich haben will und der Kampf um die Dusche mir längst zum Hals raushängt, aber das wäre gelogen. Jackson ist nicht mein Feind. Er füllte die kalte Stille mit wärmenden Geschichten, auch wenn diese Geschichten mir manchmal zu nahekamen, mich verbrannten.

Jackson steht auf und macht einen Schritt in meine Richtung. »Darf ich mich dazusetzen?«

Ich war bisher echt gut darin, ihn nicht auf mein Bett zu lassen. Er hat nie gefragt, ich habe es ihm nie angeboten. Zum Chillen hat er sich immer in den Sessel oder auf seine Luftmatratze gefläzt. Aber gerade bin ich so verletzlich, dass ich meinen Blick weg von der Decke zu ihm richte, und ohne mich einen Fingerbreit zu bewegen, sage ich Ja.

Er fordert sein Glück nicht heraus, indem er es sich zu bequem macht, sondern nimmt bloß auf der Kante Platz.

»Ich danke dir, dass du mich hast bleiben lassen, Griffin. Ganz ehrlich. Ich fühle mich noch immer zertrümmert – hört sich schlimm an, nicht deine Schuld –, aber immerhin nicht mehr wie tausend Scherben. Ich rechne nicht damit, mich je wieder ganz zu fühlen. Du wohl auch nicht. Und ich hasse den Gedanken, dich hier alleine zurückzulassen.« Danach schweigt er und sein Schweigen ist nicht wohltuend, so wie wenn er und ich bloß nichts zu sagen haben und es einfach schön finden, jemanden in der Nähe zu wissen. »Wirst du klarkommen?«

In dem Moment fällt es mir ein. Aus dem Nichts, wie eine von diesen genialen Erleuchtungen, die du ständig hattest, durchfährt mich ein Geistesblitz. »Ich komme einfach mit. Dann kannst du mir zeigen, wie Theos Leben bei euch war. Und wir könnten einander am Dreizehnten Gesellschaft leisten.« Indem ich das ausspreche, scheine ich geradewegs aus dem schwarzen Loch herauszufliegen.

»Würden deine Eltern dich denn gehen lassen?«

»Die krieg ich schon rum. Wärst du denn einverstanden?«

»So was von.« Jackson lächelt. »Ich schreib direkt mal meinem Dad.«

Er zückt schon das Handy, da schlinge ich meine Arme um seinen Hals, worauf sich seine Hände um meine Hüfte legen. Ich sollte mich von ihm lösen, tue es aber nicht.

FREITAG, 9. DEZEMBER 2016

»Diese Familienabende vermisse ich ja seit der Scheidung«, erzählt Jackson meinen Eltern beim Abendessen – seinem »Abschiedsessen«, wie mein Dad es genannt hat. Wir zeigen uns von unserer besten Seite, damit sie mich Montag mitfliegen lassen. »Irgendwann wollten meine Eltern sich ja eh nur noch gegenseitig umbringen, aber davor fand ich's meistens cool, wenn wir zusammensaßen und ich ihnen von meinem Tag erzählen konnte«, fährt Jackson fort. »Und dann das selbst gekochte Essen! Das vermisse ich vielleicht sogar am meisten. Griffin hat von Ihren Steak-Tacos echt nicht zu viel versprochen, Mr. Jennings.«

»Danke, das freut den Koch«, sagt mein Dad und wischt sich die Salsa vom Mund. »Aber ernsthaft: Nenn mich Gregor.«

»Alles klar, Gregor.«

»Vielen Dank noch mal für dein Verständnis, Jackson«, sagt Mom. »Es war wundervoll, dich bei uns zu haben. Wir denken nur, dass Griffin jetzt erst einmal zur Ruhe kommen muss, bevor er wieder ins normale Leben zurückkehrt. Das Gleiche wünschen wir uns natürlich für dich.«

Jackson nickt. »Ich kann euch allen nicht genug dafür danken, dass ihr mich hier aufgenommen habt. Aber jetzt muss ich auch langsam herausfinden, wie es zu Hause für mich weitergehen soll.«

Ich kratze mir die Hände. »Ich würde Jackson gern für ein paar Tage begleiten. Theos Tod ist jetzt bald einen Monat her und an dem Tag möchte ich bei Jackson in Kalifornien sein. Zur Schule gehe ich jetzt ja eh erst mal nicht und –«

»Deine Auszeit ist kein Urlaub«, unterbricht mich Mom.

»Um Theo zu trauern, würde ich nicht als Urlaub bezeichnen.«

»Entschuldige. So meinte ich das natürlich nicht. Aber dass du ein paar Tage Unterricht ausfallen lässt, haben wir doch nur vorgeschlagen, damit du dich in deiner vertrauten Umgebung stabilisieren kannst. Kalifornien hätte genau den gegenteiligen Effekt«, sagt Mom.

Ich weiß jede Menge über Kalifornien – durch deine Erzählungen, durch Jacksons Erzählungen. Durch meine eigenen Recherchen, die ich aus der Überlegung heraus angestellt hatte, auch dort ans College zu gehen, um wieder mit dir vereint zu sein. Und ich weiß das, was eh alle über Kalifornien wissen.

»Hast du deine Flugangst plötzlich überwunden?«, fragt Dad. »Wenn du schon in einer Bibliothek Panik kriegst, können wir dich schlecht für mehrere Stunden in zehntausend Meter Höhe schicken.«

Gerade will ich vorschlagen, dass ich ja eine Schlaftablette nehmen könnte, da prasseln schon die nächsten Einwände auf mich ein. Ein so kurzfristiger Ticketkauf sei finanziell nicht drin, schließlich werde meine Therapie eine ganze Menge kosten. Es interessiere sie nicht, dass Jacksons Vater bereits beide Tickets gebucht habe. Außerdem könne sich keiner von ihnen zurzeit von der Arbeit loseisen, um mich zu begleiten – als wollte hier ein Kleinkind auf Weltreise und nicht ein Siebzehnjähriger einmal ans andere Ende seiner Heimat.

»Mir gefällt das einfach nicht«, sagt meine Mom.

»Mir auch nicht«, stimmt Dad mit ein.

»Tja, mir wird es hier nicht gefallen, wenn Jackson ohne mich fliegt«, sage ich. Ich begreife nicht, dass sie übersehen, wie gut mir Jacksons Anwesenheit schon getan hat. Ich kann sogar schon wieder fernsehen, ohne ein schlechtes Gewissen zu haben. Ich fühle mich wieder in der Lage zu lachen, *richtig* zu lachen, mit Tränen in den Augen und allem. Außerdem will ich dein Wohnheimzimmer sehen, deine Lieblingsorte und die Orte, die du gemieden hast. Sogar den Strand, an dem du gestorben bist, will ich sehen. »Bitte erlaubt mir, Theos kalifornisches Leben kennenzulernen. Danach versuch ich's auch mit der Therapie, versprochen.«

Mom nimmt meine Hand. »Die Therapie kommt zuerst dran, Griffin. Wir drängen dich nicht gerne dazu, aber wir müssen der Wahrheit ins Auge sehen: Du brauchst professionelle Hilfe. Jackson kannst du immer noch besuchen, sobald es dir besser geht. Tut mir leid.« Sie lässt mich los und fängt an, den Tisch abzuräumen.

Es war naiv von mir zu glauben, dass sie mich gehen lassen würden. Immerhin habe ich's versucht. Wäre schön gewesen, mit ihrer Erlaubnis zu fliegen.

Tja.

SAMSTAG, 10. DEZEMBER 2016

Pompöse Grabsteine in allen erdenklichen Farbschattierungen ragen hier auf dem Friedhof so scharfkantig hervor wie die Knochen, die unter ihnen begraben sind. Vielleicht liegt manchen Familien viel daran, ein kleines Vermögen für was besonders Extravagantes auszugeben, noch ein letztes Mal alles rauszuhauen für den Dahingeschiedenen. Ganz anders ist dein Grabstein: schlichte Inschrift, grau, gerade mal kniehoch. Dennoch sticht er in meinen Augen aus allen anderen hervor, fast als würde er im Dunkeln leuchten. Gerade will ich mich davor hinknien, als mir klar wird, dass ich auf dir stehe. So nah war ich dir physisch gesehen seit dem 21. November nicht mehr, seit wir dich beerdigt haben. An den Zustand deines Körpers unter der gefrorenen Erde will ich nicht denken und kann es doch nicht verhindern.

»Das hier fühlt sich richtig an«, sagt Jackson. »Danke, dass du mich herbegleitet hast. Etwas Besseres hätte ich an meinem letzten Wochenende in New York nicht machen können.«

»Meinst du nicht, du kommst noch mal her? Zum Beispiel, um dich mit Anika und Veronika auszusprechen?«
Noch immer kann ich kaum glauben, dass Anika bisher nicht einen Versuch unternommen hat, auf Jackson zuzugehen. Woher hätte er denn schließlich von Veronikas Abtreibung wissen sollen? Wenn seine Freunde sich so verhalten, braucht er vielleicht neue. Vielleicht ja mich. Vielleicht hat ihn auch genau seine Suche nach neuen Freunden zu dir getrieben.

»Doch. Und um dich wiederzusehen«, sagt Jackson.

Ein Anflug von Wärme huscht über mein Gesicht, bevor der Winterwind ihn fortweht. »Seltsam, oder?«, sage ich. »Das mit uns. Nicht mehr schlecht-seltsam, aber trotzdem seltsam, wenn man bedenkt, wie lange wir versucht haben, *keine* Freunde zu sein.«

»Allerdings«, erwidert Jackson. »Jeden Morgen, wenn ich ohne Theo aufwache und mich in deinem Zimmer wiederfinde, dauert es immer diesen einen Moment, bis es bei mir *klick* macht – sorry.«

»Wofür? Geht mir doch ähnlich. Hör zu, ich will dich was fragen. Und du darfst mich nicht anlügen oder mir ausweichen, denn wir stehen hier mehr oder weniger auf Theo und das bedeutet mehr als ein Schwur auf die Bibel.«

»Leg los«, fordert Jackson prompt. Zaudern ist wirklich nicht sein Ding.

Also frage ich: »Hattest du je Angst, dass Theo mit dir Schluss machen könnte, um wieder mit mir zusammen zu sein?«

»Manchmal«, antwortet Jackson. »Es gab Momente, da hatte ich schlicht keine Chance, gegen seine erste Liebe anzukommen. Theo hätte mich nie betrogen, das weiß ich. Aber wenn doch, dann mit dir.«

Du hast ihm nie erzählt, was hier im Juni zwischen uns passiert ist, oder? Ah, tut mir leid, das ist ja tabu. Selbst jetzt noch.

Jackson hüpft ein wenig auf und ab, um sich zu wärmen. »Falls das ein Trost ist: Ich glaube nicht, dass ich nach dem Ende unserer Liebesbeziehung mit ihm hätte befreundet bleiben können. Ich hätte ihn in meinem Leben haben wollen, ohne es jedoch ertragen zu können. Deswegen wäre mir nur der Abschied geblieben. Keine Ahnung, wie du das anders heil überstehen konntest.«

Vielleicht habe ich das gar nicht. Sieh mich an, Theo: Ich stehe kurz davor, von zu Hause wegzulaufen und in ein Flugzeug zu steigen – gleich zwei Dinge, die mir sonst im Leben nicht eingefallen wären. Vielleicht brauche ich tatsächlich eine Therapie nach meiner Rückkehr. Kaputt und leer bin ich. Und loyal bis zum Ende. Was allerdings den Kern von meinem und vielleicht auch bald von Jacksons Problem darstellt: Wann genau ist etwas zu Ende?

SONNTAG, 11. DEZEMBER 2016

Jackson packt seine Klamotten für den morgigen Flug. »Bist du sicher?«, fragt er. »Sobald wir in der Luft sind, gibt es kein Zurück mehr.«

Obwohl er flüstert, bin ich nahezu panisch, dass meine Eltern uns hören könnten. Dann fällt mir ein, dass sie beide in ihrem Zimmer sind und ein Nickerchen halten – oder Sex haben oder was auch immer.

»Ganz sicher. Hast wohl mehr Angst vor ihnen als ich, hm?«

Jackson schiebt seine T-Shirts in die Sporttasche. »Ich will sie nicht wütend machen. Ich mag sie.«

»Wenn du mich verpetzt, mach ich dich alle«, sage ich.

»Keine Sorge. Ich will dich ja mitnehmen. Nur so schaffe ich es, jetzt nicht komplett durchzudrehen.«

Auch ich drehe nicht durch und bin mir nicht sicher, woran das liegt. Vielleicht, weil ich fest entschlossen bin. Ich belüge meine Eltern auf die schlimmstmögliche Weise und jage ihnen eine Scheißangst ein, werde ihnen aber sofort nach der Landung per Handy versichern, dass mir nichts passiert ist. Am Mittwoch fliege ich dann wieder zurück und hole mir die Strafe meines Lebens ab, doch das wird es wert sein. Ich muss sehen, wie du gelebt hast.

Es klingelt.

»Ich geh schon«, sage ich und springe aus dem Bett an die Tür, hinter der Wade mit einem abgedeckten Tablett steht. Der Duft seiner Cupcakes steigt mir in die Nase. Damit hat er mich auch an meinem Geburtstag überrascht. Aber warum kommt er ausgerechnet heute? Unter seinem Mantel lugt eine der Krawatten hervor, die du ihm zu Weihnachten geschenkt hast.

»Entschuldige den Überfall«, sagt er. »Aber auf meine Nachrichten hast du ja nicht geantwortet und ich wollte einfach sehen, wie es dir geht, seit du Donnerstag ...«

Er lässt den Satz in der Luft hängen.

Gerade spaziert Jackson mit einem leeren Glas in der Hand aus meinem Zimmer Richtung Küche. Und winkt. »Wade, hi. Wie geht's dir?«

Wade kneift die Augen zusammen. Er guckt von Jackson wieder zu mir. »Was zum Teufel ist hier los?« Trotz seiner ruhigen Stimme hallt die Frage in meinen Ohren nach, als hätte er sie geschrien. »Mit mir redest du nicht, aber mit dem Typen rumhängen, der dir das Leben zur Hölle gemacht hat, das geht, ja?«

Ich schlucke. »Die Situation hat sich verändert«, sage ich. Am liebsten würde ich ihm die Tür vor der Nase zumachen.

Wade schließt die Augen und schüttelt den Kopf. Ich weiß, dass er mit den Tränen kämpft.

»Offensichtlich. Du leidest nicht mehr allein, im Gegensatz zu mir. Echt nett, Griffin. Du bist so was von egoistisch.«

Es wäre nur fair, Wade von meinen Reiseplänen zu erzählen. Aber vermutlich reagiert er genau wie meine Eltern. Und ich kann die Sache nicht seinetwegen aufs Spiel setzen.

Ich *bin* egoistisch.

Wade wirft mir das Tablett vor die Füße. »Guten Appetit euch beiden.« Er fährt herum und schlägt die Tür so laut zu, dass es durch den ganzen Flur hallt.

Ich kann ihm nicht nachrennen, Theo. Ich muss packen. Ich muss einen Flug kriegen.

MONTAG, 12. DEZEMBER 2016

Ist das zu glauben, Theo? Hier sitze ich, in einem Flugzeug, und gleich heben wir ab.

Gleich fliege ich mit Jackson nach Kalifornien und es ist wichtig, die Nerven zu bewahren. Ich muss mich zusammenreißen, weil die Crew mich sonst rauswirft. Weil meine Eltern sonst doch noch recht behalten, dass ich hierfür nicht in der Verfassung bin.

Mir gefällt nicht, was ich tun musste. Und Jackson gefiel es erst recht nicht. Doch das hat ihn nach dem gefakten Abschied von mir und dem echten Abschied von meinen Eltern nicht davon abgehalten, den Taxifahrer ein paar Blocks weiter warten zu lassen, damit ich zusteigen konnte. Bei mir trage ich nichts außer einem kleinen Rucksack. Von dem meine Eltern glauben, er sei voller Bücher und Hefte für eine Hausaufgaben-Aufholaktion im Coffeeshop. In Wahrheit habe ich T-Shirts, Unterwäsche, ein Handy-Ladekabel und eine Zahnbürste eingepackt. Das Wesentliche steckt im Portemonnaie in meiner Hosentasche: Bargeld, meine Junior-Bankkarte, mein Ausweis und mein Ticket.

Hoffentlich kannst auch *du* mir die Lügerei vergeben. Schließlich tue ich das hier für dich.

Wir sitzen in Reihe vierzehn, ich habe Sitz eins. Gute Reihennummer, annehmbare Sitznummer. Doch eine Panikattacke droht mir schon seit der Ankunft am Flughafen. Die ganzen Warteschlangen haben mich ebenso eiskalt erwischt wie die leichte Verspätung unseres Fluges. Ich will mich anschnallen, doch der Gurt ist anders als im Auto. Jackson bemerkt meine Verunsicherung und hilft mir, was mich kurz irritiert, weil er dabei meinem Schwanz so nah kommt. Innerhalb von Sekunden hat er mich dann aber schon festgezurrt. Jetzt fühle ich mich wie von ihm gefangen, wie in eine Zwangsjacke gesteckt.

»Geht's denn?«, fragt Jackson.

Ich schüttle den Kopf und knete meinen Ringfinger, wie du es mir beigebracht hast.

Jackson greift in seinen Rucksack und zieht eine Zeitschrift für sich sowie eine aktuelle Ausgabe der *Entertainment Weekly* hervor. »Hier, lenk dich damit ab.«

Ich blättere direkt zu den Filmkritiken, doch Augenblicke später bittet ein Flugbegleiter um unsere Aufmerksamkeit für alle möglichen Sicherheitshinweise: wo die Sauerstoffmasken sind und wie wir den nächsten Notausgang finden und so weiter. Dass Jackson nicht einmal den Kopf hebt, sondern einfach weiterliest, ärgert mich ein bisschen, schließlich ist er auf diesem Flug für mich verantwortlich. »Bist du sicher, dass du im Notfall weißt, was wir tun müssen?«

Er antwortet mir, indem er die Stimme des Flugbegleiters imitiert und eine imaginäre Sauerstoffmaske anlegt. »Bin schon öfter geflogen. Uns wird nichts passieren.«

Wenige Minuten später donnert unsere Maschine über die Startbahn und es fühlt sich an wie auf dem Highway. Nur dass Autos nicht so krass beschleunigen. Und nicht so mörderisch wackeln. Und ich im Auto nie so verkrampft den Türgriff umklammern muss wie hier die Armlehne. Und definitiv bewegen sich Autos nicht mit der Nase voran Richtung Himmel.

Jacksons Hand hat sich auf meine gelegt, ganz zaghaft. Ich lasse es zu und er öffnet die Finger, hält mich fest. »Wie fühlst du dich?«

Das Flugzeug neigt sich nach links und ich bin mir sicher, dass es nun aus ist mit uns. Gleich zerschellen wir am Boden. Ich schaue durch das gen Erde geneigte Fenster und bedaure ein wenig, dass wir nicht mal hoch genug sind, um die Leute in der eiskalten Stadt da unten für Ameisen im Schnee halten zu können. Die Maschine schwenkt wieder in die Waagerechte. Aus dem Cockpit wird durchgesagt, dass unsere Flugzeit voraussichtlich etwas mehr als fünf Stunden beträgt und die Crew uns schon in Kürze mit Erfrischungen erfreuen wird.

»Das war's?«, frage ich.

»Das war's«, bestätigt Jackson und lässt meine Hand los.

Mein Herz wummert noch immer. »Hattest du nie Angst vorm Fliegen?«

»Das beantworte ich besser nach der Landung.«

»Jetzt sind wir eh oben. Was passiert, das passiert«, wende ich ein.

»Und du machst dich auch nicht mit dem Fallschirm davon?«

»Ich weiß ja nicht mal, wie ich aus diesem Gurt rauskomme.«

»Na gut. Ehrlich gesagt bin ich vor jedem Flug ziemlich nervös. Keine Ahnung, ob sich das irgendwann mal legt«, gibt er zu. »Was schräg ist, schließlich ist mein Vater Pilot. Aber vielleicht liegt's ja genau daran. Jedenfalls bin ich jedes Mal total angespannt. Und auch wenn sich's für dich grauenvoll anhört, die einzigen Flüge, auf denen ich mich quasi gegen jedes Unglück gewappnet fühlte, waren die mit Theo.«

»War er ein furchtloser Passagier?«

Ich frage Jackson etwas über dich, das ich nicht weiß, während wir in einem Flugzeug fliegen. Was für ein Tag.

»Mit Theo hat Fliegen Spaß gemacht. Seinetwegen kaufe ich neuerdings Klatschzeitschriften für den Flieger, statt mir einen Film anzugucken oder so. Er hat echt den letzten Trash durchgelesen: Promi-Ranglisten, Topmodel-Make-up-Tipps ... einfach alles. Und hat mit sich selbst um einen Dollar gewettet, ob er es schafft, das Stars & Sternchen-Quiz zu lösen.«

Womöglich kriege ich gleich einen Heulkrampf. Aber keinen von der miesen Sorte. Keinen Das-haben-wir-nie-zusammen-gemacht-Heulkrampf. Sondern einen Wenn-ich-mir-das-noch-länger-vorstelle-muss-ich-lachen-Heulkrampf, also einen von den guten. Und mir wird eines sonnenklar: Mit Jackson warst du ein anderer Theo als mit mir. Und das ist auch vollkommen in Ordnung so. Immer wieder habe ich mir vorzustellen versucht, was für ein Mensch du wohl an seiner Seite geworden bist. Immer wieder musste ich daran denken, wie du womöglich alles, was dich zu meinem Lieblingsmenschen machte, abgelegt haben könntest. Vielleicht bist du mir aber gar nicht entwachsen, vielleicht bist du einfach jemand anders geworden. Und dieses neue Du interessiert mich kein bisschen weniger. Im Gegenteil: Dass ich diesem neuen Du begegnen kann, gibt mir ein Stück Selbstbewusstsein zurück.

»Du hast recht, das klingt nach Spaß«, sage ich und sehe dich über ein Quiz gebeugt sitzen wie damals über Puzzles, vor dir ein paar hingeblätterte Dollarscheine, von denen du bei jeder Frage einen gewinnst oder auch verlierst. »Dann hat Theo dir also Sicherheit gegeben.«

»Nicht Sicherheit. Trost. Wenn etwas passiert wäre, hätte ich Theos Hand halten oder ihn umarmen können. Dieser Gedanke hat mich getröstet. Die Gewissheit, dass ich nicht allein hätte sterben, ihn nicht hätte zurücklassen müssen.«

Klingt ziemlich verquer, ergibt aber irgendwie Sinn. »Und dann ist er vor deinen Augen ertrunken«, rutscht mir raus. Ich spreche diese Worte zum ersten Mal und auch Jackson erschreckt sich vor ihnen. Er zieht die Schultern hoch und steckt beide Hände zwischen die Knie, als wollte er sie wegsperren. Wir haben uns auf einen gemeinsamen Weg gemacht, wir wollen dort feiern, wo du dein Leben genossen hast, und dort trauern, wo du dein Leben gelassen hast. Dennoch sind wir dieser radikalen Konfrontation bisher ausgewichen.

Du hast uns allein gelassen. Dein Tod hat uns zu zwei Teilen in diesem zusammengestümperten Puzzle gemacht, das sich noch nicht recht zu einem Bild fügen will, aber trotzdem etwas erkennen lässt: zwei verliebte Jungs. Verliebt in jemanden, der nie mehr zurückkehrt.

Deinen Unfall hätte ich so nicht ansprechen dürfen. Jackson muss schließlich damit leben, dass er dich nicht retten konnte. Mir ist wenigstens dieser Horror erspart geblieben.

Die folgenden fünf Stunden vergehen weitgehend schweigend. Ein paarmal nicke ich sogar kurz ein. Doch als das Flugzeug langsamer wird und sich nach unten neigt, hebe ich alarmiert den Kopf. Laut Ansage wurde der Landeanflug eingeleitet und wir sollen uns wieder anschnallen. Jackson zwinkert mir zu und lacht.

»Denk dran: An dieser Stelle *wollen* wir nach unten«, sagt er.

»Wenn das jetzt scheiße wird, mache ich den Rückweg zu Fuß.«

»Alles klar.«

Ich nehme all meinen Mut zusammen und schaue aus dem Fenster, während die Maschine weiter abbremst und langsam sinkt. Wenn es nach mir ginge, könnte das geschmeidiger ablaufen, aber wen kümmert's, solange wir nur landen. Und mit einem Mal taucht eine sonnendurchflutete Stadt vor mir auf. Weiter hinten kann ich sogar den Strand sehen. Der Flieger trifft sicher auf die Landebahn und schießt kurz noch unter lautem Getöse aufs Flughafengebäude zu, dann ist es geschafft. Ich atme auf, während wir die letzten Meter zum Gate rollen.

»Du bist geflogen!«, ruft Jackson.

»Ich bin geflogen«, japse ich.

Mein Leben hat sich verändert. Meinen ersten Flug kann ich genauso wenig zurücknehmen wie mein erstes Mal mit dir, oder aber auch all die Dinge, die ich so gerne zurücknehmen würde. Tausend Möglichkeiten schwirren mir durch den Kopf. Wenn ich es schaffe, für dich hierherzufliegen, wie weit schaffe ich es dann erst für mich selbst?

Kalifornien heißt uns heute Morgen mit drei gewonnenen Stunden und guten zehn Grad willkommen, die ich nach den New Yorker minus fünf (im schneidenden Wind gefühlt minus zwölf) mit geöffnetem Taxifenster herzlichst begrüße. Ich sitze links, wie es sein soll, und widme mich ganz der Aussicht – hauptsächlich auf andere Autos –, während wir vom Freeway Richtung Santa Monica abbiegen.

Mein Handy zeigt einen verpassten Anruf meiner Mom und ein paar Nachrichten von ihr und Dad an, in denen sie mich fragen, ob alles läuft wie geplant und wann ich nach Hause komme. Schon beim Lesen beginnt mein Herz zu rasen.

»Ich bring das besser gleich hinter mich«, sage ich Jackson.

»Viel Glück.«

Fast bitte ich ihn darum, dass er sich Kopfhörer aufsetzt, um so nicht das ohrenbetäubende Geschrei meiner Mom hören zu müssen, sobald sie erfährt, dass ich fünftausend Kilometer weit weg bin.

Stattdessen wähle ich die Nummer.

»Griffin, warte kurz«, sagt Mom und bittet irgendwen um etwas Geduld. »Sorry. Jetzt bin ich bei dir. Wie läuft's?«

»Ich muss dir was sagen. Und das wird dir leider ganz und gar nicht gefallen.«

»Was ist denn los? ... Griffin ... sag mir bitte nicht, dass du in Kalifornien bist«, warnt Mom. Ihre Stimme ist ruhiger als erwartet, hat aber auch einen messerscharfen Unterton, den ich überhaupt nicht von ihr kenne.

»Ich bin in Kalifornien«, sage ich. »Es tut mir leid. Ich musste ganz einfach da raus. Sobald ich zurückkomme, mache ich alles, was ihr wollt, Therapie und alles, aber –«

»*Du fliegst noch heute zurück!*«

Da ist sie, die Mom, die ich kenne. Die auch du kanntest.

»Beweg dich nicht von diesem Flughafen weg«, befiehlt sie weiter. »Bleib, wo du bist, und –«

»Mittwochmorgen komme ich zurück«, unterbreche ich sie. »Die genaue Ankunftszeit schicke ich dir gleich.«

»Nichts da. Wenn's sein muss, hole ich dich höchstpersönlich –«

»Schön. Flieg mir ruhig hinterher. Trotzdem bleibe ich bis Mittwoch. Morgen feiern Jackson und ich, dass Theo gelebt hat«, sage ich mit bemüht ruhiger Stimme. »Ich geb dir auch gleich die Nummer von Jacksons Mom, dann kannst du sie anrufen.«

»Woher soll ich wissen, dass ich seine Mom dranhabe?«, schimpft sie weiter. »Und nicht irgendeine von der Straße, der du zwanzig Dollar bezahlt hast. Wie soll ich dir je wieder vertrauen? Hast du deinen Vater schon angerufen? Warte. Er wusste aber nichts davon, oder?«

»Nein, und ich hab dich zuerst angerufen.«

»Du hast uns angelogen.« Ihre Stimme klingt mit einem Mal nur noch enttäuscht. »Du hast uns einfach ausgetrickst.«

»Ich weiß. Ich weiß und es tut mir leid, aber ich musste –«

»Ich bin bei der Arbeit«, unterbricht sie mich erneut. »Schick mir diese Telefonnummer. Und wenn ich wieder bei dir anrufe, dann nimm ab.« Endlich wird ihre Stimme etwas sanfter. »Geht es dir denn gut? Wie war das Fliegen?«

»Alles in Ordnung. Bin ganz ohne Ausraster durchgekommen. Jackson hat auf mich aufgepasst.«

Mom seufzt erleichtert in den Hörer. »Nimm ab, wenn ich dich das nächste Mal anrufe.«

»Mach ich. Ich hab dich lieb, Mom.«

Nach einer quälenden Pause sagt sie: »Ich hab dich auch lieb.« Dann legt sie auf.

»Himmel.« Ich meide Jacksons Blick, während ich alle Infos an sie und Dad schicke. Dad schreibt mir eine Minute später zurück, dass er die Adressen von Jacksons Eltern haben will. Jackson tippt sie ein, drückt auf Senden und gibt mir mit einem schiefen Grinsen das Handy zurück.

»Also, wie gefällt dir Kalifornien bisher?«

Ich lache. »Nicht die besten zwanzig Minuten meines Lebens, aber auch nicht die schlechtesten.«

»Das lässt sich steigern. Was willst du heute machen?«

Ich schaue aus dem Fenster und hoffe zunächst mal inständig, dass ich nicht gleich wieder nach Hause geschickt werde. Falls Jacksons Eltern nicht mitspielen, könnte mein Aufenthalt hier sehr schnell beendet sein.

»Keine Ahnung. Schlag du was vor.«

In meiner Vorstellung sind du und ich in Kalifornien immer als Erstes an den Strand gegangen. Naheliegend, klar. Und eben auch genau entgegengesetzt zu dem, was wir von New York her gewohnt waren. Aber das war in einem Paralleluniversum. In diesem Universum hier und jetzt habe ich jegliche Orientierung verloren.

Zwanzig Minuten später steigen wir an einer Straßenecke aus dem Taxi. Die Luft fühlt sich mit einem Mal ganz anders an, irgendwie beschwingt, so als könnte ich auf dieser nach Ozean und Seegras duftenden Brise davonschweben. Ich setze meinen Rucksack auf. Obwohl ich die Helligkeit vermisst habe, könnte ich jetzt schon eine Sonnenbrille gebrauchen. Ich blinzle ins Licht und schirme meine Augen mit deinem zusammengeknüllten Kapuzenpulli ab.

Jackson bezahlt das Taxi und zeigt dann die Straße hinunter auf ein apricotfarbenes, einstöckiges Haus zwischen zwei sandfarbenen. Es hat eine Rollstuhlrampe und sieht etwas mitgenommen aus, als hätte es mal einem schlimmen Sturm standhalten müssen. Trotzdem wächst es mir sofort ans Herz, da es geradezu vor Geschichte pulsiert.

»Hast du hier als Kind schon gewohnt?«, frage ich.

Jackson schüttelt den Kopf. »Als meine Eltern sich trennten, haben sie unser Haus verkauft. Mein Dad zog in ein Apartment in Culver City und Mom blieb hier in Santa Monica. Bei ihr fühle ich mich noch am ehesten heimisch, trotzdem vermisse ich das Haus, in dem ich aufgewachsen bin. Es wäre schön gewesen, wenn ich es dir und Theo hätte zeigen können, aber das hier ist auch nicht schlecht.«

Joa, ein Haus zu haben ist allerdings nicht schlecht. Ganz zu schweigen von den Freiflügen eines Vaters, der mit Leichtigkeit jeden Trip ermöglicht. Was ich Jackson natürlich nicht vorwerfen kann. Außerdem hast du das ja schon übernommen. Du hattest dich zwar schnell an Jacksons zahlreiche Privilegien gewöhnt und eigentlich nur ab und an ein paar für ihn sicherlich weniger komische Witze über sie gerissen, aber als er dich bat, deinen Job zu schwänzen, damit du mit ihm abhängen konntest, hast du dann doch einmal Klartext gesprochen. »Einige von uns müssen verdammt noch mal arbeiten, um sich das Museum leisten zu können«, hast du ihm gesagt, woraufhin ein heftiger Streit zwischen euch ausbrach. Jedoch keiner, der euch entzweit hätte.

Jackson kramt seine Schlüssel aus dem Rucksack und schließt uns auf.

»Wir sind da!« Er wirft sich auf die Knie und schon trappeln schnelle kleine Pfoten mit Karacho auf uns zu. Bei einem Namen wie Chloe hätte ich mit einem prächtigen Golden Retriever gerechnet, doch angerannt kommt ein schwarzer Collie. Genießerisch wedelt Chloe mit dem Schwanz, während Jackson ihr den Hintern kratzt.

»Bin in der Küche!«, ertönt die Stimme von Jacksons Mom.

Als ich einen Schritt auf Chloe zugehe, duckt sie sich unter Jacksons Hand weg.

»Du bist zu groß, um so auf sie zuzukommen. Hock dich zu mir«, sagt Jackson.

Sobald ich neben ihm knie, macht Jackson Kussgeräusche und ruft Chloes Namen mit einer Stimme, die wie Micky Maus auf Drogen klingt. Chloe vertraut der bekifften Maus offenbar, denn sie traut sich wieder heran und lässt sich von uns beiden streicheln. Neben Hinternkratzen mag sie offenbar beherztes Kopfkraulen besonders gern.

Jackson geht ins Wohnzimmer und wirft sein Zeug auf die Couch. Ich tue es ihm nach. Die Einrichtung ist wesentlich spartanischer, als ich erwartet hatte. Vielleicht birgt dieses Haus doch gar nicht so viel Geschichte, wie ich dachte? Oder vielleicht nur ganz versteckt? Das könnte ich gut nachvollziehen. Trotzdem wohnen sie hier doch wohl lange genug, um ein paar mehr Möbel zu haben, oder?

Ich folge Jackson in die Küche, wo seine Mutter im Rollstuhl am Esstisch sitzt. Ms. Lane hält in der einen Hand einen Brief und tippt mit der anderen was in ihren Laptop. Wie ihr Exmann aussieht, weiß ich nicht, aber Jackson ist auf jeden Fall die jüngere Version seiner Mutter. Er beugt sich runter und küsst sie auf die Wange, dann umarmt er sie.

»Wie schön, dass du wieder zu Hause bist«, sagt Ms. Lane und umarmt Jackson so überschwänglich zurück, dass ihr der Brief aus der Hand fällt.

Ich hebe ihn schnell auf und reiche ihn ihr. »Hi. Ich bin Griffin.«

Sie lächelt mich herzlich an. »Freut mich sehr, dich kennenzulernen, Griffin. Ganz lieben Dank, dass du Jackson bei dir aufgenommen hast. Ich weiß ja, wie wichtig es für ihn war, unter Freunden zu sein.« Dann greift sie zu ihrem Handy und hält es anklagend in die Höhe. »Auf deinen Kopf ist übrigens eine Belohnung ausgesetzt«, sagt sie zu mir, und zu Jackson: »Hättest mich ja mal vorwarnen können, dass dein Gast ein Ausreißer ist.«

»Tut mir leid«, sagt Jackson. »Aber er darf trotzdem bleiben, oder?«

Mit einem Seufzer wendet Ms. Lane sich wieder an mich: »Ruf deine Mutter bitte gleich an. Wenn ihr hier und nicht im Wohnheim übernachtet, stehen deine Chancen nicht schlecht, glaube ich.«

Erleichterung durchflutet mich. Das war die letzte Hürde. Selbst wenn mich bei meiner Rückkehr nach New York ein Riesenanschiss erwartet, darf ich bis Mittwoch erst einmal in Kalifornien bleiben, für dich, mit Jackson. »Okay. Wird gemacht.«

»Und: Mein Beileid«, fügt Ms. Lane hinzu. »Ich weiß, wie nahe dir Theo stand.«

»Danke.«

Sie nickt. »Setz dich doch.«

Ich überlege kurz, wo du wohl immer gesessen hast,

wenn du hier warst. Und entscheide mich für den Stuhl links neben Jackson, für welchen auch sonst.

»Wie war der Flug, Griffin? Dein erster, richtig?«

»Dank Jackson bin ich bei Verstand geblieben.« Mein Blick wandert zwischen ihm und seiner Mutter hin und her. »Ich muss wohl noch ein paar Mal fliegen, bevor ich mich daran gewöhne, aber es hätte schlimmer kommen können. Richtig fies wird's bestimmt erst, wenn ich ins New Yorker Wetter zurückmuss.«

»Ach, wenn ich jetzt einfach mal irgendwohin fliegen könnte«, sagt Jacksons Mom, »dann würde ich mich aufmachen ins winterliche New York und eingehüllt in meinen dicksten Mantel durch die verschneiten Straßen spazieren. Aber seit dem Unfall ist Reisen leider eine ziemlich frustrierende Angelegenheit. Durch den Schneematsch zu rollen, könnte sich schwierig gestalten.«

Die Ehrlichkeit und Freundlichkeit, mit der mir Jacksons Mom begegnet, erinnert mich an die Gespräche mit deinen Eltern, Theo. Hier zu sitzen fühlt sich fremd und dennoch seltsam vertraut an. Ich frage nicht nach, wie es dazu kam, dass Ms. Lane im Rollstuhl sitzen muss, obwohl sie wahrscheinlich offen darüber reden würde. Nicht, weil ich die Geschichte schon von Jackson kennen würde. Ich möchte nicht neugierig sein. Neugierig waren schon die Leute in der Schule, die wissen wollten, wie du gestorben bist. Neugier allein gibt keinem das Recht auf eine Antwort.

»Schön hier bei Ihnen«, sage ich stattdessen. »Ein tolles Haus.«

»Ist halt unser Zuhause«, erwidert Ms. Lane.

Während sie das sagt, schiele ich möglichst unauffällig in Jacksons Richtung. Ob seine Mom gar nicht weiß, dass dieses Haus für ihn emotional nicht so wichtig ist? Was mich eigentlich wundern würde, weil sie so vertraut miteinander wirken. Andererseits hat die Vertrautheit zwischen dir und mir mich auch nicht davon abgehalten, so manches zu verschweigen, um dich zu schonen. Ist hier vielleicht genauso.

Als Ms. Lane jetzt wieder das Wort ergreift, dreht sie ihren Rollstuhl in meine Richtung. »Hoffentlich ist es okay, wenn ich das frage: Jackson erwähnte, dass du wie er eine Auszeit vom Lernen nimmst. Ist was passiert in der Schule?«

Und auf einmal quillt alles aus mir heraus. Keine Ahnung, warum. Vielleicht, weil das ständige Wegdrücken so anstrengend ist, jedenfalls erzähle ich ihr alles. Von meinen Zwängen, welche Regeln dabei herrschen und wie diese Regeln mich beherrschen. Von meinem Ausraster in der Bibliothek, wie ich nach Hause gerannt bin und meine Schuluniform in den Schrank verbannt habe. Vom Wunsch meiner Eltern, dass ich in Therapie gehe. Davon, wie sehr ihr Sohn dazu beigetragen hat, dass es mir besser geht.

Als ich Jackson erwähne, fliegt über ihr Gesicht ein Lächeln, ein Lächeln aus Stolz auf den Jungen, den sie aufgezogen hat, auf den Jungen, den du geliebt hast. Sie rollt zum Kühlschrank hinüber und holt einen Erdbeer-Geburtstagskuchen in J-Form heraus. Jackson grinst wie ein kleiner Junge von einem Ohr zum anderen. Und ich überlege, ob der Anblick von Freude im Gesicht eines Trauernden mich auf ewig überraschen wird.

Ms. Lane fängt an, allein *Happy Birthday* zu singen, doch ab der Hälfte stimme ich mit ein. Das ist die nächste Überraschung. Und noch überraschter bin ich, als sich auch Jackson anschließt und *Happy Birthday* für sich selbst singt. Am Ende müssen wir alle lachen ... und, Theo, ich wünschte echt, du wärst hier, um mitzusingen.

Es wird noch überraschender, noch unglaublicher, und zwar nicht in einem deiner Paralleluniversen, sondern in *diesem* hier, in dem ich lebe. So übertrete ich gerade mit geschultertem Rucksack die Schwelle zu Jackson Wrights Schlafzimmer – um darin zu übernachten. Eigentlich würde ich ihn gerne nach allem fragen, was du hier drin so gemacht hast – wo du gelernt hast, falls du hier gelernt hast, und ob du beim Telefonieren wie bei mir auf der Fensterbank saßt. Aber das könnte zu etwas Intimem führen, zu etwas, das eine sensible Grenze überschreitet.

Die Wände erstrahlen in einem Rostorange, das vielleicht zu Rot wird, wenn die Sonne nicht so stark durch die weiß gerahmten Fenster scheint. Das gigantische Bett in der Mitte des Zimmers ist mit ziemlicher Sicherheit ein Kingsize. Und mit absoluter Sicherheit habe ich noch nie ein Bett gesehen, auf dem ein so riesiger Berg Klamotten liegt. Gleich als Nächstes bemerke ich, dass die Schranktüren und Schubladen alle offen stehen. Sachen zu packen, während man vor Trauer außer sich ist, muss echt scheiße sein. In der Ecke steht ein zweites, weitaus kleineres Bett – wie ich vermute, für Chloe und nicht für Gäste wie mich. Auf ein paar Regalbrettern reihen sich kaum Bücher, aber dafür jede Menge Kartenspiele samt Erweiterungsboxen aneinander.

»Da wären wir«, sagt Jackson und lässt sein Gepäck auf den Boden fallen. »Schlafzimmer eins von zwei. Wie findest du's?«

An der Wand hängen fünf Plakate von Filmklassikern. Nur einen von denen habe ich gesehen – und gehasst: *Edward mit den Scherenhänden*. Alle anderen – *Die Goonies*, *Shining*, *Scream* und *Nightmare on Elm Street* – kenne ich nur vom Namen her, deswegen kann ich sie angenehmerweise in eine Vierergruppe einteilen. Aber das fünfte

Plakat setzt mir trotzdem noch zu. »Ich schlafe wohl besser im Wohnzimmer.«

»Warum? Im Bett ist doch mehr als genug Platz ...«

»Nachdem du deine gesamte Garderobe davon runtergeräumt hast, vielleicht. Aber mich stört Edward mit den Scherenhänden.« Und damit rechtfertige ich nicht nur meine Zwangsstörung. Das Poster ist absolut gruselig und der Film war's auch.

»Was genau stört dich an meinem liebsten Johnny-Depp-Film?«

»Ich habe ihn als Kind gesehen und mir in die Hosen gemacht vor Angst. Kurz darauf habe ich geträumt, dass Edward in einer Zwangsjacke zu mir in die Schule kommt und mich aufschneiden will.«

»Wie soll er das machen, mit der Zwangsjacke?«

»Zuallererst einmal ist jeder, der in einer Zwangsjacke auf mich losgeht, schon Furcht einflößend genug. Bedenken wir außerdem, dass der Typ Klingenfinger hat, so bekommen wir einen zehnjährigen Griffin, der dermaßen verängstigt war, dass er die DVD nicht länger in der Wohnung haben konnte und meine Eltern sie an eine Nachbarin verschenken mussten.« Ich zeige auf das Poster. »Und hier steht er mir erneut gegenüber, mein Erzfeind, zwanzig Mal größer als auf der DVD-Hülle.«

»Gucken wir ihn uns doch nachher zusammen an.«

»Bei Sekunde eins vom Vorspann wäre ich aus der Tür.«

Jackson geht zu dem kleinen Schreibtisch in der Ecke hinüber. »Wie willst du die Tür noch aufkriegen, nachdem ich dich in eine Zwangsjacke gesteckt habe?«

»Nicht witzig.«

»Du hast recht, tut mir leid.« Jackson hebt beschwichtigend eine Hand. Um gleich darauf die andere hinter dem

Rücken hervorzuholen und mit der Schere darin wild durch die Luft zu schnippeln. Er macht einen Schritt in meine Richtung, fängt dann aber an zu lachen, bevor er mir zu nahe kommen kann – meiner gezückten Faust, um genau zu sein. Grinsend legt er die Schere zurück auf den Schreibtisch. »Waffenstillstand?«

»Waffenstillstand.« Ich lege meinen Rucksack neben seinen.

»Dieses Zimmer ist riesig.« Doppelt so groß wie meins, würde ich schätzen.

»Ja, von den dreien hat Mom mir das größte überlassen. Schätze, sie hat keinen Grund für sich gesehen, in einem Zimmer für zwei zu schlafen. Und vielleicht wollte sie mir nach der Scheidung auch einen kleinen Triumph gönnen. Also: großes Zimmer«, erklärt Jackson und öffnet das Fenster, während Chloe hereinkommt und sich auf ihrem Bett niederlässt.

Als ich mich weiter umschaue, entdecke ich auf dem Schreibtisch das Foto von dir und Jackson, das auch in deinem Zimmer an unserm alten Platz gestanden hat. Jackson beginnt, seine Klamotten zusammenzulegen, und ich gehe ihm zur Hand, bis ich einen Schriftzug in der Ecke an der Wand bemerkte. Ich gehe hinüber, um die verblasste Schrift zu entziffern: THEODORE + JACK. Sein Name in deiner Handschrift, deiner in seiner.

»Was ist das?«, frage ich vorwurfsvoller, als ich will.

Jackson legt einen Sockenknödel beiseite. »Das haben wir nach unserem ersten Streit dahin geschrieben. Und, ja, in dem Streit ging's um dich.«

Er erzählt mir die Geschichte. Eine, die ich noch nicht kenne. Du und Jackson seid nach der Uni wie so oft zum Venice Beach gegangen, um euch die Zeit damit zu vertreiben, die Kunststücke der Muskelpakete nachzumachen und dabei spektakulär zu scheitern. Mitten in Jacksons Radschlag platzte mein Anruf, den du sofort entgegengenommen hast. Jackson ging davon aus, du würdest mich später zurückrufen, doch stattdessen hast du dich in den Sand gesetzt, um dich in Ruhe mit mir zu unterhalten.

»Das ging mir so auf den Zeiger«, sagt Jackson. »Aber ich durfte ja nichts Schlechtes über dich sagen. Nachdem Theo dann zwanzig Minuten später aufgelegt hat, habe ich mich geweigert, überhaupt noch was zu sagen. Das hat er gehasst.«

Du verstehst eben nicht, Theo, dass Schweigen manchmal besser ist als voreiliges Sprechen. Genau dabei entschlüpfen einem nämlich Lügen.

»Ich fuhr uns hierher zurück, damit ich ihm sein Zeug wiedergeben konnte, denn ich wollte mit ihm Schluss machen. Anika hat mir den Teil nicht geglaubt, als ich's ihr erzählt habe, aber genau so war es. Ich wollte nicht länger mit Theos Vergangenheit konkurrieren. Als ich hier auf sein Drängen hin endlich den Mund aufmachte, sagte ich ihm, dass es an dir lag. Da schnappte er sich den nächsten Filzstift und kündigte an, seine Loyalität für mich verewigen zu wollen.«

Jackson macht die Jalousien zu, woraufhin THEODORE + JACK zum Leben erwachen und ozeanblau im Halbdunkel zu schimmern beginnen. Wie hell sie wohl erst leuchten, wenn draußen stockdunkle Nacht ist? Etwas Unschönes regt sich in mir.

»Er wusste nicht, dass er einen alten Leuchtstift von Veronika erwischt hatte. Wenn er mir etwas bedeutete, so sagte er, würde ich auch seinen Namen an die Wand schreiben. Also hab ich mich zu ihm gehockt und genau das gemacht.«

Während Jackson eure Namen betrachtet, fährt er mit sanfter Stimme fort: »Und dann hat er gesagt, dass er mich liebt. Zum ersten Mal. Und ich hab es zurückgesagt.«

Ich schweige. Ein erdrückendes Schweigen. Du hast mir immer von euren Reibereien erzählt, über die ich mich heimlich gefreut habe. Von diesem Streit aber und davon, wie er ausging, hast du mir nie erzählt – nicht ein Wort.

»Wir müssen hier raus«, höre ich mich selbst sagen. »Wenn ich schon Ärger kriege fürs In-Kalifornien-Sein, will ich wenigstens so viel wie möglich dabei rausholen. Wo sollen wir hingehn? Schlag was vor.«

»Wie wär's, wenn wir fahren statt gehen?«, fragt Jackson. Er macht das Licht an und eure Namen verblassen augenblicklich.

»Guter Plan«, sage ich.

Doch Planung wird in diesen Mini-Roadtrip nicht wirklich investiert. Weder schlüpft Jackson aus seinen Turnschuhen in Sandalen, um kalifornischer zu sein (oder zumindest so, wie ich mir Kalifornier vorstelle), noch packt er eine Kühltasche mit Sandwiches und Wasserflaschen. Auch die Sonnencreme für den Fall, dass wir länger als erwartet draußen bleiben, fällt ihm nicht ein. Stattdessen ruft er nur kurz Ms. Lane zu, dass wir eine Runde drehen und damit hat sich's. Jackson führt mich nach draußen zur angrenzenden Garage, in der ein schwarzer Toyota Camry auf ihn wartet. Er setzt sich hinters Steuer und ich mich automatisch auf die Rückbank, wo ich in die Mitte hinter den Rückspiegel rutsche, an dem eine Art Agentenstift für Kinder baumelt.

»Willst du nicht auf den Beifahrersitz?«, fragt Jackson. »Oh, warte. Wie machst du das denn? Sitzt du nie vorne?«

»Doch, sobald ich meinen Führerschein habe oder nach

London gezogen bin.« Oder sobald ich diesen Zwang durchbrochen habe, aber seien wir realistisch: *Hallo, London.*

»Ist notiert.«

Jackson drückt einen Knopf und alle vier Fenster fahren runter. Meeresluft durchflutet das Auto. Er setzt aus der Garage, biegt scharf nach rechts ab und beschleunigt auf der Straße, während mir der Wind auf allerberuhigendste Art und Weise ins Gesicht weht. Gerade will ich schon fragen, wohin wir überhaupt fahren, da macht Jackson das Radio an und dreht den erstbesten poplastigen Sender auf.

Und bevor ich weiß, wie mir geschieht, singt er mit wunderschöner Stimme dieses potthässliche Lied übers freitagabendliche Vorsaufen. Mit einem Arm im Fenster fährt er weiter und wirft hin und wieder den Kopf zurück, um mit geschlossenen Augen einen Ton zu halten, der mir blutig zum Opfer fiele, sollte ich es je wagen, mich so wie er im Moment zu verlieren. Aber es macht mir Spaß, ihm beim Singen zuzusehen, so wie ich dir beim Singen zugesehen habe, im Auto mit deinen Eltern oder allein in deinem Zimmer. Ich schaue zum Beifahrersitz und stelle mir vor, wie du zu Jacksons Rechter sitzt und mit ihm vor dich hin trällerst. Ich stelle mir vor, wie du dich zu mir umdrehst und mich so lange kneifst und zwickst, bis ich in euren Gesang einstimme.

In einem der vielen Paralleluniversen sind wir ein so enges, unzerstörbares Dreiergespann, dass nicht mal ich einen Vierten zum Ausgleichen brauche. Weil ein Vierter nur stören würde. Jackson fährt, du sitzt neben ihm und ich rufe von hinten, dass ihr mal aufdrehn sollt, weil unser Lied gespielt wird, und dann singen wir alle so laut, dass das Radio nicht den Hauch einer Chance hat gegen unseren schrägen, herrlichen Chor. Doch in diesem Universum lebt keiner von uns. Leider.

GESCHICHTE
FREITAG, 18. SEPTEMBER 2015

Der Zeitunterschied und Theos durchgetakteter Stundenplan machen es uns nicht gerade leicht, Skype-Termine zu finden, aber irgendwie kriegen wir es hin. Freitags hat er um vierzehn Uhr Schluss, das heißt, wenn ich um vier von der Schule komme, können wir miteinander reden. Allerdings nur eine Stunde, dann muss er los, zu seinem Nachhilfeschüler.

Kaum bin ich zu Hause, starte ich Skype und Laptop-Theo nimmt meinen Anruf sofort an.

»Du bist zu spät«, beschwert er sich.

»Nur zwei Minuten«, wiegele ich ab.

»Du hast dich soeben um zwei Minuten mit *mir* gebracht. Und ...«, er hält das Carepaket hoch, das ich ihm Anfang der Woche geschickt habe, »ich musste zwei Minuten länger warten, um aufzumachen, was auch immer das hier ist! Bist du das? Bist du in dem Päckchen?« Er schüttelt den Karton, während ich auf meinem Stuhl vor und zurück kippele.

»Mach schon auf!«

Als Theo sich endlich daranmacht, mein Geschenk zu öffnen, taucht hinter ihm – oben ohne, wie immer – sein Zimmergenosse Manuel auf. »Hey, Kumpel.« Er winkt mir kurz zu und fragt, ob er auch sehen darf, was in dem Päckchen ist.

»Ist es jugendfrei?«, fragt Theo.

»Es ist jedenfalls kein Daumenkino, in dem ich mich ausziehe.«

»Verdammt, jetzt, wo du das erwähnt hast, kann alles andere nur schlechter sein. Das hast du dir selbst zuzuschreiben.«

Theo öffnet das Paket trotzdem und zieht ein *Star Wars*- und ein *X-Men*-Ausmalbuch für Erwachsene sowie einen Wackelkopf-Piraten hervor. »Okay, der Wackelpirat ist schon ziemlich cool.«

Manuel nimmt das *X-Men*-Malbuch in die Hand. »Theo, Alter, ein Malbuch hilft dir nicht gerade dabei, hier Freunde zu finden.«

»Ach ja? Aber den ganzen Tag halb nackt rumzulaufen, das hilft?« Theo reißt ihm das Buch aus der Hand. »Danke, Griff.«

Theo und ich unterhalten uns, sooft es geht, und ich habe nicht den Eindruck, dass wir uns auseinanderleben. Obwohl Uni und Nachhilfe ihn ganz schön fordern, findet er immer Zeit für unsere Skype-Dates. Sie *Dates* zu nennen, ist natürlich nicht ganz korrekt, da wir ja offiziell nicht mehr zusammen sind, doch wir verhalten uns noch immer ziemlich pärchenmäßig und keiner von uns ist auf der Suche nach einem Neuen. Solange ich weiß, dass er mich liebt, bin ich auf der sicheren Seite und es besteht keine Gefahr, dass ich völlig den Verstand verliere.

DONNERSTAG, 29. OKTOBER 2015

Da Theo schon zwanzig Minuten zu spät dran ist für unser Skype-Date, schicke ich ihm schnell eine Nachricht. Sie kommt an, aber er schreibt nicht direkt zurück. Dass er heute Nachmittag Nachhilfe gegeben hat, weiß ich – sein Oberstufler muss offenbar Ferienkurse belegen, falls sich seine Noten nicht deutlich verbessern. Aber normalerweise sagt Theo Bescheid, wenn es länger dauert, damit ich nicht wie ein erbärmlicher, liebeskummriger Idiot vor dem Laptop warte.

So wie jetzt gerade.

Noch dazu bin ich ein erbärmlicher, liebeskummriger Idiot im Han-Solo-Kostüm, weil ich Theo schon mal zeigen wollte, wie ich an Halloween aussehe. Vielleicht ist er noch auf dem Heimweg und sein Handy soll nicht nass werden. Er ist zu Fuß unterwegs und hat vorhin erwähnt, dass es ziemlich stark regnet.

SAMSTAG, 31. OKTOBER 2015

»Schon verrückt – jetzt ist es ein ganzes Jahr her, dass du mir bei dem Essay geholfen hast, der mich hierhergebracht hat«, sinniert ein fast fertig verkleideter Theo. Fehlen nur noch die Wolverine-Krallen, die er in diesem Moment befestigt. »Von einem Tag auf den andern kann sich alles ändern.«

»Ich würde eher sagen, von einem Jahr aufs andere, aber du hast recht. Dass du da drüben bist, ist meine Schuld«, sage ich und halte mir Han Solos Blaster an die Schläfe. »Hätte ich dich mal den ersten Essay abgeben lassen.«

»Wahrscheinlich hätten sie mich trotzdem genommen.«

Streng schaue ich den Bildschirm an. »Letztes Jahr, als wir diese Party verpasst haben, warst du noch nicht so überzeugt von dir. Das College ist dir wohl zu Kopf gestiegen?«, witzele ich. Zumindest glaube ich, dass ich das tue.

»Wie schon gesagt, von einem Tag auf den anderen kann sich alles ändern. Tut mir auf jeden Fall leid, dass unser Skype-Chat heute eher eine Stippvisite ist. Die Party steigt ein Stück weg vom Campus, dafür sollen die Jell-O-Shots einem das Hirn rausblasen.«

»Ist das jetzt gut oder schlecht?«

»Wir werden sehen.«

Irgendwie werde ich das Gefühl nicht los, dass er die Jell-O-Shots mir vorzieht, aber ich sage nichts. Schon klar, dass er mal rauskommen und Spaß haben muss, um nicht durchzudrehen. Man kann vermutlich nur eine gewisse Zeit lang mit seinem gleichzeitig besten Freund und Exfreund videochatten, ohne *mehr* zu wollen. Ich selbst vergesse während unserer Gespräche regelmäßig dieses *Mehr*, aber ich kann mir gut vorstellen, dass es ihm fehlt.

»Schon okay«, sage ich. »Ich treff mich eh gleich mit Wade. Hast du in letzter Zeit mal mit ihm gesprochen?«

Theo runzelt die Stirn. »Ich hab ihm vor ein paar Tagen mal geschrieben, aber seitdem nichts gehört.«

»Dann richte ich ihm aus, dass er dir antworten soll.«

Theo hält stolz die Hände vor die Kamera und seine insgesamt sechs Plastikkrallen sehen mega aus. »Mach dir deshalb keinen Kopf, Han.« Er zwinkert mir zu. Da klopft es an der Tür und er springt auf. »Boah, Manuel hat schon wieder seinen Scheißschlüssel vergessen. Moment.« Auf dem Weg zur Tür brüllt Theo: »Vielleicht hättest du dir vorher überlegen sollen, dass es an einem Tarzankostüm keine Taschen gibt, um – oh. Hey.«

»Überraschung!« Die Stimme kenne ich nicht und mir ist nicht ganz klar, ob Theo sie kennt.

»Hey«, sagt Theo noch mal.

»Gelb steht dir«, sagt der Typ. »Du siehst super aus.«

Theo antwortet nicht.

»Schlechter Zeitpunkt?«

Vermutlich geht mich dieses Gespräch nichts an, aber ich logge mich nicht aus.

»Nein, ich skype nur gerade mit einem Freund. Wartest du kurz hier draußen? Dann sage ich noch schnell Tschüs.«

Die Tür wird geschlossen und ich sehe Theo zurückkommen. Er wird rot. »Sorry, das war Jackson, bei dem ich heute mitfahren kann. Ich sollte ihn nicht warten lassen.«

»Okay.«

»Bleibt es bei unserm Chat morgen?«

»Ja.«

»Alles klar, Griffin. Pass auf dich auf. Möge die Macht mit dir sein.«

»Mit dir auch, Theo. Mach's gut.« Daran, dass Han Solo der Macht skeptisch gegenübersteht – jedenfalls zu Anfang –, erinnere ich ihn nicht. Bevor er sich ausloggt, präsentiert er noch einmal seine Krallen und schenkt mir ein Lächeln, das irgendwie unecht wirkt.

Auf einmal habe ich keine Lust mehr, feiern zu gehen, sondern grüble darüber nach, dass er das Wort *Skype-Date* vermieden hat. Und dass ich nur »ein Freund« bin, nicht mehr.

Ein weiterer Samstag, ein weiteres Skype-Telefonat. Theo erzählt mir superausführlich von einer Flipperhalle, wo er gestern mit Manuel und ein paar anderen war – dieser Typ von Halloween, Jackson, war auch dabei. Vermutlich sollte ich nicht zu viel zwischen den Zeilen lesen, denn *was* ich da lese, ist eine deutliche Warnung, mich zu wappnen. Ich kenne Theo schon ein paar Jahre, ich spüre, wann er kurz davorsteht, große Neuigkeiten zu verkünden. Nur diesmal sagt mir mein Gefühl, dass es nicht so wundervolle Neuigkeiten sind wie damals, als er mir in der U-Bahn seine Gefühle offenbart hat.

»Wer hat gewonnen?«

»Manuel«, sagt Theo. »Der Typ ist 'ne Maschine. Für die Flipperhalle zieht er sich sogar was an und geht unter Leute.«

»Klingt, als hättest du bald ein Team zusammen.«

»Kein Vergleich zu euch«, sagt Theo. »Du weißt ja, wie das ist. Man trifft irgendwelche Leute, verbringt eine gewisse Zeit zusammen – und wenn die Schule oder das College rum ist, sieht man sie nie wieder.« Hastig fügt er hinzu: »Mit euch beiden passiert das natürlich nicht. Ehrenwort.«

Von wegen. Es passiert schon. Wade und Theo haben sich mal wieder in die Haare gekriegt und keiner von beiden gibt zu, worum es ging. Wahrscheinlich ist es irgendwas total Banales. Jedenfalls bin ich gerade Theos einzige Verbindung zum Team. Vorausgesetzt, Wade und ich zählen überhaupt als Team – ohne Theo. Schließlich hält er uns zusammen, ist er unser Klebstoff.

»Aber Jackson ist ziemlich cool. Zwischen ... ähm, also, möglicherweise ist da was zwischen uns«, sagt Theo und vermeidet jeglichen Augenkontakt. Er gesteht etwas, das ich seit Halloween geahnt habe. Aber durch eine Ahnung fängt kein Zimmer an, sich zu drehen. Eine Ahnung ist noch keine Gewissheit. »Na ja, ist noch ein bisschen früh, um sicher zu sein.«

»Cool«, lüge ich. Eine kleine Lüge, noch. Dabei ist mir klar, dass die Lügen umso größer werden, je länger Theo mit diesem Jackson zu tun haben wird.

»Seit einer Woche will ich dir das schon erzählen. Es ist alles total verwirrend, weil ich noch nicht über dich hinweg bin. Aber es gefällt mir, Zeit mit Jackson zu verbringen«, fährt Theo fort. Jacksons Name schnürt mir die Luft ab, nur darf ich das nicht zeigen, denn jetzt sieht Theo mir wieder in die Augen. »Ich wünsche mir, dass wir darüber reden können, Griff. Du bist mir superwichtig und immer noch mein Lieblingsmensch. Aber wenn du nichts darüber wissen willst, kann ich schlecht sauer auf dich sein. Was denkst du?«

Als wäre alles in Ordnung, nicke ich. Na super, meine Mimik lügt gleich mit. »Natürlich will ich für dich da sein, Theo. Hör zu, wir sind nicht mehr zusammen. Ich hab mir schon gedacht, dass so was passieren würde, und genau deshalb habe ich mit dir Schluss gemacht. Du tust nichts Falsches.« Außer allem, was wir waren, ins Gesicht zu spucken, indem du dir nach nur zwei Monaten jemand Neuen anlachst. »Wie habt ihr euch kennengelernt?«

»An dem Tag, als ich zu spät zu unserem Skype-Gespräch kam. Es hat geregnet und Jackson ist rechts rangefahren und hat mir angeboten, mich mitzunehmen. Auf dem T-Shirt von der Rückbank, das er mir zum Abtrocknen gegeben hat, stand *Santa Monica College*. Wir kamen ins Gespräch und haben uns für später am Abend verabredet, um noch ein bisschen zu quatschen.« In seiner Stimme schwingt Erleichterung mit. Er ist froh, sich das endlich von der Seele reden zu können. »Ich glaube, du würdest ihn mögen.«

Ich bringe ein falsches Lächeln zustande. »Einen guten Geschmack hast du ja.« Lachen statt Brüllen. »Und an Halloween? Hast du da wirklich nicht mit Jackson gerechnet?«

»Überhaupt nicht«, antwortet Theo atemlos, »da wollte ich doch mit dir chatten.«

»Als was war er verkleidet?«

»Cyclops«, antwortet Theo. »Er hatte früher diese Wolverine-und-Cyclops-Fantasie, also dachten wir, es wäre witzig.«

Keine Ahnung, was daran witzig sein soll, ein Partnerkostüm zu tragen, wenn man kein Pärchen ist, aber gut. »Du, ich muss Wade noch zurückrufen«, lüge ich. »Aber schick mir doch ein Foto von Halloween, wenn du eins hast. Ich würde gern sehen, wie der Junge aussieht.« Vermutlich mein erster und einziger ehrlicher Satz in diesem Gespräch.

»Wird gemacht. Steht unser Telefonat morgen?«

»Jap.« Auf keinen Fall halte ich einen weiteren Videochat durch, solange dieser Jackson auf der Bildfläche rumturnt. Heute mag ich mich ja noch einigermaßen okay geschlagen haben, aber mein Gesicht wird mich früher oder später verraten. Also nur noch Telefonate ab jetzt. Dann kriegt er auch meine Ticks nicht so mit. »Vergiss nicht, mir ein Foto zu schicken. Ciao, Theo.«

Theo holt tief Luft und wiegt den Kopf. »Mach's gut, Griff.«

Ich logge mich aus.

Und starre auf mein Handy. Sicher kommt gleich das Foto an.

Keine Ahnung, warum ich mir das antue. Jedes Wort von Theo fühlte sich an, als würde er mir einen Backstein ins Gesicht werfen. Natürlich will er mich nicht absichtlich verletzen. Dafür liebt er mich noch genug. Aber sobald ein Stein erst geworfen ist, liegt er nicht mehr in seiner Hand, sondern ich muss entscheiden, ob ich ausweiche. Doch wenn ich das tue, wird Theo denken, ich wäre nicht stark genug, um den Schmerz auszuhalten. Und damit hätte er wahrscheinlich recht.

Ob Jackson wohl aussieht, wie ich ihn mir vorstelle? Mit allem ausgestattet, was mir fehlt? Muskeln, Surferbräune, noch goldenere Haare als Theo, unwirklich blaue Augen, die einen zum Dichter werden lassen, gepflegte Out-of-Bed-Bartstoppeln?

Das Vibrieren meines Handys kündigt mir zwei Dateien an. Bevor ich einen Rückzieher machen kann, öffne ich sie. Das erste Foto zeigt Jackson, allein, auf irgendeinem Fußboden. Nicht, was ich erwartet hatte. Überhaupt nicht. Dieser Typ erinnert mich an mich selbst. Gleicher Teint, gleiche dunkle Haarfarbe, die gleichen langen Beine und das gleiche Grinsen. Theo hat einen Griffin-Klon aufgetan. Wetten, dass er auf Jacksons rechter Seite geht?

Auf dem zweiten Foto legt Wolverine-Theo einen Arm um Cyclops-Jacksons Schulter und beide lächeln.

Seltsamerweise fühle ich mich jetzt besser. Ich bin wohl nicht aus dem Rennen. Auch wenn ich Theos Steinwürfe aushalten muss, um ihn nicht zu verlieren, müssen sie mich noch lange nicht treffen.

Ich kann sie auffangen.

DONNERSTAG, 31. DEZEMBER 2015

Letztes Jahr an Silvester hatte ich die blödsinnige Idee, Unwetter wären etwas Tolles. Tja, und nun hat ein Unwetter Theo und Jackson zusammengeführt. Außerdem habe ich die Rechnung ohne den Blitz gemacht – der im vergangenen Jahr immer und immer wieder eingeschlagen hat.

Der Blitz hat mich getroffen, als Theo seine Collegezusage bekam.

Der Blitz hat mich getroffen, als Theo seine Sachen packte.

Der Blitz hat mich getroffen, als Theo wegzog.

Der Blitz hat mich getroffen, als Theo Jackson kennenlernte.

Und ich kann nichts tun, nur abwarten, bis er wieder einschlägt. Es würde auch nichts bringen, den Kontakt zu Theo abzubrechen, denn meiner Fantasie würde das keine Grenzen setzen. Heute Nacht schon gar nicht. Da Theo sich garantiert nicht von Jackson wegstehlen und mich um Mitternacht (New Yorker Zeit) anrufen wird, versuche ich, mich zum Einschlafen zu zwingen. Ich ertrage es nicht, wach zu sein, wenn er in ein paar Stunden, in einer völlig anderen Zeitzone, Jackson küsst.

Zu seinem Geburtstag im Februar kommt Theo endlich mal nach Hause. Wenn ich bis dahin stark bleiben kann, wenn ich immer wieder aufstehe, nachdem der Blitz eingeschlagen hat, dann habe ich eine Chance, ihn zurückzugewinnen.

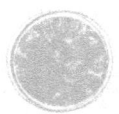

GEGENWART
MONTAG, 12. DEZEMBER 2016

Jackson fährt auf den Parkplatz einer Kirche. Vermutlich sollte ich ihn daran erinnern, dass ich mit Gott auf Kriegsfuß stehe, aber ich lasse es bleiben. Der Ort ist wunderschön. Ich lehne mich weit aus dem Autofenster, um die sandfarbenen Mauern und das Spiel des Sonnenlichts auf den Buntglasfenstern zu bewundern. Dass du mit Jackson zur Kirche gegangen bist, hast du zwar nie erwähnt, aber überraschen würde es mich nicht. Ich möchte nicht respektlos sein, dennoch wirkt diese Kirche auf mich wie der Glaube im Allgemeinen: verheißungsvoll von außen, desillusionierend von innen.

Doch diese ketzerischen Gedanken behalte ich für mich. Jackson möchte bestimmt für dich beten – wo auch immer du sein magst.

Er steigt aus dem Auto und ich folge ihm. Hier ist es so schön, dass sich mir ein seltsamer Gedanke aufdrängt. In Kalifornien zu trauern, ist weniger schlimm als in New York, wo einen schon das Wetter runterzieht. Allein dass Jackson mir diese Flucht ermöglicht, ist eine Hilfe.

»Auf den Fahrersitz mit dir«, sagt er.

»Wie bitte?«

»Ich bringe dir jetzt Autofahren bei.« Er geht zum Beifahrersitz.

»Warte, bist du nicht zum Beten hier?«

»Nein. Wir nutzen nur den Parkplatz. Montagnachmittags ist es hier nicht gerade brechend voll.«

»Was zur Hölle! Meinst du das ernst?« Selbst wenn ich es wollte: Ich kriege das Grinsen nicht aus meinem Gesicht.

»Verdammt, Griffin, fluchst du etwa?«

Kaum zu glauben, was ich hier tue, aber warum eigentlich nicht? Also setze ich mich hinters Steuer und Jackson nimmt auf dem Beifahrersitz Platz. Hastig schnallt er sich an, als würde ich uns beide im nächsten Moment in die Kirchenmauern donnern. Auf dem Fahrersitz zu sitzen, ist schräg. Die letzten paar Jahre habe ich nicht mal vorne gesessen.

Geduldig erklärt Jackson mir, wohin ich die Hände legen muss, und ich schimpfe ihn ein schlechtes Vorbild, weil *er* beim Fahren den Arm aus dem Fenster hängen lässt. Er bringt mir alles bei, was ich über Spiegel, Wendemanöver und Verkehrsschilder wissen muss, sogar Benimmregeln – als ob ich hier jemandem zu dicht auffahren könnte!

Los geht's. Bei knapp über zwanzig km/h stehe ich schon total unter Strom. Ich fühle mich wie in einem dieser Videospielrennen, nur dass ich hier keinen Totalschaden riskieren kann. Mit diesem Auto können wir vermutlich nicht respawnen. Jackson ermuntert mich, ein bisschen mehr Gas zu geben, und ich drücke prompt das Pedal zu fest. Erschrocken trete ich auf die Bremse und Jacksons Kopf wird nach vorne gerissen. Ich kann kaum glauben, dass er noch fest auf seinen Schultern sitzt und nicht durch die Windschutzscheibe gesegelt ist. Hier, auf diesem Kirchparkplatz, werde ich das jetzt mal in aller Deutlichkeit sagen: Gott segne den Erfinder des Anschnallgurtes!

Trotzdem schubst Jackson mich nicht vom Fahrersitz, sondern lacht nur. Weiterfahren soll ich und mich nicht verrückt machen.

Nach einer Weile habe ich den Dreh raus. Ich fahre Runden wie ein Profi. Es ist befreiend, hinterm Steuer zu sitzen und bestimmen zu können, ob es nach links oder rechts geht, vorwärts oder rückwärts. Es ist befreiend, die Kontrolle zu haben.

Auf dem Highway zu fahren – dazu hat selbst Jackson mich nicht überredet. Wenn man bedenkt, dass wir sonst vermutlich nicht lebendig beim College angekommen wären, war das eine durchaus vernünftige Entscheidung. Auf der Homepage und in deinen Nachrichten wirkte dein Studentenwohnheim größer und irgendwie heimeliger. In Wirklichkeit ist es ein bisschen trostlos. Vielleicht warst du auch deshalb so oft bei Jackson, bei seiner superfreundlichen Mutter und seinem ebenso freundlichen Hund.

Seltsam, dass die Studenten bei diesem Wetter fast alle dicke Kapuzenpullis tragen. Aber wahrscheinlich ist das ein typisch kalifornisches Phänomen – die Leute hier halten Temperaturen um die 16 Grad für kalt. Daran hast du dich ja auch ziemlich schnell angepasst. Im Dezember oder Januar, ich weiß nicht mehr ganz genau, haben wir mal telefoniert und du hast erwähnt, dass du dir noch schnell einen Pulli holen willst, weil es »ein bisschen frisch« wurde. Zur gleichen Zeit hatte ich mit Temperaturen weit unter null zu kämpfen, trug mehrere Pullis unter meiner Jacke, hatte aber meine Handschuhe vergessen. Das Handy in der Hand zu halten, war also grausam. Eine willkommene Ausrede, um aufzulegen. Du klangst mir zu glücklich-kalifornisch, zu fremd. Jetzt kann ich es ja zugeben.

Kaum hat Jackson den Wagen abgestellt, da kommen schon ein paar Mädchen auf ihn zu, sprechen ihm ihr Beileid aus und sagen, wie sehr sie dich vermissen. In meinem Hals bildet sich ein Kloß. Damit hätte ich rechnen müssen. Jackson dreht sich mehrmals nach mir um und ich frage mich, ob er mich vorstellen möchte oder ob ich ihn retten soll. Doch immer mehr Kommilitonen kommen hinzu und bilden fast eine Mauer zwischen uns.

Okay, kein Grund zur Panik. Das hier ist sowohl ein Zeichen für deine und Jacksons Verbundenheit als auch dafür, wie beliebt du warst. Jackson scheint den Tränen nahe. Ich schnappe Fetzen von mir fremden Erinnerungen auf, die alle zugleich gehört werden wollen:

»... so lustig – wisst ihr noch, wie ich vor Lachen meinen Margarita ausgespuckt habe, als wir zum ersten Mal feiern waren?«

»Und er hat mich so oft seine Seminaraufgaben abschreiben lassen, wenn ich ihm dafür Videospiele geliehen habe. Mann, der war echt tiefenentspannt.«

»Ich dachte ja, dass mich keiner im Schach schlägt – bis ich gegen Theo gespielt habe.«

»Vermutlich der einzige Mensch, den man nur kurz bittet, ob er einem die Fernbedienung reparieren kann, um sich dann geschlagene vier Stunden prächtig zu unterhalten.«

Sie vermissen dich. Vielleicht waren ein paar von ihnen sogar deine Freunde.

Ich tippe Jackson auf die Schulter und tue so, als bräuchte ich ihn für irgendwas. Er zittert und ich lege einen Arm um ihn. Plötzlich verstummen alle. Blicke folgen uns, während wir Arm in Arm ins Gebäude gehen. Vielleicht ziehen manche jetzt falsche Schlüsse – aber mich interessiert gerade nur, dass Jackson nicht zusammenbricht. Vor allem nicht, bevor wir deine Sachen aus dem Zimmer geholt haben. Immerhin hat meine Flucht auch etwas Konstruktives. Selbst meine Eltern sehen das ein. Wir werden entscheiden, was von deiner Hinterlassenschaft Jackson behalten soll und was deine Familie bekommt.

Jackson lotst mich unbeirrt durch endlose Gänge und an zahllosen Türen vorbei, die sich abgesehen von vereinzelten Flyern oder ein bisschen Deko absolut gleichen. Während ich mich sogar manchmal in New York auf dem Weg nach Hause verirre – wenn ich zum Beispiel einen anderen Weg gehe oder mich in meinen Gedanken oder einem Song verliere –, findet Jackson den Weg zu deinem Zimmer vermutlich blind. Durch meine Post an dich weiß ich, dass es Zimmer 10 West ist. Wäre mir das aus irgendeinem Grund entfallen, so hätte ich deine Tür spätestens an den Blumen, Kerzen und den mit Tesafilm befestigten Abschiedsbriefen erkannt.

Der Kloß ist wieder da. Ich bringe es nicht über mich zu lesen, wie sehr andere Menschen dich vermissen, es tut zu sehr weh. Jackson und ich sind nicht die Einzigen, die trauern. Keine Ahnung, wann du Jackson einen Zweitschlüssel gegeben hast, aber er schließt auf und wir steigen vorsichtig über die Blumen.

»Da wären wir«, sagt Jackson mit zittriger Stimme. »Fühlt sich an wie in einer Geisterstadt.«

Dieses Zimmer kannte ich bisher nur von den Fotos, die Jackson und du zu Anfang des Semesters gepostet habt, um zu feiern, dass du im zweiten Studienjahr ein eigenes Zimmer bekommen hast. Auf dem Schreibtisch befinden sich dein Laptop, deine iPhone-Dockingstation, der Wackelpirat und die Ausmalbücher, die ich dir in meinem ersten und einzigen Carepaket geschickt habe, außerdem eine *Star Wars*-Tasse mit Stiften. Dein Einzelbett ist nicht gemacht und sehr schmal. Wenn Jackson zu Besuch war, musstet ihr euch bestimmt eng aneinanderkuscheln, damit keiner rausfiel. Ich weiß nicht genau, wann du und Jackson zum ersten Mal Sex hattet, aber zum ersten Mal erwähnt hast du es, nachdem ihr schon ein paar Monate zusammen wart. Ganz beiläufig. Verpackt in einen Witz, vorsichtig das Terrain sondierend, wie um mal zu testen, ob ich lachen würde. Habe ich. Trotzdem musst du mitgekriegt haben, dass es mich verletzte, denn du hast nie wieder davon gesprochen. Entweder das oder ihr hattet einfach keinen Sex mehr, was – seien wir ehrlich ... ich kenne dich doch.

»Bin gleich wieder da. Ich hole nur schnell ein paar Kartons«, sagt Jackson leise und lässt mich allein.

Ich hasse es, dass du nicht in diesem Bett liegst und schläfst oder dir über Kopfhörer einen Song anhörst, den du mir empfehlen wirst. Von deinem Schreibtisch nehme ich mir den Wackelpiraten, stupse seinen Säbel an und beobachte seinen wackelnden Kopf mit dem riesigen Grinsen. Als wäre er der einzige vom Zombie-Virus verschonte Pirat, jetzt im Besitz der Schatzkarten der anderen und bereit, die Segel zu hissen, um alle Schätze einzusammeln. Immer wieder schnipse ich den Säbel an, bis Jackson zurückkommt.

»Macht es dir was aus, wenn ... wenn ich den Piraten behalte?«, frage ich ihn. Klar, ich habe ihn dir geschenkt, aber vielleicht bedeutet er Jackson ja auch etwas. Vor ein paar Wochen hätte ich diese Frage nicht gestellt.

»Er gehört dir«, antwortet Jackson und setzt ein paar Umzugskartons auf dem Boden ab.

»Danke. Theo und ich hatten diesen Insider mit Piraten.« Ich setze mich aufs Bett und schnipse weiter im Zweiertakt vor mich hin.

»Die Zombiepiraten-Apokalypse, oder? Davon hat er mir erzählt.«

Der Pirat macht ein Kleinkind aus mir, ein verwirrtes, schluchzendes Kleinkind. Jackson setzt sich zu mir und legt tröstend den Arm um mich. Ich lasse den Piraten über mein Bein wandern, als würde er über die Planke gehen und in den Ozean fallen, in Jacksons Schoß. Kurz zuckt Jackson zusammen, dann lacht er leise und zieht mich noch näher an sich. Der Körperkontakt fühlt sich verstörend gut an. Ob Jackson wohl genauso denkt? In der Hoffnung, mich noch etwas mehr an ihn lehnen zu können, rutsche ich ein bisschen herum, aber er hält das offenbar für ein Zeichen von Unbehagen und lässt mich los.

Vielleicht tröstet ihn das nicht auf dieselbe Weise. Vielleicht habe ich hier eine Grenze überschritten, die ich nicht hätte überschreiten sollen.

Wir machen uns an die Arbeit, packen deine Sachen zusammen. In den ersten Umzugskarton legt Jackson Oberteile und Jeans, die ich nicht kenne, in den zweiten werfe ich alles, was sich auf und in deinem Schreibtisch findet. Keine zwanzig Minuten brauchen wir dafür und nicht mehr als diese beiden Kartons.

Als wir fertig sind, weine ich noch immer ein bisschen. Wie kann es sein, dass dein ganzes Leben hier in zwei Kartons passt?

Ich kann nicht mal so tun, als hätte ich bloß Jetlag, so wie andere Menschen, die zum ersten Mal die Zeitzone wechseln. Schon der erste Tag der Theo-Tour strengt mich viel mehr an, als ich erwartet habe. Jackson scheint es genauso zu gehen. Seit wir losgefahren sind, schweigt er. Meinen Einwurf vom Rücksitz, er solle doch etwas Musik anmachen, hat er überhaupt nicht wahrgenommen.

Erneut fällt mir der Agentenstift ins Auge, der an seinem Rückspiegel baumelt. Obwohl ich befürchte, dass er ihn von dir hat, frage ich nach.

»Geschenk von meinem Dad zum siebzehnten Geburtstag«, gibt Jackson zurück und nimmt den Stift kurz in Augenschein, bevor er sich wieder auf die Straße konzentriert. »So ab dreizehn, vierzehn hatte ich das Interesse an Geburtstagsgeschenken eigentlich verloren. Das wusste er auch, trotzdem hat er mir diesen Stift von einem Flughafen in Chicago mitgebracht, weil ich als Kind total auf Agenten stand. Letztes Jahr habe ich Theo angeschwindelt und gesagt, die limitierte Daredevil-Sammelfigur, die er für mich besorgt hatte, wäre das beste Geschenk aller Zeiten – aber das beste Geschenk aller Zeiten ist in Wahrheit dieser Agentenstift.«

Bestimmt ist die Daredevil-Figur nur ganz knapp Zweiter geworden, Theo.

»Wie cool!«, sage ich erstaunt. »Nach allem, was ich bisher von deinem Dad gehört habe, hätte ich das nicht erwartet. Klar, er ist großzügig bei Flügen und so, aber das ist ja was ganz anderes.«

»Eben«, stimmt Jackson mir zu. »Ich hatte echt die Freude an den Geschenken meiner Eltern verloren. Was sie mir nicht alles gekauft haben – aber jedes Mal hatte ich das Gefühl, sie wollten mich damit ködern. Das größte Schlafzimmer und ein Auto von meiner Mom, ein fetter Laptop von meinem Dad ... Und dann kauft er mir eines Tages diesen Agentenstift – im Grunde nur eine Taschenlampe, die mit unsichtbarer Tinte schreibt. Aber dieses Teil erinnert mich daran, wie meine Eltern früher, als ich klein war, zusammengearbeitet haben, wie sie sich geheime Missionen für mich ausgedacht haben, mit Codes und so.«

Darüber denke ich kurz nach. »Aber du bist doch froh, dass sie sich getrennt haben, oder?«

»Schon. Sie hassen sich. Aber etwas so Simples wie die Planung einer Agentenmission für mich lässt mich erahnen, was für ein gutes Team sie hätten sein können.«

»Wenn du mir jetzt sagst, dass er an deinem Rückspiegel hängt, weil du dadurch immer auf diese Zeit *zurück*blicken kannst, dann box ich dir in die Eier.«

Jackson lacht. »Lass meine armen Eier da raus. So philosophisch bin ich nun auch nicht. Der Stift hängt da, damit er nicht verloren geht. Bei all dem Hin und Her ist das Auto die einzige Konstante in meinem Leben.«

»Jetzt bist du aber gefährlich nah dran an philosophischem Bullshit.«

»Na gut, na gut. Also, ich habe den Stift im Auto, um mir damit jederzeit meine geheimsten Gedanken von der Seele schreiben zu können. Mit unsichtbarer Tinte, damit keiner sie je lesen kann.«

»Jeder weiß doch, wie unsichtbare Tinte funktioniert.« Drohend hebe ich die Faust, als ließe ich sie gleich auf seine Kronjuwelen runtersausen. »Nächster Versuch.«

»Man weiß nie, wann man mal eine Taschenlampe gebrauchen kann?«

»Schon besser.« Besänftigt lasse ich die Faust sinken.

Er grinst und im Rückspiegel sehe ich auch mich grinsen.

Ohne Vorwarnung fährt er plötzlich rechts ran und macht den Motor aus. Wir stehen an einer Kreuzung, neben einer steilen Felswand. Keine Ahnung, warum ich mir immer gleich das Schlimmste ausmale, aber obwohl Jackson völlig korrekt gefahren ist – sieht man davon ab, dass er beim Mitsingen manchmal die Augen schließt oder mal die Hände vom Steuer nimmt –, drehe ich mich in der Erwartung um, ein Polizeiauto hinter uns zu entdecken. Jacksons ernster Gesichtsausdruck würde dazu passen. Doch er löst den Sicherheitsgurt, dreht sich zu mir und sagt: »Das ist ungefähr die Stelle, an der Theo und ich uns kennengelernt haben.«

Das haut mich um. Mir fehlen die Worte.

Ungelenk steigen wir aus. Ich bin wie betäubt, bis ich auf etwas Metallenes trete – das knirschende Geräusch reißt mich aus meiner Starre. Es ist nur eine Pepsi-Dose, die wohl jemand aus einem vorbeifahrenden Auto geworfen hat. Der Boden ist eine faszinierende Mischung aus Erde und Sand. Wenn ich ihn für jemanden zu Hause beschreiben müsste, würde ich ihn mit dem Boden des Baseballfelds im Central Park vergleichen. Als du Jackson getroffen hast, war er wohl dunkel und nass, vielleicht schlammig. Plötzlich wünsche ich mir, deine Fußspuren hätten unberührt überlebt, wie in Zement, sodass ich jetzt in deine Fußstapfen treten und deinen Schritten folgen könnte. Doch in Wahrheit brauche ich das gar nicht mehr, muss nicht mehr jeden Zentimeter deines Wegs nachzeichnen, der dich an diesem Regentag in dieses Auto geführt hat. Langsam erkenne ich, was du in Jackson gesehen hast.

»Seid ihr danach noch öfter hier gewesen?« Vielleicht eine zu persönliche Frage, aber wahrscheinlich war es so. Du und ich haben mit Vorliebe die L-Linie genommen und uns immer gefragt, ob wir wohl in *unserem* Waggon saßen, in dem sich der Prolog zu einer Liebesgeschichte abspielte, die episch hätte werden sollen.

»Einmal im Monat«, bestätigt Jackson.

»Warum nur einmal?«

»Wir haben uns das für unseren Monatstag aufgespart. Ich weiß, Monatstage zu feiern ist albern. Mir hat es aber eine Menge bedeutet. Das mit Theo war zum ersten Mal richtig ernst für mich und ich *wollte* allem Bedeutung verleihen, besonders, weil ich mich nach meinem Ex so wertlos gefühlt habe. Natürlich musste ich Theo regelmäßig an das Datum erinnern, aber er ist mir zuliebe immer gerne mitgekommen.«

Auch du und ich haben Monatstage gefeiert. Und auch das war nicht deine Idee. Nach sieben Monaten hörten wir aber damit auf, zumindest bis zum Jahrestag, und nicht mal da haben wir etwas Besonderes veranstaltet. Wir haben das Datum zur Kenntnis genommen, Witze darüber gemacht, dass wir einander ein Jahr überlebt haben, und das war's. In meinen Augen waren *all* unsere Unternehmungen besonders, selbst etwas so Banales wie ein Nachmittag mit einem Ausmalbuch für Erwachsene.

»Ja, so war Theo – er wollte es gerne allen recht machen.«

Ein schönes Bild: Jackson und du, wie ihr zusammen auf einem der Felsbrocken sitzt und die Autos beobachtet oder euch einfach umarmt. Ich sehe es förmlich vor mir. Hätte ich mal gelernt, mich aufrichtig für dich zu freuen, als du noch am Leben warst. Wäre ich nur bereit gewesen, Jackson zu treffen, als du ihn mit nach New York gebracht hast!

»Du kommst oft hier vorbei, oder? Meinst du, du wirst jedes Mal anhalten? Oder nur an den Monatstagen? Oder nimmst du einen anderen Weg?«

»Bestimmt komme ich nicht nur zu unserem Monatstag.«

»Und wenn du jemand Neuen hast?«

Jackson verzieht das Gesicht. Er hebt die Hände, als würde er Sand daraus zu Boden rieseln lassen und zuckt schließlich mit den Schultern. »Keine Ahnung. Im Moment denke ich überhaupt nicht darüber nach, jemanden kennenzulernen. Du?«

»Pfft, nein. Aber darüber denke ich schon seit einer ganzen Weile nicht nach. Alle versuchen uns ja ständig daran zu erinnern, dass wir jung sind und unser ganzes Leben noch vor uns haben. Das fand ich schon immer bescheuert. Genau in diesem Moment könnte jemand von dem Felsvorsprung da einen Anker auf uns drauffallen lassen und zack – tot.«

»In einem Cartoon vielleicht«, entgegnet Jackson.

»Du bist neunzehn, ich siebzehn. Ich bin der Letzte, der sagt, dass wir uns direkt ins Datingleben stürzen sollten, aber wahrscheinlich sollten wir irgendwann zumindest offen für jemand Neuen sein, oder? Theo ist fort und manchmal frage ich mich schon, ab wann das in Ordnung ist.«

Jackson schüttelt den Kopf. »Darüber kann ich gerade wirklich nicht nachdenken«, sagt er, mit einem Unterton, der zweierlei bedeuten könnte, und beides gibt mir ein beschissenes Gefühl. Entweder er verurteilt mich dafür, dass ich das Thema überhaupt anschneide, oder er glaubt, ich hätte eh schon längst jemand anderen kennenlernen sollen, weil du und ich schon so lange nicht mehr zusammen waren, als du gestorben bist. Hoffentlich nicht Letzteres. Liebe beginnt und endet nicht mit einem Beziehungsstatus.

Ich lasse es gut sein und sage ihm, dass ich im Auto auf ihn warte, damit er einen Moment alleine an diesem Ort sein kann, der für euch so wichtig war. Auf der Rückbank stütze ich die Arme auf einen deiner Kartons und betrachte Jackson durchs Fenster. Er weint nicht, und was für mich noch auffälliger ist, er redet nicht mit sich selbst, heißt, er redet auch nicht mit dir. Ich frage mich, wann das wohl anfängt.

Nach ein paar Minuten kommt er zurück zum Auto. »Ich bin so weit, wir können los. Ist das okay für dich?«

»Ja.«

Auf der Rückfahrt herrscht unangenehmes Schweigen. Ich sollte dieses Schweigen mit Erklärungen füllen, damit es sich nicht ausdehnt. Um aber zu erklären, warum ich davon geredet habe, dass wir offen für jemand Neuen sein sollten, fehlt mir die Kraft. Jedenfalls würdest du bestimmt nicht wollen, dass wir dir ewig nachtrauern. Oder?

Als wir in Jacksons Garage fahren, beende ich das Gespräch mit meiner Mutter. Ich versichere ihr zum vierten Mal, dass ich mein Versprechen halten werde und eine Therapie anfange, sobald ich zu Hause bin.

Heute habe ich drei Stunden gewonnen – natürlich wären vier besser gewesen –, aber sie haben mir so viel abverlangt, dass ich jetzt den Preis dafür bezahle. Ich bin völlig k.o. Trotzdem bereue ich nichts, außer vielleicht, dass ich unseren Tag nicht auf Facebook oder Instagram festgehalten habe. Beide Accounts habe ich seit kurz nach deinem Tod nicht mehr angerührt.

Chloe bellt nicht, als wir das Haus betreten, sondern wedelt nur mäßig begeistert mit dem Schwanz. So spannend bin ich offensichtlich nicht mehr für sie.

Als wir in sein Zimmer kommen, fegt Jackson sofort alle Klamotten inklusive gefalteter T-Shirts und zusammengerollter Socken von seinem Bett auf den Boden.

»Du kannst wirklich gerne mit im Bett schlafen. Groß genug ist es ja, wie du siehst.« Er zeigt auf die Kingsize-Matratze. Definitiv. Wir würden uns nicht mal berühren. Vielleicht hat er mit dir ein Spiel gespielt, ist zu dir rüber und schließlich lachend in dich reingerollt, bis eure Lippen zueinanderfanden ... Alles Weitere blende ich aus.

Das bringt mich auf komische Gedanken.

Ich weiß nicht, wie Jackson in Wahrheit darüber denkt. Ob er einfach nett sein möchte, es aber eigentlich lieber hätte, wenn ich auf dem Boden schlafen würde, schließlich musste er das bei mir zu Hause ja auch. Ich weiß nicht, wie du darüber denkst, ob du es als eine Art Verrat empfinden würdest. Ich weiß nicht, was unsere Familien darüber denken würden, ob sie wohl glücklich wären, dass Jackson und ich uns gut genug angefreundet haben, um problemlos in einem Bett zu schlafen. Oder ob sie das Ganze für etwas halten würden, das es nicht ist.

Zu guter Letzt – und für die gerade Anzahl: Ich weiß selbst nicht genau, was ich darüber denke. Vertraue ich Jackson, weil er einfach ein zu guter Kerl ist, um die Situation auszunutzen? Oder weil ich davon ausgehe, dass er keine Gefühle hegt, die dieser simplen Einladung ein anderes Gewicht verleihen würden? Oder weil ich mich schlicht und einfach alleine fühle und es vermisse, mit jemandem in einem Bett zu schlafen? Weil ich es vermisse, mit *dir* in einem Bett zu schlafen. Und vielleicht geht es Jackson genauso. In einem Bett zu schlafen, in dem du geschlafen hast, neben jemandem, *mit* dem du geschlafen hast, kommt dem vielleicht am nächsten.

»Sicher, dass ich nicht hier unten bei Chloe liegen soll?«

»Chloe schläft alleine«, entgegnet Jackson.

»Die Arme.«

»Oh nein, Gesellschaft kriegt sie schon. Nur schickt sie

alle ihre Affären wieder zurück in ihre jeweiligen Hundehütten, sobald die Tat vollbracht ist.«

»Also eher die armen anderen Hunde.«

»Oder Hündinnen, wer weiß?«

Jackson schließt das Fenster, damit sich über Nacht nicht irgendwelches Krabbelgetier hereinstiehlt. Obwohl es nicht sehr weit kommen würde, bevor Chloe es erlegt und auffrisst.

In einer einzigen Bewegung öffnet Jackson seinen Gürtel, lässt die Jeans bis auf die Knöchel rutschen und kickt sie von sich. Statt eine Schlafanzughose über seine etwas haarigen Beine und die relativ aufschlussreichen grauen Boxershorts zu ziehen, setzt er sich einfach auf die Decke, als sei das das Normalste der Welt, obwohl ich ihn die letzten Nächte immer nur in meiner Jogginghose gesehen habe. Er zählt die Kissen und schmeißt eins auf den Boden, sodass es nur noch vier sind. Bei so viel Rücksichtnahme wird mir ganz warm ums Herz. Als Nächstes stöpselt er sein Handy ans Ladegerät, schaltet mit einer Fernbedienung die Klimaanlage an und legt sich hin.

Vielleicht sein allabendliches Ritual.

Ich gehe zur gegenüberliegenden Bettseite, der linken. »Hat Theo hier geschlafen oder da, wo du liegst?«

Warum ich das frage, ist Jackson klar. »Anfangs hat er hier geschlafen«, antwortet er und klopft auf seine Betthälfte. »Er hat es nie zugegeben, aber ich vermute, das war ein Überbleibsel aus der Beziehung mit dir. Eines Nachts ist er allerdings auf der anderen Seite eingeschlafen und ab da haben wir es so beibehalten.«

Früher hast du manchmal im Spaß behauptet, ich hätte dich verkorkst, weil du nun immer auf der rechten Seite laufen würdest, bei allen Leuten, nicht nur bei mir. Aber Jackson hat dich davon kuriert. Ich lege die Hand auf diese Seite des Bettes, auf der du eines Tages als neuer Mensch aufgewacht bist, und setze mich, in der Hoffnung, dass Jackson mich auch kurieren kann. Kühle Luft erfüllt den Raum. Bald liege ich unter einem Laken, die Decke zu meinen Füßen, falls ich sie brauche. Jackson löscht das Licht und das Gefühlschaos, das ich erwartet habe, bleibt aus. Richtig fühlt es sich nicht an, aber auch nicht falsch.

Schon von klein auf brauche ich eine Art Hintergrundrauschen, um einzuschlafen. Meine Eltern dachten anfangs, ich wollte den Fernseher bloß laufen lassen, um weiter Cartoons zu gucken, aber mir ging es einfach um die Geräusche, darum, all die Tagesdinge auszublenden, die mich noch beschäftigten.

»Erzähl mir doch eine Gutenachtgeschichte aus deinem Leben«, bitte ich.

Jackson lacht und legt direkt los, erzählt von Pyjamapartys mit Anika und Veronika, bei denen sie ihr Kartenspiel spielten, über aktuelle Hassobjekte lästerten oder so überraschend offene Gespräche führten, dass es manchmal fast peinlich wurde, und sie sich am Ende immer zu dritt aneinanderkuschelten. Er fragt mich nach den guten Zeiten mit dir und Wade. Also schiebe ich all das Negative beiseite und erinnere mich zum Beispiel an den Spaß, den wir beim Staffellauf in der Unterstufe hatten, oder an witzige Eigenheiten von Wade: dass er keine Snacks in Tierform isst oder immer so schnell in Aufzüge steigt, als könnten sie ganz plötzlich ohne ihn davonfahren. Jackson gesteht mir, wie sehr er Anika und Veronica vermisst, aber ich bringe es nicht über mich, das Gleiche über Wade zu sagen.

Offiziell ist jetzt der Dreizehnte, Mitternacht ist schon durch. Jackson ist das sicher auch bewusst, aber wir erwähnen es beide nicht. Du weißt, dass Jackson und ich fast alles opfern würden, um dich hier zwischen uns zu haben. Aber ich merke, dass ich dich manchmal in Ruhe lassen muss, statt mich jeden Tag so zwanghaft mit dir zu beschäftigen. Das werde ich zumindest versuchen. Keine Ahnung, was von mir übrig bleibt, wenn Liebe und Trauer dich nicht ins Leben zurückholen. Vielleicht muss dann ich ins Leben zurückgeholt werden.

DIENSTAG, 13. DEZEMBER 2016

Einen Monat ist es jetzt her, dass dieses Universum dich verloren hat. Einen Monat, seit du morgens aufgewacht bist. Einen Monat, seit du ein Buch aufgeschlagen hast. Einen Monat, seit du etwas gegessen hast. Einen Monat, seit du eine Nachricht geschrieben hast. Einen Monat, seit du spazieren gegangen bist. Einen Monat, seit du eine Hand gehalten hast. Einen Monat, seit du deinen Freund geküsst hast. Einen Monat, seit du dir eine Zukunft ausgemalt hast, die es nicht geben wird. Einen Monat, seit du dir deine eigenen Paralleluniversen ausgedacht hast.

Es ist einen Monat her, dass du gestorben bist.

Es ist einen Monat her, dass du gelebt hast.

»Wie hat Theo seinen letzten Tag verbracht?«

Jackson und ich haben heute noch nicht viel gesprochen. Zumindest nicht miteinander. Nach einem ziemlich ruhigen Frühstück mit Ms. Lane rief Anika an, weil ihr das Datum aufgefallen war und Jackson und sie haben ein bisschen gequatscht. Währenddessen habe ich deine Familie angerufen und mich eine Weile mit Denise unterhalten. Zum Glück haben deine Eltern ihr erlaubt, heute zu Hause zu bleiben. Vermutlich eine Ausnahme von der Regel, möglichst normal weiterzumachen. Jackson und ich hingegen haben wie gesagt nur über das Nötigste gesprochen, zum Beispiel, um welche Uhrzeit wir zum Pier fahren. Doch als wir jetzt am Strand parken – den glitzernden Sand und den Pazifischen Ozean direkt vor unserer Nase –, verwandelt sich mein Schweigen in Neugier. Und diese Neugier kann sich nicht zurückhalten.

Plötzlich will ich alles über den Tag wissen, an dem du gestorben bist.

Aber Jackson antwortet nicht.

Stattdessen zieht er seine Sneakers aus und legt sie auf den Vordersitz. Das ist sein kleiner Life-Hack, um keinen Sand in die Schuhe zu kriegen. (»Du kannst keinen Sand in die Schuhe kriegen, wenn deine Schuhe den Sand gar nicht erst berühren«, hat er mir gestern erklärt.) Ich tue es ihm nach, lasse auch meine Socken zurück. Der Asphalt unter den Füßen ist schon fast zu heiß für mich, also stelle ich mich schnell auf einen Grasfleck. Jackson scheint das nichts auszumachen.

Am Himmel zeigt sich dasselbe nichtssagende Blau wie gestern. Ich lenke meinen Blick zu dem Riesenrad auf dem Santa Monica Pier.

»An dem Tag sind wir zusammen das erste Mal mit so einem Ding gefahren«, sagt Jackson, als könnte er meine Gedanken lesen. »Meine Höhenangst ist nicht so stark wie Theos, trotzdem mussten wir uns gegenseitig Mut zusprechen.« Er zieht sein Handy aus der Tasche und ich nehme die von Jackson geliehene Sonnenbrille ab, damit ich das Foto von euch beiden in einer Riesenradgondel betrachten kann. Ihr verzieht in gespielter Panik die Gesichter und die Wolken neben euch wirken so nah, als hättet ihr auf dem Weg nach unten eine mitbringen können.

Du hattest also auch ein erstes Mal an deinem Todestag. Etwas, wodurch du dich mutiger fühltest und woran du hättest denken können, wenn dir in Zukunft wieder mal etwas Angst gemacht hätte.

»Danach haben wir uns unbesiegbar gefühlt«, sagt Jackson, wirft sein Handy auf den Fahrersitz und schließt das Auto ab.

Er läuft an mir vorbei und ich hinterher, über einen Zaun und auf den Sand. Und auch wenn er nicht mit kindlicher Begeisterung auf das Meer zurennt, so liegt in Jacksons Gang doch ein Schwung, der mich überrascht. Dies ist der Ort, an dem du ertrunken bist, der Ort, an dem Jackson *Zeuge* wurde, wie du ertrunken bist. An seiner Stelle könnte ich mich dem Ozean vermutlich gar nicht nähern.

Auf einem Handtuch liegt eine kleine Familie. Der Vater liest mit einem Tablet, die Mutter löst ein Kreuzworträtsel und die kleine Tochter – die ich mir als Spitze dieses krummen Dreiecks vorstelle, im Gleichgewicht gehalten durch ihre Eltern auf beiden Seiten – baut eine Sandburg und bräuchte dringend mehr Sonnencreme. Ich hoffe, die Eltern halten sie zurück, wenn sie davonlaufen will, lassen sie nicht aus den Augen und sind da, um sie notfalls aus den Wellen zu ziehen.

Wir gehen an ihnen vorbei und erreichen den feuchten Sand. Als Jackson sich umsieht, beginnt er zu weinen. Er gestikuliert, als wollte er seine Arme für sich sprechen lassen, doch dann lässt er sie hilflos sinken.

»Ich weiß nicht mal den genauen Ort, an dem es passiert ist, Griffin«, bringt er schließlich heraus. »Bei Unfällen wissen die Leute normalerweise, wo sie Blumen hinlegen müssen. Ich nicht. Alles ging so schnell. Ich weiß nur, dass die Rettungsschwimmer nicht nah genug waren und ich ... ich nicht schnell genug war.«

Er geht ins Wasser und ich komme mit. Kälte kriecht mein Bein hoch, als eine kleine Welle meine Zehen und meine Knöchel umspült. Der warme Asphalt unter meinen Füßen wäre mir jetzt lieber und fast kehre ich um – aber nur fast. Ich bleibe bei Jackson.

Irgendwann hast du mir mal eine sehr seltsame Theorie über Wasser unterbreitet. Damals warst du gerade erst hergezogen und vermutlich hattest du Gras geraucht. So wirkte es auf jeden Fall. Du meintest, jedes Wassermolekül, egal wo – im Meer, in Seen, in der Dusche oder der Spüle –, habe eine Geschichte und eine Bestimmung. Dass es mehr zwischen Himmel und Erde gibt, als man gemeinhin so annimmt, war ja schon immer deine Überzeugung, aber diese Wasseridee ... Im Ernst, was sollte ich denn dazu sagen, dass deiner Auffassung nach manche Wassertropfen aus der Dusche, ohne dich zu berühren, in den Abfluss fließen, um sich einer größeren Bestimmung als deiner Reinigung zu widmen?

Während ich jedoch in dem Meer stehe, das dich uns genommen hat, frage ich mich, ob eines der Wassermoleküle hier Zeuge deines Todes wurde, ob etwas von dem Wasser, das gegen meine Beine spritzt, auch in deine Lunge strömte, als du um Atem rangst.

Tiefer, knietief, wate ich jetzt hinein und meine Jeans saugt sich voll. Auch mir kommen die Tränen, ich hocke mich hin und bearbeite das Wasser mit den Fäusten. Es schmerzt, ich heule auf, aber ich schlage wieder und wieder zu, auch als ich schon völlig durchnässt bin, auch als

Jackson meinen Namen ruft, auch noch, als mich eine Welle überrascht und mich nach unten zieht. Doch jetzt kämpfe ich gegen das Meer, damit es mich freilässt, während ich überspült werde und Panik in mir aufsteigt.

Zwar ist es hier nicht tief, aber ich weiß nicht mehr, wo oben ist, konnte meine Augen noch nie unter Wasser aufmachen. Das Meer wird schwerer, zieht mich nach unten – nein, nach oben, aber es ist Jackson, nicht das Meer. Tief hole ich Luft, spucke Wasser. Jackson umarmt mich und ich ihn.

»Was zur Hölle hast du dir dabei gedacht?«

Gleißendes Tageslicht trifft meine Augen, die Sonnenbrille habe ich unter Wasser verloren. Ich will von den verdammten Wassermolekülen erzählen und dass ich es mit ihnen allen aufnehmen will. Doch ich muss zu sehr weinen, denn ich weiß, was ich die letzten Sekunden gefühlt habe, ist nichts gegen das, was du gefühlt haben musst, als deine Arme und Beine lahm wurden, als dich Panik übermannte, du Wasser geatmet und das Bewusstsein verloren hast. Daran zu denken, jagt mir eine Heidenangst ein, aber ich weiß, dass ich hier bei Jackson in Sicherheit bin. Das hättest du auch sein können, wenn er nur bei dir gewesen wäre.

»Warum warst du nicht mit Theo im Wasser?« Meine Frage klingt wie ein Husten und anklagender als beabsichtigt. Jackson erstarrt. Wir sind nur Zentimeter voneinander entfernt. Noch fällt es mir schwer, sein Gesicht zu erkennen, denn meine Augen sind voll Salzwasser und die Sonne blendet. »Das soll kein Vorwurf sein.«

»Ich weiß«, sagt Jackson leise. »Theo wollte alleine schwimmen gehen. Er war kurz vorher am Handy und wollte einen Moment für sich sein. Ich bin bei den Sachen am Strand geblieben und er ist einfach zu tief reingegangen.«

Es ist nicht Jacksons Schuld.

Meine Wut verebbt. Erst jetzt nimmt mein Körper wahr, wie kalt das Wasser ist, obwohl ich darunter gerade schon Purzelbäume geschlagen habe. Fürs Protokoll: Ich hasse das Meer, denn man kann ihm keines unserer Leben anvertrauen. Nicht ohne Grund wollte ich schon als Kind meine Sandburgen vor ihm schützen. Scheiß aufs Meer. Ich packe Jackson am Arm und ziehe ihn mit mir zum Strand.

Dort angekommen, ziehe ich mein T-Shirt aus und lasse mich vornüber in den Sand fallen. Sofort fühle ich die Sonne auf Rücken und Schultern. Sie verbrennt mich nicht bei lebendigem Leibe, wie sie es eigentlich tun sollte. Stattdessen merke ich, wie sie meine Anspannung löst. Vielleicht macht das aber auch nur der feste Boden unter meinen Füßen.

»Es tut mir so leid.« Jackson setzt sich neben mich und starrt in die Brandung. Beinahe frage ich ihn, ob er mit mir oder dir spricht, doch dann erinnere ich mich, dass er nicht so mit dir redet wie ich. »Ich hätte bei ihm im Wasser sein sollen. Ich hätte ihn retten können. Und unser aller Leben wäre um so vieles besser.«

Mit einer Dringlichkeit, als wäre dort ein Deus-ex-Machina-Knopf, der jeden Zombiepiraten mit einem einzigen Schuss in die Luft jagen könnte, ergreife ich Jacksons Hand. »Hey, du bist nicht alleine für Theo verantwortlich. Du hast ihn nicht da reingejagt und du hast alles getan, um ihn rauszuholen.«

Jackson nickt, aber ich bin nicht sicher, ob meine Worte ihn überhaupt erreichen. Ehrlich gesagt fühle ich mich gerade genauso machtlos wie er vor einem Monat.

Keine Ahnung, wieso, aber ich habe mich von Jackson dazu überreden lassen, heute Abend *Edward mit den Scheren-*

händen zu gucken. Wahrscheinlich, weil wir beide so aufgewühlt sind.

Eigentlich habe ich immer gedacht, dass eines Tages du mit mir die überfällige Bewältigung dieses Kindheitstraumas angehen würdest, bereit, sofort auf Pause zu drücken, sobald es nötig wäre. Aber diesen Horrorstreifen hier in Los Angeles angucken? Mit deinem Neuen? Während ich seine Shorts trage? Absolut undenkbar. Ich säße jetzt viel lieber einfach draußen, um zuzusehen, wie der Himmel in orangegelben und rosaroten Wolkenflammen aufgeht.

So schlimm wie in meiner Erinnerung ist der Film aber dann überhaupt nicht. Klar ist er etwas gruselig, Edward hat immerhin Scherenhände und lauter Narben im blassen Gesicht, aber mal ernsthaft, wie schrecklich kann der Typ sein, wenn er Büsche in Dinosaurierform trimmt und Hunden Haarschnitte verpasst?

»Wahrscheinlich hatte es auch mit der Filmmusik zu tun«, sage ich zu Jackson. Im Schneidersitz und mit einem Kissen im Arm sitze ich auf seinem Bett.

»Hm, ich weiß nicht genau, wer die geschrieben hat«, sagt er und zückt sein Handy.

»Danny Elfman.«

Jackson nickt, als seine Suchanfrage beantwortet wird. »Stimmt.«

»Nimm dies, Google!«, rufe ich triumphierend. »Kennst du diesen Theo-Spruch?«

»Jap. Sein Hirn gegen mein Handy war wie ein Wildwestduell. *Jeopardy* wäre für ihn ein Spaziergang gewesen.«

Der Film ist mittlerweile nebensächlich. Jackson versteht so gut, wie es ist, mit dir zusammen zu sein – ich könnte ihn glatt umarmen. »Ich hab ihm mal das *Jeopardy*-Videospiel geschenkt. Riesenfehler! Bei jeder Partie kam ich mir vor wie ein absoluter Vollidiot.«

»Bist du aber nicht.«

Ich zucke mit den Schultern. »Hast du dich in Theos Nähe denn je einigermaßen schlau gefühlt?«

»Nö. Und ich war älter als er. Was es nicht besser gemacht hat.«

Dieser Blödsinn mit dem Altersunterschied hat uns beide mal fast die Freundschaft gekostet, aber ich verstehe, was Jackson meint. »Theo ging es nie darum, überlegen zu wirken«, sage ich. »Das fand ich so toll an ihm. Er hatte einfach nur riesigen Spaß daran, Neues zu lernen. Das ging so weit, dass man manchmal den Eindruck hatte, es gäbe nicht mehr genug Platz in seinem Kopf für die kleinen Dinge ... oder ein paar größere. Seltsam – all das Wissen, das Theo in seinem bescheuert-wunderbaren Hirn gespeichert hat, ist jetzt dahin.«

Und nicht nur das. Auch unsere Unbeschwertheit ist dahin. Ich drehe mich wieder zum Bildschirm, kann mich aber nicht mehr auf den Film konzentrieren.

»Er hat seine ganze Theoklopädie bei uns gelassen«, sagt Jackson. »Oder einen Teil. Alles kann ich mir eh nicht merken. Und was ich noch weiß, werde ich im wahren Leben wahrscheinlich nie brauchen – unnützes Wissen, wie dass der Hoover-Damm zweitausend Jahre halten soll. Oder dass man im Mittelalter Katzen mit Hexerei assoziiert und sie deshalb in Säcke gestopft und ins Feuer oder von Kirchtürmen geworfen hat. Außerdem hat er mich eine Menge älterer Songs lieben gelehrt, *All Out of Love* oder *Close to You*.« Jackson durchsucht seine Playlist, macht *Come Sail Away* an und dreht die Lautstärke auf. »Das hier mag ich mit am liebsten.«

»Ich auch.«

Auf einmal kommt Jackson mir ganz nah.

»Okay, bitte keine Ohrfeige jetzt«, sagt er, »aber ich möchte dir etwas zeigen, was Theo mir beigebracht hat.«

»Warum sollte ich dir eine reinhauen wollen?«

»Weil ich sehr nah an deinem Gesicht sein werde und du das vielleicht unangebracht findest. In dem Fall, schlag zu. Okay?«

Jackson geht auf die Knie und bedeutet mir, dasselbe zu tun. Er legt mir die Hände um die Taille und kommt noch näher. »Das ist ein Schmetterlingskuss.« Als er meine Wimpern mit seinen streift, erstarre ich. »Das ist ein Höhlenmenschkuss.« Ganz sanft klopft er mit seiner Stirn gegen meine. Ich beginne zu zittern. »Das ist ein Eskimokuss.« Mit geschlossenen Augen reibt er seine Nase an meiner und erwartet, dass ich die Berührung erwidere, aber ich halte still, weil ich Angst habe, was passiert, wenn ich es tue. »Und das ist ein Zombiekuss.« Jackson knabbert an meiner Wange, während er ein idiotisches Knurren von sich gibt. Hinterher schaut er mich an und lächelt – stolz, weil er etwas so Persönliches geteilt hat.

Dass ich all das kenne, ahnt er nicht.

So was Intimes hast du ihm also beigebracht.

Du hast ihm ein Ritual beigebracht, das ich als Kind mit meinen Eltern hatte. Ein Ritual, das ich mit sonst niemandem geteilt hätte. Du hast ihm einen Kuss geschenkt, den ich nur für uns erfunden habe.

Unseren vierten Kuss.

Alles klar.

Menschen sind wie komplizierte Puzzles. Am Ende wollen wir ein vollständiges Bild vor uns haben, aber dann machen wir Fehler oder werden nicht fertig. Manchmal ist das auch besser so. Es gibt Teile, die kann man drehen und wenden, wie man will, sie passen einfach nicht.

Wie Jackson und ich, an diesem merkwürdigen, ungeraden Tag. Oder an egal welchem Tag.

Ruckartig ziehe ich ihn zu mir heran und küsse ihn. Das ist kein Schmetterlingskuss, kein Höhlenmenschkuss, kein Eskimo- und kein Zombiekuss, sondern ein richtiger: Meine Zunge findet den Weg in seinen Mund und er umspielt sie mit seiner. Dann reißt er sich los, in seinem Blick lese ich Verwirrung, aber kein Bedauern. Er holt tief Luft und mit derselben Heftigkeit, mit der ich ihn überrascht habe, erwidert er meinen Kuss.

Seine Fingernägel graben sich in meinen Rücken, als er mich so nah an sich heranzieht, dass unsere Herzen aneinanderhämmern. Ich stoße ihn zurück, aber nur um mein T-Shirt loszuwerden, das ich durchs Zimmer segeln lasse. Dafür ernte ich sonst ein Lächeln, weil jemand sich auf mich freut, doch Jackson lächelt nicht, offenbar hadert er noch. Was ihn allerdings nicht daran hindert, sein eigenes T-Shirt auszuziehen.

»Wo sind deine Kondome?«

Jackson streckt sich nach der Nachttischschublade.

»Soll ich das Licht ausmachen?«

»Nein.«

Ich will, dass du zusiehst, wie ich mit deinem Freund schlafe.

Mit einem Menschen, der auch um dich trauert, der menschliche Gefühle hat, die ich nicht als Waffe gegen dich verwenden sollte. Aber auch ich bin nur ein Mensch mit menschlichen Gefühlen. Du hast unsere intimste Geschichte missbraucht, um dir eine Zukunft mit einem anderen aufzubauen, und das ist tausendmal schlimmer.

Du hast unsere Liebe gegen mich verwendet. Jetzt verwende ich deine Liebe gegen dich.

Als wir fertig sind – verschwitzt trotz der blöden Klimaanlage –, starren wir beide an die Decke.

Ich liege nackt in Jacksons Bett in Jacksons Zimmer in Jacksons Haus in Jacksons Bundesstaat in Jacksons Zeitzone.

Jetzt wünsch ich mir nichts sehnlicher als Dunkelheit.

Doch, eins vielleicht, nämlich dass du verschwindest. Selbst als wir nicht mehr zusammen waren, habe ich dir im festen Glauben an unser Endspiel die Treue gehalten. Und wohin hat mich das gebracht? In eine Sackgasse, ohne irgendeinen Plan, was ich als Nächstes tun soll. Wenn ich eins für die Zukunft gelernt habe, dann, dass ich sehr genau überlegen muss, wem ich mein Herz anvertraue. Nicht noch einmal soll jemand meine Liebe einfach einem anderen schenken.

Genau das hast du getan.

Geschichte ist gar nichts. Offenbar kann man sie getrost recyceln oder ganz wegwerfen. Sie ist nicht so heilig oder unantastbar, wie ich dachte. Zwischen uns war mal etwas, aber Geschichte allein genügt nicht, um etwas ewig am Leben zu erhalten. Du bist nicht die Liebe meines Lebens. Du bist nicht der beste Freund, um den ich den ganzen letzten Monat getrauert und den ich schon lange vorher so vermisst habe.

Ich will nicht mehr mit dir reden.

Was bellt da für ein Hund?

Zwar brauche ich einen Moment, doch dann macht es *klick* und ich weiß wieder, wo ich bin: Ich liege in Jacksons Bett, in dem wir letzte Nacht Sex hatten. Wow, wir hatten Sex und Chloe war die ganze Zeit hier drin, was sich seltsam-falsch anfühlt. Vor mir an der Wand hängt das Poster der *Goonies*.

Noch etwas ist anders: Keiner hält mich im Arm, wie sonst, wenn ich neben diesem Arschloch Theo aufgewacht bin.

Langsam drehe ich mich um. Jackson liegt ganz am anderen Ende, zwischen uns hätte ein kleiner Inselstaat Platz. War wohl keiner von uns in Kuschellaune.

»Bist du wach?«, fragt Jackson.

»Hmm«, mache ich und wünschte, ich hätte einen Kaugummi. Wie beschissen, dass ich nicht einfach rausrennen und direkt in den Flieger hüpfen kann, um dem Ganzen hier zu entkommen. Mein Flug geht erst heute Nachmittag. Wäre ja sonst auch zu einfach für mein Leben, in dem zurzeit gar nichts einfach ist. Vielleicht soll es so sein. Jackson setzt sich auf. Er ist schon angezogen und trägt zum Glück ganz andere Klamotten als gestern. Ich dagegen bin noch immer splitterfasernackt. Da ich mir inzwischen bei überhaupt nichts mehr sicher bin, ziehe ich mein Laken um mich.

»Ich hab kaum geschlafen. Vielleicht fünf Minuten«, sagt Jackson. »Vielleicht sechs«, korrigiert er sich.

Ich habe geschlafen. Das weiß ich, denn meine letzte Wach-Erinnerung ist, dass ich mich von der Zimmerdecke weggedreht und die Augen zugekniffen habe, nachdem ich

Theo versichert hatte, dass ich nicht mehr mit ihm reden würde.

»Das hatte nichts zu bedeuten«, stoße ich hervor. Es klingt harscher als gewollt, aber so bin ich, seit Theo gestorben ist – ich habe scharfe Kanten. Sein Verrat hat mich nur noch nachgeschliffen. Pech für Jackson, dass er die Spitze meines Schwertes zu spüren bekommt (schlechte Wortwahl in Anbetracht der vergangenen Nacht), obwohl ihn keine Schuld trifft. Er hat mir Theo nicht gestohlen, Theo war einfach über mich hinweg. »Oder?«

Jackson nickt übertrieben heftig und erinnert mich dabei an Theos Wackelpiraten. »Klar. War ein komischer Tag. An diesem Strand zu sein ... das hat mich fertiggemacht.«

»Wir waren beide ziemlich aufgewühlt«, sage ich, was nicht mal gelogen ist. Jackson litt, weil er Theo so sehr vermisst, und ich wollte Theo leiden sehen.

»Genau«, sagt Jackson.

»Ich zieh mir mal was über«, sage ich.

Jackson wendet sich ab. In Theos Nähe hatte ich nie ein Problem damit, nackt zu sein. Nicht dass Jackson einen Modelkörper hätte, aber trotzdem fühle ich mich unwohl, kritisch beäugt wie damals als Kind, wenn ich am Strand lieber mein T-Shirt anbehielt. Auf dem Fußboden finde ich meine Unterwäsche neben meinem hingeworfenen Kondom. Zehn Sekunden später bin ich vollständig angezogen und entsorge das Kondom im Müll. Ich schlage Jackson vor, *Edward mit den Scherenhänden* wieder anzustellen, damit ich mir nach dem Zähneputzen noch das Ende ansehen kann. Aber sobald ich im Bad bin, lasse ich nur das Wasser laufen, setze mich auf Ms. Lanes Duschbänkchen und weine vor mich hin.

»Es geht mir gut, Dad.«

»Das nehm ich dir nicht ab«, entgegnet Dad durchs Telefon. Sein Bullshit-Detektor hat sich seit dem Aussetzer vor meinem Flug hierher ums Zehnfache verbessert.

Zu neunzig Prozent habe ich ihm wahrheitsgetreu berichtet, wie Jackson und ich die letzten Tage verbracht haben, aber er spürt, dass außer Filmegucken und Autofahren noch irgendwas passiert sein muss. Keine Ahnung, wie ich ihm beibringen soll, dass Theo mich verarscht hat und ich im Gegenzug etwas Unverzeihliches getan habe.

»Okay. Gerade läuft es nicht so toll. Ich erzähl euch alles, wenn ich heute nach Hause komme, versprochen.«

»Das reicht mir schon.«

»Du wolltest nur hören, wie beschissen alles ist?«

»Nein, die Wahrheit. Wir holen dich zusammen am Flughafen ab«, sagt Dad. »Komm nicht auf die Idee, dich in letzter Minute noch in irgendein fremdes Land abzusetzen.«

Im Flur höre ich Schritte, also sage ich Dad, dass ich losmuss und ihm vor dem Abflug noch mal schreibe.

Jackson betritt in Boxershorts und mit einem Handtuch über der Schulter das Zimmer, ohne etwas zu sagen. Die letzte Nacht hat unsere beginnende Freundschaft im Keim erstickt. Vielleicht können wir aber etwas davon retten, sobald ich zu Hause bin und wir ein bisschen Abstand haben.

Da kniet Jackson sich vor mich, sieht mich mit seinen grünbraunen Augen eindringlich an und küsst mich. Ich lasse es zu. Kurz schiebt er seine Hand unter mein T-Shirt, hinauf bis zur Schulter, um gleich darauf an der Kordel meiner Shorts zu ziehen. Als ich mit den Fingern über seinen noch duschnassen Rücken fahre, klettert er auf meinen Schoß und küsst mich erneut, diesmal heftiger, keine Spur mehr von den gestrigen Zweifeln.

Trotz Theos Verrat weiche ich zurück, will außer Scham nichts spüren, doch Jackson lässt nicht locker.

»Jackson, hör auf.«

Er hält inne, gleitet von mir runter aufs Bett. Seine Augen sind ganz rot. »Ich vermisse ihn so sehr, dabei hatte ich ihn gar nicht verdient. Ich bin nicht der Mensch, den er zu kennen glaubte. Ich hab Scheiße gebaut.«

»Wir beide.«

»Nein, nicht wegen letzter Nacht. Ich wollte dir eigentlich die Reise nicht verderben, aber ...«

Jackson bricht in Tränen aus und ich habe Angst vor dem, was er gleich sagen wird. Was auch immer da jetzt kommt. »Ich bin nicht ... ich bin nicht ins Wasser gerannt, um Theo zu retten, wie ich erzählt habe. Sondern nur zu einem Rettungsschwimmer. Weil ich Angst hatte, ich könnte auch ertrinken, und ... ich wollte nicht sterben. Ich bin gerannt wie ein Verrückter, das schwör ich, ich konnte nur nicht riskieren ...«

Jackson ist schuld daran, dass Theo sein Versprechen gebrochen hat. Sein Versprechen, niemals zu sterben.

»Du verdammter Feigling«, flüstere ich, ohne zu wissen, warum ich nicht brülle. »Du hast Theo ...« Ich werde lauter, presse die Worte heraus, während aufsteigende Tränen mir die Sicht nehmen. »Du hast Theo sterben lassen.« Ich springe auf, balle meine Hände zu Fäusten und kneife die Augen zusammen. »Ich hätte mein Leben für ihn riskiert.«

»Das kannst du nicht wissen, Griffin. Du warst nicht dabei.«

»*Niemals* hätte ich einfach dagestanden und zugesehen, wie Theo stirbt!«

Auch Jackson springt auf, fasst mich am Arm. Ob er meinem Zittern Einhalt gebieten oder mich vom Davonlaufen abhalten will, ist mir völlig egal. Ich winde mich aus seinem Griff und zu unser beider Überraschung verpasse ich ihm einen Schlag ins Gesicht. Und dann noch einen, was nur ihn überrascht. Mich überrascht gar nichts mehr. Ich bin außer mir.

Jackson tropft Blut aus der Nase. Kopfschüttelnd sieht er mich an. »Deinetwegen ist er doch überhaupt erst ins Wasser gegangen! Er hat sich eine deiner Sprachnachrichten angehört und brauchte danach Zeit für sich. Gib nicht allein mir die Schuld an allem.«

Mir wird schwindelig, ich verliere den Verstand, fast halte ich das Blut an meinen Händen für mein eigenes. In der letzten Nachricht, die ich Theo je hinterlassen habe, ging es darum, dass wir reden müssten. Über all das, was tabu sein sollte.

Jackson hat Theo vielleicht nicht gerettet, aber ich habe ihn umgebracht.

Auf Socken renne ich aus dem Haus. Keine Ahnung, welche Richtung ich nehmen soll. Ich entscheide mich für links, Standardeinstellung. Meine Optionen sind beschissen, schließlich bin ich nicht in meiner Stadt, kann nicht nach Hause rennen und mich unter der Bettdecke verkriechen. Nach ein paar Metern übergebe ich mich auf den sauberen Bürgersteig und fühle mich danach – auch wenig überraschend – kein bisschen besser.

Nachdem ich zu Jacksons Haus zurückgefunden habe, bleibt er im Wohnzimmer, während ich packe. Beziehungsweise alle meine Sachen in den Rucksack stopfe. Eine SMS teilt mir mit, dass mein Taxi da ist. Wie unter Drogen verabschiede ich mich von Ms. Lane, schüttele ihr die Hand und bedanke mich für alles mit einem Lächeln, das niemanden überzeugt. Dann stapfe ich mit geschultertem Rucksack zur Tür, wo Jackson auf mich wartet.

»Griffin, soll ich dich nicht doch lieber fahren? Ich kann –« Auf dem Rückweg hierher habe ich mir ausgemalt, wie ich einfach an ihm vorbeimarschiere, als wäre er Luft, aber jetzt halte ich doch kurz inne, unsicher, ob ich ihm noch zweimal ins Gesicht boxen oder mich entschuldigen soll, dass ich so ein schrecklicher Mensch bin. Doch so einfach kann ich ihn nicht davonkommen lassen. Ich beschränke mich darauf, ihm tief in die Augen zu sehen, damit er sich mein Gesicht gut einprägt – das Gesicht eines Menschen, zu dessen völliger Vernichtung er beigetragen hat. Eines Menschen, den er nur aus Schuldgefühl heilen wollte.

Im nächsten Moment bin ich aus der Tür, steige ins wartende Taxi und werfe keinen weiteren Blick zurück. Ich lasse das Fenster runterfahren und nehme noch ein letztes Mal die Gerüche Kaliforniens in mich auf, denn ich habe nicht vor, jemals zurückzukehren. Durch das zähe Gedrängel am Flughafen hilft mir der Gedanke an zu Hause – an die Menschen, an die ich mich wenden kann, sobald ich zurück bin, die einzigen, denen ich vertrauen kann.

Pünktlich hebt der Flieger ab. Höhe und Hilflosigkeit kümmern mich diesmal nicht so sehr, obwohl es starke Böen gibt und mir jedes Mal das Herz in die Hose rutscht, wenn das Flugzeug plötzlich schwankt. Doch weder verfalle ich in Panik, noch wünsche ich mir Jackson oder jemand anderen herbei, sondern starre stoisch aus dem Fenster und frage mich, wie diese Aussicht wohl bei einem Absturz sein muss.

Versprochen ist versprochen, deshalb gehe ich heute Vormittag zur Therapie. Im Gegensatz zu gewissen anderen Leuten versuche ich nämlich, meine Versprechen zu halten. Zusammen mit Theos restlichen Sachen verstaue ich die Magnetgreife im Schrank und ziehe statt Theos einen meiner eigenen Pullis an. Zur ersten Sitzung begleitet mich Dad, um für mich da zu sein. Vermutlich will er mir außerdem nicht die kleinste Möglichkeit geben, wieder in ein Flugzeug zu steigen und zu verschwinden.

»Willst du vorne sitzen, Griff?«, fragt er, als er die Autotür öffnet.

»Nein, danke«, erwidere ich. Er sollte es besser wissen, als mich das ausgerechnet an dem Tag zu fragen, an dem ich wegen meiner Zwangsstörung einen Therapeuten aufsuche. Offenbar ist er immer noch sauer. Was ich ihm natürlich nicht zum Vorwurf machen kann.

Auf der Rückbank strecke ich mich aus und lege mir meine Cabanjacke über die Augen. Wenn ich mit dem Kopf unter der Bettdecke einschlief, machte Theo sich jedes Mal Sorgen, ich könnte womöglich erstickt sein, sobald er am nächsten Morgen neben mir aufwachte. Als Paar hatten wir nicht allzu oft die Gelegenheit dazu, aber die wenigen Male, die wir nebeneinander die Augen aufschlugen, waren der Wahnsinn. In diesen Erinnerungen werde ich jetzt aber nicht schwelgen. Schließlich war er über mich hinweg.

Dahin will ich auch kommen.

Etwa zwanzig Minuten später hält das Auto. Ich höre, wie Dads Gurt klackt und sich aufrollt. Die Jacke wird mir vom Gesicht gezogen. »Aufwachen, wir sind da.« Dad mustert mich genauer und ich drehe mich weg, schmiege mein

Gesicht in die Rückbank. »Griffin, es ist in Ordnung zu weinen.«

Ich reiße ihm die Jacke aus der Hand, ziehe sie an und steige aus. Mit den grauen Ziegelsteinen, den grasgrünen Fensterrahmen und der dunkelblauen Tür, um deren Knauf jemand Sonnenstrahlen gemalt hat, sieht dieser Gebäudekasten nicht wie eine ernst zu nehmende Klinik aus, sondern eher wie eine Kita für künftige, aktuell noch windeltragende Kriminelle. Keine Ahnung, was die damit bezwecken wollen, aber ich wünschte, die Versicherung meiner Eltern würde für mehr reichen.

Ich gehe schon mal rein und scanne das Wartezimmer, auf der Suche nach dem besten Platz. Die Entscheidung fällt auf den Stuhl gegenüber vom Eingang, weil die Empfangsdame und die Büros von hier aus alle zu meiner Rechten liegen. Ausgebreitet auf dem Tisch liegen ein paar geistlose Hochglanzmagazine. Neben der Topfpflanze in der Ecke sitzt eine Frau und liest Zeitung. Theo las gerne Zeitung. Einmal hat er gesagt: »Manche wissen viel über weniges, andere wissen ein wenig über vieles.«

Nachdem Theo und ich Schluss gemacht hatten, wollte ich auch ein Zeitungsleser werden. Ich wollte ihm ähnlicher werden, jemand werden, der ein wenig über vieles weiß, sodass unsere Gespräche nie an Spannung verlieren würden und wir zusammen herausfinden könnten, was dieses Universum zusammenhält. Verlorene Liebesmüh.

Jetzt kommt auch Dad herein und geht schnurstracks zur Anmeldung, dabei wirft er mir einen genervten Blick zu, als hätte ich mich vorgedrängelt. Ich glaube, er ist ziemlich am Ende mit seinem Latein, was mich angeht. Seit meiner Rückkehr aus L.A. verhalte ich mich distanziert, gehe nicht auf seine freundliche, kumpelhafte Art ein und das frustriert ihn. Nachdem Dad mich angemeldet hat, setzt er sich schweigend rechts neben mich, nimmt sich eine der Zeitschriften und blättert an dem Stars & Sternchen-Tratsch vorbei zu den Filmkritiken.

»Wir könnten dieses Wochenende mal ins Kino gehen. Vielleicht mag Wade ja mitkommen?«

»Nein, danke, Dad.«

Die Empfangsdame späht über ihren Tresen. »Griffin Jennings?«

Sie winkt mich durch eine offene Tür. Zum Glück ist Theo nicht länger bei mir. Ich würde nicht wollen, dass er mir in diese Sitzung folgt. Eine Therapie ist eine sehr private Angelegenheit und es fällt mir schon schwer genug, vollkommen ehrlich zu einem Fremden zu sein, auch ohne dass mein Exfreund mich dabei beobachtet.

»Ich bin Griffin«, sage ich, nachdem ich die Tür hinter mir geschlossen habe. Der Therapeut verlässt seinen Schreibtisch und kommt auf mich zu. Er verströmt eine fast übermenschliche Aura der Weisheit mit diesen grauen Strähnen in den pechschwarzen Haaren. Leider lenkt einen seine knallorange Brille so sehr ab, dass ich ihn fast bitte, sie abzusetzen. Aber vermutlich hilft er mir halb blind auch nicht weiter. Er soll mir schließlich zuhören, mich wieder richtig verkabeln.

»Guten Morgen, Griffin. Ich bin Dr. Anderson, aber du kannst mich auch ruhig Peter nennen.«

Peter hat fünf Buchstaben. Vertraulichkeit fällt also raus.

Er fordert mich auf, dort Platz zu nehmen, wo ich mich wohlfühle. Damit macht er mich zu einer Kompassnadel auf der Suche nach ihrem Norden. Nehme ich den blauen Sessel, der sehr einladend aussieht? Oder die dunkelgrüne Couch – Theos Lieblingsfarbe? In tadelloser Haltung setzt sich Dr. Anderson auf den Stuhl vor seinem Schreibtisch und damit auf den perfekten Platz, da ich diese Richtung für den wahren Norden halte – schließlich ist es sein Büro. Hin- und hergerissen zwischen Sessel und Couch entscheide ich: »Ich stehe gerne noch ein bisschen.«

Dr. Anderson rutscht auf die Stuhlkante. »Wie du möchtest. Soll ich auch stehen?«

»Nein.« Er ist um einiges größer als ich und so schon einschüchternd genug.

»Nun, sollen wir anfangen? Möchtest du ein Glas Wasser?«

Sein Wunsch, das hier so angenehm wie möglich zu gestalten, macht mich nervös. Ich will ja mit ihm reden, denn ich habe niemanden sonst, aber schon fühle ich ein Jucken in der Handfläche. »Lassen Sie uns einfach loslegen.«

Dr. Anderson lehnt sich auf seinem Stuhl zurück. »Deine Eltern haben mir schon alles erzählt, was du in letzter Zeit durchmachen musstest. Aber ich würde gerne deine Sicht der Dinge hören.«

Meine Eltern können unmöglich alles erzählt haben, weil sie gar nicht alles wissen. Sie wissen nicht, welche Rolle ich bei Theos Tod gespielt habe, und nicht, was seit unserer Trennung alles passiert ist. Mir schießt das Blut in die Wangen. Ich kratze meine Handflächen und zupfe mir am Ohrläppchen. Damit Dr. Anderson sich zu meiner Rechten befindet, drehe ich mich zur Seite und starre die Tapete an. Auf einmal will ich all diese albernen Diplome von der Wand fegen, all diese Zeugnisse seiner angeblichen therapeutischen Kompetenz, genau wie diese hörbar tickende und mich hetzende Uhr.

Das hier wird nicht helfen. Dr. Anderson hat ungefähr so viel magische Kräfte wie ein Straßenzauberer, so ein Typ mit Kartentricks, der Marionetten an versteckten Drähten tanzen lässt.

Außerdem mache ich mir selbst etwas vor. Theo ist immer noch hier und beobachtet mich, das weiß ich. Er ist mir in dieses Zimmer gefolgt. Aber so soll er nicht alles erfahren.

Ich muss es ihm selbst erzählen.

SAMSTAG, 17. DEZEMBER 2016

Ich bin bereit, wieder mit dir zu reden, Theo.

Jetzt könnte ich mich dafür entschuldigen, dass ich dich die letzten Tage angeschwiegen habe, aber das ist wohl unser geringstes Problem, oder? Für das, was ich am Mittwoch erfahren habe, finde ich keine Worte. Aber was soll ich überhaupt mit Worten? Worte haben dich nicht zu mir zurückgebracht, als du noch am Leben warst. Worte haben dich in den Pazifischen Ozean getrieben. Du musst wissen, wie leid es mir tut, dass du meinetwegen nicht länger Teil dieses Universums bist. Dass du meinetwegen die Zukunft, für die du so hart gearbeitet hast, nie erleben wirst. Meinetwegen keine deiner genialen Strategien gegen diese verdammten Zombiepiraten anwenden kannst und dass meinetwegen alle bis zu ihrem eigenen Tod um dich trauern werden.

Aber noch etwas solltest du wissen. Es ist Zeit, dass ich meine Worte für etwas Gutes benutze und sie nicht länger im Munde herumdrehe, nur weil ich die Wahrheit so sehr bereue.

GESCHICHTE
MITTWOCH, 10. FEBRUAR 2016

»Ich geh nicht hin.«

Eines nach dem anderen pfeffere ich meine Schulbücher in den Spind, zerre meine Cabanjacke heraus und knalle die Spindtür zu. Nachdem ein paar Schüler kurz die Hälse verdrehen, als könnte eine Denkblase über meinem Kopf ihnen verraten, warum ich so angepisst bin, gehen sie schnell weiter nach Hause zu ihrem Netflix-Schwachsinn und Facebook-Geblödel. Wade hingegen weicht nicht von meiner Seite.

»Wir haben ihn jetzt – wie lange? – fünf, sechs Monate nicht gesehen«, sagt er. »Und es ist doch sein Geburtstag.«

»Zu dem er seinen Neuen mitgebracht hat.« Den ganzen letzten Monat hatte ich mich auf Theos Geburtstagsheimkehr gefreut, bis er die Jackson-Bombe platzen ließ. »Er will mich nicht dabeihaben«, sage ich. Theo will mich nicht, Punkt. Im Gehen ziehe ich mir Jacke und Mütze an.

»*Du* hast mit *ihm* Schluss gemacht«, entgegnet Wade.

»Deswegen muss er noch lange nicht zwei Tage später zu irgendeiner billigen Kopie von mir ins Bett hüpfen.«

»Zwei *Monate* später, soviel ich weiß«, sagt Wade. »Und Jackson ist keine Kopie von dir.«

»Wir hatten einen Plan und er ... Ach, scheiß drauf.« Ich trete durch den Nebenausgang und sofort beißt mir eisige Kälte ins Gesicht. Hoffentlich friert Santa-Monica-Jackson sich hier den Arsch ab.

Wade folgt mir ohne Mantel nach draußen und stellt sich mir in den Weg. »Im Nachhinein wirst du's bereuen, glaub mir.«

»Geh wieder rein.« Ich versuche, um ihn herumzugehen, aber er lässt nicht locker.

»Ihr habt beide geschworen, dass eure Beziehung nicht unser Team kaputt macht, erinnerst du dich?«

Ich erinnere mich. Ich erinnere mich, was für ein Idiot ich war. »Beschwer dich bei Theo.«

»Also, ich geh jedenfalls hin zu dem Abendessen.« Wade schüttelt den Kopf. »Ruf ihn wenigstens später an, okay? Ich weiß genau, dass ihr euch beide besser fühlt, wenn ihr zumindest mal redet.«

»Einverstanden.« Das krieg ich hin. »Ernsthaft jetzt, geh wieder rein. Bis morgen.« Wir tauschen einen Faustcheck aus und ich komme gerade noch schnell genug an Wade vorbei, ohne dass er mich weinen sieht.

Das Puzzleporträt von Theo und mir, das ich vorletztes Weihnachten von Wade bekommen habe, liegt auf meinem Schoß. Ich werde niemals verstehen, wie die Zeit es schafft, einen Augenblick zugleich so nah wie gestern und doch jahrelang entfernt erscheinen zu lassen.

Während ich also Theos Nummer wähle, rufe ich mir all das Gute aus unserer Freundschaft und unserer Beziehung ins Gedächtnis – wie fürsorglich er immer war und wie ich mich bei ihm immer sicher gefühlt habe ... Würde ich nämlich stattdessen daran denken, wie viel er seit der Begegnung mit Jackson versaut hat, dann wäre ich bloß ein Arschloch zu ihm und das kann er nicht gebrauchen, schon gar nicht an seinem Geburtstag.

»Hallo?« Er ist traurig.

»Hi«, sage ich. »Glückwunsch zum Geburtstag.« Kurz will ich fragen, wie das Abendessen läuft, doch die Vernunft hält mich davon ab.

»Danke.«

»Tut mir leid, dass ich es heute nicht geschafft habe«, sage ich. Vielleicht kann Wade doch hellsehen, denn ich bereue es tatsächlich, weiß aber, dass es die richtige Entscheidung war.

»Mir auch«, sagt Theo. »Meinst du, du schaffst es morgen? Ich würde dich wirklich gerne sehen.«

Womöglich ist ihm unsere Beziehung ja doch mehr wert als ein Fliegenschiss. »Klar, Wade und ich können –«, ich unterbreche mich, als ich Jackson und Ellen im Hintergrund lachen höre. Verdammt, das tut weh. »Hör zu, ich muss los. Aber hab noch einen schönen Abend, ja?«

»Griff, warte, was ist passiert?«

»Lass uns morgen weiterreden, Theo. Alles Gute zum Geburtstag.«

»Sprich mit mir, ich –«

Ich lege auf und schmeiße das Puzzleporträt gegen die Wand. Dass es dabei heil bleibt, kommt mir falsch vor.

DIENSTAG, 17. MAI 2016

»Vielleicht ist er ja gestorben«, sagt Wade durchs Telefon.

»Nicht witzig«, entgegne ich.

Erst vor ein paar Stunden, etwa zehn Uhr New Yorker Zeit, hat Theo ein filterbearbeitetes Foto von sich und Jackson mit Sonnenbrillen vor einem Schachbrett am Strand auf Instagram gepostet. Die Partie fand sehr wahrscheinlich wann anders statt, aber was sollte Theo sonst davon abhalten, mich zum Geburtstag anzurufen?

Eine kindische Racheaktion für mein Nichterscheinen bei seinem Geburtstag im Februar kann es nicht sein. Das haben wir geklärt. Theo hat verstanden, dass ich für eine Begegnung mit Jackson noch nicht bereit war.

»Sein Geschenk hast du immer noch nicht aufgemacht?«, fragt Wade.

»Nö.«

Alle anderen ja, aber das eine, das der UPS-Typ heute Nachmittag nach der Schule geliefert hat, ist noch zu. In dem Geschenk von meinen Eltern lag neben ein paar neuen Videospielen ein Umschlag mit Gutscheinkarten und Wade hat mir ein Dutzend Cupcakes gebacken, die ich sehr gelobt, aber noch nicht einmal angerührt habe.

»In ein paar Minuten ist dein Geburtstag vorbei«, sagt er.

Weiß ich selber. »Tja. Dann mach ich es jetzt mal auf. Bis morgen.«

»Du willst mich bis morgen auf die Folter spannen?«

»Ist bestimmt nichts Spektakuläres.«

»Wehe, wenn doch.«

»Danke noch mal für die Cupcakes.«

»Alles Gute zum Geburtstag, Griffin. Bis morgen.«

Ich nehme das Paket auf meinen Schoß. Es fühlt sich fremd an, Theos Namen über der Wohnheimadresse in Santa Monica stehen zu sehen. Theo ist doch New Yorker. Mit einem Kuli hebele ich den Deckel auf. Heraus nehme ich ein Paar marineblaue Stiefel mit schwarzen Schnürsenkeln und eine Karte.

Auf der steht:

Herzlichen Glückwunsch zum Geburtstag, Griff. Als ich die hier gesehen habe, musste ich sofort an dich denken. Mit denen bist du der Coolste da draußen.
Dein bester Freund in der Apokalypse,
Theo.
PS: Die Post hier ist echt das Letzte, also trag sie gefälligst JEDEN TAG. JEDEN TAG, SAG ICH DIR, JEDEN.

Das Geschenk ist mega und ich werde die Stiefel jeden Tag tragen, allerdings weiß ich nicht, ob ich auf Theo als besten Freund in der Apokalypse zählen kann, wenn er es nicht mal schafft, mich an meinem Geburtstag anzurufen. Zwei Minuten hat er noch.

Bestimmt schafft er's. Muss er einfach, oder?

DONNERSTAG, 30. JUNI 2016

Alles fühlt sich falsch an. Ich umarme Theo jetzt zum ersten Mal seit letztem August. Mit beiden Armen umschlinge ich ihn und drücke mein Kinn ganz eng an seine Schulter, während er mich so hält, als wäre ich nicht sein bester Freund Schrägstrich seine erste große Liebe, sondern sein entfernter Onkel zweiten Grades. Theo fühlt sich falsch an.

Und sieht auch falsch aus. Ist mit einer leichten Bräune nach Hause gekommen, die ich wegen seiner immer nur gefiltert hochgeladenen Fotos gar nicht erwartet hatte. Nicht dass ich ihn traurig sehen wollte, trotzdem missfällt mir, wie leichtfüßig er wirkt, als hätte sein Leben erst jetzt, erst nach dem Weggang, auf einmal einen Sinn ergeben.

»Ich bin so froh, euch zu sehen«, sagt er und umarmt Wade wesentlich inniger als mich gerade. Dabei ist Jackson doch gar nicht hier. Der macht mit seinem Vater nämlich eine Woche Urlaub in Cancún.

»Gleichfalls«, sage ich und vergrabe meine Hände in den Hosentaschen.

»Dass du überhaupt noch lebst«, sagt Wade.

Theos Blick fällt auf meine Geburtstagsstiefel, deren Spitzen vom vielen Tragen schon ganz abgerieben sind. »Die Stiefel!«

»Ich trage sie jeden Tag, wie angewiesen«, sage ich.

Wade verzieht das Gesicht. »Seinen Geburtstag hast du ihm allerdings gründlich versaut.«

»Das war echt keine Absicht«, wehrt Theo ab. »Kommt mir so falsch vor, dass Griffin an einem ungeraden Tag geboren ist. Zumindest hab ich die Schuhgröße getroffen!«

Warum ist es nie entspannt, wenn Theo nach Hause kommt? Auch wenn Jackson diesmal gar nicht dabei ist, ist er trotzdem die ganze Zeit präsent. Theo vermeidet es, ihn zu erwähnen. Das ist mir grundsätzlich natürlich lieber, aber bei jeder Fast-Erwähnung wechselt er das Thema und schaut mich an, als sei das meine Schuld. Noch dazu hat er sein Handy immer im Blick und antwortet innerhalb von Sekunden auf jede Nachricht von Jackson. Säßen wir nur schon in der U-Bahn nach Brooklyn, da kann sein kalifornischer Abklatsch von mir ihn wenigstens mal ein paar Minuten lang nicht erreichen.

Auf dem Weg zur Bahnstation spricht Wade übers College. »Ich glaube nicht, dass ich es so lange weg von zu Hause aushalten würde. Wahrscheinlich suche ich mir nächsten Herbst irgendwo in der Nähe was.«

»Nicht das Schlechteste«, sagt Theo.

Das klingt übelst gönnerhaft – Theo hat schließlich sein Paradies schon gefunden, während wir anderen hier festhängen und ihn vermissen. »Ich werde mich auf jeden Fall in Santa Monica bewerben«, sage ich.

Theo nickt. »Wenn es das ist, was du willst, dann ist das die richtige Entscheidung.« Jetzt klingt er sogar schon wie ein gottverdammter Studienberater.

»Natürlich will ich das«, sage ich und bin kurz davor, ihn daran zu erinnern, dass wir beide das wollen, habe aber Wade versprochen, dass es heute nicht um Theo und mich gehen wird. Keine Ahnung, welches Fach ich wählen soll, sicher ist bloß, dass unsere Beziehung nur dann noch eine Chance hat, wenn wir einander wieder näher sind.

In der Linie 4 Richtung Union Square reden Theo und Wade über Netflix-Serien. Ich fühle mich unsichtbar und stumm. Während ich ihnen gegenübersitze, lachen sie und finden es offenbar völlig normal, dass Theo und ich nicht mehr zusammengehören. Es erinnert mich an unsere Anfangszeit, in der Theo und Wade beste Freunde waren und *ich* der Außenseiter, der Neue, der für ihr Team erst mal vorsprechen musste. Augenblicklich schrumpfe ich wieder in diesen Elfjährigen hinein, der sich verzweifelt beweisen will, verzweifelt zeigen will, dass er eine echte Hilfe beim Puzzeln sein kann, sich verzweifelt mit den aktuellsten Soundtracks vertraut macht, damit Wade ihn für cool hält.

Scheiße verdammt, so geht das nicht.

Als wir an der Haltestelle Union Square auf die L-Linie warten, dränge ich mich zwischen die beiden und stelle mich fast auf Theos Füße.

»Wir müssen reden.«

»Griff ...«

Ich drehe mich zu Wade um. »Gib mir zehn Minuten mit Theo. Allein.« Wade will protestieren, da packe ich schon Theos Hand und zerre ihn den Bahnsteig entlang bis unter die Treppe. »Also, wir müssen jetzt mal Tacheles reden. Geht das? Kann ich zehn Minuten Ehrlichkeit von dir kriegen, bevor wir uns wieder dumm stellen?«

Theo sieht aus, als würde er gleich weinen. Er holt sein Handy hervor. Kurz will ich ihn daran erinnern, dass er hier unten eh keinen Empfang hat – so lange war er nun auch nicht in Kalifornien, dass er das hätte vergessen können –, doch er stellt nur einen Timer auf zehn Minuten und startet ihn.

Wäre mir nie eingefallen. Ich für meinen Teil könnte leicht mein ganzes Leben lang ehrlich zu ihm sein, doch da ich nun mal zehn Minuten rausgehandelt habe, sollte ich die besser nutzen. »Steht unser Endspiel noch?«

Theo nickt, schüttelt den Kopf, zuckt die Schultern und bewegt sich dann gar nicht mehr. »Ich weiß es nicht.«

»Weißt du denn, ob du mich noch liebst? Oder war das zwischen uns nur eine meiner Wahnvorstellungen?«

»Du hast keine Wahnvorstellungen«, sagt Theo. »Ich liebe dich. Aber Jackson liebe ich auch.« Zum ersten Mal sagt er mir das. Und obwohl ich mir's schon selbst zusammengereimt hatte, tut es mehr weh, als von ihm zu erfahren, dass er mit Jackson geschlafen hat. »Ich weiß nicht, was ich tun soll. Du hast mit mir Schluss gemacht, Griff. Ja, wir haben noch geredet, aber ich hatte keine Ahnung, worauf du hinauswillst. Ich dachte, du wärst vielleicht über mich hinweg. Jackson war da und ich mochte ihn.«

Ich nicke. Stehe von Kopf bis Fuß in Flammen. »Soll ich also das Feld räumen?«

»Nein. Nein, ich meine: Ich weiß nicht. Es ist nicht fair von mir, dich warten zu lassen«, sagt Theo.

»Fändest du's scheiße, wenn ich aufhören würde zu warten?«

»Ja.« Theo nickt. »Das ist egoistisch, ich weiß. Aber du wolltest die Wahrheit.«

Egoistisch, allerdings.

Während auf dem andern Gleis jetzt eine Expressbahn durchschießt, können wir einander nur schweigend ansehen. Ich bin versucht, wieder seine Hand zu packen und sie diesmal zu halten, fühle mich aber schon zurückgewiesen, noch bevor ich den Arm ausstrecken kann. Als die Bahn an uns vorbei ist, fragt Theo mich, ob es jemand anderen gibt.

»Natürlich nicht.«

»Du musst mich nicht anlügen. Ich würd's verstehen.«

»Ich lüge dich nicht an«, sage ich. »Mal angenommen, ich würde nach Kalifornien ziehen. Was wäre dann? Würdest du mit Jackson Schluss machen?«

»Wahrscheinlich.«

Lange klang keine Wahrscheinlichkeit mehr so verheißungsvoll wie diese. Nachdem ich meiner Liebe zu ihm schon bis hierher treu war, muss ich also nur noch ein kleines bisschen länger durchhalten. Und dann kriegen wir doch noch unser Endspiel. Theo ist bereit, alles zwischen ihm und diesem Gelegenheitsfreund, der nun mal »da war«, in die Tonne zu kloppen.

»Okay. Du fehlst mir so sehr«, sage ich.

»Du fehlst mir auch«, sagt Theo. »Ich gehe immer noch ständig rechts von Jackson. Und manchmal ist es wie ein Schlag ins Gesicht, wenn ich nach links gucke und nicht dich, sondern ihn sehe.«

Er hält mir die Hand hin und ich ergreife sie natürlich, habe aber nicht damit gerechnet, dass er mich für einen Kuss an sich zieht. Ich bezweifle auch, dass das heute auf seiner Agenda stand. Egal. Die nächsten paar Minuten küssen wir uns weiter, bis in seiner Hosentasche der Timer losplärrt. Ich will nicht aufhören, doch Theo lässt meine Hand los und tritt einen Schritt zurück.

»All das hier ist ab jetzt tabu, okay?«

»Ja, Theo. Ab jetzt stellen wir uns wieder dumm.«

Er geht dorthin zurück, wo wir Wade stehen gelassen haben. Ich folge ihm und fühle mich fast genauso wie an meinem Geburtstag – traurig, aber auch ein bisschen siegesfroh, weil er mich beschenkt hat. Als die L-Linie einfährt, versetze ich mich gedanklich zurück in die Bahn, in der Theo und ich unser gemeinsames Coming-out hatten.

DONNERSTAG, 11. AUGUST 2016

Ein ziemlich einsamer Sommer war das. Theo war nur für zwei Wochen in New York. Und er war wie gesagt nicht einmal wirklich ohne Jackson angereist – der alle naselang schrieb oder anrief, was mir jedes Mal einen Stich versetzte. Wade war erst mal vollauf beschäftigt mit Partys und Jobsuche, jetzt wirkt er eher ziellos und scheint das letzte bisschen Freiheit vor unserem Abschlussjahr noch auskosten zu wollen. Ich für meinen Teil zähle die Tage, bis ich mit

Theo in Kalifornien zusammen sein werde. Wobei ich nicht so naiv bin zu glauben, dass wir sofort nach meiner Ankunft wieder ein Paar werden.

Gerade sitzen Wade und ich in Wades Zimmer auf dem Boden. Ditschen seinen Handball hin und her und hören uns den Soundtrack von *Iron Man* an.

»Findest du immer noch, dass Schluss zu machen richtig von mir war?«, frage ich.

»Ja«, antwortet er. »Auch wenn du das inzwischen anders siehst.«

Allerdings. Ich stelle mir täglich diese Frage. Morgens, wenn ich aufwache und keine Nachricht von Theo habe, abends, wenn ich schlafen gehe und mir wünsche, mit ihm videochatten und ihm Gute Nacht sagen zu können – und nie kommt es mir richtig vor. Nicht, wenn ich ehrlich zu mir bin.

»Ist aber ja auch nicht völlig bescheuert«, sage ich.

»Hab ich nie behauptet. Aber das geht jetzt schon ein Jahr so, richtig? Konzentriere dich doch mal auf dein Leben.«

»Er schlägt nur Zeit tot mit Jackson«, rede ich weiter und ditsche Wade den Handball zu. Und dann platzt es trotz meines Versprechens an Theo aus mir raus: »Er hat gesagt, dass wir wieder zusammenkommen, sobald ich in Kalifornien bin.«

»Wann hat er das gesagt?« Wade wirft den Ball hinter sich aufs Bett.

Ich weiß, ich sollte nicht, aber ich kann nicht anders. Mit irgendjemandem *muss* ich reden. Ich verrate Wade alles, worüber Theo und ich zu schweigen vereinbart hatten. Sicher enttäusche ich ihn schwer, aber ich habe hier doch niemanden. Theo kann die Trennung von mir überbrücken, mich in der Zwischenzeit vergessen. Ich nicht. Nachdem mein Redeschwall versiegt ist, heule ich los. Bin völlig alle. Weiß nicht, wie ich noch ein weiteres Jahr ohne Theos Liebe überstehen soll.

»Theo ist ein Arsch, dass er dich warten lässt«, sagt Wade mit einer schroffen Stimme, die völlig anders klingt, als wenn er sonst über Theo herzieht.

Ich schüttle den Kopf und reiße mich wieder zusammen. »Ist doch meine Schuld. *Ich* hab mit Theo Schluss gemacht ... bevor er mit mir Schluss machen konnte.« Endlich spreche ich die Wahrheit aus. Sabotiere mein Vertrauen in Theo und mein Vertrauen in mich selbst, weil brutale Ehrlichkeit die Erleichterung bringt, nach der ich mich seit einem Jahr sehne. »Ich habe nicht daran geglaubt, dass er mich weiter lieben könnte. Und hielt es für das Beste, ihm mit dem Todesstoß zuvorzukommen. Um sagen zu können, dass ich selbst entschieden habe. Nur sagt er jetzt, dass er mich immer noch liebt.«

Auf eine verdrehte Art und Weise wünschte ich, das Auto hätte letzten Sommer *mich* fast überfahren und *Theo* hätte sich einen Augenblick lang ein Leben ohne mich vorstellen müssen. Vielleicht wäre so *ich* jetzt in der Lage, mich »auf mein Leben zu konzentrieren«, wie Wade es empfiehlt.

Wade rückt ein Stück näher. »Es liegt nicht an dir, Griffin. Theo ist der Idiot. Am College mag er ja eine absolute Leuchte sein, aber wie er mit dir umgeht, das ist unter aller Sau.« Wade holt tief Luft. »Ich muss dir was sagen. Und zwar hat Theo sich fürs zweite Collegejahr ein Einzelzimmer besorgt, um in Ruhe mit Jackson allein sein zu können. Der wird so schnell nicht von der Bildfläche verschwinden, wenn du mich fragst.«

Ich starre Wades Bett an. Mein Herz wummert. Ich höre

die Bauarbeiten draußen im Hausflur und den Fernseher, den Wades Mom hat laufen lassen, als sie zum Dominospielen mit ihren Freundinnen aufgebrochen ist. Theo hat sich jemand Neuen angelacht, weil ich unsicher war. »Ich hätte nicht an ihm zweifeln dürfen.«

»Hör auf, dir selbst die Schuld zu geben, Mann.« Wade legt mir eine Hand auf die Schulter. »Ich hab's doch von Anfang an mitgekriegt. Du hast alles getan. Vielleicht sogar zu viel, verdammt. Aber das ist was Gutes! Wenn Theo das wegwerfen will, dann musst du ihn wegwerfen.«

»Wir reden hier von deinem besten Freund«, merke ich an.

Wade schüttelt den Kopf. »Darum geht's nicht. Theo darf nicht von dir erwarten, dass du hier Däumchen drehst, während er sich auslebt. Als wärst du irgendein Plan B.«

»Er weiß selbst, wie egoistisch das ist.«

Wade sieht mir in die Augen. »Hör auf, ihn zu verteidigen, Griffin. Und setz ihn nicht länger auf einen Thron. Dass Theo es verschissen hat, ist sein Fehler, nicht deiner.«

Jetzt umarmt Wade mich, was selten vorkommt. Das kann ich gut gebrauchen. Ich umarme ihn zurück. Darauf beginnt er – was total unvorstellbar ist –, mich zu küssen.

Mir ist nicht klar, was hier passiert und noch weniger, warum ich es nicht verhindere. Ich empfinde nichts für Wade, habe ich noch nie, und das nicht nur, weil ich ihn für hetero hielt. Doch seit Langem wurde ich nicht mehr so geküsst, nicht seit Juni, und das war der gestohlene Kuss im Dunkeln mit Theo, über den wir danach nicht mal mehr reden durften. Das hier fühlt sich anders an. Ich hätte nicht gedacht, dass ich überhaupt je einen anderen küssen würde. Hätte nicht gedacht, dass Küsse verschiedene Rhythmen haben. Wades ist langsamer als Theos, funktioniert aber.

Der Kuss gefällt mir.

Im selben Augenblick reiße ich mich los. Wade ist Theos bester Freund. »Was zur Hölle?«, keuche ich und weiche zurück.

Wade entschuldigt sich nicht. Stattdessen starrt er mich an. Offenbar erwartet er, dass ich ihm jetzt entweder eine reinhaue oder wegrenne. Mir wird ganz schwindelig davon, dass er nicht länger der Wade ist, mit dem ich aufgewachsen bin, sogar noch schwindeliger als von der Neuigkeit über Theos Einzelzimmer. Ohne Wade hätte ich davon nichts erfahren. Auf Theo kann ich nicht zählen. Wade ist der Einzige, der wahrhaftig an meiner Seite ist.

Deswegen küsse ich ihn erneut. Küsse ihn, *weil* er Theos bester Freund ist. Auf die tausend Fragen in meinem Kopf brauche ich jetzt gerade keine Antwort. Ich muss einzig und allein Wade beweisen, dass ich kompliziert bin, dass ich der wahre Idiot bin, der idiotische Dinge tut, weswegen Theo mich nicht will. Wenn ich so toll wäre, wie Wade denkt, hätte Theo schließlich keinen Grund gehabt, derart schnell mit jemand anderem ins Bett zu hüpfen.

Ich ziehe mein Shirt aus und zerre Wade das Tanktop vom Leib. Als ich mich über ihn beuge, lässt er sich rücklings auf den Boden fallen, wo ich ihn küsse, wie Theo mich geküsst hat, als wir das letzte Mal vor seiner Abreise miteinander geschlafen haben. Kurz darauf sind wir in Wades Bett und ziehen uns komplett aus. Er beichtet mir, dass dies – an allen Ufern – sein erstes Mal ist. Also übernehme ich die Führung. Und halte während der ganzen Zeit die Augen geschlossen.

Es dauert nicht lange. Und lenkt doch alles komplett um.

Eilig ziehe ich mich wieder an. Beim Hinausgehen kann ich Wade nicht in die Augen sehen. Als er mich bittet, dazubleiben und zu reden, ignoriere ich ihn.

In den letzten Monaten hatte ich häufig diese Art von selbstzerstörerischem Verlangen, doch war ich immer davon ausgegangen, ich würde diesem Drang im Zweifel mit einem Fremden nachgehen und nicht mit dem Menschen, der in meinem Leben seit Jahren in der ersten Reihe sitzt.

Ich will Theo davon erzählen, weiß aber, das geht nicht. Nach einem solchen Betrug gibt es kein Zurück.

MITTWOCH, 31. AUGUST 2016

Ich reite mich immer tiefer rein. Theo wird mich nie mehr zurücknehmen. Nicht, wenn er erfährt, dass ich mittlerweile schon fünf Mal mit Wade geschlafen habe. Das erste Mal traf uns beide unvorbereitet. Das zweite traf Wade unvorbereitet. Angepisst über das neueste Foto von Jackson, das Theo bei Instagram gepostet hatte, stand ich plötzlich vor seiner Tür. Das dritte kam zustande, weil ich so blöd war, auf Jacksons Facebook-Seite zu gehen, auf der er in einer ganzen Reihe von Profilfotos zusammen mit Theo zu sehen ist. Beim vierten Mal hatte ich Theos »Griffin zur Linken«-Clip vom vorletzten Geburtstag wiedergefunden und mich darüber geärgert, an seine Vollendung geglaubt zu haben. Und beim letzten Mal schließlich war ich einfach verletzt und einsam und konnte mich nur ganz fühlen, indem ich mich mit Wade verlor.

Doch für das sechste Mal hält er mich jetzt hin.

»Du sprichst gar nicht mehr mit mir«, sagt er. »Dabei haben wir eine Menge zu bereden, das weißt du genau.«

Ich habe Wade nie gefragt, seit wann er weiß, dass er schwul ist, bisexuell, neugierig oder was auch immer. Tief gehende Gespräche waren nie Teil meines Plans. Ich komme nur vorbei, tue etwas, von dem ich mir wünsche, ich könnte es danach wieder ausblenden, und frage mich auf dem Nachhauseweg, ob ich je den Nerv haben werde, diese Bombe vor Theo platzen zu lassen.

»Lass uns später reden.« Doch als ich mich an ihn dränge und nach seinem Reißverschluss taste, hält Wade meine Hand fest und weicht zurück.

»Das hast du letztes Mal auch schon gesagt.«

Ich spiele kurz mit dem Gedanken, wortlos das Zimmer zu verlassen, würde dadurch aber womöglich meinen einzigen Freund verlieren. Tatsächlich fühlt sich das zwischen Wade und mir kaum noch nach Freundschaft an und nicht mal nach Freundschaft mit gewissen Vorzügen, sondern nur noch nach Vorzügen. Ich kann Wade nicht einfach ausnutzen, nur weil Theo das mit mir macht. »Du hast recht.« Ich stehe auf und gehe zu seinem Drehstuhl hinüber. »Es tut mir leid. Ich stecke so tief in meinen eigenen Problemen, dass ich kaum was anderes wahrnehme.«

»Kann ich verstehen.« Wades Tonfall ist freundlicher, als ich's verdiene. Was mich ärgert. Keine Ahnung, warum.

»Also.« Ich setze mich auf den Stuhl und drehe ein paar Runden. »Warum hast du uns nie gesagt, dass du schwul bist?«

»Kategorien sind mir gerade egal, aber Theo hat es gewusst. Ich hab's ihm letztes Jahr erzählt«, sagt Wade.

Abrupt halte ich den Stuhl an. »Waren er und ich da noch zusammen? Wo war ich?«

»Das war an dem Nachmittag, an dem ich Theo für dich ablenken sollte, damit du einen Doktorhut für seine Party besorgen konntest«, erklärt Wade. »Ich war ehrlich zu ihm, weil ich hören wollte, woher er weiß, welchen Gefühlen er trauen kann.« Statt mich anzusehen, beginnt Wade den Handball gegen die Wand zu werfen.

»Aber warum hast du's mir nicht auch erzählt?« Dass ich über etwas so Wichtiges nicht Bescheid gewusst habe, macht mich zum unsichtbaren Dritten, spricht mir auf einmal wieder die undankbarste Rolle in unserem Team zu.

»Wollte keine große Sache draus machen. Du und Theo, ihr habt aus allem eine große Sache gemacht, meins ist das nicht so.« Als der Handball diesmal zurückspringt, greift Wade ins Leere und der Ball rollt unters Bett. Er lässt ihn liegen und setzt sich vor mich auf den Boden. »Außerdem hast du mich verwirrt. Ich wollte so sehr das, was du und Theo hattet, und zwar mit dir. Aber keine Angst, ich bin nicht verliebt in dich.«

Die Sorge hatte ich gar nicht. Und er hätte es mir auch nicht sagen müssen. Ich fühle mich schon ungeliebt genug dieser Tage. Doch das behalte ich für mich.

»Es war echt hart für mich, dich so verletzt zu sehen«, sagt Wade. »Ich wollte, dass es dir besser geht, und obwohl das natürlich waghalsig war, hab ich's einfach mal versucht. Hätte nie damit gerechnet, dass es so weit kommt.«

»Ich auch nicht.«

Hoffentlich will er jetzt nicht irgendwas Größeres mit mir anfangen. Ich liebe Theo viel zu sehr, als dass ich Interesse an jemand anderem heucheln könnte. Mit Sex lässt sich einiges überspielen, aber Liebe kann ich nicht vortäuschen. »Fühlst du dich denn gut damit? – Schwul zu sein, bi oder was auch immer?«

»Du und Theo, ihr habt es ziemlich cool aussehen lassen. Ihr wart wie Kumpels, die sich küssen und miteinander schlafen. Schon klar, klingt irgendwie falsch, aber du weißt, was ich meine.« Wade verdreht die Augen über sich selbst und unterdrückt ein Gähnen. »Ich habe mir gewünscht, es wäre so einfach, wie das bei euch eben aussah. Aber dann ging mir der Arsch auf Grundeis, als mir klar wurde, dass du mich ja auch zurückweisen könntest. Ich wollte unsere Freundschaft nicht kaputt machen.«

Ein Teil von mir will seine Ehrlichkeit erwidern, will ihm sagen, dass ich durch den Sex mit ihm nur meinen Theo-Frust abbauen will. Andererseits bin ich nicht sicher, ob ich diesen Schuss wirklich abfeuern sollte. Während Wade natürlich schön naiv wäre, nicht etwas in der Richtung zu ahnen, macht es doch einen Riesenunterschied, ob man eine Waffe nur erahnt oder sie auf sich gerichtet sieht. Weder verdient er es, noch ist es notwendig, dass ich ihn verletze. Um genau zu sein, verdient er was scheißtausendmal Besseres.

Vielleicht können er und ich Freunde bleiben. Aber mit dem hier müssen wir aufhören. Sofort – oder direkt nach dem hoffentlich sechsten Mal Sex.

DONNERSTAG, 8. SEPTEMBER 2016

Ich spiele Zombie-Lasertag mit dem Falschen. Ja, Wade wollte an seinem Geburtstag in die Lasertag-Halle, aber dass er diese Zombie-Variante aussucht, wusste ich nicht. Ich wusste nicht einmal, dass es sie überhaupt gibt. Ansonsten hätte ich nämlich längst Theo an seinem Geburtstag oder bei einem Date damit überrascht. Aber das ist egal jetzt. Ich lasse nicht zu, dass mein Abend oder – wichtiger noch – Wades Abend ruiniert wird.

In unserem Team durchlaufen wir mit futuristisch aussehenden Laserwaffen sowie schaumstoffpfeilbestückten Bögen im Anschlag die Arena und erledigen so viele der ächzend und knurrend an den Wänden entlangschleichenden Leuchtzombies wie möglich. Schulter an Schulter, geben Wade und ich uns Deckung. Ich für meinen Teil könnte durch all die fantasierten Zombiepiraten-Apokalypsen gar nicht besser vorbereitet sein. Irgendwann landen wir alle in einem Labor, in dem uns aus einem Wandschrank heraus ein Zombie anfällt, woraufhin unser ganzes Team beginnt, seine Laser-Magazine in den armen Bastard zu entleeren. Gleich darauf umzingeln uns jedoch vier weitere Zombies und ich schieße um mich wie ein Wahnsinniger.

Wade bekommt einen Zombie-Kratzer ab, merkt das aber zuerst gar nicht, weil er so sehr über mich lachen muss. Erst nachdem er sich einigermaßen gefangen hat, wird es ihm klar und er plumpst geschlagen zu Boden.

Da lasse auch ich mich von den Zombies überwältigen. Diese Schlacht werde ich nicht ohne Wade schlagen.

Während er und ich an blutbespritzten Wänden und umgerannten Zäunen vorbei zum Ausgang gehen, beruhigt sich mein Herzschlag allmählich. Wade ist genauso durchgeschwitzt wie ich und muss erst wieder zu Atem kommen, was mich lebhaft an Sex mit ihm erinnert. Ich frage mich, ob es ihm genauso geht. In den vergangenen Tagen waren wir richtig gut darin, die Finger voneinander zu lassen.

Wir holen Handys und Portemonnaies aus unserem Schließfach, gehen zum Burger-Imbiss und kaufen zwei überteuerte Flaschen Wasser. Da vibriert Wades Handy. Theo will mit ihm facetimen. Wade ignoriert ihn.

»Geh ruhig ran«, sage ich. Ist ja nicht so, dass Theo und ich kein Wort mehr wechseln.

»Es macht mir gerade viel Spaß mit dir«, sagt Wade. »Ihn kann ich später zurückrufen.«

Ich bin, ganz ehrlich, ein wenig erleichtert. Und habe meinerseits gerade viel Spaß mit Wade.

SAMSTAG, 24. SEPTEMBER 2016

Wade und ich hocken auf dem Bürgersteig und begutachten die auf der Decke ausgebreiteten Schmökerschnäppchen. Obwohl ich mich nach Theos Anruf vor einer Stunde sicher auf kein einziges geschriebenes Wort mehr konzentrieren kann. Jackson will, dass Theo jeden Kontakt zu mir abbricht. Vielleicht ist Theo ja auch ein Verräter und hat Jackson von unserem Kuss und dem Versprechen erzählt? Jedenfalls widersetzt Theo sich dem Kontaktverbot und hat Jackson verkündet, dass er mich nicht aus seinem Leben verbannen wird. Kam nicht gut an.

»Theo will nur das Richtige tun«, sage ich zu Wade, der seit dem Anruf übelst schlecht drauf ist.

Wade lässt ein Buch mit Greyhound-Bus-Cover zurück auf die Decke fallen. »Dafür bist du doch eigentlich zu schlau, Griffin. Irgendwann wird es nicht mehr das Richtige sein, dich bei Laune zu halten. Irgendwann wird er sich für Jackson entscheiden.«

Ich stehe auf, und während der Menschenstrom sich weiter geradeaus zum Times Square schiebt, marschiere ich in die andere Richtung los. Wade läuft mir nach, entschuldigt sich aber nicht wie sonst dafür, das Falsche gesagt zu haben.

Stattdessen packt er mich an den Schultern, dreht mich zu sich herum und schaut mich eindringlich an. Wann immer ich wegucken will, schiebt er sich wieder vor mich. »Werd gefälligst nicht ständig sauer, nur weil ich der Einzige bin, der ehrlich zu dir ist. Du musst endlich von der Stelle kommen. Vielleicht nicht mit mir oder sonst wem, aber einzig und allein auf Theo zu warten, wird dich noch in den Wahnsinn treiben. Ich hasse es, das mit anzusehen.«

Ich will ihn abschütteln, habe aber sonst niemanden.

»Woher denn eigentlich das plötzliche Interesse?«

»Plötzlich? Was bist du doch für ein Trottel!« Wade greift in meine Jackentasche, fischt meinen Schlüsselbund mit dem Cedric-Diggory-Anhänger vom letzten Geburtstag heraus und klimpert damit vor meiner Nase herum. »Dir ist das nur nie aufgefallen.« Energisch drückt er mir den Schlüsselbund in die Hand und umschließt sie mit seiner. »Wegen Theo hätte ich nie was versucht, trotzdem wollte ich dich glücklich machen. Der Schlüsselanhänger deiner liebsten Harry-Potter-Figur. Die Collage von dir und Theo.« In seinen zusammengekniffenen Augen sammeln sich Tränen. »Lieber hätte ich eine von dir und mir gemacht, aber mir war eure Freundschaft wichtig.«

Diese ganzen letzten Jahre habe ich immer nur Theo gesehen, habe Wades Rolle in meinem Leben nie richtig gewürdigt. Er ist nicht bloß ein unsichtbarer Dritter mit Hellseher-Allüren. Er sagt nicht bloß ständig das Falsche zur falschen Zeit. Er ist ein MENSCH mit Gefühlen, jemand, der die Wahrheit nicht scheut und sich Gedanken um anderer Leute Zukunft macht – manchmal mehr als um die eigene.

Wade lässt mich los, aber mein Herz hört nicht auf zu wummern. »Mit Theo bin ich durch«, sagt er. »Nach fast einem Jahr lässt dieses Arschloch dich immer noch auf den nächsten Anruf warten. Das ist schlichtweg falsch.«

»Ich kann Theo nicht einfach ablegen«, sage ich. »Er will mich doch in seinem Leben haben, das kann ich ihm nicht antun.« Ich weiche Wades Blick jetzt nicht mehr aus. »Dich will ich aber auch nicht verlieren. Ich will ja mehr für dich sein, aber das wird Zeit brauchen. Kannst du mir die geben?«

»Wirst du es denn ehrlich versuchen?«

»Ja.«

Ich muss aufpassen. Ich will mit Wades Gefühlen auf keinen Fall so umspringen wie Theo mit meinen. Dass ich mich an eine Hoffnung geklammert habe, hat mich nicht weit gebracht. Und eine Hoffnung soll auch Wade nicht aufhalten.

SONNTAG, 13. NOVEMBER 2016

Eng aneinandergeschmiegt liegen Wade und ich in seinem Bett und essen Tortilla-Chips. Die Heizung bullert auf höchster Stufe und ein Film-Soundtrack bildet die Hintergrundmusik zu unserem Gespräch über gut aussehende Avengers.

»Von den Bruce Banners find ich keinen so richtig toll«, sage ich und tunke meinen Chip in die Schale mit Salsa. Dabei bin ich extra vorsichtig, nicht zu kleckern, weil Wade sonst ausflippen und das Bettzeug sofort zur Waschmaschine tragen würde. »Thor lässt sich echt gut angucken«, fahre ich fort, »aber am loyalsten fühle ich mich wohl gegenüber dem Captain.«

»Kann ich sowohl Team Captain America als auch Team Black Widow sein?«, fragt Wade.

»Klar.«

»Cool. Kann ich Team Captain America, Team Black Widow und Team Tony Stark sein?«

»Dann brauchst du noch jemand Vierten.«

»Okay. Team Captain America, Team Black Widow, Team Tony Stark und Team Griffin.«

Ich beiße mir auf die Lippe, um nicht zu grinsen. »Du spielst das falsch. Ich bin kein Avenger.« Wade will was entgegnen, doch ich komme ihm zuvor: »Hättest du dich mal früher geoutet. Dann hätten wir Gespräche wie das hier im Team führen können.«

Die Vorstellung, mit Theo und Wade über Kerle zu reden, fühlt sich nicht falsch an. Halt wie drei Heteros, die sich über ihre Traumfrauen austauschen. Vielleicht hatte Theo sich genau die Art von Geplauder gewünscht, als er Jackson Anfang des Jahres mit hierherbrachte. Das wäre mir damals nicht annähernd in den Sinn gekommen. Mittlerweile liegen die Dinge anders.

»Vergiss Captain America, Black Widow und auch Tony Stark mitsamt seinem Arsch voll Geld. Ich will Team Griffin sein«, sagt Wade. »Wann probieren wir das endlich mal aus?«

Auch diese Vorstellung fühlt sich nicht falsch an. Das Bild ist noch etwas verschwommen, weil ich definitiv noch Gefühle für Theo habe. Wenn auch längst nicht mehr so starke wie früher. Trotzdem fühlt es sich seltsam an, mich auf jemand anderen einzulassen. Erst recht auf jemanden, der Theos und mein unsichtbarer Dritter war. Aber etwas hat sich in den letzten Monaten verändert. Immer seltener werde ich durch Theo zu Wade getrieben. Immer öfter bin ich bei ihm, weil ich bei ihm sein will.

»Lass mich erst mit Theo sprechen«, sage ich. Schließlich muss ich mir jede Menge von der Seele reden. Einiges davon betrifft Wade, aber nicht alles. »In Ordnung?«

Wade nickt und zieht seine Beine zwischen meinen hervor. »Auf einen Tag mehr kommt es auch nicht mehr an.«

Ich bleibe noch ein bisschen, dann schlüpfe ich in meine neuen Winterschuhe – die Stiefel von Theo zu tragen, hat sich irgendwann komisch angefühlt – und gebe Wade an der Tür einen Kuss. »Ich ruf dich später an.«

»Das will ich auch hoffen, sonst bin ich raus aus Team Griffin.«

In dem Wissen, dass ich mich gleich mehr oder weniger von meiner seit Jahren erträumten Zukunft verabschieden werde, tigere ich in meinem Zimmer auf und ab. Meiner Zukunft mit Wade bin ich mir zwar nicht besonders sicher und werde es vielleicht auch nie sein, aber ich habe neue Hoffnung. Theo kann Jackson behalten und ich kann es mit Wade probieren. Falls Theo und ich dennoch dazu bestimmt sind, wieder zusammenzukommen, dann wird diese Bestimmung ihren eigenen Weg finden. Aber ich warte nicht länger. Wade hat recht.

Als ich Theos Nummer wähle, geht die Mailbox dran. »Hi, Theo, hier ist Griff«, sage ich. »Ich muss mal mit dir über was Wichtiges reden. Dabei geht's nicht um uns, versprochen. Okay, ist ein bisschen gelogen, ein bisschen geht's schon um uns, aber nicht, was du jetzt denkst. Na ja: Ruf mich zurück.«

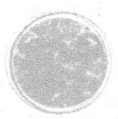

GEGENWART
SAMSTAG, 17. DEZEMBER 2016

Da hast du es, Theo.

Ich habe einen Teil der Geschichte vor dir geheim gehalten. Vielleicht hat dich das jetzt überrumpelt, vielleicht hast du es eh die ganze Zeit geahnt. Aber hier kommt, womit du bestimmt nicht gerechnet hast, weil es mich selbst überrascht hat: Ich merke, dass ich dabei bin, mich in Wade zu verlieben. Eine Wendung in unserer Geschichte, die mich schwindeln und mein Herz klopfen lässt. Ich dachte, ich würde ihn nur benutzen, um mit dir abzurechnen, weil du jemand anderen gefunden hast. Aber jetzt merke ich, dass auch ich jemand anderen gefunden habe.

Ich wollte das ordentlich angehen und ehrlich zu dir sein, genau wie du, nachdem du Jackson kennengelernt hattest. Du kannst mir glauben: Als du meinen Anruf verpasst hast, war ich bereit, unsere Endspiel-Pläne ad acta zu legen.

Vier Stunden später bist du gestorben.

Als ich die Nachricht erhielt, weinte ich nicht nur, weil uns die Chance genommen wurde, jemals wieder ineinander verliebt zu sein, sondern auch, weil mein bester Freund nie wieder das Universum mit mir teilen würde. Keine Ahnung, was du von Wade und mir gehalten hättest – ist jetzt auch nicht mehr wichtig. Ich habe geliebt und die Liebe ist erloschen. Den Schmerz, den du zurückgelassen hast, stehe ich nicht noch einmal durch.

Das hält mich aber nicht davon ab, Wades Haus zu betreten. Es hält mich nicht davon ab, zu hoffen, dass er da ist und mich nicht abweisen wird. Wundersamerweise fährt der Aufzug nonstop vom Erdgeschoss in den siebenundzwanzigsten Stock. Trotzdem fühlt es sich an, als bräuchte er ewig, sogar länger als damals, als wir zu dritt für die längsten zwanzig Minuten unseres Lebens im siebzehnten feststeckten.

Seltsam, wie viel sich seitdem verändert hat, wie chaotisch alles geworden ist. Unsere Freundschaft – wie ein Tausend-Teile-Puzzle, völlig durcheinandergeschüttelt von einem Kleinkind. Und dieses Universum fühlt sich manchmal an wie ein paralleles, aber das war dir vielleicht schon immer klar.

Falls ich mit dem Gedanken gespielt haben sollte, kehrtzumachen und nach Hause zu rennen – die Chance habe ich vertan. Denn als ich aus dem Fahrstuhl trete, kommt Wade aus der Tür, in nichts als seinen orangefarbenen Basketballshorts und weißen Sneakersocken, in jeder Hand eine Mülltüte. Mir bleibt fast das Herz stehen. Nicht nur, weil er auch ohne die von ihm herbeigesehnten Bauchmuskeln wunderschön ist oder weil er bei Überraschungsbesuchen immer auf diese bestimmte Art die Augen zusammenkneift, als könnte er mich ohne Brille nicht erkennen. Zum ersten Mal, seit du gestorben bist, gestehe ich mir selbst ein, wie sehr ich diesen Typen vermisst habe und wie komisch es sich anfühlen wird, mit ihm wieder nur befreundet zu sein.

Ganz genau wie bei dir damals.

»Griffin!«

Nicht der kalte Winterabend ist schuld an meiner plötzlichen Gänsehaut. So fühlt es sich an, wenn jemand den Namen einer geliebten Person ausspricht.

»Deine Socken«, sage ich.

Wade sieht auf seine Füße hinunter. »Meine Socken?«

»Sie werden ganz dreckig«, sage ich und komme näher, kämpfe gegen den übermächtigen Drang, ihn in die Arme zu schließen. Stattdessen greife ich nach den Mülltüten – streife für einen kurzen, kaum zu ertragenden Moment mit meinen kalten Fingern sein warmes Handgelenk – und trage sie unter dem Geklirre muffiger Bierflaschen zum anderen Ende des Flurs, wo ich sie in den Müllschlucker werfe. Als ich mich umdrehe, rechne ich damit, dass Wade vor seiner Wohnungstür auf mich wartet, doch stattdessen kommt er durch die Pfützen aus geschmolzenem Schnee, die meine Schuhe auf dem Boden hinterlassen haben, auf mich zu.

»Deine Socken«, sage ich schon wieder.

Er könnte mich jeden Moment küssen. In meinem Körper gibt es keinen einzigen Muskel mehr, der ihn davon abhalten würde. Doch er nimmt mich nur in den Arm und drückt mich an sich. Ich drücke ihn zurück und muss beinahe lachen, als er zusammenzuckt, weil meine Hände an seinem Rücken so kalt sind.

»Deine Socken werden auf jeden Fall richtig dreckig«, sage ich.

»Mir doch egal«, entgegnet Wade. »Mir ist egal, was mit den Socken passiert und mir ist egal, warum du hier bist. Gut-egal, meine ich.«

Das ist Wade, wie er leibt und lebt. Immer fühlt er das Richtige, sagt aber das Falsche. Man kann ihm nicht böse sein. Fast wirkt es, als sei das Falsche zu sagen seine eigentliche Muttersprache, die man immer wieder raushört. Obwohl er die Umarmung löst, hält er weiter meine Ellenbogen umfasst und ich wünschte, ich würde diese Jacke nicht tragen und könnte seine Haut auf meiner spüren. »Ich möchte dich gern mit reinnehmen, muss nur zuerst Mom fragen. Schon klar, jetzt klinge ich wie ein Zwölfjähriger ...«

»Ist alles okay?«

Seufzen. »Ich habe den Hausarrest meines Lebens. Lange Geschichte.«

»Und die Kurzversion?«

»Ich hab Schule geschwänzt.«

»Warum?«

»Warte auf die lange Geschichte.« Wade geht zur Wohnungstür und bleibt zögernd davor stehen, wie damals, als wir alle zusammen nach Coney Island gefahren sind und er zuerst nicht mit in die Achterbahn wollte. Rückblickend bekomme ich ein noch größeres schlechtes Gewissen, weil *ich* deine Hand halten konnte, während Wade neben einem Fremden sitzen musste.

»Du läufst aber nicht weg, oder?«

Wie könnte ich ihm noch etwas abschlagen, wenn er mich mit diesem verletzlichen Blick ansieht, der ohne Worte bittet: *Tu mir nicht weh.*

»Ich gehe nirgendwohin«, verspreche ich.

Diesmal sagt sein Blick, dass er mir glaubt.

Diese Seite an ihm hast du nie gesehen, Theo. Warum auch? Schließlich zeigen Menschen verschiedenen Leuten verschiedene Facetten ihrer selbst. Verrückt, dass mir das nicht vorher aufgefallen ist. Mit dir war ich ein anderer, als ich es mit Wade bin. Und auch Jackson war mit mir ein anderer als mit dir.

Als Wade zurück in den Flur kommt, trägt er ein weißes T-Shirt, das sich um seine Schultern schmiegt. Er winkt mich in die warme Wohnung, deren Vanillegeruch ich kurz einer Duftkerze zuschreibe, bevor mir einfällt, dass er wohl eher dem Vanille-Wodka seiner Mutter geschuldet ist.

Mit halb geschlossenen Augen schaut Ms. Juliette irgendeine Gameshow. Sie begrüßt mich und fragt, wie es mir geht, aber nicht auf die Art, wie andere Leute das zurzeit machen – als wäre ich aus Glas. Die Normalität ist fast erleichternd. Sie bittet Wade um Wasser, hoffentlich kein Codewort für mehr Wodka, aber er füllt ein Glas an der Spüle und sie stürzt es in einem Zug hinunter.

Weil sie Kopfschmerzen hat, will sie früh zu Bett, aber ich soll trotzdem nicht so lange bleiben, schließlich sollte Wade eigentlich überhaupt keinen Besuch haben. Aus Gründen, die ich gleich erfahren werde, ist sie ziemlich sauer, trotzdem gibt sie Wade einen Kuss auf die Stirn, bevor sie ins Schlafzimmer geht.

»Hier drin hat sich ein bisschen was verändert«, kündigt Wade an, als er die Tür zu seinem Zimmer aufstößt.

Die Untertreibung des Jahrhunderts.

Wades Zimmer sieht aus wie nach einem Einbruch. Spuren auf dem Boden zeigen an, wo einmal Wades altersschwaches Heimstudio stand und ich wäre nicht überrascht, wenn die verdammte Konstruktion einfach den Geist aufgegeben hätte. Das erklärt allerdings nicht, was aus seinem Flachbildfernseher oder seiner Xbox geworden ist. Auch sein Laptop steht nicht am üblichen Platz und das Ladekabel ist nirgends in Sicht. Geblieben sind nur das Bett, der Schreibtisch samt Lampe, unter der gerade ein aufgeschlagenes Schulbuch liegt, der Schreibtischstuhl, ein Regal voller Sachbücher, die er – ganz im Gegensatz zu dir – aufgrund von »Informations-Overkill« selten zu Ende liest und sein Handy, das er hochkant in die Zimmerecke gestellt hat, sein

Trick, damit die Jazzmusik daraus immerhin einigermaßen rüberkommt.

»Ich trau mich gar nicht zu fragen, wo deine Mutter den ganzen Kram gelassen hat. Sag bitte nicht, sie hat alles verkauft.«

»Steht in irgend'ner Lagerhalle«.

»Was zur Hölle hast du gemacht?«

Wade holt einen Streifen Minzkaugummi aus der Tasche und kaut darauf herum, während er sich aufs Bett setzt und mir den Platz neben sich anbietet. Doch ich nehme lieber den Stuhl, was keine so gute Idee ist, weil er sehr nah an der kleinen Heizung steht. Also ziehe ich meine Jacke aus, ermahne mich aber innerlich, mich nicht zu sehr zu entblößen. Denn je mehr ich das tue, desto leichter wird es, jedes einzelne Kleidungsstück loszuwerden und mich in Wade zu verlieren, vor deinen Augen. Ohne Zweifel ist er verwirrt, aber er bohrt nicht nach, denn er kennt mich gut genug, um zu wissen, dass mich das verjagen könnte.

Wow, dass mich jemand so gut kennt, sollte etwas Schönes sein und nichts, was ihn davon abhält, offen mir gegenüber zu sein, oder? Könntest du mir doch bloß einen Rat geben!

»Letzte Woche habe ich die Schule geschwänzt«, erklärt Wade jetzt. »Irgendwie ist nach deinem Zusammenbruch in der Bibliothek und dieser Aktion mit Jackson alles den Bach runtergegangen. Dich und Theo überall in der Schule vor mir zu sehen, hat es auch nicht besser gemacht, ich habe mich nur noch einsamer gefühlt. Also, nicht ›sehen‹ wie Geister oder so was Abgedrehtes, aber die Erinnerungen waren echt zu viel. Montagmorgen hatte ich dann auch noch meine beschissene Krawatte vergessen und so wenig Bock drauf, deswegen nachsitzen zu müssen, dass ich zurück nach Hause gerannt bin. Da war Mom schon bei der Arbeit und die Idee, zu Hause zu bleiben, gefiel mir immer besser. Ich hab Musik gehört, Videospiele gespielt, ein bisschen gedöst. Am nächsten Tag genau das Gleiche. Aber am dritten Tag hat die Schule bei Mom nachgehorcht, ob es mir gut geht – und natürlich war dann die Kacke richtig am Dampfen. Sie kam postwendend nach Hause und ich hab echt befürchtet, sie knallt mir eine, obwohl sie so was noch nie getan hat.«

Oh, verdammt! »Und dann hat sie dir das ganze Zeug weggenommen?«

»Als ich am nächsten Tag nach Hause kam, war alles weg, ja. Sie hat mir nur das Handy gelassen, weil es verantwortungslos gewesen wäre, mir auch das noch wegzunehmen. Nicht mal für die Hausaufgaben darf ich meinen Laptop benutzen. Stattdessen muss ich jetzt immer ewig in der Bib bleiben.« Wade zuckt mit den Schultern. »Wenigstens habe ich ein paar Spiele auf dem Handy.«

Ehrlich gesagt kann ich gut verstehen, warum er das gemacht hat. »Du hättest übrigens einfach sagen können, dass du uns vermisst hast.«

»Wie bitte?«

»Als ich dich nach der Kurzfassung gefragt habe. Du hättest sagen können, du hast geschwänzt, weil du Theo und mich vermisst hast.«

»Ey, da habe ich endlich die Eier, um dir das alles zu erzählen, und jetzt muss ich mir dafür noch Kritik anhören? Du bist echt scheiße, Griffin.«

Ich schaue aus dem Fenster, denn *ich* habe nicht die Eier, ihn anzusehen. »Ja, ich bin scheiße, Wade. Ich war richtig egoistisch, so als würde ich mehr leiden als alle anderen. Ich hatte Jackson zum Reden, aber du hattest den ganzen letzten Monat über niemanden.«

»Das muss ich jetzt *doch* fragen«, kündigt Wade an, sagt dann aber erst mal eine ganze Weile nichts. »Du und Jackson ...?« Er presst die Worte hervor und kneift die Augen zu, als würde er mit dem Auto über eine Klippe rasen. »Läuft da was zwischen euch? Vergiss es, ich will es gar nicht wissen.« Sein Blick wandert durchs Zimmer, wahrscheinlich wünscht er sich den Fernseher herbei, der ihn jetzt ablenken könnte. Aber er sitzt hier mit mir fest. Bevor ich irgendwas sagen kann, spricht er weiter. »Eigentlich ist es eh egal, wir sind ja nicht zusammen oder so. Ich meine – was zur Hölle ist das eigentlich zwischen uns, Griffin? Geht's hier nur um Sex? Wenn ja, weiß ich nicht, ob ich das noch länger kann.«

»Ich denke, wir sollten einfach wieder Freunde sein«, sage ich.

»Ist wohl gerade zu kompliziert für mehr«, sagt Wade.

»Nein, ich glaube einfach, dass wir als Freunde besser dran sind. Punkt. Ich persönlich will gerade keine Beziehung. Nicht in nächster Zukunft. Es ist noch zu früh.«

»Okay«, sagt Wade. »Und ich sollte besser nichts über Jackson wissen.«

Die Sache ist die – Liebe ergibt keinen Sinn mehr. Ich fühle mich belogen. Liebe ist nicht diese ultimative Macht, die alles überwindet und mir das Gefühl gibt, ich wäre unbesiegbar. Wenn ich dich wirklich lieben würde, hätte ich dann Trost bei Wade gesucht? Und wenn ich wirklich in Wade verliebt wäre, hätte ich dann Trost bei Jackson gesucht? Vielleicht will ich durch meine selbstzerstörerische Ader nicht eine bestimmte Person betrügen – vielleicht will ich die Liebe selbst betrügen. Die größte Lügnerin des Universums.

»Ich könnte wirklich wieder einen Freund gebrauchen«, gebe ich zu. »Kriegen wir das hin?«

Wade nickt. »Ja, wir können Freunde sein.«

»Es tut mir so leid, Wade.«

Seit sich aus unserer Beziehung mehr entwickelt hat, wurde sie von so vielen Schuld- und Angstgefühlen überschattet, dass es sich wie ein schlechter Kompromiss anfühlt, sich auf Freundschaft zu beschränken. Beide haben wir mal gedacht, dass mehr daraus entstehen könnte. Doch langfristig gesehen wird uns dieser Weg retten.

Als ich Wade jetzt von Kalifornien erzähle, lasse ich alles aus, was Sex mit Jackson oder meine Rolle bei deinem Tod angeht. Er soll wissen, wie wir deiner gedacht haben. Und ich will bewahren, wer du für alle anderen warst. Niemand sonst soll sich den Rest seines Lebens fragen müssen, wie viel er dir wirklich bedeutet hat.

»Ich bin stolz auf euch, dass ihr es zu diesem Strand geschafft habt«, sagt Wade. »Auf euch beide.«

Leicht war es nicht. Und mit dir als Zuhörer konnte ich schlecht zugeben, wie sehr mir Wade gerade dort gefehlt hat. Auch er hätte dem Meer den Kampf angesagt. Daher kann ich sein Kompliment eigentlich gar nicht annehmen.

»Jackson und ich reden nicht mehr miteinander. Wir haben uns gegenseitig eine Zeit lang unterstützt, aber ich glaube, das war dumm und ungesund. Ich hätte hier bei dir bleiben und mich hier mit Theo auseinandersetzen sollen, statt meine Nase in sein Leben mit jemand anderem zu stecken. Noch mal: Es tut mir leid.« Eine zweite Entschuldigung, eine gerade Anzahl.

»Na, dann versuchen wir das doch«, sagt Wade.

»Echt?«

»Vielleicht hast du dich ausgetheot, aber ich vermisse den Typen.«

Theo-Anekdoten auszutauschen, ist anstrengend – auf gute und schlechte Weise. Ich wünschte, ich könnte jetzt einfach zu Wade ins Bett krabbeln, den Kopf auf seine Brust legen und einschlafen. Aber Dad schreibt mir, dass ich nach Hause kommen soll, bevor es noch später wird. Wahrscheinlich ist es besser so, denn wenn ich noch länger hierbleibe, kann ich meine Finger irgendwann doch nicht mehr von Wade lassen.

»Ich muss los«, sage ich und stecke mein Telefon in die Tasche.

»Du tauchst aber nicht einfach wieder völlig ab, oder?«

»Nein.« Zumindest hoffe ich das.

»Ich hab mir überlegt, irgendwann diese Woche mal Denise und Theos Eltern zu besuchen. Du solltest mitkommen«, schlägt Wade vor. »Ich wette, sie könnten ein bisschen Aufmunterung gebrauchen.«

»Ich weiß nicht genau, ob wir wirklich zusammen zu Theos Familie gehen sollten«, wende ich ein.

»Warum nicht? Griffin, du hast Theo nicht betrogen. Theo war mit Jackson zusammen und du warst Single. Wir haben nichts Falsches getan«, sagt Wade. »Außerdem sind wir ja nur Freunde.«

Ich widerstehe dem Drang, ihn zu umarmen. »Ruf mich morgen an, dann machen wir was aus.«

Er begleitet mich zur Tür, wo ich mich noch mal zu ihm umdrehe – und augenblicklich aus der Spur gerate. Früher, als wir noch ganz normal befreundet waren, konnte ich Wade Tschüs sagen und nach Hause gehen, ohne für den Rest des Tages noch einen Gedanken an ihn zu verschwenden. Nachdem zwischen uns dann was lief, konnte ich ihm beim Gehen manchmal gar nicht in die Augen sehen. Nur ein Mal – *ein einziges Mal* – habe ich mich an der Tür umgedreht und ihm einen Kuss gegeben, ohne Schuldgefühle und voller Vorfreude auf das nächste Wiedersehen.

Jetzt gerade weiß ich nicht, was angemessen wäre. Wade fragt sich vermutlich dasselbe, allerdings wartet er meine Entscheidung nicht ab, sondern nickt mir nur kurz zu und schließt die Tür. Dieses Universum, in dem ich feststecke, wird von Tag zu Tag schlimmer: So viel Geschichte – und doch habe ich mit diesem Jungen genauso wenig Chancen auf eine Zukunft wie mit dir.

MONTAG, 19. DEZEMBER 2016

Wade und ich passen heute auf Denise auf.

Ellen und Russell sind auf dem Sprung – sie wollen ihre Weihnachtseinkäufe erledigen. Dass deine Eltern die Geschenke nicht schon längst verpackt und in der Truhe am Fußende ihres Bettes verstaut haben, sagt eine Menge aus. Denise ist zu klein, um zu verstehen, warum die beiden auf einmal in vorweihnachtliche Hektik ausbrechen. Allerdings ist sie inzwischen clever genug, um dieses ganze Brimborium rund um den Weihnachtsmann zumindest teilweise zu durchschauen. Zum Glück. Könnte gut sein, dass Wade und ich uns verplappern.

Deine Eltern sehen etwas besser aus. Zwar riecht Russell noch nach Zigaretten, aber er hat sich ordentlich rasiert und ich hoffe, in naher Zukunft ein Nikotinpflaster auf seinem Arm zu entdecken. Die grauen Strähnen in Ellens blonden Haaren sind noch nicht überfärbt, und klar, sie wirkt erschöpft – aber nicht völlig kraftlos.

»Es ist wirklich schön, euch beide zu sehen«, sagt Ellen

und ich glaube ihr. »Danke noch mal, dass du Jackson bei dir aufgenommen hast, Griffin. Wie ihr beiden gehört er praktisch zur Familie, aber jemanden in diesen Tagen im Haus zu haben, hat doch ganz schön an mir gezehrt. Wir erholen uns gerade so weit, dass wir unsere Gefühle ein bisschen besser im Griff haben, glaube ich.«

»Keine Ursache«, sage ich. Sie hat ja keine Ahnung, welche Rolle Jackson beim Tod ihres einzigen Sohnes gespielt hat. Welche Rolle *ich* bei deinem Tod gespielt habe. Ich verdiene nicht, hier oder überhaupt in ihrer Nähe zu sein. Ich bin scharfkantig. Ich bin Gift. Ich bin Rauch. Ich bin Feuer. Aber in Zukunft kann ich mit den Menschen um mich herum achtsamer umgehen. »Kam das Paket mit Theos Sachen heil an?«

Ellen nickt. »Danke, dass du mit Jackson alles durchgegangen bist. Ich kann gar nicht in Worte fassen, wie viel mir deine Liebe zu Theo bedeutet.«

»Dafür braucht es keine Worte.«

Nachdem Russell und Ellen Denise einen Kuss gegeben haben, rauschen sie aus der Tür, in der Hoffnung, zu einer vernünftigen Zeit wieder zurück zu sein. Ein ehrgeiziges Unterfangen, angesichts der Menschenmassen in den Geschäften zu dieser Jahreszeit. Aber Wade und ich bleiben so lange, wie sie uns brauchen.

Die Arme vor der Brust verschränkt wie ein Türsteher, baut Wade sich mit gespielt ernster Miene vor Denise auf. »Okay, Dee, wir sind deine Minions. Was willst du zuerst spielen?«

Sie rennt in ihr Zimmer und kommt mit einem Stapel ihrer Lieblingsspiele zurück. Mein Tipp wäre *Monopoly Junior*, aber sie öffnet als Erstes die Schachtel des fünfzigteiligen Schildkrötenpuzzles, das wir schon mal gemeinsam mit ihr zusammengesetzt haben. Wenn *sie* stark genug ist, diese dreiköpfige Schildkrötenfamilie noch einmal zu vereinen, dann schaffe ich das auch. Beim Puzzeln ist Wade normalerweise mehr so der Beobachter, deswegen ist er wohl selbst überrascht, als er die rechte obere Ecke zusammenzupuzzeln beginnt, die – Spoileralarm – zu der Schildkrötenhöhle wird.

Irgendwie ist das cool – als würde Wade für die Schildkröten, die Denise und ich erschaffen, ein Zuhause bauen.

Sonst erfindest du immer die passenden Geschichten zu jedem Puzzle. Heute würde ich einspringen, aber Denise übernimmt, und ihre blühende Fantasie steht deiner in nichts nach. Als das Puzzle fertig ist, sagt – entschuldige, *befiehlt* – uns Denise, das Puzzle wegzupacken, während sie davonpest, um was Neues zu holen.

»Das hab ich noch nie kapiert«, bemerkt Wade. »Man macht es einfach wieder kaputt.«

»Theo und ich haben ein paar ganz gelassen«, sage ich. Während zwischen Wade und mir was lief, war es mehr als heikel, über dich zu reden. Jetzt, da sich alles wieder normalisiert hat, kommt es mir ganz natürlich vor. Ich hoffe, es geht Wade genauso.

»Sonst ist es ja auch reine Zeitverschwendung. Genau wie Sandburgen bauen – sobald du sie für eine Minute aus den Augen lässt, schubst irgendwer seinen Kumpel drauf«, sagt Wade.

»Finde ich nicht. Mit jedem Puzzle wirst du um eine Erfahrung reicher. Irgendwie sind Puzzles wie das Leben – du hast Erfolg oder du scheiterst, aber du kannst es immer wieder neu und anders versuchen und beim nächsten Mal bist du vermutlich schlauer.« In der Gewissheit, dass die Schildkröten noch ein paarmal zum Spielen rauskommen dürfen, bevor Denise sich an deine schwereren Puzzles wagt, nehme ich in aller Ruhe die Kanten aus Meer und Algen auseinander, dann die Flossen, die Panzer und zuletzt die Köpfe.

Da kommt Denise mit ihren Lautsprechern zurück, die sie an den Laptop deiner Mutter anschließt. In Disco-Lautstärke ertönt ihre Playlist namens *Dance Party!* und mit geschlossenen Augen fängt sie an zu tanzen, blind für das wilde Gezappel ihrer Arme und Schultern. Gerade als ich denke, dass ich Wade wohl zu etwas Abgedrehtheit zwingen muss, ist er noch vor mir auf den Beinen und sieht mich mit seiner gespielt ernsten Miene an. Zum Aufstehen reicht er mir die Hand, lässt aber danach schnell wieder los. Er beginnt mit dem Kopf zu wippen, allerdings in einem ganz anderen Rhythmus als die Musik. Vielleicht tanzt er gedankenverloren zum Takt eines ganz anderen Liedes, das ihn durch die Dance-Party dieses kleinen Mädchens trägt.

»Tanz, Griffin!«, ruft Denise.

Das tue ich. Ich tanze, wie ich es mit dir tun würde, springe also größtenteils auf und ab. Wir drei tanzen so ausgelassen, dass die Familie unter uns wahrscheinlich grenzwertig genervt ist. Doch falls sie es wagen sollten, sich zu beschweren, müssen sie wohl die Tür anpflaumen – wir machen bestimmt nicht auf. Um nichts in der Welt unterbreche ich die Freude eines Mädchens, dem der große Bruder fehlt, die Freude eines Jungen, der seine erste große Liebe vermisst, oder die Freude eines anderen Jungen, der seinen besten Freund verloren hat, kurz, das geteilte Glück dreier Menschen, die ein bisschen Glück bitter nötig haben.

Als die Tanzparty sich schließlich doch langsam ihrem Ende zuneigt, gehen Wade und ich zum Kühlschrank, wo wir tatsächlich den berühmten Eistee deiner Mutter vorfinden. Wir füllen drei Gläser, obwohl nicht klar ist, wann

Denise ihres trinken wird. Momentan macht sie noch Handstand gegen die Wand. Inzwischen hätten wir sie eigentlich längst zum Schlafengehen animieren sollen, aber bei ihrem Energielevel kann ich mir nicht vorstellen, dass sie so schnell zur Ruhe kommt. Ich mag mir gar nicht ausmalen, was ihr durch den Kopf geht, wenn sie nachts alleine im Bett liegt.

Mein Handy vibriert.

Eine Nachricht von Jackson:

Hab mir heute zweimal auf die Zunge gebissen. Kein Plan, warum. Angenommen, du würdest dir ein drittes Mal draufbeißen – würdest du es absichtlich ein viertes Mal tun?

Was auch immer diese Nachricht soll, die Frage beantworte ich ganz sicher nicht. Ich pfeffere mein Handy in die Sofaecke und lasse Denise einen Film aussuchen. Ihre Wahl fällt auf *Peter Pan* und mir schießt sofort Jacksons Ex-Beste-Freundin und ihre Hipster-Version von *Peter Pan* an der NYU in den Kopf. Aber ich schiebe Jackson in meinem Kopf weit nach hinten.

Nach der Hälfte des Films schläft Denise auf Wades Arm ein und Wade ist selbst kurz davor, wegzudämmern. Keine Ahnung, warum er so früh schon müde ist. Jetzt frage ich mich natürlich, was *ihm* wohl durch den Kopf geht, wenn er nachts alleine im Bett liegt.

Sobald er eingenickt ist, stehe ich auf und gehe auf dein Zimmer zu. Anklopfen ist schrecklich sinnlos, keiner wird mir öffnen. Also tue ich es selbst. Mit Ausnahme des Kartons aus deinem Wohnheimzimmer, der unausgepackt auf dem Boden steht, ist noch immer alles wie früher. Nur du fehlst. Ich kann da unmöglich alleine reingehen, aber es beruhigt mich, dass alle deine Sachen noch da sind und nicht verlassen auf dem Bordstein stehen, als neueste Trauerbewältigungsmaßnahme deiner Eltern.

Als ich mich umdrehe, sind Wades Augen wieder offen, er sieht mich an. Unwillkürlich halte ich inne. Er ist müde, es liegt aber auch ... ich weiß nicht ... Enttäuschung oder Verärgerung in seinem Blick. »Was ist?«, flüstere ich lautlos, worauf er nur leicht den Kopf schüttelt. Irgendetwas irritiert ihn, aber ich werde nicht nachbohren, vor allem nicht in Denise' Gegenwart. Also setze ich mich wieder aufs Sofa, lege meine Füße auf den Couchtisch und versuche, mich auf den Film zu konzentrieren. Keine Chance. Noch immer kann ich nicht fassen, dass du wirklich nicht unsterblich warst. Ich tue es Denise nach und schließe die Augen.

SONNTAG, 25. DEZEMBER 2016

Dieses Weihnachten ist sogar noch bizarrer als das letzte. Ich weiß, das habe ich über Thanksgiving auch schon gesagt, aber Weihnachten tut noch mehr weh. Wie auch Silvester noch mehr wehtun wird, und danach dein Geburtstag, und danach mein Geburtstag, und danach jeder Tag, an dem du nicht am Leben bist. Wenn ich das Lügen wirklich hinter mir lassen will, bleibt mir nichts anderes übrig, als das zuzugeben.

Wenigstens vergeht der Tag recht schnell. Nach der heimischen Bescherung sind wir jetzt schon mitten im Familientreffen bei meiner Tante. Dad hat mir vor allem angesichts des Thanksgiving-Fiaskos versprochen, dass wir nicht lange bleiben werden. Während ich mich in einem der Nebenräume vor meinem Arschlochcousin verstecke, weht das

Gelächter der versammelten Gesellschaft aus dem Wohnzimmer zu mir herüber. Es interessiert mich nicht die Bohne, was da wohl gerade so lustig ist. Vielmehr denke ich an den schönen Moment heute Morgen, als ich meine Eltern auf dem Boden vor unserem kleinen Weihnachtsbaum sitzen sah, ganz zusammengekuschelt, als wäre es ihr erstes gemeinsames Weihnachten.

Schon verrückt, dass sie einander noch immer nicht langweilen und anscheinend kein bisschen ihrer Liebe zueinander verloren haben. Zum zweitbesten Teil des Morgens wähle ich den Moment, als Mom uns ihren neuen Pyjama wie auf einem Laufsteg vom Wohnzimmer zur Küche und wieder zurück vorführte.

Meine Großmutter kommt herein, einen Arm auf meine Mom gestützt. Ich stehe auf, um ebenfalls zu helfen, damit Grandma sich in den Schaukelstuhl gegenüber vom Fernseher setzen kann. Mom erklärt, dass es Grandma im Wohnzimmer zu laut geworden sei und sie mich doch hoffentlich bei meiner »Auszeit« nicht störe.

Ich schalte die Nachrichten ein, von denen Grandma besessen ist, obwohl sie sie gar nicht mehr richtig mitbekommt. Letzte Woche habe ich in meiner Dunstglocke aus Trauer ihren neunzigsten Geburtstag verpasst, könnte ihr jetzt aber vorlügen, dass wir miteinander geredet haben. Sie würde mir nicht widersprechen.

»Kommt Theo noch? Ich will seinen Blumenfilm sehen.«

Für Grandma bist du noch immer am Leben. Bist noch immer hier und machst Filme. Holst noch immer auf ihre Bitte hin dein Handy raus, um ihr eins deiner Videos zu zeigen. Hältst noch immer meine Hand und gibst mir Gutenmorgenküsse.

Ich weiß, dass du nicht mehr am Leben bist, weiß aber

gleichzeitig, dass ich nicht so mit dir umgehe. Ich weiß, dass du zusiehst, und gleichzeitig, dass du es möglicherweise auch nicht tust. Ich weiß, dass du nicht mehr hier lebst, und gleichzeitig, dass du mein ganzes Leben lang durch mich weiterleben wirst.

Ich bringe es nicht über mich, meiner Grandma die Illusion deiner Unsterblichkeit zu nehmen, weil mir das womöglich das Geheimnis um dich kaputt machen würde.

»Theo kann nicht kommen«, sage ich und kleide damit die Wahrheit für sie in eine Lüge. »Aber ich hab sein Video hier.« Als ich mein Handy hervorhole und mit ihr deine Schöpfungen wiedererlebe, die sie mit der Freude eines Kindes über die allererste Zaubervorführung betrachtet, fühle ich mich sehr verwundbar.

Wo immer du bist, Theo, hoffentlich hast du ein frohes Weihnachtsfest. Werde gleich mal ein verdammtes Glas Eggnog für uns beide probieren.

»Tut mir leid, dass ich kein Geschenk für dich habe«, sage ich, als ich die endlose Treppe aus der U-Bahn-Station hinaufgehe. Mit einer Hand zupfe ich an meinem Ohrläppchen, die andere halte ich im Fäustling zur Faust verkrampft.

»Ich hab auch keins für dich«, sagt Wade. »Also alles in Butter.« Er geht auf meine linke Seite und bleibt da. Ich will an ihm vorbei, um das in Ordnung zu bringen, doch er lässt mich nicht. »Ich lauf ein Weilchen links von dir«, sagt er.

»Nichts da. Die linke Seite ist meine. Für alle Ewigkeit.«

»Du Komiker.«

»Nicht witzig.«

»Ganz genau. Das hier ist ernst, du *nimmst* es nur nie ernst. Jetzt will ich sehen, wie du dich rechts von mir so schlägst.«

Natürlich ist Wade schon öfter links von mir gegangen. Da warst du noch am Leben und zu meiner Rechten und offensichtlich der Wichtigere, weswegen ich über Wades Platz zu meiner Linken großzügig hinwegsehen konnte. So zu zweit unterwegs ist es jetzt aber das erste Mal und es zuzulassen fühlt sich wie eine große Sache an, ähnlich wie mein erstes Date mit dir. Da war ich ähnlich nervös, obwohl ich dich quasi eine Ewigkeit kannte und dir längst all das anvertraute, was normalerweise verborgen blieb.

»Lange wird das nicht gut gehn, aber versuch ruhig dein Glück«, sage ich.

Als Wade wie von winterlichen Mächten, die ihn ein für alle Mal aus meinem Leben verbannen wollen, ein paar Schritte zurückgeweht wird, widerstehe ich eisern dem merklichen Linksdrang, bis er mit schneebesprenkelten Schultern und besorgtem Lächeln wieder auf meiner falschen Seite auftaucht. »Wie läuft's?«, fragt er.

»Bestimmt besser, wenn wir uns nicht darauf konzentrieren«, antworte ich und drehe mein Gesicht in einer nahezu übermenschlichen Willensanstrengung von links nach geradeaus. Denn wenn ich jetzt aufgebe, scheitert das Experiment, was Wade nicht nur enttäuschen, sondern unter Umständen noch viel Schlimmeres ins Rollen bringen würde. »Erzähl mir was.«

Sofort legt Wade los mit der Geschichte über ein *Gatorade*-Wetttrinken, in das er eines regnerischen Tages mit einem Jungen aus der Nachbarschaft geriet. Wade gewann und ging zum Pinkeln nach Hause, aber seine Mutter war kurz weg und er hatte noch keinen eigenen Schlüssel. Tja, am Arsch. Erst versuchte er, sich unten im Treppenhaus zu erleichtern, doch dann kam jemand runter und Wade lief weg. Weil es mitten am Tag war, konnte er auch nicht an die

Hauswand oder ins Gebüsch pieseln, ohne von den petzenden Nachbarskindern erwischt zu werden. Während ihm langsam richtig die Blase wehtat und er sich ablenken wollte, regnete es nur noch mehr in die Pfützen um ihn herum, aber leider nicht genug, um alle ins Haus zu treiben.

In dem Moment schließlich, als Wade für einen zweiten Versuch ins Treppenhaus lief, hielt seine Blase endgültig genug für genug und entließ »eine Sturmflut der Entrüstung« in seine Hose, die sich daraufhin mit einem »nicht enden wollenden Pissestrahl« vollsog, während Wade vor Erleichterung die Augen nach hinten verdrehte und nur langsam begriff, wie bedröppelt er dastehen würde, sobald es nicht länger an seinen Beinen runter und in seine Turnschuhe liefe.

Meine Beklommenheit über Wade zu meiner Linken halte ich – ähnlich wie er in seiner Geschichte – den ganzen Weg zu seinem Haus über aus, und zwar ohne auf seine Linke zu wechseln (oder mich einzupinkeln). Erleichterung überkommt mich, als wir den Aufzug betreten und es keine Seiten mehr gibt, weil wir einander gegenüberstehen. Anschließend gehen wir in sein Zimmer. Da Wade alle Hausaufgaben und Collegebewerbungen schon fertig hat, steht hier über die Weihnachtsferien wieder sein Fernseher, der allerdings pünktlich zu Schulbeginn erneut verschwinden wird. Deswegen rechne ich jetzt auch damit, dass wir einen Film gucken oder so. Stattdessen stellt Wade den *E. T.*-Soundtrack an und setzt sich aufs Bett, während ich mich auf den Drehstuhl fallen lasse. Das erste Lied ist zu Ende, ein neues fängt an.

»Warte, spiel es noch mal«, sage ich.

»Warum?«

»Ist so schön entspannend.«

»Kann schon sein«, sagt Wade. »Aber es geht um was ganz anderes hier. Du bist ein Repeat-Junkie, Griffin. Das Spiel kenne ich doch. Jeder Radiosender muss dir zuwider sein.«

»*Zuwider* ist ein starkes Wort«, entgegne ich. »Aber ein großer Fan bin ich nicht, das stimmt.«

»Gib mir dein Handy.«

»Warum?«

»Ich will dich in die Magie der Zufallswiedergabe einführen.« Als ich nicht reagiere, greift er kurzerhand in meine Jackentasche und holt sich das Handy selbst heraus. »Jetzt spielen wir Radio mit deiner Musik. Guck, alle diese Lieder hast du irgendwann mal ausgesucht und jedes, aus welchem Grund auch immer, mal am liebsten gemocht.«

»Dann habe ich also immer noch die Kontrolle?«

»Du hast die Kontrolle, dich überraschen zu lassen.«

»Ich soll meine Überraschung kontrollieren können? Klingt unlogisch.«

Wade schmunzelt. »Griffin, deine Komfortzone ist vielleicht ein bisschen zu komfortabel, okay? Als hättest du einen Fernseher mit Surround-Anlage und jedes existierende Videospiel und das größte Bett der Welt, sodass alle deine Lieblingsmenschen ständig mit dir abhängen können. Aber dieser Ort ist nicht echt, deswegen solltest du dir einen realistischeren schaffen.« Wade durchquert das Zimmer und tauscht für den besseren Klang sein Handy in der Ecke durch meins aus. »Leb im Hier und Jetzt.«

Er drückt auf PLAY: *Be Still My Heart* von The Postal Service. Du und ich downtown – jeder einen meiner Kopfhörer im Ohr – Minuten nach unserem Liebesgeständnis auf der Rückfahrt vom Flohmarkt in Brooklyn. Ich fühle mich wie an den Beginn aller Zeiten zurückgeworfen. Seit Ewigkeiten habe ich dieses Lied nicht mehr gehört und nicht mal gemerkt, wie sehr es mir fehlte.

All Night von Icona Pop. Den Song habe ich mit Wade am Tag nach meinem Geburtstag entdeckt. Das war kurz nach deinem Gratulationsanruf, bei dem du dich wegen der verwechselten Daten so dumm wie noch nie in deinem Leben gefühlt hast. Wade und ich waren auf dem Weg zum Duane Reade – wo uns mein Dad damals das Sexgespräch angetan hatte – und aus irgendeinem geparkten Auto wummerte dieses Lied auf die Straße. Tatsächlich hatte ich es nur einen Nachmittag lang im Ohr. Aber es gefiel mir. Und gefällt mir auch jetzt wieder.

Take Me Out von Franz Ferdinand: Noch so ein Du-Lied, und das hier kann nicht mal dir entfallen sein. Es ist mir ein bisschen unangenehm, weil Wade sich sicher noch erinnert, dass du und ich es in Dauerschleife gehört haben, nachdem wir zum ersten Mal Sex hatten. Beim *Guitar Hero*-Spielen war das rausgekommen, weil alle wissen wollten, warum du und ich jede Zeile des Songs konnten und dabei immer wie irre rumkicherten.

Hold On von Wilson Phillips: Okay, das zieht immer ein bisschen runter, aber während der Monate nach unserer Trennung habe ich mich echt darin wiedererkannt. Lahm, ich weiß, aber irgendwann musste ich mich schließlich einsam fühlen dürfen, ohne mir etwas vorzulügen. Für andere ein toughes Gesicht aufsetzen, okay, aber nie für mich selbst.

Carry Me von Family of the Year: Wades liebstes Lied jenseits von Jazz und Soundtracks. Mir hatte er es vorgespielt, weil er weiß, wie viel mir die Texte bei Liedern bedeuten, und tatsächlich blieb es mir wochenlang im Ohr. Selbst wenn ich eigentlich ausblenden wollte, was Wade und ich miteinander taten, brauchte ich das Lied so sehr wie die Luft zum Atmen.

Ich hatte recht damit, dass Überraschungen nicht kontrollierbar sind. Völlig falsch eingeschätzt habe ich allerdings, wie gut sie sich anfühlen können. Mit jedem neuen alten Lied erlebe ich – und das ist die wahre Macht der Geschichte – die nächste Wiederauferstehung. Ganz von selbst leben Erinnerungen und Gefühle wieder auf und ich lasse sie alle über mich ergehen. Obwohl ich der Lieder noch teilweise müde bin, stört es mich nicht, mich mal wieder ein bisschen von ihnen aufwecken zu lassen.

Wade steht auf und macht die Musik aus. »Wie war das?«

»Spiel noch eins«, sage ich. »Das waren erst fünf.«

»Weiß ich.«

»Fünf ist keine der guten Ungeraden. Nur eins, sieben und alles mit sieben am Ende.«

»Weiß ich. Drei Fliegen mit einer Klappe.«

Ich fühle mich überrumpelt. Auf die Kampfansage an meine linke Seite und meine Fixierung auf Dauerschleife beim Musikhören wurde ich ja vorbereitet, aber musste Wade jetzt auch noch meine geraden Zahlen angreifen? Na, schon okay, ich schaff das. Bin schon aus viel Schwierigerem rausgekommen, aus Situationen, die völlig jenseits meiner Kontrolle lagen und mir dennoch so nahegingen, dass ich mich schuldig fühlte. Der *E. T.*-Song, der vor dem ersten meiner Lieder lief, kann als eigentliche Nummer eins gelten, dann sind es sechs und das ist gar nicht so weit hergeholt, weil ich ihn so sehr mag, dass ich ihn noch einmal hören wollte.

Und was die drei Fliegen angeht: Aus Verzweiflung könnte ich sagen, dass drei Fliegen plus eine Klappe vier ergeben, weiß aber jetzt schon, dass das nicht funktionieren wird, deswegen brauch ich was anderes. Ähm, äh, okay, ich weiß. Ich gruppiere: eine Gruppe für die Fliegen und eine zweite für die Klappe.

»Alles okay?«, fragt Wade.

Ich hole tief Luft.

»Du hast im Hier und Jetzt gelebt«, sagt Wade. »Und die Welt ist nicht untergegangen.«

Er hat recht. Tatsächlich ist das Universum noch ganz, statt sich wie ein verzweifelter Kannibale den eigenen Arm abzukauen. Na ja, es knabbert vielleicht dran, trotzdem bin ich noch hier, ich bin noch ganz. Bestimmt hält der Effekt nicht lange, aber durch diese drei geglückten Versuche – drei! – an nur einem Abend fühle ich mich mit einem Mal souverän. Souverän im Umgang mit meinen Zwängen. Souverän auf eine Art, die ich an deiner Seite nicht kannte.

»Theo hat mir das Gefühl vermittelt, besonders zu sein«, sage ich. »Wegen meiner Zwänge, verstehst du? Klar haben sie ihn manchmal genervt, aber sie hoben mich in seinen Augen auch von anderen ab.« Wade sieht mich verwirrt an. Also versuche ich mich weiter zu erklären. »Ich habe immer darauf vertraut, dass Theo mich liebt. Gleichzeitig ließ meine innere Stimme mich darauf achten, dass sich an unserem Status quo nichts änderte. Wenn ich so crazy blieb, wie ich war, blieb ich auch besonders für ihn. Als hätten so Versuche wie die von heute meinen Glanz zerstören können, sodass ich, keine Ahnung ... ihm farblos erschienen wäre?«

»Das Ganze ist ... nicht gesund«, sagt Wade. »Zwar kann ich nicht nachvollziehen, wie sich das in deinem Kopf anfühlt, aber du darfst dich auf keinen Fall weiter davon rumkommandieren lassen. Diese Zwänge schränken dein ganzes Leben ein.«

Nicht kontrollieren, einschränken.

Ich versuche, daran zu glauben. Und scheitere. Diese Zwänge *bedrohen* mein ganzes Leben, meine Gesundheit – körperlich und geistig. Beispielsweise werde ich den Gedanken nicht los, dass ich mit drei Kerlen Sex hatte – drei! Und obwohl ich gerade mit niemandem sonst schlafen will, scheint mich etwas dazu zwingen zu wollen, weil sonst das Universum in sich zusammenfällt oder einem geliebten Menschen etwas zustößt oder sonst was. Ich habe schon mehrfach versucht, diesen Knoten zu lösen. Zum Beispiel bin ich mit zweien von den dreien – mit Wade und Jackson – aus einem Drang heraus statt aus Liebe ins Bett gegangen. Deswegen bilden sie eine eigene Gruppe und bewegen sich weit entfernt von der Sphäre, in der du schwebst. Mit dieser Gruppierung eröffne ich aber wiederum ein Muster, das mich dazu zwingt, meinen nächsten Sexualpartner nicht aus einem Bedürfnis heraus, sondern wieder aus Liebe zu wählen.

»Stimmt schon«, sage ich. »Dieses Training sollte ich ab jetzt öfter machen.« Am besten mit Wade, denke ich. Aber ich wage nicht, ihn darum zu bitten. Denn in erster Linie bin ich ihm was schuldig – nicht unbedingt mein Herz oder meinen Schwanz –, ich schulde ihm meine Freundschaft. Er hat mir Geschichte zurückgebracht, an die ich seit Langem nicht gedacht habe und die ich womöglich bald für immer vergessen hätte. Ich schulde ihm die ganze Wahrheit.

»Ich muss dir was beichten und weiß nicht, wie ich das schonend machen soll, deswegen hau ich's jetzt einfach raus. Ich hab's vermasselt. Und zwar nicht nur das mit dir und dem, was auch immer da zwischen uns war, sondern ich hab was echt Dummes gemacht, weil ich einfach neben mir war.« Er ahnt, was ich sagen werde, ich sehe es in seinem Gesicht. Trotzdem bin ich ihm die Worte schuldig: »Ich habe mit Jackson geschlafen.«

Wade nickt, immer wieder, wie der Wackelpirat. »Weiß ich.«

»Du weißt es?« Unmöglich. Weder habe ich es jemandem erzählt, noch würde Jackson es ihm sagen. »Woher?«

»Weil ich dich kenne. Und weil dir das ähnlich sieht. Nicht etwa, weil du mit jedem in die Kiste steigst, so meine ich das nicht. Sondern weil du Sachen machst, die du nicht tun solltest. Als wärst du auf Fehltritte gepolt. Und den mit Jackson vorherzusehen war echt nicht schwer.«

»Du verstehst das nicht. Erinnerst du dich an Theos und meine Küsse? Theo hat sie Jackson beigebracht und ich wurde einfach wahnsinnig wütend. Also habe ich Theo gesagt, ich will, dass er zusieht, wie ich aus Rache mit seinem Freund schlafe, und ...«

»Es Theo *gesagt*? Was soll das heißen?«

Scheiße. Aber ich darf Wade jetzt nicht anlügen, darf keine Wahrheiten auslassen. Das habe ich mir geschworen. Dir auch. Schluss mit Lügen. »Ich rede noch mit ihm.«

»Seit wann? Seit er gestorben ist?«

»Ja. Auch manchmal davor schon. Ich hab ihm erzählt, was ich sagen wollte, sobald wir wieder zusammen gewesen wären. Und seit er gestorben ist, wollte ich ihn um Verzeihung bitten. Dafür musste ich es aber erst mal über mich bringen, ihm zu erzählen, was du und ich getan haben.«

»Ich kann niemals gewinnen bei dir, oder? Egal als was, weder als bester Freund noch als ... was auch immer. Immer werde ich gegen einen Geist antreten müssen«, sagt Wade. »Nein, nicht mal antreten. Ich komm gar nicht erst in die Arena.« Er steht auf, nimmt mein Handy und gibt es mir zurück. »Ich bin müde.«

»Dein Ernst?«, frage ich.

Wade schweigt. Ich hätte nie gedacht, dass er mich auf diese Weise abweisen könnte, und doch will er mich im Augenblick einfach nur loswerden.

»Das ist noch nicht alles ...« Eigentlich sollte Wade als Erster davon erfahren, wie ich in deinen Tod verwickelt bin. Was ja 'ne ganze Menge darüber aussagt, wie wichtig er mir ist. Aber ich hätte mir eher selbst mal besser zuhören sollen. Klar könnte ich ein Riesenarsch sein und trotzdem weiterreden, doch diese Schuld sollte er nicht mittragen müssen, insbesondere nicht für so einen Scheißfreund wie mich. »Egal, bis dann.«

Ich nehme meine Jacke, bringe mich selbst zur Tür, gehe von dort ins Treppenhaus und dann alle siebenundzwanzig Stockwerke zu Fuß nach unten. Langsam sollte ich echt mal damit aufhören, jedem und allem anderen die Schuld für mein Unglück zu geben. Das Schlimmste, was mir je passiert ist, bin schließlich ich selbst.

MITTWOCH, 28. DEZEMBER 2016

Ich schalte meinen Laptop an, öffne das Videochat-Programm und klicke zur krummen Minute auf Jacksons Kontakt.

Dass er mit dem Chat einverstanden ist, habe ich vermutet, schließlich hat er mir seit meinem Abflug aus Kalifornien schon Dutzende Nachrichten geschrieben. Überraschend finde ich nur, dass er so früh schon am Start ist. In Santa Monica ist es gerade mal sieben. Vielleicht war auch er die ganze Nacht wach.

Beim fünften Klingeln geht er ran. Auf dem Bildschirm sehe ich ihn noch nicht, aber seine Stimme kommt schon durch: »Waren das an deinem Ende auch vier Mal?«

Ich will schon verneinen, da erscheint er auf dem Monitor. Es wäre eine glatte Lüge, zu leugnen, dass ich ihn vermisst habe. Ich hatte mich so verdammt schnell daran gewöhnt, ihn um mich zu wissen, Scheiße, sogar neben ihm aufzuwachen. Romantische Gefühle habe ich nie für ihn empfunden und das ist die reine Wahrheit, Theo. Niemand ist perfekt, auch wenn man manchmal den Eindruck gewinnen konnte, Jackson wäre für dich die große Ausnahme. Trotzdem fühlte ich mich nie so zu ihm hingezogen wie zu dir. Nicht mal so wie in letzter Zeit zu Wade. Zwei schwule Jungs dürfen zusammen abhängen, ohne gleich eine Beziehung zu wollen.

Ich lerne. Ich justiere.

»Fünf«, antworte ich.

»Tut mir leid, auf meiner Seite waren es vier. Ich lege wieder auf und du versuchst's noch mal. Wenn ich dann bei vier abnehme, haben wir acht bei mir und zehn für dich.«

»Lassen wir's einfach gut sein«, sage ich. Schon irgendwie witzig, dass Jackson jetzt genauso mitspielt und die gleichen kleinen Schrauben zu drehen versucht wie du früher. Ich sollte ihn fragen, wie es ihm geht und wie sein Weihnachten war, aber beides fühlt sich nicht richtig an, zu freundschaftlich, und auch diese Freundschaft habe ich nicht verdient. »Tut mir leid, dass ich den Kontakt abgebrochen hatte. Du hast mir echt gutgetan und ich dir ja auch. Aber das Ganze wurde einfach zu chaotisch.«

»Eigentlich wollte ich dir schon am ersten Abend alles erzählen. Deshalb wollte ich mich mit dir treffen«, fängt Jackson an. Unbehaglich rutscht er hin und her, während im Hintergrund Chloe auf sein Bett hüpft und den Kopf aufs Kissen legt. »Ich wollte dich in Stücke reißen. Erst als wir uns kennenlernten, wurde mir klar, dass du mindestens so verletzt bist wie ich. Da musste ich ja nicht noch nachtreten.«

Er ist ein besserer Mensch, als ich es bin.

»Mir tut es leid, dass wir Sex hatten«, sage ich.

»Mir auch.«

»Ich will dir jetzt nicht wehtun, sondern nur erklären, warum ich den ersten Schritt dahin gemacht habe«, sage ich und erzähle ihm von den Küssen, die allein dir und mir gehörten, von den Küssen, die du an Jackson weiterverraten hast, von den Küssen, die ich nie mit Wade ausprobiert habe und an die sich Jackson nach heute nie mehr so erinnern können wird wie vorher. Kurz vorm Ende der Geschichte hole ich tief Luft. »Ich konnte einfach nicht glauben, dass er etwas so Persönliches mit dir geteilt hatte. Was folgte, war meine Kurzschlussreaktion. Ist mir nicht zum ersten Mal passiert. Im Sommer hatte ich was mit Wade angefangen. Und genau darum ging es, als ich Theo an diesem einen Tag anrief.«

»Whoa.«

»Allerdings hasst Wade mich mittlerweile. Ist aber wahrscheinlich am besten so. Ich bin mir nämlich nicht sicher, ob ich je wieder mit Liebe umgehen kann.« Derart ehrlich zuzugeben, wie zerbrechlich ich bin, und das vor jemandem, der noch vor wenigen Monaten mein Erzfeind war, ist erschreckend erleichternd. Wahrheit und Geschichte gehen oft nicht zusammen. Auch das habe ich gelernt.

»Ich wusste gar nicht, dass Wade schwul ist«, sagt Jackson. »Aber ich weiß, dass Theo ihn trotz ständiger Zankereien echt gernhatte und die Freundschaft vermisste. Zwischendurch habe ich Theo auch schon mal gefragt, wann du seiner Meinung nach jemand Neuen in dein Leben lassen würdest. Ne gescheite Antwort habe ich aber nie aus ihm rausbekommen.«

»Klang er denn, als sollte ich das?«

Jackson nickt. »Aber vergiss nicht, wen er dabei vor sich hatte.«

»Er hat dich geliebt«, sage ich und spreche damit die schwersten und ehrlichsten Worte aus, die ich Jackson je im Leben sagen könnte. »Ich habe quasi ein Expertenauge dafür, wann Theo verliebt ist.«

»Ich freu mich für dich und Wade, falls dir das irgendwas bedeutet«, sagt Jackson. »Und bin mir sicher, dass Theo es genauso gesehen hätte.«

Dass Jackson sich für mich freut, glaube ich ihm. Aber was dich angeht?

»Es bedeutet mir was«, sage ich.

Jackson lächelt. »Ab der ersten Januarwoche bin ich für ein paar Tage in New York. Irgendwann, sobald die Flüge nicht mehr so überfüllt sind. Ich hoffe sehr, dass ich mich mit Anika und Veronika aussprechen kann. Mit dir auch. Wobei es völlig okay wäre, wenn du lieber nicht mehr reden würdest.«

»Doch, lass uns das weitermachen«, sage ich.

»Dann werd ich auf die Zeitverschiebung achten«, verspricht Jackson.

»Ich bin eh immer wach. Aber dich wecke ich hoffentlich nicht noch mal um sieben Uhr früh auf.«

»Ist aber ein guter Grund fürs Aufwachen gewesen.«

Wir vereinbaren, bald wieder zu chatten. Dann beende ich die Verbindung und blicke auf den dunklen Bildschirm.

Es belastet mich, dass Jackson ebenso wenig wie ich alle

Antworten zu deinem Leben und deinem Tod kennt. Wade, Jackson ... wir alle haben Fragen und wie viele davon wir dir auch stellen, du wirst niemals antworten. Ohne dich weiterzuleben bedeutet, mit Geheimnissen weiterzuleben. Zwar könnte ich Teile des Puzzles an Jackson weitergeben. Ihm beispielsweise zusätzlich zu den Privatküssen, die du ihm nie hättest schenken dürfen, von unserem Kuss unter der U-Bahn-Treppe erzählen. Aber vielleicht erhalte ich ihm besser seine Geschichte von sich und dir, damit er sein Puzzle nicht auseinanderpflücken muss. Das Glück, das er in dir gefunden hat, will ich ihm auf keinen Fall zerstören. Geheimnisse haben auch ihr Gutes.

DONNERSTAG, 29. DEZEMBER 2016

Wade hat noch immer nicht auf meine gestrige Bitte um ein Treffen reagiert. Dabei war ich in fester Erwartung einer Antwort von ihm aus meinem vierstündigen »Nickerchen« aufgewacht, das ich nach dem Videochat mit Jackson eingelegt hatte. Und noch fester hatte ich damit gerechnet, dass er wenigstens heute antworten würde, aber nichts dergleichen.

Ich glaube, hier habe ich richtig Mist gebaut, Theo.

FREITAG, 30. DEZEMBER 2016

Ich klopfe an Wades Wohnungstür.

Kurz darauf höre ich, wie sich drinnen jemand an den Spion lehnt, und schlussfolgere aus den schnellen Schritten, mit denen der Jemand sich entfernt, dass es Wade war. Nachdem ich eine Weile immer wieder geklopft habe, öffnet mir seine Mutter und verkündet im unüberzeugendsten Tonfall der Welt, dass Wade nicht da ist. Ich weiß, dass sie weiß, dass ich so blöd nicht sein kann, aber dieser Kampf ist nicht ihrer.

Also gebe ich auf und wünsche ihr schon mal ein frohes Neues, weil von einem Wiedersehen im Jahr 2017 wohl nicht auszugehen ist.

SONNTAG, 31. DEZEMBER 2016

Nur noch eine Stunde, dann ist 2017. Wenn Wade bis Ende dieses Jahres nichts mit mir zu tun haben will, dann werde ich ihn endgültig in Ruhe lassen. 2017 wird also Wadelos. So ist das nun mal mit Silvester: Zeit für Veränderung. Frohes Neues! Warum ich da jetzt froh sein soll? Keine Ahnung, aber ich weiß, dass ich im neuen Jahr auf jeden Fall versuchen muss, mein eigener Fels in der Brandung zu sein. Den Großteil des vergangenen Monats habe ich mich auf Jackson gestützt und davor auf Wade. Mein eigener Fels zu werden, klingt vielversprechend, aber ehrlicherweise fände ich es mindestens ebenso erfüllend, mit jemand anderem zu einem richtigen Berg zu werden.

Vielleicht liegt es am Cider – oder an der Stimmung, die

vom Anstoßen mit meinen Eltern herrührt –, jedenfalls rufe ich Wade jetzt ein letztes Mal an, um ihm eine Nachricht auf seiner Mailbox zu hinterlassen, in der ich mich richtig von ihm verabschiede. Er soll hören, dass es mir ernst ist. Ich will ihm sagen, dass ich nicht sauer bin und mir selbst dafür in den Arsch trete, dass ich uns nie eine richtige Chance gegeben habe.

Aber Wade geht ran.

»Hey«, sagt er.

»Hey – eigentlich wollte ich dir bloß eine Nachricht auf Band sprechen«, sage ich und beeile mich, in mein Zimmer zu kommen.

»Soll ich lieber wieder auflegen?«

»Nicht, wenn es für dich okay ist, mit mir zu reden«, antworte ich. Keine gegenteilige Reaktion von ihm. »Was machst du so?«

»Ich bin zu Hause, mit meiner Mom. Aber du kennst sie ja.«

»Liegt sie schon im Bett?«

»Dieses ganze Silvester-Brimborium ist nix für sie.«

»Du solltest rüberkommen.« Für jeden anderen wäre das der normalste Satz der Welt. Und auch für Wade wäre er das vor einem halben Jahr noch gewesen. Aber das hat sich schon verändert, noch bevor du gestorben bist, Theo.

»Sag nicht Nein. Hier gibt es Essen und schlechte Musik – und wir sehen uns zusammen den Ball Drop an. Wenn du magst, können wir reden, wir können aber auch einfach die Klappe halten und später irgendwann reden und –«

»Halt mal lieber jetzt die Klappe«, unterbricht mich Wade und fügt freundlicher hinzu: »Wir können reden, wenn ich bei dir bin.«

»Schaff's bitte vor dem Ball Drop.«

Kurze Zusammenfassung: Ich habe Wade angerufen, um mich von ihm zu verabschieden und jetzt ist er auf dem Weg hierher. Nur noch eine knappe Stunde, dann ist 2017, und zum ersten Mal heute erahne ich verheißungsvolle Möglichkeiten und Neuanfänge. Und dafür musste ich nicht mal lügen.

Schnell sage ich meinen Eltern Bescheid, dass Wade vorbeikommt. Sie kapieren nicht, warum ich deswegen so euphorisch bin, sind aber verdammt froh darüber. Wie der Wind renne ich zurück in mein Zimmer, hebe Klamotten vom Boden auf, mache mein Bett, schmeiße meine Winterschuhe und meine Jacke in den Schrank und räume noch so lange hin und her, bis es klingelt.

Im nächsten Moment bin ich auch schon an der Tür, um Wade noch vor meinen Eltern in Empfang zu nehmen. Er ist ganz außer Atem, sein Blick unergründlich. Seine Lunge muss brennen und meine bombenfeste Umarmung macht es vermutlich nicht besser.

Eine Weile plaudert er mit meinen Eltern, aber die Zeit bis zum Ball Drop wird knapp. Also ziehe ich ihn mit in mein Zimmer, lasse aber die Tür offen, damit er nicht denkt, ich wollte nur Sex. Und meine Eltern sollen auch nicht auf irgendwelche Ideen kommen.

Wade war lange nicht mehr hier. Er schaut sich um, unterzieht jede Wand, jedes Möbelstück einer genauen Prüfung. Es hat sich einiges verändert, aber die größte Veränderung ist er selbst – ob er das nun ahnt oder nicht. Man sollte aber meinen, dass er es mittlerweile gecheckt hat, oder? Die Hartnäckigkeit, mit der ich ihn die letzten Tage zu erreichen versucht habe, wäre doch total übertrieben gewesen, wenn es mir nur um Freundschaft ginge. Immerhin weiß ich ja, was er für mich empfindet.

»Danke, dass du vorbeigekommen bist.«

»Danke für die Einladung«, sagt Wade und setzt sich auf die Fensterbank.

Ich schüttele den Kopf und strecke die Hand aus. »Setz dich zu mir.« Wade kommt rüber und wir rutschen nah aneinander, mein Knie berührt seinen Oberschenkel. »Besser, ich lege direkt los, bevor es gleich Mitternacht ist. Ich will nicht, dass du dich beim Rutsch ins neue Jahr fragen musst, ob es sich lohnt, weiter Zeit mit mir zu verbringen.« Ich hole tief Luft. »Es tut mir leid, dass meine Liebe zu Theo uns bisher so sehr im Weg stand. Aber du solltest wissen, dass ich Theo am Tag, als er starb, angerufen habe, um mit ihm über dich zu sprechen. Ich habe ihn nur nicht erreicht, deshalb habe ich eine Nachricht hinterlassen, die ihn offenbar so runtergezogen hat, dass er alleine ins Wasser gegangen ist ... Ich habe den Menschen getötet, den ich über alles liebte, weil ich ihm von meinen neuen Gefühlen für seinen und meinen besten Freund erzählen wollte ...«

Wade wartet nicht ab, ob ich noch etwas sage, sondern umarmt mich und streichelt mir über den Rücken. »Das ist auf keinen Fall deine Schuld, Griffin. Tausend Sachen hätten schiefgehen können. Verdammt, Mann, ich hatte keine Ahnung, was du da für Schuldgefühle mit dir rumschleppst.« Er lässt mich los. »Ich hab auch Mist gebaut. Mir war klar, dass du gar keine richtige Beziehung mit Jackson wolltest, trotzdem war ich eifersüchtig. Der Verlierer zu sein, ist nicht witzig. Ich hab die ganzen letzten Nächte darüber nachgedacht, wie bescheuert diese ganze Situation ist. Ich komm mir so blöd vor. Wenn wir nie was miteinander gehabt hätten, müssten wir jetzt nicht hier sitzen und uns den Kopf zerbrechen, ob wir nächstes Jahr noch zum Leben des anderen gehören.«

Recht hat er. »Ich will uns eine Chance geben. Ehrlich. Aber wir müssen es langsam angehen lassen, sonst läuft es wieder schief. Du musst verstehen, dass ich Theo noch nicht ganz loslassen kann. Genauso wenig wie du wahrscheinlich. Nur auf eine andere Art. Mir ist aber klar, dass du nicht Theo bist und der sollst du auch gar nicht sein.«

In Zukunft werde ich die Liebe, die ich für jemanden empfinde, nie mehr kleinreden. So langsam hasse ich das Wort *Liebe*, weil es immer irgendwie abgedroschen klingt – aber Liebe sollte nicht nur dann bedeutsam sein, wenn sie von einer Art Sieg gekrönt wird. Und in meinem Leben hat die Liebe gar nicht gelogen. Das war ich.

»Vertraust du mir?«, frage ich.

»Vermutlich.« Wade gibt mir einen Kuss auf die Stirn und sendet mir damit einen Schauer über den Rücken.

»Glaubst du mir, dass ich mehr für dich sein will?«

»Vermutlich.« Ich küsse ihn auf die Wange.

Gleich beginnt der Countdown, Mom ruft uns und schnell laufen wir ins Wohnzimmer, setzen Partyhütchen auf und hängen uns Trillerpfeifen um den Hals. Dad schenkt uns Cider ein. Ich wünschte wirklich, du wärst auch hier, nicht aus romantischen Gründen, sondern um das Team komplett zu machen, voll funktionsfähig, wie damals, bevor alles so kompliziert wurde. Fürs neue Jahr nehme ich mir vor, weniger zu bereuen, das Geschehene hinter mir zu lassen und sicherzugehen, dass ich nicht die gleichen Fehler noch einmal mache.

Zehn. Neun …

Mit einem Lächeln, als hätte das Leben schon einen Neustart hingelegt, dreht Wade sich zu mir um.

Acht. Sieben …

Ich stürze den Cider runter und stelle mein Glas ab.

Sechs. Fünf ...

Weil er weiß, dass auch er seine Hände braucht, tut Wade es mir gleich.

Vier. Drei ...

Ich mache mich bereit, ihn in diese Welt zurückzuholen.

Zwei. Eins ...

Mein Herz scheint die Kontrolle zu verlieren, aber ich nicht: Ich ziehe Wade an mich und küsse ihn mit der geballten Kraft von allem, was gut ist. Eine Menge davon habe ich ihm zu verdanken. Sobald meine Eltern sich voneinander lösen, werden sie mich umarmen wollen und feststellen, dass ihnen schon jemand zuvorgekommen ist, von dem sie das nicht erwartet hätten. Doch ich löse die Umarmung nicht, denn jetzt spielt *Auld Lang Syne* und verdammt, Theo, das letzte Jahr hat mir so viel abverlangt, ich weiß nicht, wie ich da lebend rausgekommen bin. Aber wie ich das neue überstehen werde, weiß ich.

Obwohl mir auch klar ist, dass der härteste Part meines Überlebens wahrscheinlich noch vor mir liegt.

MITTWOCH, 4. JANUAR 2017

Dass ich mir ein Taxi mit deinem Exfreund und meinem Noch-nicht-ganz-aber-vielleicht-eines-Tages-Freund teile, klingt wie der Auftakt zu einem schlechten Witz. Doch witzig ist bisher nur Wades Klarstellung, dass Jacksons Schwanz, wenn er nicht abgehackt werden will, jederzeit drei Meter Abstand zu meinem einzuhalten hat.

Alles natürlich nur ein nett gemeinter peinlicher Scherz. Denke ich.

Dass Jackson heute angekommen ist, trifft sich gut, denn ab morgen muss ich wieder zur Schule. Zum Glück habe ich dann Wade an meiner Seite: Team Berg. Jackson scheint noch nicht recht bereit für eine Rückkehr ins Bildungssystem – aber das ist *sein* Ding.

Am Fahrtziel angekommen, nehmen wir den Aufzug zu deiner Wohnung, wo deine Eltern uns schon erwarten. Russell und Ellen umarmen uns herzlich. Sie scheinen guter Dinge zu sein. Sicher macht es auch dich froh, dass es ihnen von Mal zu Mal besser geht. Keinem wäre geholfen, wenn sie nie wieder glücklich sein könnten.

Während deine Mutter Eistee macht und dein Vater mit Wade und Jackson redet, fängt Denise an, mir von ihren Weihnachtsgeschenken zu erzählen. Von absolut jedem einzelnen ... Doch kurz darauf entrinne ich meinem Schicksal, weil unser Gesprächswunsch nicht Denise-freundlich ist. Ellen weiß das, und damit wir Denise nicht traurig machen, schickt sie sie in ihr Zimmer zu ihren Autorennen-Videospielen.

»Also, was ist los?«, fragt Ellen, schlägt die Beine übereinander und nippt an ihrem Kamillentee.

Jackson und ich erzählen, warum wir uns schuldig an deinem Tod fühlen. Dass du an unserer andauernden Rivalität bald verzweifelt bist und dir der Sinn wohl nur noch nach Distanz stand. Ich erzähle ihnen, ohne den Grund für meinen Anruf zu erwähnen, von meiner Sprachnachricht, die dich am Strand erreichte. Und Jackson gibt zu, dass er für einen Rettungsversuch aus eigener Kraft nicht mutig genug war.

»Oh mein Gott«, sagt Ellen und schüttelt den Kopf. »Nein. Nicht doch. Tut euch das nicht an. Für Theos Tod kannst du nichts, Griffin. Wenn du ihn nicht gerade mittels Hypnose in den Ozean getrieben hast, trifft dich absolut keine Schuld.«

»Genau«, sagt Russell. »Das Gleiche gilt für dich, Jackson. Niemand hat je von dir erwartet, dass du hinter Theo her ins Wasser rennst. Er war in Gefahr und auch du hättest ertrinken können. Theos Tod war ein Unfall, ein schreckliches Unglück.«

»Auch wir spielen das Schuldspiel, das könnt ihr mir glauben«, sagt Ellen. »Was, wenn wir Theo nie an die Westküste hätten gehen lassen? Was, wenn wir ihn zu einem Rettungsschwimmerkurs angemeldet hätten? Wir werden uns für den Rest unseres Lebens mit immer neuen Was-wenn verrückt machen.«

»Überlasst diesen Wahnsinn uns«, sagt Russell.

»Ich glaube trotzdem, dass ich mich immer schuldig fühlen werde«, sage ich.

»Weil du Theo liebst, wo auch immer er ist«, sagt Ellen. »Ihr liebt ihn alle drei. Ich sag euch nichts Neues, aber ihr müsst für ihn leben, für ihn lieben.« Dabei nimmt sie Wade und mich wahrscheinlich deswegen ins Visier, weil wir, obwohl sogar für Macho-Hingelümmel ausreichend Platz am Tisch wäre, merklich näher als nötig nebeneinandersitzen. »Lasst euch nicht aufhalten. Fühlt euch nicht schuldig, wenn ihr euch neu verliebt.«

»Der Gedanke macht mir Angst«, sagt Jackson, »und eigentlich habe ich auch grad ganz anderes im Kopf. Ich kann mir gar nicht vorstellen, je wieder bereit dafür zu sein.«

»Die richtige Zeit dafür wird kommen. Wann immer du dich bereit fühlst«, sagt Ellen.

»Oder sogar schon vorher«, sage ich, nehme Wades Hand und verschränke seine Finger mit meinen. Hochzusehen traue ich mich nicht, doch es gibt mir Kraft, seinen Händedruck zu spüren. Unendliche Dankbarkeit überkommt mich, als Ellen und Russell zustimmend nicken. Weil sie das Beste für dich wollen, kann ich darauf vertrauen, dass du wie sie empfinden würdest: Sich neu zu verlieben ist etwas Schönes.

Und deine Eltern machen uns noch ein Geschenk, als sie uns versichern, dass wir für sie zur Familie gehören. Dass wir alle drei zum erweiterten Kreis ihrer Kinder zählen und daher alle ältere Brüder von Denise sind. Die wir gleich darauf zurückholen und deren neue Wii wir jetzt im Wohnzimmer aufbauen, um gemeinsam mit ihr das Autorennen zu spielen.

Wann ich deine Eltern und deine Schwester wiedersehen werde, weiß ich noch nicht. Vielleicht bringe ich nächsten Monat um deinen Geburtstag herum eine Kleinigkeit für Denise vorbei. Auf jeden Fall ist es gut zu wissen, dass ich willkommen sein werde.

»Ich besuche heute noch Theos Grab«, sagt Jackson, als wir aus deinem Haus treten. »Eigentlich wollte ich ja zu seinem Geburtstag herkommen, wahrscheinlich bleibe ich aber besser zu Hause und versuche herauszufinden, wie es für mich weitergehen soll. Jedenfalls möchte ich die Gelegenheit nutzen, um ein bisschen mit ihm allein zu sein.«

»Ist das deine Art sicherzustellen, dass wir uns nicht als Begleitung einladen?«, frage ich und hake mich bei Wade unter.

»Kann schon sein«, sagt Jackson.

Eine Weile versuchen wir ihn noch zu einem gemeinsamen Mittagessen zu überreden, doch er ist fest entschlossen, seine Theo-Zeit zu nutzen, bevor er sich am Abend mit Anika und Veronika treffen wird, um hoffentlich seine

Freundschaft mit ihnen zu kitten. Wade und mich lädt er für die Frühjahrsferien im April nach Kalifornien ein, was noch echt lange hin ist und mir in Anbetracht der Fast-Beziehung und überhaupt ein wenig Angst macht – aber nicht zu viel Angst.

»Darf ich ihn noch mal umarmen?«, fragt Jackson Wade.

»Das hat er doch nicht zu entscheiden«, wende ich ein, gehe auf Jacksons geöffnete Arme zu und drücke ihn wie den Bruder, den ich nie hatte und mit dem ich nie geschlafen hätte, wenn mir klar gewesen wäre, dass ich ihn mal meinen Bruder nennen würde. »Danke für alles, Jackson. Ich will nicht mal dran denken, wo ich jetzt ohne dich wäre. Dieser arme Paralleluniversums-Griffin muss echt am Arsch sein.«

»Tja, dem zugehörigen Paralleluniversums-Jackson geht's bestimmt auch nicht gerade blendend«, fügt Jackson hinzu und tritt einen Schritt zurück. »Bleib ja schön in Kontakt mit mir, sonst komme ich zurückgeflogen und stalke dich. Davon wäre Wade bestimmt nicht begeistert.«

»Auch dann wird er noch nicht für mich zu entscheiden haben«, sage ich.

»Glaubt er«, sagt Wade.

»Sei nett zu Theo«, sage ich. »Und zu dir selbst.«

»Gleichfalls«, gibt Jackson zurück.

Wir rufen ihm ein Taxi. Mit einem letzten Winken ist er verschwunden. Ich bin mir ehrlich nicht sicher, wann ich ihn wiedersehen werde, aber ich verspreche dir, Theo, dass wir weiter aufeinander aufpassen und dass ich ihm nie wieder den Rücken zukehre.

»Warum genau habe ich mich noch mal bereit erklärt, wieder zur Schule zu gehen?«

Dank dem Schöpfer aller Universen ist Wade eine gutherzige, müßige Seele, die mir an einem Samstagmorgen dabei hilft, den verpassten Unterricht nachzuholen.

»Die Antwort darauf kennen wir beide«, sagt Wade und zeigt auf sich. »Macht sich auch gut im Lebenslauf und so.« Bäuchlings auf meinem Bett liegend, schreibt er meine Matheaufgaben zu Ende – keine Moralpredigt, bitte, ich schaffe das niemals alles alleine. Team Berg, schon vergessen? Dass sein Ellbogen meine Hüfte berührt, hätte uns vor Kurzem noch auseinanderrutschen lassen. Jetzt hingegen rutsche ich ein Stückchen näher.

Während meine Musik sich im Hintergrund frei austoben darf, lege ich letzte Hand an meinen Geschichtsaufsatz über den Zweiten Weltkrieg und drehe mich zu Wade um. »Fertig.« Als ich mich neben ihm ausstrecke, geschieht das ganz zwanglos, weil sich wegen der geöffneten Zimmertür eh nichts allzu Körperliches abspielen wird. Schade eigentlich. Andererseits bin ich froh, dass Wade und ich erst mal keinen Sex haben. Nach unserem holprigen Start haben wir einen behutsamen Neuanfang dringend nötig. Wir wollen unsere Beziehung schließlich langfristig aufbauen.

»Langsam müssen wir mal los.«

Diese Woche hat nicht nur mein Schulalltag wieder angefangen, sondern ich treffe mich auch heute Nachmittag mit einer neuen Therapeutin. Dr. Anderson war ja ganz okay, aber jetzt versuche ich es mal mit dieser Psychiaterin, die Moms Freundin empfohlen hat. Hoffentlich macht Dr. Fergesen mich weniger nervös, ansonsten marschiere ich nämlich schnurstracks auch aus ihrem Büro wieder raus. Und danach? – Mal gucken.

In Mantel und Jacke machen wir uns zu Fuß auf den Weg zur Klinik.

»Mir ist klar, dass ich mich ganz schön belogen habe, was meine Souveränität angeht«, sage ich. »Aber selbst wenn ich nicht alle Ticks und Ängste loswerden sollte, will ich doch wenigstens etwas mehr Kontrolle über mein Leben zurückkriegen.«

»Gern geschehen«, sagt Wade.

»Ich habe nicht Danke gesagt.«

»Ist mir aufgefallen. Ich dachte, ich geb dir mal 'nen Schubs in die richtige Richtung.«

»Danke, dass du mich dazu gezwungen hast, ehrlich zu mir zu sein«, sage ich.

»Immer wieder gern, mein Großer«, sagt Wade.

Ich lächle ihn an und schaue wieder nach vorne. Endlich hab ich kapiert, dass nichts falsch daran ist, sich das Leben von jemandem retten zu lassen. Insbesondere dann, wenn einem allein der Job nicht recht zuzutrauen ist. Menschen brauchen Menschen. Punkt.

Obwohl ich weiter verdammt nervös bin wegen der Sitzung gleich, fühle ich gerade Superkräfte in mir, als könnte ich einfach alles tun: in nichts als Boxershorts und Socken einen Schnee-Engel machen, ohne krank zu werden, oder Wade die nächste Hochhausfassade hinaufbeamen, ohne mich einen Dreck um die Schwerkraft zu scheren.

Ich gehe zu seiner Linken, wo auch sonst, doch mitten in der Geschichte über seinen allerersten Kinobesuch schwenke ich auf seine Rechte und nehme seine Hand, was sich ehrlich gesagt ungemein schräg anfühlt. Aber auch gut. Ich wache nicht länger auf der falschen Seite meines Lebens auf.

GESCHICHTE
SONNTAG, 13. NOVEMBER 2016

Mein Wandschrank ist verstaubt und verstaubt sind jetzt auch meine Klamotten, nachdem ich zwei Arme voll von Theos Sachen da drin begraben habe. Deswegen schlüpfe ich aus Jeans und Pulli und werfe sie auf den Boden. Als ich zur Kommode gehe, klingelt mein Handy. Ich bin nervös. Gleich werde ich Theo von Wade erzählen. Ist für alle Beteiligten wichtig, trotzdem fällt es mir verdammt schwer. Allerdings ruft gar nicht Theo an, sondern seine Mutter.

»Hi, Ellen, was –«

Sie weint.

Ab da verschwimmt alles. Dass Theo heute Nachmittag ertrunken sein soll, ist doch gelogen, oder? Keine Ahnung, warum sie so etwas erfinden sollte, aber es muss auf jeden Fall gelogen sein. Doch Ellen sagt die Wahrheit. Ich weine mit ihr, während ich ins Wohnzimmer wanke und das Handy an meine Eltern weiterreiche. Meine Augen brennen, ich kann nicht atmen, ich brauche Luft.

Ich gehe raus in den Flur und als ich höre, dass Mom nach mir ruft, sprinte ich so schnell die Treppe hinunter, dass ich ein paarmal fast hinfalle, aber das könnte mir egaler nicht sein. Hau mich k.o., Universum, mir egal. Auf dem Gehsteig ist es eisig und erst jetzt fällt mir auf, dass ich nichts außer Boxershorts und Socken anhabe. Innerhalb von Sekunden sind meine Socken durchnässt, aber die Kälte bremst mich kein Stück, während ich jetzt zur Straße laufe. Ich will das nicht. Ich will nicht hierbleiben, will nicht leben ohne Theo. Ein Auto nähert sich. Ich könnte hinter dem hier geparkten hervorspringen und mich davorwerfen.

Ich werde es tun.

Ich werde es tun, weil er sein Versprechen gebrochen hat.

Als das Auto nur noch Meter entfernt ist, werfe ich mich stattdessen in einen Schneehaufen hinter mir, in dem ich zitternd und weinend liegen bleibe. Theo würde nicht wollen, dass ich mir etwas antue. Aber *wie* soll ich in einem Universum weiterleben, in dem ich mit Theo McIntyre kein einziges Wort mehr reden kann?

GEGENWART
SONNTAG, 7. JANUAR 2017

Ich muss mich von dir verabschieden, Theo McIntyre.

Im hohen Schnee knie ich vor deinem Grabstein und hoffe, dass du weißt: So ist es für mich am besten. Dr. Fergesen behandelt mich mit Konfrontationstherapie wegen der Zwangsstörung und mit Medikamenten wegen der wahnhaften Störung, die sie außerdem diagnostiziert hat. Diese Diagnose überzeugt mich nicht völlig, aber ich muss einer traurigen Version der Wahrheit ins Auge sehen – dass du mir gar nicht wirklich zuhörst. Der Gedanke verursacht mir Handflächen-Gekratze und Ohrläppchen-Gezupfe. Denn wenn du nicht ein Wort von dem gehört hast, was ich dir seit deinem Tod erzählt habe, dann bist du gestorben, ohne die Wahrheit zu kennen.

Aber hier, wo du begraben wurdest, kann ich vielleicht mit dir reden.

Meine Liebe für dich ist nicht weg, das schwöre ich dir. Viel eher habe ich Angst, dass sie nie verschwindet. Dass ich, wenn ich dann mit jemand anderem ein neues Puzzle, eine neue Geschichte zusammensetze, nach Theo-Puzzleteilen suche. Das mag ja für zwei oder vier oder meinetwegen auch acht Puzzleteile noch angehen, aber was, wenn es mehr werden? Dann habe ich am Ende ein Puzzle, das zur Hälfte dein und zur Hälfte ein anderes Gesicht zeigt. Das wäre unfair gegenüber dem Menschen, der erwartet, dass ich ihm alles gebe, so wie dir.

Es wäre unfair Wade gegenüber.

Du wirst immer mein erster Lieblingsmensch bleiben. Das kann dir keiner nehmen. Aber ich muss mich zusammenraufen und Platz für weitere Lieblingsmenschen schaffen, muss darauf vertrauen, dass Wade und Jackson ihren ganz eigenen Wert haben.

Zur Abwechslung wieder ehrlich zu sein, zahlt sich aus. Damit möchte ich weitermachen, das habe ich mir fest vorgenommen. So ehrlich, als hingen Leben davon ab, was sie ja irgendwie tatsächlich tun. Niemand stirbt, wenn ich lüge, aber Leben können reicher und erfüllter werden, wenn ich die Wahrheit sage. Ehrlichkeit wird den Kampf beenden, den ich mit mir selbst ausfechte, wenn ich mit Wade zusammen bin. Durch sie nehme ich ihn als Person wahr statt nur als jemanden, der die Leere füllt.

Vielleicht hat Jackson hier auf dem Friedhof ein ähnliches Gespräch mit dir geführt. Das macht mich irgendwie traurig und ich werde das Gefühl nicht los, als ließen wir dich alle wegen etwas im Stich, wofür du nichts kannst. Die Sache ist die: Jackson und ich werden dich immer im Herzen behalten, doch erst mal müssen wir uns jetzt um uns selbst kümmern und nach vorne sehen, genau wie du es sicher für uns wollen würdest.

Am besten gedenken wir deiner, indem wir wieder glücklich werden. Und das werde ich, versprochen.

Ein bisschen zittrig stehe ich auf und wickele deinen Pulli um den Grabstein, damit du nicht frierst. Es wäre nicht richtig von mir, ihn weiter zu behalten. Was wohl mit ihm passiert? Ob er wundersamerweise noch da sein wird, wenn dich das nächste Mal jemand besucht? Oder wird der Wind ihn forttragen und der Schnee ihn tief unter sich begraben, sodass ihn erst im Frühjahr irgendein Fremder entdeckt? Irgendeiner, der nicht ahnt, dass du ihn mir an dem Nachmittag gegeben hast, an dem wir unser erstes Mal hatten?

So oder so wäre es okay. Geschichte überdauert bei jenen, die sie am meisten zu schätzen wissen.

Ich liebe dich, aber ich kann nicht länger bleiben.

Vielleicht vergeht eine Weile, bis ich das nächste Mal mit dir rede. Ich bin so froh, dass du mein Erster warst, Theo, und du warst den ganzen Herzschmerz wert. Hoffentlich habe ich nicht in einem Paralleluniversum gelebt, in dem ich nicht auch deine erste große Liebe war.

Doch dieses Universum ist das einzige, das zählt, und jetzt habe ich nur noch eine letzte Frage an dich: Was mir von dir bleibt, ist unsere Geschichte – ich habe sie doch richtig erzählt, oder?

DANKSAGUNGEN

Ich danke meinem Lektor Daniel Ehrenhaft dafür, dass er schon sehr früh an mich geglaubt hat, für konstruktive Peitschenhiebe, für das akribische Durchleben von Griffins Zwängen und dafür, dass er keinen Schlaf fand, bis alles stimmig war. Ich danke meiner PR-Managerin Meredith Barnes für das Verständnis, das sie meiner recht speziellen Art entgegengebracht hat. Meinem Agenten Brooks Sherman danke ich für seinen sensationellen Scharfsinn und für seine Therapiesitzungen gegen die Selbstzweifel. Danke an meinen Homie Hannah Fergesen, die meine Texte schon so oft besser gezaubert hat, dass mein Ego gelitten hat. Meinem Assistenten Michael D'Angelo ein Dank fürs Rumkommandieren. Ich danke meinen wunderbaren und intelligenten Diensthöheren, Bronwen Hruska und Jenny Bent, und den hart arbeitenden Champions bei *Soho Teen* und *The Bent Agency*. Wenn es zur Zombiepiraten-Apokalypse kommt, rekrutiere ich zuallererst euch für mein Team.

Luis »LTR3« Rivera danke ich erstens, weil er der verdammt noch mal beste Lebensretter im ganzen Land ist, weil er mich für ein paar Monate aufgenommen hat, damit ich dieses Buch zu Ende schreiben konnte, weil ich denkwürdige *Super Smash Bros.*-Duelle mit ihm und den Jungs ausfechten durfte und wegen »einer vierten Sache«. Ich danke Corey Whaley dafür, zu meiner Rechten zu bleiben, für Löwenstatuen, für Geschichte und dafür, noch immer ein Teil meines Lebens zu sein. Dank an Cecilia Renn für unsere übersinnliche Verbindung und dafür, dass sie mich auf den Boden zurückholt, wenn ich zu stur bin, um es selbst zu tun. Danke auch an Amanda und Michael Diaz (und Ann und Cooper), die meine obsessiven Züge nur zu gut kennen. Sorry – oder auch nicht – für diese ganzen Lieder auf Repeat. Lestor Andrade danke ich für die Mitfahrgelegenheit der Schande und viele ähnliche, aus dem wahren Leben gegriffene Momente.

Ich danke Becky Albertalli dafür, dass sie mich meine Chance nicht hat wegwerfen lassen, als es ums Schlimmste stand. David Arnold(-Silvera) danke ich für den legendärsten Fake-Antrag aller Zeiten und Jasmine Warga für das obergeile Süßigkeitenfrühstück in dieser protzigen Badewanne (Team Beckminavidera forever). Ich danke der Jedi-Meisterin Sabaa Tahir, der keine Erschütterung der Macht entgeht, sowie der unendlich großzügigen Nicola Yoon. Victoria Aveyard danke ich dafür, dass sie mich während unserer Filmabende nie aufweckt. Hashtag dope. Renée Ahdieh danke ich für ihr Pokerface, als mir von allen anderen unbemerkt beim Pressetermin auf der Comic-Con der Kaugummi aus dem Mund fiel. Vielen Dank an Kim Liggett dafür, dass sie mich fürs Schreiben dieses Buchs und fürs ausführliche Getratsche drum rum aus dem Haus gezerrt hat. Mein Dank geht außerdem an Lance Rubin, der mein schlimmster Rivale auf Erden ist, weil ich nicht ein Glied seines Körpers und nicht ein Wort in seinem Hirn zu hassen vermag. Virginia Boecker danke ich für zu viel Gelächter über zu viel Unaussprechliches. Ich danke Dhonielle Clayton und Sona Charaipotra, die jede für sich eine Quelle der Weisheit bilden und eine weltenverändernde Kraft im Gespann.

Wollte ich die Namen all derer nennen, die an meiner Laufbahn einen Anteil haben, wäre dieses Buch doppelt so dick. Dank an alle Leserinnen und Leser, Bloggerinnen und Blogger (Extragruß an Dahlia Adler und Eric Smith), Autorinnen und Autoren, Familienmitglieder (Extragruß an meine liebe Mom für eine glückliche Geschichte), Freundinnen und Freunde, Booktuberinnen und Booktuber, Buchhändlerinnen und Buchhändler (Extragruß an alle bei Books of Wonder), Bibliothekarinnen und Bibliothekare (Extragruß an Angie Manfredi).

Und vor allem danke ich all den MENSCHEN, genannt oder ungenannt, die mich dazu ermutigt haben, mich durch meine Depression hindurch- und ins Leben zurückzuschreiben. Dieses Buch ist – ebenso wie es alle folgenden sein werden – für euch.

Adam Silvera wurde in der Bronx, New York, geboren. Bevor er mit dem Schreiben begann, arbeitete er als Buchhändler und Rezensent für Kinderbücher. All seine Romane wurden in den USA zu Bestsellern und *Am Ende sterben wir sowieso* hat auch in Deutschland die Top 20 der SPIEGEL-Bestsellerliste erreicht. Silvera lebt in Los Angeles und hat eine große internationale Fangemeinde.

Christel Kröning studierte in Düsseldorf Literaturübersetzen. Neben Unterhaltungs- und Jugendliteratur (z. B. Juno Dawson) übersetzt sie Sachbücher, Lyrik, Essays und Erzählungen (z. B. Virginia Woolf) aus dem Englischen ins Deutsche. Rund um das Thema Literaturübersetzen hält sie auch Vorträge und sie engagiert sich im Presseteam des Verbands der Literaturübersetzer/innen, VdÜ. Mehr über Christel Kröning auf www.christelkroening.de

Hanna Christine Fliedner hat in Düsseldorf Literaturübersetzen studiert und überträgt Romane, Kurzprosa und erzählende Sachbücher aus dem Englischen, Spanischen und Portugiesischen ins Deutsche.

**Weitere aktuell lieferbare Titel
von Adam Silvera im Arctis Verlag:**

Am Ende sterben wir sowieso, ISBN 978-3-03880-203-7
Was ist mit uns (mit Becky Albertalli), ISBN 978-3-03880-030-9
More Happy Than Not, ISBN 978-3-03880-058-3